奔腾的
七岸河

唐兴顺 著

作家出版社

目 录

第一章　猫脸峰下的少女

1

　　这部小说，涉及几十个人物，其间起牵连作用的，是位名叫邢林子的漂亮女性。现在她接近四十岁了，往人堆里一站，哪怕这一群人里有很多更年轻的女人，她仍然不会被淹没，仍然是一个美丽的发光源。我经常思考，这个人天生的模样本不该在底层人中的，是造物主糊涂了，在她诞生的某一个环节上出了差错，让她降生到太行山中这样一个偏僻的山地里。问题的严重性还在于，她对自己的好模样认识得很晚，一直没有觉醒。这不像有的女孩，一开始就有主体意识，自视很高，天然地没有逻辑地自己把自己抬得很高，觉得比别人特殊，比别人好看，与周围人的共识形成反差，总是做出一些在别人看来很可笑的，与她的模样很不协调的事情来。这个邢林子，恰恰相反，她不知道自己是方圆十数里七八个山村上的人都留有深刻印象的美女子。如果生在城市，最好是生在上层社会的某个贵族之家，让人宠着，让被权力或金钱滋润着的人们宠着、哄着、爱着，不知她会是一个怎样的情形呢？

女性的某些意识，往往是被男性在第一时间唤醒的。

邢林子的不自觉应该与她的生存环境有关。说她出生在山区，你可不要以为是普通的那种山地，眼前出现的是勾连纵横的丘壑，互相衔接的山包与坡地，然后中间某个地方有一个村庄，而且除了这个村庄还有另外一些村庄，村庄大小不一，中间有蜿蜒小路相连。林子家所在的地方不是这样的。她家是独立一户，处在太行山向东倾斜的坡地上，一个叫猫脸峰的地方。院墙西侧，有片一亩稍大的晒场，归林子家专用，越过晒场向西不远即是突然陡峭起来的山坡，山坡上密不透风的树林，随着地势升高，一直延伸到太行山主峰红崖巨壁的边缘。站在林子家的院子里向西望，万里蓝天就此截割，山顶接着天际，夜晚一溜星星像明亮的灯盏，摆放在幽暗的山脊线上。

林子家的门前有一条小溪，流水时断时续，顺着小溪可以寻到水源，水源地的上方是一座扁平形状的红岩石山峰，旁边凸起的马鞍形棱条，被说成是猫的两只耳朵，临空向外的侧面上，自然形成的交错的纹路和石棱，被看作猫的五官。人一旦形成概念，就会拿这主观去和客观比对，往往是越比越强化了主观上的认识，而那些对主观不利的意识纷纷退让，一切条件皆来与主观配合，这座山峰到最后就完全成了一面猫脸。随之，关于猫文化中的种种传说都在它身上演绎开来。它不仅有人性，而且有神性，它不再是一堆冰冷的石头，作为美丽而多变的神仙，它不仅经常与各路神仙相会，还参与人间的多项活动。从它身下流出的水，先是形成一洼水泊，平面如镜，日夜映照猫脸的喜怒哀乐，然后延伸出一条细流，渐流渐远，绕过林子家的门前。

林子家的屋子是堂屋，坐北朝南，房前房后皆是树林，东边也是树，但可以望到尽头，蔓延东去的森林在山地的边沿被一条南北走向的大路所截断。山下的村庄似乎是另一个世界的事物，而山下的人对林子家这个地方的了解很多时候也只停留在传说的层面。少数人上山砍柴，挖药材，或者是必须攀登山崖到山后办事，探寻着经过猫脸峰，才能领略一下林子家的居住情况。山下的村庄，无论唤作什么，后边总要添加一个"庄"字或"村"字，像汉语中的偏正结构词组，不加后边这个字，似乎它所指示的就不是一个村庄，正规性不够，无论前边叙述了什么，后边用"村"或"庄"作结，就像把散乱在地上的麦秸打了一个捆。不然，村庄以及居住在村庄上的人就好像飘荡在空中难以着地。但是，林子家所在的"猫脸峰"，人们无论是书写还是口语，从来都不会带"村"字，不带，却知道所指何在，在人们心目中，那里是一个介于野地和村庄之间的所在，虽然有人，但只有林子家一户，人们舍不得将"村"或"庄"用在此处，并且在实际称谓时，逐步删掉"峰"字，直接让形象名词"脸"作结，中间则巧妙地添加"儿"字，用儿化的方式从语言上进行亲切温暖的处理。其结果是，人的地位在这里越来越弱，"猫儿脸"这个自然的无生命之物反倒被格外地突出起来。直到邢林子诞生，准确地说，直到这个姑娘以美女的面目示人，此处僻野山地的概念在人们心目中才得到改变。

当她更小时，没有更多的人关注她的表现，身边亲密接触的，或者说不亲密接触的，只有她的父母亲。父亲名叫邢秋木，个儿很矮，差不多是个侏儒，三十岁才从山下娶来一个名叫陈莲花的哑巴做妻子，就是林子的母亲。她母亲不仅不会说话，还半残着一条腿。不会发声，使她精神萎靡，腿残又把她本来高挑匀称的身体做了夸张的扭曲，白皙的皮肤和姣好的面容被深度地埋藏起来。林子的出生就像山林间一只鸟儿、一只狐狸的出生一样自然。她来到人世间最初看到的事物和任何一个山中动物第一眼看到的没有什么两样，来自世俗社会的规范性约束几乎为零。但是，山野是生动的，再加上林子来自生命本身的天性，某些基因从某些生命遗传的缝隙里潜行暗至，使邢林子一开始就生动异常。身体长得也快，这弥补了父亲；好说好动，声音嘹亮，又弥补了母亲。哎呀，这个邢林子真是就像一个精灵。同时，林子身心的生长，没有参照，没有比对，如果说有，那差不多就只有山林间的事物，而山林是放纵的，包容的。任何生动的表现在默默的自然里都如同流水的一摆，树叶的一动，鸟儿的振翅或兔儿的撒欢跳跃。林子没有条件顾及别人，看别人的眼色，自己也不知道自己是谁，不知道自己生长的情景在人世间是个啥，连想都没有想过，不是不想，是不知道想，真正地任由自己的生命体在自然里呈现。

2

但是林子不是树木，是人，人群是完全不同的又一片森林。林子下山进入这个森林，就成为一个异常。世俗社会与她的第一次碰撞发生在联校。联校，就是几个村联合力量，共同举办的学校，小学、初中、高中都有。年级结构复杂，学校规模却没有想象的大。一片荒坡，倾斜的地势，四五排教室，红瓦白墙，以每座教室为单位，取地面之平，中间以台阶和石板铺成的小路来连接。这样整个学校的建筑物就显得鳞次栉比，甚至产生了几分堂皇威武之气。

在第一排房子门前，石板路向西延伸，然后连接一个宽阔的七八米高的石砌台阶，台阶之上是学校操场。紧挨操场北边生长着一棵高大而茂盛的皂角树。这种树现在已经很少，即便当时也不是很多，青灰色树皮，下边光溜，往上长满了针刺，一丛一丛生长；针芒初时青嫩，越长越变得泛紫，而且坚硬，异常锐利；树桩粗硕，在分杈的地方朝不同的方向分出五六股，每股再分，分之又分，而大小枝丫无不布满形状各异的针刺。它的果实如大豆角，长度从半尺到一尺不等，颜色由青而转黑。如果人不主动打摘，黑豆角可以一直挂到冬季，甚至第二年春天仍然有挂在树上的。遇到有风来过，满树叮当作响，如某种庞大而华贵的乐器发出悦耳之音，这成为联校的一大标志物，学生们多少年后仍然留存着关于皂角树的记忆。像一棵所谓的知识树，把在学校学到的知识，以及当时知识之外的各种记忆附着其上，时间越久，记忆越丰，在心的天空里长久地摇曳不止。

在学校任职的教师，多是本地人，即便外村人也都离老家路途较近，有的家中还耕种着土地。校院东南角建一厨房，有偶尔在学校留宿的，就自行操作造饭，或者中午不回去，大家联手做饭也是常事。笔者在此处叙述这些琐事，主要是告诉大家，学校的老师多是些安守本分的人。你想啊，无论曾经多么地豪情万丈，无论怎么到外边去闯荡开拓，现在回归乡土，多数人都只想着安安静静生活，本本分分工作。况且有的老师，自己的子女就坐在自己任教的课堂上，所以，这些教师，关于个人性情方面的发挥，或是本已无欲，或是像极了封住的炉火。

但是，就在邢林子升入高中一年级的时候，学校调来了一位名叫曲流歌的外地教师，三十多岁，高挑个儿，细长眼睛，两道眉毛从眼角分别向额头两边斜刺而去，颧骨耸起，下巴稍尖，头上浓发中分，走路时索索抖动，如一团弹簧。这位洋气时髦的教师任语文课，林子听他讲的第一堂课，是苏联作家高尔基的《海燕》。这老师大部分时间不站在讲台上，也很少拿粉笔板书，甚至也不怎么讲解，而是一手拿书，一手背在身后，在学生座位所留出的两条通道中间，往返走动，一遍一遍高声朗诵。他有时把书贴在胸前，昂首望窗外，好像窗外即是暴风雨即将到来的大海，而他的视野中似乎确有课文中写到的无数海燕正在搏击长空。淳朴的邢林子被感染，眼睛跟着老师的表现发出光芒，脸也泛得通红。老师从她面前走过，看到她的嘴唇在自然地张合，也被感染，专门把目光聚向她，而嘴里发出的声音更加动情了，细下来，高起来，呐喊，停顿，叹息，无休止地感叹，这般情景，一时间使全班同学鸦雀无声，教室成为大海，风雨将至，激浪排空，海燕在飞翔。而老师和林子已经成为这个画面的组成部分，全体学生成了惊呆的观众。曲老师在林子身旁停了很久，然后他后退几步，提议让林子同学单独朗诵一下。林子站起来就读，她想学老师的声调，念一句再修正着重复一次，声高没问题，但起伏顿挫她不会做，又很努力，这样使她的声音有些怪异，既不像平时说话，也不像正常的朗诵，这个过程引起学生一阵接一阵的笑声。曲老师并不笑，他不干扰邢林子，并坚持让她念完一大段。然后，他念一句，让林子念一句，两种声音交替着念完了余下的课文。这一堂课的特殊情形很快在整个学校传播开来，各种说法都有，学生说，老师们也说，而且老师们的心情更复杂。

林子自己特别兴奋，像小时候在猫儿脸山峰下逮着一只兔子一样高兴。曲老师因为碰到这样一位同学，也处在兴奋中。当然，此事若是放在其他大多数教师身上，早就压力山大了，还能顾得上兴奋？话说回来，其他教师根本就不会或不允许出现这样的事。事情的关键在于，曲流歌这个人，也是一个人中之异，此处还不便多讲，只想交代一句，此人天性聪慧、活泼、多情，有才学，有灵性，而常常不依常理出牌。他很任性，且不是盲目表现，而是自觉主动地张扬自我。他清楚自己在干什么，似乎就是拿自己的本事专门和这个世界打别。大学毕业后，在城里多次变换工作岗位，曾在多个中学任教，最后他自己请求调到这所山区联校来。遇到这样有感应能力而又没有拘泥之态的学生，他也是第一次，因而倍加珍惜和喜欢，而且他还要表现这种喜欢。那天下课时已近中午，曲老师再一次走到林子跟前，要她跟他一起去办公室，林子仰着脸站起来，跟着老师就走。

老师们的办公室在校园第二排教室的东段，与做课堂的房子连在一起，外观上好像就是两个教室，只是里边结构稍微做了改造，房子靠前窗拉出一堵长墙，再纵向朝里切割出若干个单独小房间，每个房间配有桌、椅和床铺。每个房间看似独立，实际上面只是用苇秆和报纸糊着一层顶棚，并无隔音效果。老师们在各自办公室活动的声音相互都可以听到。现在邢林子跟在曲老师身后，从前排西头向东走，走过斜坡上的石板小道，穿过办公室外边的院子，远处近处都是刚刚上罢课的同学和老师，他们脸上现出各种表情，高声或低声地发表着评论。曲老师掏出钥匙，打开自己办公室低矮的小门，没有来得及坐下，就对邢林子的天赋大加赞赏起来，而林子只是说老师念得好，从来没有听过这种念书方法。曲流歌就说："你觉得好我就来教你。"然后就他一声、她一声地再次朗读起高尔基的《海燕》来。此时，躺在俄罗斯冰雪大地里的这位一百多年前的老人，他的灵魂如果能够穿越时空，浮游到中国太行山下这座平房的上空，鼻头下的八角胡须一定会因为开心大笑而抖动不止。但在当下的现场，这一长一少，一男一女，一师一生，两个人的声音，引出的完全是别样的效果。这一溜相连在一起的办公室里的所有老师此刻都停下正进行着的行动或言说，震惊、唏嘘、扭曲表情，与自己最近处够得着的人低声发出议论，他们像在听一场遮着幕布的舞台剧表演，越不想听，听得越清晰，声音尖锐刺耳。而前后两边的窗户外，低年级学生拥挤在窗口，叽叽喳喳，稍高些年级的做出各种鬼脸，而相当多的人在听了一会儿之后，就议论着离开，往远处走，而又不时地扭头向这边张望。好像这边是两只正在嬉戏闹事的猴子，又吸引人，人又不宜靠得太近。

曲流歌留邢林子吃午饭。他自己先来到厨房，正在厨房内切菜点火，准备午餐的几个教师，见那位学生仍未离开，而这位同事又那般表情模样，便互相使眼色，先后离开了学校。与生疏的人，特别是与公家人一起吃饭，林子还是第一次，再加上短短半天时间，生活中一下子注入这么多新鲜内容，这使得她心中产生出从来没有过的滋味——高兴、感激，也掺杂一点不安，但与周围已经形成的轩然大波不同，林子的不安并没有上升到害怕和压力的程度，在她与生俱来的天性面前，似乎并没有大的异常，兴奋着兴奋，愉快着愉快。可是，学校周边的村庄，猫儿脸下的邢林子，还有新来的曲老师，已经成为很大的新闻。那个年代对这种事所使用的一些专用词语通通用到了他们身上。林子还是那棵树，但周围森林里的其他树木正在互相摇动，刮起呼啸的飓风。同桌女同学脸始终朝外，宁愿把一只胳臂夸拉在空中，也不与她挨身而坐。下课后同学们都远离着她，几个人聚在一起朝她指指戳戳。有的骂她，压低着声音，可分明又在用力，舍不得不让她听见。林子起初不知道，还像以往朝人堆里挤，给人家拍肩搭背的，甚至还主动对一个同学说，自己那天朗诵得很不好，说自己口音怎么也别不到曲老师的口音上去。可那个同学并不看她，背过脸向别人靠去。

3

中间又发生了一件事。夏季某日下午，上体育课，由于是第三节，散课后，有的同学直接从操场回家，有的则走下台阶回教室拿了书包再走，林子属于后者。当她正准备要下那个石头砌成的台阶时，看到曲流歌老师着一身白色柔弱的运动装，手持一根有斑点纹路的紫皮横笛，正从下边往上来，跨上第一个台阶，然后一阶一跳跃，身体和头发抖动着，上升到操场边缘，同学们闪开，让他过去。曲老师看到林子，很惊喜，好像好朋友许久未见，差一点就要伸手去拽她。林子不知道他要干什么，很自然地瞪着疑惑的眼睛。曲老师抬起头，拿横笛朝远方指去，说："到那边去。"林子据其所指，望到与操场边缘相连接的西北方向山坡上有一条弯弯曲曲的小路，各种低矮的灌木丛生长在两边，也有零零碎碎的几棵杨树、榆树等，多种野花也正开放着。如果在冬季，第三节课罢就暮色四合了，而在夏季，现在虽然太阳西斜，但离天黑还很早，而且此时的阳光不像中午强烈，凉风从西北吹来，还正是好时候。林子有些犹豫，不是顾虑什么，是不知道老师要去干什么。她站在皂角树下，有些心不在焉的样子。曲流歌边用眼神和手势示意边说："林子同学，你不是嫌自己朗诵的不好吗？那边有口井，是练习声带的好地方，去学学！"朗诵与井，这引起了林子的新兴趣，便高兴地跟着老师往那里走。曲流歌边走边吹起横笛，嘹亮的笛声在夕阳余晖映照的山坡间回响。这本来悦耳的音乐，此时却像一条无形的鞭子在空中翻舞，抽打着听到笛音的一些人的心灵。不到一刻钟，从那边就传来了男女二重唱，和共同朗诵《海燕》的声音。现场情况是这样，确实有一口井，从底下凳上来，靠近上边的几层垒石上长着一些湿漉漉的苔藓类植物，井口横搭一块条石，条石一侧竖立两块长方形立石，其中一块上凿着方孔，另一块顶端是凹型槽，显然是一套从地下向上提水的装置。井台旁的导水渠弯曲着流向农人的田地。井台四周长着茂盛的鞭杆草，这种草邢林子很熟悉，她老家猫儿脸下就大量生长着。如果不被人有意破坏，这草会长一人多高，而且笔直不弯，边向上长边甩出一圈一圈菱形绿叶。林子现在用手摩挲着其中一株，眼睛望向曲老师，问道："井，怎么能练声音呢？"曲流歌显然不是第一次造访此地，他动作很熟练地先把一只脚踏在横石上，另一只脚踩住井口边缘，再用一只手握牢那块立石的凹槽，然后身体微微弯下，对着井口发出声音，"啊——啊——啊——"一声一声地，声音从他体内发出，去井洞里转一圈，再从井口扩散升腾上来，完全像是两个人的声音。这让林子很惊喜，他示范，模仿，由单音到复音，由一句话到几句话，由呼喊到歌唱，一遍又一遍。最后，当林子使用这种办法完全朗读了一遍《海燕》之后，她为自己声音的变幻和新奇，再一次兴奋不已，好像自己创造了什么，好像自己的身体里有了某种说不清楚的魔力，同时唤起了她少年山野生活的诸多回忆，比如夜晚听到过的一些惊异的叫声之类。而此时，曲流歌立在一旁，似乎正在欣赏自己的杰作。他眼前的这个少女，身着碎花单衣，胸脯初起，嘴唇如一片霜染的枫叶，后背和臀部都还没有发育成熟，当她弯腰向井内发声时，曲流歌作为一个成熟男子，透过她身体的曲线及各个部位的轮廓，已经完全可以想见这个美人坯子再长几年以后所能出现的情景。他禁不住地叫了林子一声，林子抬起头看到老师的脸、眼神、颜色都与以往有所不同。但她的身体还是个孩子，现在不能够与成人的世界通悟。好在老师并没说什么，而且很大一会儿什么话也没讲，连她朗诵课文的情形也不再作一句评论。往回返时，老师对她说："天已晚，你回家去，明天下午到办公室我教你读泰戈尔的诗。"他反复说泰戈尔这个印度诗人的名字，给林子留下了极深刻的印象。

第二天第三天，林子因为家里有事没有上学，第四天来到学校时，上语文课的换成了一位女老师。这位老师是个温厚的人，上课按传统方法进行。讲台又成了老师的主要阵地。但是，当她给学生布置了默读课文，分析段落大意，画出骨干句子等自习题目之后，还是会迈着稳健的步子来台下转一圈，不时低头观察每一位学生的做题过程，也是一种巡视和督查。让林子感到奇怪的是，这位老师从来都不在她身旁停留，每次过来，脚步都会放快。有一次，听到老师的脚步，林子主动抬起头看老师，目光刚和老师相遇，老师脸上就现出了如受到惊吓的表情，迅速把目光闪开。上其他课的男老师，更是经常做出不敢看她的表情。这让林子慢慢产生出压力。另外，从同学老师们的窃窃私语中，她很快就知道了一个事实，曲流歌老师因为与她的关系受了处分，被调走了，有的还说是被调离了教师岗位。而他来联校工作总共还不足一个月。林子听到人们说老师与她的关系时，前边用了一个定语叫"不正当"。林子想，什么叫不正当呢？老师教我读课文，老师叫我吃饭，老师带我去井边练声音，就这个叫不正当吗？周围的情势迫使林子又多想过一层：这么多学生，还有谁和老师有过这样的关系？曲老师要是一个女老师呢？这时候，曲老师生动的面孔、独特的声音又浮现在眼前。她上学以来，差不多是第一次感到心里很难受，感到自己给老师惹了祸，也开始反思自己生长的模样。没人的时候就在镜子前拿自己的样子和别的女孩作比较，心里为自己背了沉重的负担，特别是当她理解了"不正当关系"指的是什么后，便感到更加羞愧了。

4

事态并不因林子的反思而停止发展。这里牵涉出别班一个叫彭随明的男同学。彭随明是个矮个子，眼睛非常有神采，皮肤底色白嫩，但在底色上有稀稀疏疏的碎黑斑点。鼻梁竖直，鼻翼有点小，人很聪明，成绩在班里排名前十。这个同学早就喜欢上了邢林子，异性相吸，男女之爱，本不需要完整严密的逻辑关系。谁喜欢谁，在什么环境，什么时间节点，因什么机缘植下根苗，这全是一笔糊涂账。彭随明看上邢林子，决定因素是相貌，在他眼里，全世界没有比她更漂亮的女孩了。但是他们又不是一个班的，表达的渠道很有限，并且他们上高中还不到半年，还有就是邢林子本人似乎并没有这根筋，对男生、对性别像没有概念的样子。如果她不漂亮，或者稍丑些，这种表现倒还好，偏偏是位美人，这样独一无二的一个女孩，彭随明把学到的仅有的美学知识全部往她身上靠，柳啊，花啊，鱼啊……邢林子在前边走，彭随明很多次都跟在身后，希望她回头，或者注意到他的表现，但是这情况一次都没有发生。制定过很多计划，也都因年少胆怯而一一落空。新来的曲流歌老师同时也上他们班的语文课，他和邢林子的事，彭随明知道得清清楚楚，包括那次中午吃饭，彭随明整个中午都待在学校。他开始是假装有事在老师办公室前后走动，后来就坐在校院南边的一处断墙下，朝这边望。中间曲流歌出来过几次，林子几时离开的，他是最清楚的人。流言蜚语起来后，彭随明是又想多听，尽可能知道情况，又很痛苦，不愿意多听，听一次敏感一次。还有，曲流歌和林子从井边练声回来，一直等候在皂角树下的彭随明及时就追赶了上来。他观察林子，觉得根本不是传说的那一回事。林子高兴、欢快，但她的眼神、表情是澄澈的，没有曲折，没有旮旮旯旯，仍然像一张白纸。真正动了男女之情的人，自己不一定察觉，别人，特别是有情人，那是一目了然的。曲流歌被调走，舆论上更加重了对林子的不利，因为这件事似乎真的被坐实了。这使彭随明真正痛苦起来。

那天，他来校早，就和几个同学在校院西南角打乒乓球。那个年代体育设施简陋，数量少，球台是水泥预制板，中间竖一行砖头作网，同学们排着长队，轮流上场。北边同学败下，挨着彭随明，但他不上，因为北位面朝南，而邢林子来学校的必经之路在北边。彭随明打球是个借口，等林子，或者能看到林子才是目的。只要是北边空出了位，他都磨蹭着不上，直到南位空出，他才顶上去。对方发球，他猛地用力，本想一板扣死，不料对方也用了狠力，却把球偏扇到了后边的房墙上。房墙是用太行山上的红石块垒的，白色小球被夹到石缝里，随明不得不转身走到墙根拿球。就在他取出乒乓球转身的时间，看到北边石台阶上方操场那边出了大事。

事情是这样的，几个男同学在操场上打篮球，看到从操场边走过的邢林子，先是有人说脏话，后来骂出声，可能是打球打得提了兴致，年轻人高涨的情绪胡乱发泄。有一个人边往地上拍球边朝林子身边走，嘴里说着辱骂林子的话，另一个学生故意从旁边飞来一脚，球踢到林子身上，她斜侧倒地，还没站起来，他们几个人就围过来，差不多是齐声喊两个字——"破鞋"。林子猛然的遭遇使她想起小时候和父亲在树林里碰到野猪攻击的情景，没有什么回旋余地，只有反击。她一时像疯了一样破口大骂。这又激怒了对方，还是刚才在地上拍球的那个，他将球往身后一摔，伸手朝立脚未稳的林子打来，林子很本能地逃跑，又被他们扯住，一声一声呵斥："破鞋！不是吗？还敢骂人？打！"就这样推搡拉扯着来到石头台阶边缘。

彭随明冲上来，大家都没看到，也不会想到。他上来就朝拍球的那个学生的后腰踢去。那人是个大个子，但冷不防地，竟就被击倒在台阶上，头朝下，脚朝上，斜搭在石阶上。没等众人反应过来，他拉起邢林子的手就跑。林子根本还不认识他，一时不知所措，但此情景下只有跑的份。刚离开台阶几步，那堆人中的几个人就追过来，围住他们俩，劈头盖脸地打。彭随明个子小，被他们压在下方。在这拳打脚踢的围攻中，不知什么时间他已经把邢林子抱在怀里，护在身下，林子只能从他臂膀旁边露出眼睛。伸不出手，哭不出声，痛苦到了极点。老师来了，校长来了，学校真是出了大事。

班主任、任课老师、同学们，包括打架的人，任何一位都不会想到彭随明会做出这种事。世界上的人往往就是这样，每个人的心灵都是一个隐秘的世界，不论长相美丑，处在什么阶层，他或她都有属于自己的独特心理和情感风景，有机缘暴露则为人所知，没机会，许多情感会终身封锁在身体里，好像什么都没有。潜在的东西，有时候等于不存在，暴露出来的东西则想收也收不回去，正应了世人所言"覆水难收"一语。彭随明以如此极端的方式暴露，很决绝，很直白。当时情景之下对他来说也可能很痛快，酣畅淋漓。此事引出严重后果，也改变了我们所要叙述的一些人物们的命运。那个高个子学生被医院鉴定为轻伤，彭随明按说应受刑事追责，可一个是年龄，一个是双方家庭通融，最后法律上就免了，但是学是上不成了。

邢林子呢，由于彭随明出手，未受到大的身体伤害，但她的坏名声更响更亮了。一个是搞走了老师，一个是搞坏了同学，她美丽的并且正在发育着更多美丽的身体被打上了罪孽的印记，学同样也不好上了。她的人生本来就已经遭遇了危机，但我们社会的风俗是这样的，事物只要模糊地维持着平衡，没有戳透那层纸，一般还可以照常进行。但这时候一根稻草往往就会把一头骆驼压倒，何况邢林子的脊背上所压的岂止是稻草啊，是巨石，是铁棍，是对上一件事的极大扩张，同时又成为新的大事件。两件事像两座山，同时砸压到小女子身上。垮下来？什么叫垮下来？垮到地上，瘫在地上，总不能再挖个坑填进去吧。垮得不能再垮了，就失去了程度之别，反正上不了学了，名声坏了，该怎样就怎样吧。问题是人家彭随明，邢林子事后才知道这个名字，人家这样待我，这里边包含了多少内容啊。

两个年轻的人儿现在还不可能明白，在这个年龄段，在当时中国的社会文化环境下，遭遇这样的事情意味着什么。生命像两株嫩芽，完全靠天性处世、识人、辨事，在怎么对待这个世界上还没有积累出成人的经验，除了生命本身的力量之外，还没有一点凭借。生命体上刚刚长出来的那一点微芒，还有生命呈现出来的趋势和方向，都可能被彻底改变面貌。目前，他们往哪里退？最可能的就只有家庭。

林子退学回家，父母亲对她没有任何异常表现。隔着一条路，隔着一片树林，与山下就像是另一个世界。她跟着父亲去山坡上割草、种地，心里却完全在回味发生的事件。她想到一个场景，有一次，她和父亲追赶一只灰兔子，追得紧急，那兔子一头撞在石头上，立即就死了，口鼻流血染红了一片绿草。林子觉得自己现在就像那兔子，她摸着身上几处伤痕，自然又想到彭随明，想起他的胳膊，他热烈和跳动起伏的胸脯。父亲低矮，心智并无异常，世人避他，他也避世人。客观情势，主观意向，相互作用，使这位长相殊异的父亲干脆就越来越像位心智糊涂着的人了。但在女儿面前他是真实的，看到她委屈伤心的样子，能做到的就是顺遂她，服侍她，有时候又远离她，似乎害怕自己的丑陋模样给女儿添乱。

5

彭随明家在邢林子家东南方向的坡地里，周围是零零星星的杂木树林。全村四十来户，几百口人，完全构成一个小社会。随明的父亲会飞崖，他经常身背一盘粗绳，攀到太行山顶，上下左右观察地形，然后选择一棵足够粗壮的树，或足够大的石头，将绳子的一端缠绕其上，另一端把自己身体按照既定的格式系住。先用手扒着山崖边，再贴着陡峭石壁沉到悬崖深渊之下，凌空迈步，摆动身体，挨着在山缝间寻找一种珍贵的药材。这种药材山里人叫乌灵芝，是一种古怪动物的粪便。这动物形体像田鼠，脊背长一对翅膀，说翅膀又少有羽毛，喙和眼睛与雕相似。它们只在海拔一千米以上的半山腰活动，短暂飞翔，多数时间栖息在崖壁的石缝内。它们的粪便如黑色泥土，常常与山缝里枯死沉化的松柏树根混合在一起。时间久的，紧凑的黑块会分化为粘连的颗粒，起明发亮，油质充溢，是治某种疾病的灵丹妙药。山里很少有人具备这种本领，即便是彭随明的父亲也并不是每次下崖都有所收获。这种本领使家庭获得了让村上人羡慕的意外收入，也使彭随明在初中一年级的时候就过早地失去了父亲。那天，母亲在山顶看绳，眼睛一眨不眨地瞧着那根凌空的麻绳，一会儿松软着摆动，一会儿紧绷得像条直棍，心也随着麻绳悬在深渊里，隔一会儿母亲就和沉下去的父亲互相喊话，壮胆助威。但这次绳松了，长时间的松，母亲趴下身体向下喊，没有父亲的回音，母亲就像那根要命的绳子，瘫软昏迷在山顶。

父亲死后还不到两年，彭随明在学校就又闹出这样的事，把母亲寄予家庭的最后一点希望给浇灭了。村上人添枝加叶，把彭随明、那位老师和邢林子三个人的关系传播出各种情节，每一种版本都有鼻子有眼。猫儿脸下的邢林子，她的长相本来就有些媚，现在完全成了小妖精的代名词，还有更愚昧的人干脆说她是山中狐狸转生的。本家族的人来探望罢躺在床上的彭随明的母亲后，怒不可遏，他们结成队伍，穿过树林，到猫儿脸下邢林子家门口叫骂。邢秋木本来不知缘由，听了一会儿明白是骂女儿的，扭脸看看坐在门槛上哭泣的女儿，什么也没问，从门旯儿拿起一把长把的双面砍刀，挥舞着向人群冲去。这一堆人并没有主心骨，完全是鼓胀着情绪来替人表现意气的，其中表演的成分更多。一见砍刀便草包露馅，纷纷向后撤退。林子从家里出来时，父亲还举着砍刀立在岸上。退去的人群又传过来一些嘲讽、辱骂的声音，像大火熄灭时，灰烬中照例都会出现的，不断闪烁的火星。就在这时候，人们看到，彭随明蓬乱着头发从树林里的小径上奔跑而来。他单薄的身躯，由于这几天的苦难而更加瘦削，有些声嘶力竭，但仍然很清晰地连续说着："你们回去，你们回去，我的事不用你们管。是我找的邢林子，我要和她恋爱，自由恋爱，谁也挡不住！挡不住！你们走！"

那些人先是惊讶得哑口无言、目瞪口呆，继而又爆发出激烈的吵吵声，显然彭随明顾不上听他们的反应，已经转身箭步跃上高岸，只一会儿就和邢林子父女两人站到了一起，现在西岸上，算上林子母亲陈莲花，已经是四个人的阵容。彭随明成为现场的主角，他靠近林子，并且把一只手搭在她的肩上，另一只手则拽起她的一只手，同时望着她的脸，连声说："林子，你不要害怕，一切有我！"然后又转向还扛着砍刀的林子父亲说："大伯，我要和林子好，我会对她好！"

父亲把砍刀从肩膀拿下来，顺势坐在正好在眼前的一块石头上，双手托住下巴，瞪眼看着两个年轻人，又把目光单独盯住彭随明，停了好大一会儿，最后，就把头完全耷拉了下来。村上人掺和这个事件，本来是站在彭随明家的立场上，对邢林子进行道德批判的，现在两个当事人公开把事情亮出来，把事情最核心的部分，也是众人最感兴趣而又假装羞羞答答难于启齿的内容，完全暴露出来，而且是夸张地，比事实本身更强烈地表现在光天化日之下，弄得众人反倒无话可说。如果还要再说，就变了性质，成为一种对公德的态度。公德方面的事尽可以到其他场合去说，由于公约数或受力面积增大，批判的针对性立即就会空泛起来。背后说人，是人类社会的一种公共现象，有的当事人对这种事采取的自然态度是，说去，骂去，背后还骂朝廷呢！

但是，这里还有一个特殊关系人，那就是彭随明的母亲。母子相依为命，盼望家道中兴，骤然降临的痛苦，在因丈夫逝世仍在流血的伤口上，又粗鲁和野蛮地撕大了这个伤口。但是，设身处地想，面对儿子，母亲又能怎么样呢？她只能拼着自己的心灵、身体，去往这个伤口上填。母亲的身体变得很糟，但对儿子的责备却在不断减弱，沉默、心疼、爱护，她把儿子叫到跟前，泪已干涸，只是深情地、疲劳地看着他，嘴里吁吁，一句话也说不出。彭随明泪流满面，边哭边说，说他觉得邢林子好，说他要娶邢林子当媳妇。母亲把他的两只手拽到怀里，边点头边嗯嗯了两声。彭随明扑通跪在床前，把头埋下去，母亲则把手放在他的背上，上下挥动，一上一下拍着。

彭随明再去找林子时，已经不是冲动，也不必再遮掩，他心情敞亮着，甜蜜着。林子在自家院里见彭随明进来，赶紧迎上去，脸同时自然地涨起红晕。别人传他们如何风张，如何胡搞，只有他们自己知道事实本身的真相，特别是邢林子，她本来一点都不知道这个男孩子对自己的心意，是偶然事件，是这个事件以疾风迅雨的形式连续地作用，把他们推向了风暴的旋涡。男女之情，对于邢林子，说老实话，原来真是情窦未开。可是，彭随明连续的极端表现，像狂风推开了人性最美好的门扉。这倒好，让他们省却了一般恋爱的繁杂过程，直接进入了深水区。林子不谙世故，但天然的性情一旦触动，那是像猫儿脸下的小兽一样，蹦跳不已，不可遏止的，青春身体的表现对谁都一样，何况对于还未接触过世事的林子来说，她对男性还没有比较，没有阅历，彭随明就是整个世界。他的身高、五官、脸庞、肩膀、胳臂、声息，特别是他的勇敢，对自己不顾一切的真心真意，所有的，就是男性世界中最好的。换句话说，彭随明这个小人儿的出现像一道巨壁，挡住了同样还是一个小人儿的邢林子认识男性世界的视线。现在他们单独面对，会怎样？父亲上了山，母亲在门外梯田上间谷苗，这样的环境他们会怎样？现场的真实情况是，当邢林子迎上去时，他们一下子就像两团火一样拥抱到了一起。

半年后，彭随明母亲逝世。

族中的一位大伯说，随明娘是让邢林子气死的，得惩罚她，让她来披麻戴孝。杀人不过头点地，悔过最是当孝子。某某人为某某人披麻戴孝了，在那个年代的山区农村是一种极端极致的悔过抵罪仪式。彭随明在事上，又缺乏世俗阅历，一听这个提议，不知如何处置。在简陋的灵堂上大放哭声。大伯呵斥他："哭？该哭！不过得先给你娘安排好了再哭！"

彭随明停止哭泣，望着这位大伯，满脸是犹豫痛苦的表情。

停了一会儿，扬头看看大伯，哽咽着说："林子恁小的年龄，又没有结婚、过门，咋能这样做哩！"

大伯拍着灵堂前的供桌，放高了声音说："你是儿子，你说，这件事管不了我就不管了，看看亲戚族人答应不答应？"

院子内来来往往走动的人，此时都停止下来，空气中一片寂静，只有灵堂两边纸质的白、黑、绿几种颜色相间的灵幡在飘动。

一个七十多、八十来岁的远房奶奶，迈着孱弱的小脚走过来，立在灵堂前，说："孩子，你大伯安排得在理哩，要不，你娘会合不上眼的，到了那边也不安生！"

彭随明心下暗想，我和林子的事俺娘早同意了的，哪像你们说的；眼前这个大伯，再加上一位奶奶，这都是家族中管事做主的人，不听他们，丧事肯定就没法进行。可是，这不是明摆着要侮辱林子，要闹她的笑话吗？

这时候，从墓地回来了一位村上来帮助丧事的人，急急忙忙向大伯报告，说去挖墓的人，从外村一户人家的地块上走，现在人家找到坟地，说踩坏了他家的豆子，不赔偿不让施工。大伯用劲咳嗽两声，似乎并不为所报告的事情恼火，倒像有些得意地说："瞧瞧！瞧瞧！多少事得处理呀！"

然后，并不急于回答墓地回来的人，而是一字一板地质问彭随明："随明，行还是不行？你娘停丧在地，这小女子就恁金贵？随明？"

随明趴下身体又哭了一阵。大伯再问时，他含混不清地说："由大伯做主吧。"无可奈何的表态之后，彭随明心里更加不安起来，他惦念着邢林子会怎么面对这件事，十分担心她的处境。

随明母亲去世的事，林子已经知道了，她拿不定主意该怎么办。下边村上那位大伯派了几个人，有脾气厉害的男人，也有能说会道的妇女，来向林子下通牒，话说得很刻薄，好像来宣布法院对一桩犯罪案件的判决，并且负责执行这个判决。经过这一段时期发生的许多事情以后，林子现在变得不像原来那样浮浅了，凡事有了些思考。面对几个人的态度，林子没有多说什么，站起来，跟着他们就要出门。那几个人反倒迷惑起来，好像用火柴点了捻线，而炮仗却没有像期望的那样炸响。林子一到彭随明家所在的村口，就跟上来很多人，越往前走跟的人越多，而且，往往是林子还没走到，看热闹、看稀罕的人已经聚集在她前边的各个路口。男女老少，各种声音，各种表情，都在看山村里正在发生着的这个大事件。

林子进到门内，跪在灵堂的彭随明一下子立起身，快步过来，欲抱住邢林子，但他又很快意识到自己满身宽大的孝衣，即把手往回缩，随即又伸出手，拉了一下邢林子，悲恸欲绝的样子，说不出完整的话。

林子被人引入东厢房内，一群妇女把她围上，将已经剪裁好的孝巾、孝衫、孝鞋，一并给她披裹到身上。林子肯定不会笑，因为是随明母亲的丧事，她本身心里是悲痛的。如果不是这一层意思，光凭眼前这些妇女的表现，她都想用哈哈大笑来嘲讽、反击她们。如果这样，那实际上是比大发雷霆更有战斗力的。当下，林子什么极端表现都不做，不仅配合她们，而且比她们所要求的做得更标准。比如，按风俗系在腰间的麻绳，她们本来是给她系好了的，林子却解了下来。一些人正要借机发作，想不到林子却低声细语地说："这条太细，不合适。"

在这里掌事的妇女停止手中动作，看着林子："嗯？嫌细！"

林子说："细！"

一屋子人面面相觑起来，好大会儿未出声。

那位掌事的使了个眼色，其他几个人便又从挂在墙上的麻团上往外抽麻，抽出来一大把，捋了捋。林子张开胳膊，让她们把这个系在她的腰间。

6

晚上守灵。按照风俗，男孝子在逝者头这一边，女的在脚那一边。林子不清楚规矩，进去就往彭随明跪着的地方去。正要弯腰下跪，被三四个妇女拽起来，往另一边推。其中一个妇女，三十七八岁，由于长期患慢性病待在屋里，见太阳少，脸色白得像白纸，杏核样儿的圆眼，上齿有三颗牙向外撇，绷着嘴的时候不明显，一旦要开口说话或者笑，三颗有点发黄的牙就暴露出来，使整个五官受到扭曲。她现在拽着林子以呵斥的口气质问："这地方是你跪的？"牙露出来，圆眼瞪着林子，脸上表情是既胸有成竹又满腔愤怒，又忍着不发，似乎对眼前这个人的犯罪有所宽容似的。这时候，人堆中又拥出一位妇女，这人与白脸女长相正好相反，一看就是整天在太阳下劳动的，肤色粗黑，长脸，憨厚的面相为她的话增添着分量感，她拽起林子的另一只胳膊，话却是让别人听的："她不能在里边跪！"说着就往外拽林子。这样林子就更加为难。脸半朝内半朝外，两条腿、两只胳膊由着人们摆弄。要不是有宽大的孝衣包裹，她的身体会像人们拉动表演的一张皮影。这两个女人因为林子的位置发生了争吵。

白脸的女子先是一愣，用愤怒的口气问："随明娘躺在哪儿？说！"

屋内已经暂时安静下来，黑脸女人在静默中发出声音："在哪？这不是躺在那儿吗？明知故问！"

白脸女人紧接着又用极快的语气问:"让这个邢林子来跪谁? 给谁赔罪?"

黑脸女子并不直接回答,而是丢开林子的胳膊,把自己的两只手叉在腰间,显出特有的威武气势,面向众人说:"我们大家都是懂规矩的人,都想想,这个邢林子算什么人,又没结婚,又没拜堂,让她跪在彭家里屋,这不是要辱没随明家娘吗? 是,她得赔罪,她得跪,可她得到外边去,得跪在院子里,这里不是她的地方!"

白脸女子也放开了拽林子的手,显然她有另一套逻辑。在外来逻辑的冲击下,她需要整理思维,进行反击,争取自己的主导地位,可是又找不出有力的反驳理由,惨白的脸抽搐起来,似乎没有耐心再做理论,不再顾及什么,两只手推着邢林子往屋子的那一边上走,嘴里哇里哇啦,骂骂咧咧。黑脸女人个子高,上前一步,伸出胳膊,随即就挡住了她们的去路。原来还跪在地上、坐在地上的其他守灵人此时都站起来,屋外的人也往里挤,不大的屋子很快就被挤满。这时,彭随明突然号啕大哭起来,母亲去世的悲痛,丧事本身造成的压力,特别是又加上人们这么欺辱、为难他心爱的人,还有几天来吃饭喝水都很少,身体虚弱,这都让一个刚刚涉世的年轻人,再也无力承受,他没有能力再顾及什么,再坚持什么,唯有哭。一旦哭起来就没法停止,先是趴在躺着母亲的棺材的头上,很快就瘫软在地上,脊背以及全身不停地抽搐,声音越来越小。有一个人去扶他,一摸手,冰凉冰凉,惊呼了一声。本来被弄得六神无主的邢林子这时候猛地转身,第一个跑过去,什么也不顾忌地把彭随明抱在怀里。

场面虽然尴尬，但有什么办法呢，在场的人本来大都是在演戏。剧情正常进行时，都想争取个角色，而一旦剧情跑出主题，或者连戏台子的存在都发生问题时，人们的表现欲就会后退，取而代之于自身安全的考虑，眼下，彭随明差不多已经昏迷、休克，如果他出了生命问题，在场的人是不愿意承担责任的，对事情延续的后果，人们连想都没勇气去想。所以，像涌来的狂潮，现在挺自然地就退去了，收缩了。白脸女与黑脸女激烈的争执，也因此而无声地结束，她们两个人悄悄离开了现场。原来一些持中间立场的，表现不生动的人，反而紧张地互相唏嘘着。而林子不知什么时候，不知有没有经过谁许可，已经在几个人的帮助下，把彭随明搀到了里屋的土炕上，就是原来他母亲睡的炕，与外屋隔着一道门槛和一个白布门帘。两个穿孝衣的人拥在一起，其中一个呼唤着另一个，声音深切而悲痛。彭随明睁开眼，看到林子，愣了一会儿，无奈地把头斜向一边，使两个人的脸更加接近，而彭随明的两只手同时用力，抓紧了邢林子身体的一些部位。帮忙搀扶的另外几个人自觉地退回了外屋。里屋炕上只剩下这对落难的男女。

并没有，也不可能停留很长时间，彭随明和邢林子就返回了外屋。这次林子直接跟着随明，乘势就跪到了母亲头部的地上。他们刚出来时，整个外屋没有一个人，竟是空的，这本来是守灵最忌讳的，原来的那些人也不讲究，都逃避了。现在见他们两人出来，才又陆续返回屋内来。他们并未远离，就在院内、大门口，村中的胡同里，与一堆一堆的人添枝加叶地传播发生的事。今夜整个村庄无眠。凭着各种理由和渠道，沾亲带故的多种关系，谁能够掺和进事中，接近事件的中心，谁似乎就高级起来，好像取得了合法的看戏入场券。为逝者守灵，本来是儿孙辈的事，是亲人们寄托哀思，挽留逝者的仪式，是无可奈何之举，参加者是一群悲痛的人。有些丧事因为死者八十岁、九十岁，谓之喜丧，守灵的人们已无很多悲痛。即便这样，只要不是硬性理由，一般人也不是很愿意进入守灵屋里来的，特别是夜晚，村庄上一死人，整个气氛阴森森的，树枝、墙角、黑影、风吹草动，一切都和死者沾上边。一代一代传下来的说法，加重着村庄的恐怖气氛。但是，人就是这样一种动物，对某件事一般会有多种心理，哪种心理占了上风，就由哪种心理来左右行动。人看上去很有原则，实际上多数时候随意性更强，只要愿意，总会为行动找出千万条理由。眼下，彭随明家的戏剧性事件，戏剧性超越了恐怖性，恐怖是猜想的，遥远的，不确定的，而他家的稀罕和笑话是实实在在在那儿摆着的事实。一个十六七岁的黄花姑娘，还没有成亲拜堂就来为男方家的老人当孝子、穿孝衣、守灵过夜，反差很大的事和人搭配在一起，对人兴奋点的刺激是不可抗拒的。换句话说，有些人是把这件事当成娱乐活动来对待的，当然，表面上要装上悲痛的脸谱，理由则是对弱者的同情、关心。

所以随明娘不知有无感应，她真是享尽了哀荣，家里家外，屋里屋外，都是看上去在为她忙乎的人，守灵的也不孤单，宗族内十几个远房下辈，有男有女，都为她戴着白孝，其他不挂白的，则以办事人的身份在屋内停留、走动。人们关心着每个细节，所有人都在找着活干，好像都是内行，都是当局者。谁如果不说上一句两句，不在手里抓点儿事干，谁在这的地位就会动摇一样。可实际上，穷家丧事，并无排场，能有多少事可提供给这些人呢？最终，人们就只能干哄哄。人成群成片地走来走去，几句话说来说去。重新回到屋内守灵的人，或者是管理、服务守灵的人们，能够稳定下来，有一个位置，就感觉很好。

7

晚上十一点，在农村，深秋季节，已经是很深的夜了。那位嫩白脸，有几颗门牙向外撇的妇女，搀着先前那位奶奶辈的老人，就是白天教训彭随明那位，来到了屋内。大家有点吃惊，都立即站起来，为老人闪开地方。屋内有一把不郎椅，木质，很旧了，原来涂上的黄漆多数脱落，露出里边的实木纹路，经年累月的使用留在了上面很多污垢，还有磨损的痕迹；折叠轴是一根圆铁，两边分别用铁质螺丝帽固定，金属在空气里的氧化作用已经使它们锈迹斑驳。老人没进屋前，这把椅子是谁挨着谁坐。老人进来，坐着的人赶紧就站起来，并且把这把椅子搬到靠屋子中间一点的位置上，恭恭敬敬地请老人坐上去。这把生锈的椅子，从诞生以来，或许是第一次作为权力和地位的象征而发挥出作用。人群中的每个人，地位高低，贵贱尊卑，总是要通过具体载体来体现的。这个载体往往不因时间、环境、情势不同而变动。它们的附加意义因人而定，相对生义。一位省长屈尊到乡长的办公室，乡长的座椅就成为省长的座椅，乡长的公案就成为省长的公案。假设又来了一位大领导，那省长就必须再作出让位。具体环境下，公认的最好的东西，往往由这群人里最尊贵的人配享，哪怕这个东西客观上、本质上只是一个破烂货。所以读者朋友一定要用心珍惜我们生活中某件平常物事，说不准什么时候它就能放射异彩。现在，老婆婆坐上这把不郎椅，仿佛法衣加身。颜色、容光、体态、架势立即发生了某种改变。她张了几次口，欲讲未讲。白脸女紧挨着老婆婆，坐在由玉米棒皮编成，已经发旧了的团垫上。但她只坐了一会儿就站起来，仿佛坐下只是为了确定一下自己的合法地位。她实际上是习惯站着的，何况她现在可不是简单的一个人，从她搀扶着老婆婆往这儿走开始，她就和权力融为一体了。在老人还没有讲出来话的时候，她率先说："老奶在路上给我说了，守灵要像守灵的样子。"说着俯身问老人："是不是？"老人立即点头肯定。

这时候，大家都把目光集中到邢林子身上，同时想到傍晚时她和黑脸女唱的那一出戏，也有人想到她会不会再拿林子的座位说事儿了，闹了一出，还能再闹？殊不知，这个女的是有性格的，她不允许自己把脸面丢到这么大的场合上，要不，她才不会请老婆婆深更半夜再次出山呢。要知道，让老婆婆出来，她是要付出代价的，那就是老人坐在这儿，她只能是二号人物。二号就二号，总比窝囊了强，何况，情况也没那么严重，只要把老人侍候好了，她就完全可以代表这个人物说话，像戏台上唱的挟天子以令诸侯。事实上，她很轻松地就让邢林子离开了彭随明坐着的那一边，让她移向女眷这边的末梢之位。其实，正如林子从一开始就持有的态度一样，她本人并不很在乎这些。起初，突然临事，有些慌乱、惧怕、紧张，开了头，对她就没有大碍了。她思想里对当孝子的概念并不像世人认为的那么严重，何况这都是为了彭随明，彭随明能对自己拔刀相助，现在，他母亲死了，我就不能帮个忙吗？还多亏有这些找事的人，如果不是他们，她还不能这么顺利、直接地就来到这个家呢。知恩图报，谁对我好我就对谁好，这就是她的思想逻辑，其他的，在她这个年龄，她这个出身，还没有来得及学习到。刚才在里屋，她与彭随明两个青春的身体拥在一起，彭随明因为悲伤，什么也没做，只是用力攥她的手。而对于林子，悲痛是在次要位置的，身体在特殊环境下变得更加敏感。一个人在宽阔的大路上走，有时候会漫不经心，对路的感觉不太明显，而若是进入一片荆棘丛生的曲折小道，路在心里就会更加凸显，越艰险，路会越重要，让人把全部身心都用在路上。邢林子真切感受着彭随明对她的需要。被他需要，而自己又能把这种需要传递给他，这让林子小姑娘品尝到了一种特别的幸福。但是，事件本身又很糟糕，是丧事，这没有办法。周围环境，人们的脸，完全涂抹着糟糕的颜色。她只想着彭随明，看着他，关心着他，其余的，让别人摆布就行了。

8

到了十二点，也就是子夜时分，她们要做一件神秘的法事。拿来一个女人梳妆时用的圆镜，镜子周边镶裹着一圈粉红色塑料边沿儿，大小和一个小锅盖差不多。她们用一根细白线绳系住圆镜，并把它挂在棺材头上，然后端来一个白瓷面盆，面盆里盛着清水。将它放置在镜子正前方，使水正好能够映照到镜面上。摆放停当，白脸女人表面上是请示老婆婆，实际都是自己想好了的，只不过请示能使她更加理直气壮。她严肃地站起来，面容上全是虔诚和神秘。用轻微的声音说了一段咒语般的谁也没听清的话，然后走到屋子正中间，跪下来磕头，从蜡烛上点黄纸，双手合着举到半空，眯起眼似乎在冥想、祈祷，也好像在呼应空中某种神秘力量。然后站起来，来到彭随明跟前，不说话，可似乎又憋着一股什么气，只用手搀起彭随明，让他随着她来到她刚才做事的位置，示意随明焚纸、磕头。

正在这个时候，屋里发生了一件奇异的事。棺材后边有一张桌子，桌子上方的墙上挂着一张印刷制品的年画，内容是"寿星献瑞"，很多人家中堂上都挂这个。按照风俗，停丧期间，要把这个遮挡起来，遮挡物已经约定俗成，用竹帘或干草（谷子秆），把竹帘竖着，斜搭在墙上，松松展开，有些地方曲卷着，攒着堆，帘子上边稀稀拉拉摆上一些干草，并不要求遮盖十分严密。这样做是什么意思，追求什么，回避什么，谁回避谁，没人做过深究。代代相传，风俗使然，似乎只是一种形式或象征，做样子的成分更多一点。但是，就在彭随明正好跪下的时候，桌子上、墙上突然发出一种特别的声响，像一阵风的呼啸，随之，竹帘向外倒下，干草离开桌面，散乱在两边地上和前边的棺材盖上，有的落在屋地上，有的落在守灵人身上。所有在场的人顿时惊讶万分。白脸女先是一愣，继而瞪起十分惶恐的眼睛，快步走到棺材后边查看情况，老婆婆被惊吓得睁开了半眯的眼睛，想从椅子上站起，用了几次力，没有起来，只好又坐下，但她原来的神情已经荡然无存，伸出一根指头无目的地指这指那。屋子里的其他人先是发出哎呀哎呀的叫声，继而安静，集体沉寂。彭随明呆呆地、不知所措地望着前面。邢林子也被吓了一跳，但她的思想里这方面的成见并不多。在这个偶然事件发生后的混乱中，她上前一步，就和彭随明挨到了一起，下意识地抓住他的一只手。停了一会儿，院子里一些人也进到屋里，秩序乱起来。人们小心翼翼地走到棺材后边，上下左右查看，包括两边的墙壁，上上下下，仔细观察，怀着一种复杂的心理，看能不能找到事情发生的正当正常原因。当发现什么理由也找不到时，人们好像失望着，但更多的可能是隐秘的类似欣慰的心理，因为这样一来，事件就成为更典型的事件，对神经的刺激，来得更生猛一些。人们作为亲历者，这时候已经开始议论起来，互相交换看法，谁都站在自己的角度，说当时自己看到了什么，听到了什么，最开始怎么了，后来怎么了，又后来怎么了，一点一滴，添枝加叶，内容各有出入，但各自都坚持自己的正确性。山村里一件必将长久传播的新闻，此时在新闻的发生地，经过众人之口，正在被丰富，被文化，被着色着彩地塑身成形。

真正受到触动，受惊吓最厉害的，是白脸女。农村里的民间社会，实际上有一块阵地，那就是神秘文化、阴阳文化的传播和掌握。白脸女平时在寺庙做事，在村里红白喜事上，常常扮演重要角色，好像她是这方面的研究者或权威人士。其实，别说她——一个小学都没毕业的山村妇女，就是能耐再大的人，对这方面的事谁能说得清呢。白脸女能行此道，主要凭借道听途说，而且用心积累。她比别人强的是胆大、不害羞，敢于站出来，把自己都不明白的话和事，红口白牙地在人前说。一个"敢"字，成全了她的地位。可是，真正亲眼所见的奇异事件，对她来说，这一次也是头一回。平时她自己糊涂着，将信将疑地唱戏，这次平白无故，竹帘倒了，干草飞了，并且刚才有个人说他亲眼看到了最初的一幕：是有一根干草先飞起来去旁边墙上碰了几下，然后才落到棺材盖上的；还有个人说，他听到事发前棺材先咯嘣咯嘣响了几声。白脸女真真切切害怕起来，平时积存在心里的那些东西，在这时派上了真用场，使她比别人更加害怕，同时也是第一次使她确信了鬼神的存在。她的知识还不能够让她考虑破旧房屋墙壁上方多个漏洞对这件事可能发生的影响。

刚才这一幕只是一个插曲，圆镜和那一盆清水还在那儿等着她们去使用。白脸女觉得她当前正在做的事更重要了。当她镇定之后，重新主持局面的时候，表情更为庄严，大家似乎也更听她的话，因为新的事态和局面总需要有人引领着往前走。突发事件有时候是个好东西，可以帮管理者的忙，让管理更有合理性，使管理手段更容易让被管理者所接受。白脸女用低沉、神秘的声音说："咱们都看到了，随明娘死得不寻常。她现在那边等着我们来看她。想一想，她刚才给咱弄恁大动静，为了什么？我们得赶快弄！"

现场有年纪大些的人，早已明白她让做的是一件什么事，用一个字称呼，叫"观"。死者出殡前的子夜时分，凭借水和镜，再辅助于某些咒语的引导，可以让对死者心怀虔诚的人看到死者在另一个世界的身影。这种事仪式感极强，需要多种神秘因素配合，并不是所有施行者都能如愿。白脸女指挥彭随明站到屋子中间，在她的带领下，焚纸、奉茶、长跪。她同时跪在一侧，与随明斜对面，双手合十，口中语速极快地念词语，那火烧火燎而又模糊不清的声音，让人感觉她嘴里好像噙着一个火球，必须吐出来，可是一时又吐不出来，哇啦哇啦哇啦响个不停。之后，她引着彭随明来到棺材头，重新跪下，她已经很少再发出声音，似乎已进入某种秘境，多用手势和表情向随明示意。

她用一种极其特殊的眼神观望圆镜。这眼神先是异常地专注集中，接着是变化迷离，然后时而专注时而迷离，集中与变化快速交织，继而整个脸抽搐扭曲起来。她好像已经脱离现场，沿着明亮的镜面向里走，到达一个很远的地方，在那里停留了一会，又返回来，又进去又返回来，镜面成为她的出入之门，这一切都表现在她的表情和眼神里。当她这样镜内镜外往返了好多次之后，开始对彭随明说话，声音低沉而尖锐，似乎换了一个人。她边说边让彭随明跟着她朝镜子里观望："瞧，那不是你娘吗？瞧，那边刮的风有多大，还下着雨，大风大雨，瞧，你娘的头都被淋湿了。瞧，瞧，地上多深的水，你娘在水里，转过身来了。你娘的脸，是，是，在看你，随明，随明，快看看娘……看看……"

彭随明先是恐惧后来又伤心地哭起来，泪眼模糊着，心里无比害怕，朝镜里观望。开始他看到的只是镜面照着的白瓷盆里的水，水波摆动，随着白脸女的声音，他确实看到里边是阴天，有水在涌动，但说老实话，他没有看到娘的身影，怎么看也没有。一直挨在身后的邢林子，心里有些害怕，但更多的是好奇。看着这个女人催促随明，看着随明伤心自责的样子，心里很着急。

白脸女示意那位老婆婆观望一下，老婆婆一观，就说："孩子，真是你娘呀，多可怜，赶紧给你娘说说话吧，问问她有啥嘱托的。"

接着，现场又有几个人战战兢兢走过来，观望，都说看到了里边在刮风下雨，都说看到了随明他娘，都说很可怜的。

老婆婆让彭随明赶紧给娘磕头，然后又转向邢林子，说："你，还不赶紧磕头，认罪认罚，让随明娘原谅你，承认你俩！"

随明在原地磕头，林子也跟着磕。林子磕的时候，白脸女说："你们瞧瞧，随明娘在那边看到了，她哭了，用袖口擦泪呢。你这女子，赶紧请求原谅吧！"

她再让随明观望，随明实际上仍然没看到娘，嘴里已经不好意思说，伤心着，犹豫着。这时邢林子又主动跪下磕了一次头，然后，挨紧随明，从他耳朵旁边伸过头，朝镜里仔细观望，然后说：

"随明，那不是咱娘吗？你看，她在望咱们呢！里边雨也不下了，风也不刮了，娘也不哭了，快看！"

随明扭过头吃惊地望了一会儿邢林子。白脸女像注了一针强心剂，表情愣一下，也从恍惚中清醒过来，扭头看着林子，现场的人也都朝林子望过来。

邢林子似乎获得了主导地位，她微微伸了一下手，又用手托住下巴，扭过脸来，跟随明说："咱俩一起给娘磕个头，让她成全咱，让她看到我给她戴着大白孝！"

随明又哭出声，但他完全听着林子的摆布，一块磕了头，一块喊了两声娘。随明仰脸对老婆婆、白脸女，还有现场的人说：

"我观到我娘了，我娘看着我和林子给她磕头呢！"

白脸女能再说什么？不能。老婆婆已经完成了任务，很慈祥地望着一对身着重孝的年轻人。

黎明的时候，有人发现，在彭随明家门口向南二十步，一棵百年古槐奔突起伏，暴露于地面的槲枒上，旁边并排坐着邢林子的父亲邢秋木和她的哑巴母亲陈莲花。

9

第二天是正式出殡的日子。

连续几日半阴不晴的天，开始变得明亮澄澈。深秋时节，常见的白色羊羔云，由浓而淡，逐渐变薄，一片云与一片云主动地互相分离，天空像海水一样的深蓝色的面积越来越多，到中午时，天空就完全地放晴了，阳光温暖地照在大地上。

按照风俗，午时过后就是出殡送葬时辰。人们紧张地忙乱着，做着各项准备工作，但等主事的人一声令下，鞭炮一响，就要把棺材抬出家门，然后在孝子们的哭声中，经过街祭、路祭、桥祭等，把死者送到村西北山坡上的墓地里去下葬。可是，就在这个时候，出了一件意外的事。行政村的妇女主任赵小娥来到了彭随明家，她身后还紧跟着一位男士。这位男士不足三十岁，接父亲的班在燕城市工作，前不久因慢性病请假来老家休养。他和村上的人已经很少有关系，平时就是一个人在村周围溜达，转圈儿。他今天来干什么？走在他前边的赵小娥就更稀罕，她平时主要是管计划生育工作的，村委会办公室设在另一个名叫七岸的村庄上，远隔着四五里路，她今天为什么跑过来？丧事中能有她什么工作呢？

赵小娥刚才在胡同里还和人说笑、打招呼。有平时因结扎、流产打过交道的妇女在远处朝她喊："又要给谁家媳妇儿上环了？"赵小娥就笑着回她："给你呀，给你再上一个环，你这样年轻漂亮，得用双保险！"然后又都笑。但是一走近彭随明家，赵小娥就正起脸来。此时，院子里的灵堂已经拆除，纸马、纸幡也被人举在手上。有一个人提着抖搂开的鞭炮蹲在门口，等候有人下达指令。十几个身着孝衣的孙男侄女、晚辈子孙，簇拥着从屋里移到院中。空中哀乐响起，戏剧《秦雪梅吊孝》的唱段儿在反复播放。混乱中，赵小娥找到彭随明的那位大伯，大声给他讲话，让他发话先把事停下来。大伯先是没听清，有些惊讶和迷惑，待听清楚赵小娥的话后，问为什么，停丧在地，可是大事，啥工作比这还重要？

赵小娥不容分说，硬性要求先停下，这就必须停下。妇女主任职位不高，但也是享受乡政府定补工资的基层干部，平时可以稀拉、调侃，但如果一旦正式起来，那人家就是在行使工作权力，而权力在一定时候是具有强制性的。大伯赶紧发话，各处行动的人都停了下来。接着，赵小娥问谁是邢林子。有人从孝子堆里把林子拽出来。赵小娥走上前去，一只手拉住邢林子的胳膊，一只手朝众人挥舞了几下，挺起胸脯大声说：

"各位亲属、乡邻，这样对待邢林子是不合法的，是对女青年人格的践踏。林子才十六七岁，让穿上这个大孝衣，成什么体统，赶快脱下来！"

这位大伯一脸吃惊，赶紧在人群里寻找白脸女，不见她的人影，有人指指门外，意思是说她已经溜走了。大伯把目光投向仍然坐着那把不郎椅的老婆婆，老婆婆也正在吃惊地望着他。这时候有一两个青年人乘机说："人家领导说得对，邢林子又没犯什么法，本来就是自由恋爱嘛，都什么年代了！我们村多落后哇！"

现场乱了起来，先是窃窃私语，而后是各种响亮的声音。这样对待邢林子，只是个别人当时突发的想法，大多数人并无一定主见，本来就是跟着起哄，看笑话，找寻刺激。现在村干部响亮叮当的态度一出，现场根本没有什么人非要坚持。大伯的脸松弛着，多少有点歉意似的对着林子，也是对着整个现场说：

"脱，脱下来，主任说得对，你不该穿这个！"

出乎所有人意料的是，邢林子不想脱下孝衣。很简单的道理，她已经和彭随明融合到一起，如果说刚开始别人强迫她这样做，她还有些排斥和抗拒，那么事情进展到现在，她的思想感情已经又发生了很大的变化；年轻人本来心灵干净，负担极少，像一张白纸，这一天一夜的时间，客观上很短暂，或者说放在平常日子里很短暂，但这样的经历让邢林子感觉时间是多么漫长啊。她的心在这个时间里完全被这件事所占据，也就是说，她心上现在只有彭随明，彭随明为母亲穿孝，她也必须跟着穿。她望着妇女主任，坚定地说：

"这是我自愿穿的，与别人无关！"说着就挣脱主任的手，要往彭随明那边去。妇女主任是经历过场面的人，这时更加严肃起来，大声说："邢林子，你不能这样！我必须把实情告诉你，这件事是咱们村有人向县妇联举报，县妇联打来电话，要求必须尽快把你解救出来，否则，县领导就要亲自来，还有，如果这样，彭随明也会受到牵连！"

最后一句话，对林子有所触动，就在林子犹犹豫豫的时候，原来跟在妇女主任身后的，那个名叫石钟鸣的男士走上前来，看着邢林子说：

"这不是你一个人的事，它关乎整个妇女权益的保护问题。"

这个突然出现的陌生青年，讲出这么大的话，口气似乎还挺严厉，但目光与表情上却透露着亲切和温暖。邢林子当时根本不知道他是谁，也不知道该不该与他搭话，望了他两眼，什么话也没说。这时，现场的人都一个声音，让林子把孝衣脱下来。同时，对石钟鸣这个游离在本村人群之外的特殊人物产生了极大的好奇心。现场，人与人之间开始小声议论石钟鸣，都猜测举报这件事的或许就是这个人。

彭随明一直处在被动之中，他还没有足够的能力主动应付这么复杂的局面，哪种力量占了上风他就被哪种力量所裹挟。唯一使他主动想着的，是邢林子受的伤害和委屈。可是也有变化，这么一段时间下来，邢林子已经成为他在悲痛中的一个慰藉，使他时时感受着来自她的特别的温情。他甚至很矛盾，一方面想让她脱下孝衣，获得自由，一方面又想让她继续与自己同步同行。所以当妇女主任干预这件事时，他不知道怎么说是恰当的，就什么也没说。

眼下的事态很特殊，农村出殡有固定的时辰，不能再往后耽搁时间。妇女主任又严肃地说了一次，石钟鸣也又讲了一通道理，管事的大伯说："你这女子，不能总不听话，赶快脱下来，不要再给别人找麻烦！"

几个妇女上前，要帮助林子脱孝衫，林子没再坚持，也配合着脱起来，从腰间解开那一条由很多麻缕捻成的松散的绳子，同时摘下裹在头上的白布，最后在别人帮助下，她张开两臂，把整个孝衫完全脱了下来。这样，一个全新的邢林子出现在大家面前，她像突然从云雾中走出的一个人，原来朦胧着，人们看不清，也没有机会用心看，众人的心思全被事情的外围所缠绕，身处事件核心的人，活生生的人，人的相貌、模样等反而被忽视了。现在人们看到，林子穿着一身酱色绒衣，款式像几年后兴起的运动衫，领口有三颗白色纽扣，此时扣着两颗；纯黑的头发在脑后束成马尾形状；她肤色的白是从里到外白得极透彻的那种白；眉毛浓黑，眼睫毛长，眼睛不是双眼皮，也不是杏核那样的，眼神光芒闪烁，眼白是大了点还是小了点搞不清楚，格外与人不同，总体上透射着一种让人特别着迷的气息；她有一个天然的朱砂红的嘴唇，唇线总体是平的，只是上唇线在鼻子底下这一点上微微向下弯曲，使她的人中轮廓分明，细腻光滑；她的脸略显长形，额头宽阔明亮；身段修长，只是年龄原因，整个都还显得单薄，有些部位还没有发育饱满，腿显得过于长些，臀部也还没有完全出来，使她的身子像一根箭杆。这样一个姑娘，十六七岁，出生在山区，而被这样一件事裹挟了一天一夜，弄得她前额上头发凌乱，面容也有些疲惫，真是让人怜惜。现场的人们此时几乎都产生出极大的同情心来。

10

邢林子脱下了孝衣，但她坚持还要回到孝子的行列里，并且要紧跟在彭随明身边。后边这一个要求是有悖风俗的，因为即便是正式的媳妇，这个时候也是要和丈夫分开的，丈夫作为儿子、孝子，应该在队伍最前头，而包括儿媳妇在内的女孝子们是排在整个男孝子队伍之后的，而且林子穿着如此的服装再去跟着彭随明，确实会十分刺眼，又不协调。但是，经过这么多事，没人再和林子打别。妇女主任皱了皱眉头，也没表示反对。说老实话，她也是在例行公事。县妇联追究的是强迫未婚女子穿孝衣这一点，脱了孝衣，不仅等于解决了问题，而且具有问题被解决的鲜明标志和符号。她如果积极一点，可以回到村办公室，打个电话给妇联，报告解决结果。如果不想麻烦，回去后连电话也不必打，上级再问再说，上级不问，大多都没人再问，此事就算完结。赵小娥在回去的路上，一度觉得好笑，回想这么多年经历，妇女主任做妇女权益保障工作，这还是头一回。

邢林子紧跟着彭随明游村路祭，一路上吸引了本村和外村很多人来看热闹。大街小巷，路边村口全都是人。说一句不恭敬的话，事情发展到现在，丧事作为哀悼逝者的意义已经大打折扣，它差不多成了彭随明和邢林子的恋爱宣言发布会。寂寞的山村山民，寂寞的精神生活里像倒进了一瓶兴奋剂。邢林子洋气得好像与周围人格格不入的模样，是这兴奋剂里的核心元素。两个人走到一起的传奇经历又为这个元素的发酵推波助澜，而特殊的场面正好为他们做了一个大广告。

在墓地，那个本来跟着赵小娥的男青年石钟鸣，在赵小娥走后，和邢林子有过一番对话，具体时间是在棺木沉入墓穴，孝子们履行完必需的程序，前来帮忙的村民手持铁锹向棺盖上填土的时候。彭随明、邢林子和其他身着孝衣的人或蹲或站，在一旁休息，等待墓冢封起后，再上前烧纸、祭拜。就在这个间隙，石钟鸣走过来邀请邢林子来到旁边一棵柿树下。

这个季节，是太行山自然风景最为丰富的时候，整个坡地上绿叶浓郁，花草繁盛，多种植物由于属性不同而各呈风姿和颜色，它们各自无可选择地生长在一处，彼此呼应，相互交织，丰富着太行山山地的构图，坡地愈向西愈倾斜，直至山脊主峰，中间巍峨陡峭的红崖巨壁上，仿佛是挂在上边一样地，生长着许多野菊花，有黄的，有白的，有紫的，零零散散，让人联想到夜晚高悬在苍穹上的满天星斗。石钟鸣与邢林子站立处的那一棵柿树，正挂满了金黄的果实。肥厚宽大的树叶，在温度逐步降低的季节里，有的已经开始由绿转红。柿树的枝丫婀娜多姿，曲折委婉，质地坚硬而姿态绰约，整个树冠的轮廓在空中画出圆润玲珑的曲线。在仿佛是一柄巨伞的庞大树冠之下，这一对性格、气质各自都有些特异的男女，在进行着异常低声的谈话，他们旁边不远即是墓地上活动的人影，还有此种场合必须摆放的一些物事，另外，还有一个至关重要的条件，这时太阳已经西斜，它柔和下来的光线，此时像农家织布机上的无数条经线，斜斜地而又直直地瀑布一般地向山坡倾射下来。所有这些，在另外一些有心人眼里，特别是如果能从远处望过来，那完全会是一幅色彩斑斓、绝妙无比的油画。

11

母亲的丧事之后，彭随明实际上就和邢林子生活到了一起，这两个特殊而贫困家庭出身的青春男女，经过一些事件的折腾，似乎已经被打上了某种标签。政策宽容着他们，舆论默认着他们，甚至也不能说宽容、默认，而是对抗到极致之后，矛盾的一个方面妥协了下来。但是，我们设想一下，就这么两个人，当苦尽甘来的爱情像泉水般涌来，当青春身体的接触成为日常生活的家常便饭之后，他们的人生会是怎样的情景？不种地没有饭吃，不挣钱就不能买衣服穿，而且一年后，他们就生下了一个孩子。毫无疑问，他们生活中一定是出现了很多困难。这个时候的彭随明对他们所处的生活，并不可能会有一个全局的足够清醒的认识，他钻在生活的帐幕之下，等困难向他袭来的时候，他拿出的唯一武器仍然是他的爱情，是他夜夜入怀的美女邢林子。生活中的战斗说到底是心灵的战斗，心里有底线作堤坝，生活的洪水巨浪再冲击，终归还是会得到自我慰藉。林子本来就是像白纸一样的女子，在还没有染上生活的常规尘埃之前，就先被彭随明占位了，被爱情占位了，而且经过闹腾和折磨，这种占有得到了强化和膨胀。换句话说，她还没有来得及接触生活的真相，就被捷足先登的事件给绑架了。就像村边的某棵树，一出地面就与一块大石头为伴，结果，树就把石头抱在身体里共同生长。别人的生活，客观的实际是什么样子，他们都来不及细作探究，以为人生就该是他们生活的样子。林子过了二十岁，容貌更美，像一件雕塑品，原来只是一个坯子，这时该补的都补上了，身体窈窕，身体某些部位的弧线，凹陷、凸起，更加分明。朱唇如染，下巴如削，颈项高耸挺拔，而两肩及背部又分外圆润饱满，无论穿什么衣服，什么季节，哪怕她衣服上沾染了脏污，但她始终给人干净的感觉，那一点脏明显是临时的，被人忽略的，不会与她的气质融合到一起。她照样活泼着，天然活泼的那一种，由于后天知识的限制和接触世界范围的狭小，使得这种活泼像溪水般浅显，泛不起五彩缤纷的浪花。从猫儿脸下那样纯洁天然环境里带出来的，从先天某些神秘因素里与生俱来的禀赋和气息，仍然在她身上闪现。而这些先天的东西，在人间俗世又达到了自由生长，遇到阻力，反而激起更强的生长力。她一方面美着、纯洁着、特异着，一方面又没有打开人生更加广阔的视野。

彭随明正好相反，他的身体还是帮林子出气打架时那么高，这么长时间几乎再无增长，这样使他在成人世界里就成了一个低个子，不足一米六的样子，而他的脑子却变得精明，同样，他的精明也由于缺少知识而受到限制，使这种精明的幅员很窄。人生的很多窗口该打开的时候没能打开。说一句不恭的话，他的人生刚一起飞，就落了下来，落到了祖祖辈辈生活的山区农民的视野里。彭随明肯定不同意这种评价，因为他觉得自己拥有邢林子这样一个女人，就是很高级的，比别人都高。

第二章 一只白龟

1

七岸行政村总共有四个自然村，它们稀稀拉拉分布在太行山洪水冲积而形成的这一片古老的土地上，虽然每个村落都有自己的名字，但外面的人都称它们为七岸村。整个村庄的南部有一条比较大的季节河，前几年夏季经常发水，大雨连下三天，太行山东侧屏障般的崖壁上就垂下一条条白练，山顶沟沟槽槽的水自我组合之后，都不由自主地向下倾泻。远处望只是一条条垂挂的白道儿，静止不动，到了下边，在峰峦叠嶂的地势之间，多条水脉吸收交汇，从不同高地不同方向注入，逐渐形成了七岸河的主河道。这道河上游较窄，到了七岸村村南的时候，河床逐步放宽，水会汪洋恣肆着奔流，大有庄子所言：两岸不辨牛马之状。但是，最近几十年，这样的水势几乎没有再出现过。曾经的大水在河床中留下了一层又一层的泥沙，还有满河床如奔如腾的巨石。

某一日，在这个河床上，突然出现了一群人，为首的名叫周奎，胖墩身材，浓眉圆目，三十多岁模样。跟在他身边的是多个年龄段的人，从十八九到四五十岁的都有。他们在河床上开动铲车，迅速拓出一片平地，很快又架起一台碎石机。这机器结构不复杂，但样子很吓人，传送带从地面向上，以四十五度坡度举上高空，使它很像博物馆里完整的恐龙化石。他们扳动电闸，进行第一次试验时，机器里发出的巨大声响吸引了七岸村几个自然村的人都来看热闹，比拳头还大的模样各异的石头，拥挤在一起被传送带抖动着向上输送。一个个扬扬自得，像要去参加一个重要的娱乐活动。它们进入机器的粉碎舱之后，发出尖声怪叫的声响，再出来时，已经分不清彼此，每一个原来的自己都被碎化成了像巧克力糖块一样的小石子，以崭新的颜色和形状混合在一起，惊心动魄的前世今生之变发生在突然降临的转瞬之间。

　　七岸村的人受到了前所未有的震动。这河上的石头，在村民的眼里本来只是再自然不过之物，今天，却被当作宝贝，当作商品来对待，像工厂里的产品一样来进行加工，还要大车小车地运往山外城市，供正在兴起的房地产开发商们使用，不久就会变成大把大把的钞票，装进很多陌生人的口袋里。当村民们弄清楚这是一件绝顶的好事之后，就开始研究和猜测周奎的身份。有人说，周奎这个外乡人是和村干部联手出卖资源，挣钱；有的就接嘴说，那不可能的，咱七岸村村委会那几个人谁会有这能耐，人家周奎是县城的红胡子，与大领导有关系，谁会瞧得起咱村干部，他们只是服从。到了晚上，整个七岸村几个自然村几乎家家都在议论南河滩里发生的事。议论千万年撂在荒滩上的石头有了用；议论机械粉碎石头的声势猛烈，说那石头平时用锤打都打不碎，硬着哩，往机器里一装，出来就碎了，碎得一般大小，均均匀匀；议论周奎的长相，说人家一看就是厉害人，八字胡，眼睛大，可总是眯着，睁开时，也不怎么正经看人。大家想着周奎的手下人在周奎面前点头哈腰、唯命是从的表现，各自依据自己的想象猜测着周奎的身份。但是，各种猜测，无论怎样南辕北辙，有一点是共同的，那就是都以为周奎是一个有大背景的厉害人，大家觉得七岸村的历史或许因为这个人就要改写了。

周奎的真实身份其实也是一个农民，只不过在当时的年代里，七岸村的人只以表面上的现象来判断人，打破常规的事件，长相和做派上的不同常人，往往会先把常人给镇住。当然，相对于七岸村的人，周奎也确实是有优势的。他是农民不假，但他是县城边上的农民，家在城西五里的小庙村，出村沿一条田间土路向东不远，即是县城的西券门，进去券门就完全是城市的模样，柏油路、商铺、住宅区、机关、医院、学校，再走，是十字路口，原来竖着一尊毛主席塑像，白色的，不知道是不是汉白玉，底座的材料很确切，就是太行山上的花岗岩。主席伟然立于其上，衣服的一角被风吹起，他面向东方，一手随意放在腰际，一手向天下挥舞着。这个塑像前几年被移走，但"毛主席塑像那儿"，作为县城的一个地理标志却被固定了下来。塑像已无，但人心里他还在那儿立着，意识的造型胜过了客观的物质存在，精神重还是物质重，让人不好下结论。有一种理论认为意识就是物质，物质是短暂的，意识是永恒的，物质只是意识在某个阶段、某些空间的一种表现形式，这个理论或许在崇山县城的这个十字路口就能得到印证。

周奎有一天从小庙村出来，正好从南边路上走来一队县城的痞子。那个年代的痞子和后来的不同，特别是在崇山这样的山区小城，痞子都特别注意外在装饰打扮。留胡子的，披长发的，剃光头的，文身刺青的，总之是自己给自己贴上标签，气味相投的男女互相凑拢，集合成一支队伍，招摇过市，显眼扬威。不像后来，真正的痞子反倒都是在文雅上做文章，不是说学习文化，读书什么的，而是穿唐装汉服，出文明表情，狠手做事全在背后里，认识痞子，需要有人偷偷指给你看，才见得。不像那时，谁是痞子，脸上差不多就漆着字。周奎本来一点痞味都没有，全是因为这个天然的长相。他是什么长相？详细描写起来有点困难，照直说就是一副痞相，那什么是痞相呢？痞相没有人作规定，也没有标准，它全在约定俗成中，在人的心里，反正那个年代人见了他就觉得他应该是痞子。县城的这一帮痞子队伍由南向北而来，发现周奎，突然都自发地差不多是统一地站了下来。为首的是一个戴墨镜的人，长得粗壮高大，鬓角边儿的头发长而且浓，从耳朵以上被抹光后向后梳成大背头。周奎看到这帮人，心想是遇到痞子了，本来还发怵，不想那个为首的却把墨镜摘下来，和周奎打招呼，其余的人也做着服从状，整个情形就像下级遇到上级那样。周奎开始莫名其妙，见他们这样，先是踏实下来，接着迅速思考，觉得他们是不是认错人了。

大背头说："大哥，今日什么生意？"他这样问是有道理的，依他的想法，这位老大是在巡视什么，等待什么，或者与谁接头，布置什么任务。痞子有痞子的江湖，这一点江湖外的人无法知晓，但在痞子们那里，都是心中有数的。周奎虽然不痞，但脑子也不太愚笨，听此人如此打问，心中便有了点底细。暗想，好，今日攀上高枝了。

周奎没有回答问话，不是没听懂，而是一时想不起来如何回答。正规地立着，正规地望着大背头，也瞧瞧其他几位。他的这种正规表现配在他的长相上，反而使他越发像痞子们眼中的老大。

停了一会儿，周奎上前一步，反问道："弟兄们今天有何生意？"

大背头凑过脸来，在周奎耳边悄悄说了一阵话。

2

这天晚上，明月皎洁，这一群人去实施了一次行动。

县城东关，一个叫岸下的地方，低处是一座不规则的池塘，居民房有平房，有楼房，分布在池塘四周，房舍中间靠绕来绕去的胡同相连接。夏季晚九点池边还有许多乘凉的人，有单独的，有成堆的，各种人声相嘈杂，人声稍静的时候，池内的蛙声就响起来。大背头领着这群人来到池塘边一处稍高的土台上，刚站住不一会儿，从池塘对岸就走过来六七个同样年轻的人。他们一到台下，台上的大背头就用低沉的声音说："刘三儿，你说，服气不？服气就上来给我磕个头！"

台下无声。旁边不远一个老头儿叫卖冰棍的声音，沙哑而殷勤。

少顷，现出一个人影，从台下向台上走去。大背头向后一闪，队伍中的另一个兄弟出列应对。两个人影对峙了不到一分钟，就听到一声凄厉的尖叫，随即看到台上的那位已经被打翻在地，身躯隆起，扭曲号叫，显然对方伤到了他的痛处。接着就看到大背头高大的身影冲过来，他嘴里并不发声，直接朝那个人踢去两脚。就在那人跟跄着快要倒地的时候，他抓起他两只胳膊，咯嘣咯嘣，两声响，那个人的胳膊就脱了臼，耷拉下来，发出低沉而惨烈的呻吟声。台下的几个已经冲上来，与大背头的队伍在土台上厮打起来。月光下，人影一翻一滚。直到这时候，周边乘凉的人才发现这里在打群架，很多人都围过来。借着朦胧的月色，人群中有认识大背头的，就悄悄地给人们介绍他的厉害，看热闹的人中不断发出"哎呀，他就是大背头啊！"的感叹嘘唏之声。

　　周奎是第一次见识这种场面。他想表现勇敢，骨子里又不是胆大的人，长了二十多岁，从没给人打过架。在这次行动中，他已经是痞子队伍中的一员，他十分清楚，应该做出上乘的表现。当然他并不知道，大背头们不仅将他视为同类，而且是当作同类中的高手来对待的。如果知道了这一层，他的压力会比现在更大。这种场面，架势、手段、语言都是有个性特点的，但他一概不知。当对方人上来的时候，他就开始叫骂，边骂边向前冲锋，都不得要领。如果干脆不冲，稳坐钓鱼台，以老大自居反而更好。他不知底细，又憋不住，勇敢地冲，根本进不了群中。在对手面前，又不知道如何躲闪，就在对方倒下一片，一个一个在地上翻滚挣扎的时候，他才冲到跟前，刚挨着地上一个人，准备用脚踩，不料那人猛一翻身跃起来，从地上抓了一块石头朝他头部砸来，他一下子就被打翻在地。双手抱着头，感觉满身是血，知道头破了，立即想到死。哎呀，原来所有想法都没有了，只剩下恐惧，号啕大哭起来，哭爹喊娘的。队伍中突然出现的这个人，这样一种表现让敌我双方都很震惊。

双方在震惊中罢了手，现场一时寂静。大背头一方等于是输了气势，痞子打天下讲的就是一口气，不服输，不惧死，至少场面上要雄风烈烈，顶天立地。而周奎一动真格就露了馅，这让大背头非常丢脸，极其懊恼。但周奎他的头毕竟被打了一个窟窿。大背头作为领袖人物，还要表现体恤弟兄的慈悲雅量，当天撤退后到医院包扎医治，住了三天。周奎头上至今留着一块伤疤。周奎前后的表现让大背头认识到，这是一个徒有英雄之表的人。

周奎没能加入痞子队伍，但头上留下的伤疤成了他的一个资本。他还在村上生活，但却拥有了很高的威信，人们觉得他与县城里的某些社会力量有着深刻联系。平时进城，偶尔再碰到那一帮痞子，大背头会嘿嘿地笑着走过来，很亲热地拍他的肩膀，说一些听起来热情实际上暗含嘲讽的话语。类似的场景常常使跟周奎一块进城的村上人，对周奎更加刮目相看，回到村上又添枝加叶地传播，全然把周奎包装成了一个县城边上的神秘人物。

3

周奎所在的村向西，朝着太行山再行四十里，就是七岸村所在地，这里是完全的乡下，周奎来这里承包河滩，开石子加工场，那是如虎添翼、如鱼得水一般。你想，他有当痞子经历，还有他天然的长相，在乡下人面前就是个顶级的老大。除了石子加工，他逐步又增添机器，制作细沙。把石头打成沙这套工序让七岸村的人又开了一次眼界，多大的石头，从这一头进去，再从机器传送带上流出来的时候就成了如麦粒如谷米一般的细沙子，真是稀罕。周围村上的人有的被周奎雇为劳工，短短几个月，整个河滩都被搅动起来。几辆铲车挨着河道一边开挖，差不多挖到了河底，铲车、拖车、吊装车、拖拉机等大小机械身后，千万年的河床被整理如新；无数石头根据大小不同被迁移归类，堆积成新的石头的山峦，石堆之间形成弯弯曲曲的四通八达的道路，而机械车辆的前方则被开挖形成了一道数丈高的横跨整个河床的悬崖，它新鲜的横断面上呈现着不同年代河流沙石的沉积层，虽然内容大同小异，但层次感非常明显，从侧面望去，它像一本厚重的书籍摆放在天地之间，书中内容应该是时间流动的记录，不仅机械臂不认识里边的文字，人也不会完全认识，因为这书里有一些内容产生在人类诞生之前。

周奎在大路西侧，河道南岸一处高地临时用红砖垒起五间房屋，他从自己村上带来一位六十多岁的李姓老者，长期住在屋内值守。他本人来去自由，有时候骑摩托车，有时候乘运送沙石的卡车，开始时还常去河滩工地，时间长了，他主要就在屋内吸烟喝茶，再后来来的次数也少了。当他在屋内坐着的时候，七岸村的人从门口过，远望一下，多不靠近，怕惹麻烦，多一事不如少一事。周奎支着这样一个架子，心里知道自己其实不厉害，和路上走过的农民没有区别。别人都把他当痞，对此他得默认，还得按这个架子支，因为当时社会，痞沾光，当然人们嘴上并不说痞子好，内心里是既惧怕又羡慕的心态，谁家孩子成了痞，谁家父亲就不受欺负，连干部都礼让三分。周奎处在这个外强内虚的隔层上，有时候也痛苦，也无聊。路上过个人，有时憋不住就主动打招呼，笑脸盈盈地说话，可对方往往更害怕，躲得更远。周奎自己也有过这种心理经历，特别理解这些人，理解了也无奈，事情越做越得装。但有一点是总能让他欣慰的，那就是人们终归是抬举着他的，这么纷乱的社会，他一个农民，竟能这样，顺风顺水，人模人样，多好！

七岸村的河床是第一次经受这种大型钢铁机械的创击开采，七岸村的土地上也是第一次迎来像周奎这样的外来开发者，一切都是新的，古老的土地正在创造着新的纪元。七岸村到河上做劳工的人越来越多，这些人一日三餐和晚上睡觉仍在自己家里，其余时间则生活在这种新的劳动关系中。同时关于对周奎身份的猜测与想象，关于在干活中发生的许多新鲜而琐碎的事件，也以这种人员聚散为媒介在全村广为传播。

彭随明是较早被雇用的人员之一，邢林子给丈夫做了一身类似后来颇为时髦的牛仔服那样的套装，他模样俊俏地走出家门，来到工地，在碎石机旁把防尘帽（形状如养蜂人戴在头上的罩子，四周不透气，只露出两只眼睛）裹在头上，再把一件帆布大护襟系在身上，然后手持一根头上带钩的大约有三尺多长的铁棒，踏着机器旁的铁皮台阶登上高处。他的岗位职责是及时观察传送带入口，一旦有石块堆积，就用铁钩排除掉。与其他岗位相比，他干的活比较轻松，但这岗位粉尘激荡厉害，半天工夫彭随明往往就灰头土脸不分眉眼。这让邢林子心里很难受。彭随明也产生过像别人那样到外地打工的想法，仅仅是稍一提出就被林子否决，她说她不能和女儿单独在家，不能过好多天看不见彭随明的日子，脸上就现出那种只有美丽女人才有的凄楚而动人的表情。对于外出打工，彭随明真正的心思是带着邢林子一块走，但这已是过去了的想法，是周奎没有来七岸开沙石场之前。现在周奎的到来让机灵的彭随明看到了生活中可能出现的某种转机。现在见妻子因他脏累的模样而心疼才故意又说了一次这个内容的话，其实两个人早就排除了这个生活选项。洗漱过后，他又露出年轻俊俏的面容，两人开始述说在分别的这半天或一天里各自经历的一些琐碎细事。之后，邢林子又专门为彭随明缝制了三套这种特殊的工作装，以尽可能让他每次出门都穿干净舒服的衣服。

彭随明和周奎应该是同一个年代的人，周奎二十五六岁，彭随明会小他三两岁，但看上去周奎要大很多，他个子比彭随明高，更主要的是他脸宽头硕，还有过早发福的肚皮。来七岸后又有意蓄养特殊发型，让它们在脑后稍微披散而又不完全散开，恰到好处地抿压在耳朵边上。彭随明和他站在一起，年龄上所造成的差距感比实际就大得很多。彭随明虽然身段小，但他巧妙机灵，他很注意观察周奎，表面上与其他人一样畏惧他，但内心里并不觉得他十分神秘，也敢于接近他，甚至一有机会就主动地往他身边站。沙石厂刚开张的时候，村上其他人是让干什么干什么，不说一句诳语，一个个都像没有思想感情的机器。彭随明说话就很多，第一次见面就给周奎接腔搭话。人家是对着大家发号施令，彭随明却老是把话头接过来，结果说来说去，弄得好像周奎是在专门与彭随明谈论问题。再强大的人也需要与别人进行思想和语言的交流，一个人群里的领袖看似高高在上，其实好多时候内心的想法和思维的波澜是匍匐在实地上的，问题是站在实地上的芸芸众生往往连头都不敢抬一下。但是，如果谁真抬起了头，目光与领袖相遇，说不准一个眼神，眼波互动，可能就产生出奇迹。安装第一台碎石机时，周奎和他带来的人原来把机址选在河床南侧，这里平坦低洼，车辆进出方便，原石顺着倾斜的地势就可以运送，成本会低。地基都清理好了，彭随明从人堆里往外一站，直接看着初来乍到、威风凛凛的周奎说了自己的不同意见。建议将机址改到河床北侧的一片小高地上，理由一说就明，这是一条季节河，近年来基本没有发过洪水，即便下一天两天雨，也只会在河床的某些沟槽里形成断断续续的细流，形不成长河大水。但河床毕竟是河床，老天爷的事世上的人谁也做不了主。彭随明说他四五岁的时候就见过一次发大水，那可厉害了，门板、牲畜、砖石都从上游冲卷下来。人站在此处向上一望，很明显就能看清这道河发水时水流的基本走向，原来的机址正好就是水冲击到的地方。水多年不运作，痕迹差不多模糊了，但七岸村的人往现场一站，稍一思想，谁心里都清楚这种厉害。但大家都不吭声，好像都是外地人似的。客观地说彭随明也并没有多费脑筋，这确实不是复杂问题，他的最大不同是他正好就说了，多少有点对利益的追求，对周奎的讨好，但起根本作用的是人的性格，他有话在喉，就是要说。结果，在这一堆人里，彭随明就被发现了。

4

当然不止这一件事。彭随明平时好到周奎的那个临时房子边转。那个年代在县城这一级才刚刚兴起喝健力宝饮料，这种高级消费风尚还没有扩散到多数农村，但是周奎已经把这种饮品带到了七岸村，可是又一直没有展示炫耀的机会。有一次彭随明在门口朝屋内望，看到周奎撅着屁股正从油漆成绿色、喷印着墨色梅花图案的铁床下往外拖一箱健力宝，他本能地跨进室内想帮助周奎干这种体力活，他进去时周奎正好把健力宝拖了出来，正起身，拍手，弹打膝盖上的尘土。见到彭随明，猛一下特别高兴，脸上笑开了花，对眼前这个人热情得如久别重逢的朋友，他当时的表情和举止在七岸村的其他公开场合是从来没有过的。他三下两下撕开箱子上的密封条，又把许多相互套在一起的结构复杂的箱盖拆开，里边露出排列整齐闪闪发光的一片圆柱形金属饮料罐。彭随明以前只是偶然看到过一罐健力宝，当时几个人轮流着喝，喝多少很次要，主要是欣赏罐上的图案，那个闪亮的带环形圆孔的金属片，还有拉开以后出现的那个三角形小口，已经成了空罐仍不舍得丢弃，一个人一个人轮流着在手上把玩，轻轻捏握，发出悦耳的响声。现在彭随明第一次见到整个一箱子健力宝，真是像看到了一箱子人民币，眼里露出羡慕惊讶的神采。周奎嚓啦一声拉开一罐，举手送给彭随明，说喝，接着嚓啦一声又拉开一瓶，自己持在手上，与彭随明做出碰杯喝酒的动作。周奎扬头喝了一口，彭随明也扬头喝了一口，两人同时笑起来，彭随明的笑声更响亮一些，他是由衷地高兴，不断流露出对周奎敬佩、向往的神情。他不知道，正是他的这种表情给了周奎极大的鼓励。老实说他事业初创，像这样整箱整箱的健力宝也还不多，只是到乡下来他要表现最光彩的一面，做心理上的王子。表现优越得有欣赏优越的观众，彭随明正好就充当了这个角色，这相当于是给周奎做出了一个极大的精神贡献。虽然彭随明离开红砖房子向外走时，周奎因为其他人的进来，先前的情绪已经迁移转换，但是刚才两个人毕竟在时间之河的隐秘地带发生过一场感情的细浪微澜。世界上有好多事情发生过与没发生过是很不一样的。彭随明之前是在地面上抡锤敲打石头的，之后不久就被调整岗位，他离开地面到金属阶梯之上，干起了我们刚才已经知道了的轻巧活儿。

5

好事情往往会是加速出现的，不久彭随明又获得了一次晋升机会。周奎本来已经有一位助手，是他从自己村上带来的，周奎不在现场时就由他代为管理。彭随明在梯子上工作一个月后，周奎有一天突然下到河床来，站在碎石机旁，两手剪在身后，仰头看全副武装的彭随明在高架上工作，开始他并不说找谁，工人们以为老板是来督促生产进度的，大家一方面更加卖力，一方面眒眼观察周奎。人在紧张的时候干活效率并不一定高，拿羊角镐的去石料堆里乱叨，叨住叨不住一个劲儿地叨；

抡锤的打住打不住只管把锤抡向高处，打下来多是空锤。彭随明在铁梯高处一眼一眼朝周奎望。周奎在周围转了一会儿，再一次走近，这次他举起手，单出一指指向彭随明，说让他下来，但机器声音嘈杂，音量又高，淹没他的声音，光见嘴动听不清他在说啥，他就反复用手比画，伸着食指的胳膊举出去蜷回来，再朝地面上指。彭随明理解他的意思后踏着台阶迅速下至地面，周奎让他脱下防尘装束，随即指示让人群中另一个人穿上，这个人拿起彭随明放在地上的铁棒，差不多是跳跃着上到了彭随明站过的位置上，已经站在上边了还在高兴地笑，只是他的笑很快就被那个防尘罩装到了里边，地上的人根本不会看见，大家在心里知道这小子又站到了高岗儿上（占了便宜）。当然人们更妒忌的是彭随明，自此之后，这位以娶了漂亮媳妇闻名的小伙子基本上成了脱产者。肯定还在工地、在现场，但已经不固定于某一个具体的干活岗位，说直白一点，他实质上就两项工作，一是听候差使，受周奎临时支配与调遣。另一件事是在河床上转悠，查看沙石分布，指挥铲车、人力挖掘的地点或方向。他相当多的时间是在河床里游转，河床经过开挖已经形成了许多新的洼地，原来的石头和新挖出的石头进行了初步的分类堆积，这里一座石堆那里一座石堆。彭随明的身影有时候在高处闪现，有时候被物体遮挡，或者被凹陷下去的地势所淹没，总之他像一只猴子在七岸村的边上跳来跳去。

过了三个月左右，周奎的沙石厂又增添了一些机械设备，铲车、钩机、沙子加工机、料石破碎机等总共达到十几台之多。工作面也在扩大，上下一里地的范围内分布着八九个工作场地，每个场地的工作情形和现场面貌都大体相似，前边是开挖以后形成的河床横断面，机器举着长臂，轰隆隆地响着，机器周围以及机器的一些部位上是工人们忙碌的身影。另外值得一提的是，在彭随明的建议下，周奎还开始卖起了原沙——无须加工，河床上有许多自然沉积、过滤形成的沙窝，这些沙细腻、光滑、干净，有的如晶莹的米粒，有的比米粒更细。彭随明领着周奎寻找到许多这种沙窝，储量小的，就直接派工人手工挖掏，储量大的，就用机械。无论量大量小，挖掘起来都非常容易，一层一层的沙粒像以往什么年代人们存放在这里的某种粮食，里面没有一块石头，大石头没有，小石头也没有，其他杂物更没有。现场的工人往往会禁不住掬一捧沙在手里，先攥紧，然后松开指缝让沙向外流泻；有些湿湿的，能攥出水滴，有些很干燥，但特别地细滑。这些沙用什么样的机械也制造不出来，很适合用在某些高档建筑物的特殊部位。由于周奎的重视，周边村庄里的一些农民也模仿着到其他河道上寻找，用手推车送到七岸河沙石厂来。周奎低价收购，高价卖出，成为他的一笔新生意。

6

这中间发生了一件事。就在彭随明曾经工作过的那个场地旁边，一台钩机抖动着铁臂正在河床的横切面上正常挖掘，突然有人惊呼，明晃晃的爪钩上卧着一只乌龟，很大，像脸盆，光它的个头就够让人惊讶，可它还有更特殊的，它的颜色是白的，瓷白瓷白的，它缩着头，毫发无损地被举在半空中。这东西在河床下沉睡了多少年，在历史的这个时间段上突然被挖出来，又用了这么一种铁爪钩，它显然是被吓着了，不动不吭，整个身体完全就像一块石头。当然这只是人的理解，也可能它并无惧意，只是在特定时间坦然显现见人而已；它的一双小眼睛在缩塌成堆的松皮和皱褶的掩盖下闪射出刺人的光线。干旱的北方山地出现这种东西让人们很吃惊，但这种吃惊也仅是觉得稀罕，并没有人把它和做生意、赚钱联系在一起。彭随明从远处跑过来，也是一阵惊讶，惊讶过后他又实施了一个行动，他找来一个很大的尼龙网兜，靠近爪钩，直接把这只白龟装了起来，提着，挂到了周奎常在的那个红砖小屋的西墙上。

傍晚收工，彭随明快回到家门口的时候，又想起了那只白龟，掉转头回到红砖房里，给那位李老伯商量说，要把这只龟提回家让老婆看。李老伯说："快拿去，免得它晚上闹动静影响我睡觉。"彭随明提着白龟刚到家门口就林子林子地呼唤，邢林子从堂屋西头的厨房内走出来，见随明穿着干净整洁的服装，声高声低欢喜的样子，自己也兴奋起来。彭随明把那个网兜往地上一放，吓了邢林子一跳。生活太平淡无奇，年轻夫妻恩爱的日子需要新鲜刺激的小波澜，如同平静的流水，投进一块石头会有欢悦的浪花喷溅，白乌龟这个稀罕物此时就做了这一块石子。彭随明绘声绘色地向林子讲乌龟的发现过程，讲众人的惊讶，所描述的景象远远生动于现场的真实情景，"看景不如听景"这句话绝对是经验之谈，说景的人加上了自己的主观感情，并且受到经历、性格、学识的影响，还有针对不同听众而有所选择的语言，这个说应该是文学创作一般的说；而听景的人未听之前先专注了自己的听觉，架设起与讲述者情感互动的桥梁，再加上边听边想进行再创作，这种效果肯定就容易让人激动起来。何况，白龟这个被讲述的对象现在就在夫妻两个人面前，它也特别有意思，被放到地上不一会儿，就自觉地爬动起来，全然不顾网兜的束缚与障碍，伸出差不多一尺长的龟头，抬高，离开地面，仰望暮色中的天空。彭随明从旁边拿起一根细长木棒，轻触它的头，它也不缩回去，反而歪过头来看他；彭随明把小木棒递给邢林子，邢林子也像彭随明一样轻触它的头，轻触它头往下的一些部位，这龟好像和她开玩笑，当触碰它时，它就把那个头伸得更直，当不碰它时，它自己反而缩回去，只一会儿又伸出来，举高了向前走，有时还左右摇摆晃荡一下。彭随明狡黠地笑着，邢林子就用拳头击打他的后背，同时望着丈夫甜蜜而放怀地笑出声来。

第二天早上四点多钟彭随明就怎么也睡不着了，邢林子问他这是怎么了，彭随明也不正面回答，从床上下来到外间去看那只白龟。他提起网兜，不见白龟动静，以为它睡着，又就着地面拖了两下，里边仍然像是块石头，彭随明纳闷又着急，放在地上静止着细看，这才看到龟半伸着头，那两只本来闪着精光的眼睛现在耷拉着眼皮，判断不清是睁着还是闭着，他干脆用手直接在它背上拍了两下，仍然如故。他从网兜内把它提出来，头朝下晃，那半伸着的龟头还是没一点改变。看看已没任何危险，彭随明把它平放到桌子上，先是用指头后来顺手拿起桌面上正好放着的一把小剪刀，在龟身体的不同部位或轻或重地刺激它，想着能把它弄醒。可是，就实际情况而言，这只白龟在刚刚过去的这个夜晚已经死了。

彭随明上班的时候提着白龟，他走到红砖房门口时，李老伯笑着说:"你还真当回事呀,又送回来,就让它在你家享福不行?"

彭随明一脸不高兴的样子,说:"老伯呀,还说享福呢,它夜里竟死了,怎么也弄不醒,也不知是啥原因。"说着已来到李老伯跟前,提着网兜让他看。李老伯接在手上,抖了几抖,说:"要说龟呀鳖呀还是能离开水的,咱这河下也不是一直有水呀,这东西不该是恁娇嫩的,一夜就死了?!"脸上也露出疑惑的神色。也就一小会儿,李老伯就正常下来,干笑了几声,对彭随明说:"死就死了呗,没啥用的东西,扔掉算了!"

彭随明仍然有些伤感,说:"真是可惜的,偏又让我拿回家死掉的,真是不得劲!"

李老伯说:"你这孩子瞎多心,这有啥啦,不就一只王八吗?快去,扔掉吧!"

彭随明说:"再怎么也不可随便扔掉的,它毕竟是个稀罕物,扔,也得让周老板看了以后再扔。"

李老伯有些心不在焉地说:"行,行,不扔就不扔,那你就放到这儿吧,反正这东西一时半会儿也烂不掉。"

彭随明边往屋内走边说:"我挂屋内墙上,老伯您看着点。"

7

这一天傍近中午时,有一个外乡人骑着自行车来到河床边,在红砖房前刹住车子,也不和任何人打招呼,好像要直接往河滩里走。看他的模样,有四十多岁,从面色、表情、走路的架势上判断，肯定不是农村种地的人，又不像公职人员，有些洒脱，有些夸张，膝盖弯曲度小，小腿和脚表演似的抬起，放下，舒缓而有节奏；能看见他嘴里镶着几颗金牙，金牙不是金银的金，应是金属的金，闪光发亮，把人对他的注意力都吸引到了嘴上；紧挨嘴唇的下巴上有一颗黑痣。另外，他的眼睛黑的部分格外明亮，嘴角线向两边延长，双眼皮，如果配到一位皮肤白皙的女士脸上一定会非常好看。这个人脸泛红，紫红，紫铜色的那种；说话声音低，开口前先笑，好像笑这种表情在他脸上无处不在，随时都会像跳跃的兔子一样闪现出来。他笑是笑，说话时又很谨慎，多说半截话，欲说还休，吞吞吐吐，给人感觉是要说的话已经想好，现成的，放在那里，因某种原因坚决不把它说出来。现在，他向河道里走，在斜坡上仰着脸笑，抿着嘴望向李老伯。李老伯职责所系必须要问，而且是以慎重严肃的表情面对着他，他就是不先发声，问他干什么呢，才回答说："闲转，闲转。"

李老伯说："加工沙，开石头的，有什么好转的。"此人就又说："我随便转，随便转。"

李老伯说："随便？这里是工地，不能随便！"不等他接话又加重语气补充道："你到别处随便去！"

这位镶金牙的反倒不笑了，一不笑，才正经说起话来。他说他不是干坏事的，想到新挖出的河床上捡石头。见李老伯有点迷糊，又笑起来，用手比画着表明他的意思，直至李老伯终于理解到这就是一个游手好闲，没事闲逛的人时，才回应了他一个笑，扬扬手说去吧。

话音未落，似乎突然想起来什么，放下的手又抬起让这个人止步，然后有些热情地把他引到红砖房内，让他看彭随明挂在墙上的那个白龟。李老伯把网兜提在手里，转动着，这个人正好可以从不同侧面观看，在屋内，又是吊着，近距离看，使这只龟在感觉上比它的实际体量要大很多。镶金牙的人突然两眼放出光芒，脸上也停止了笑，嘴里发出啧啧啧嘘嘘嘘的惊叹声，同时不由自主地伸手从李老伯手里夺过来，自己朝上举举往下放放，前后左右拨拉着瞧，马上就说要买这只龟。

一说买，李老伯正起脸来，跨出门外一步朝河床上喊周奎带来的那位助手。很快就看到一个年轻人从工地某处朝这儿跑过来。这是一位白净皮肤，眉浓而眼睛很小的青年，一说买龟，就问他出多少钱。镶金牙的人和刚才比，情绪已经稳定一些，脸上笑着，用神秘狡黠的目光望着年轻人，反问："你是当家的，能不能做主？"

小眼睛青年把乌龟要在自己手里，一边抖动网兜一边观察眼前这个人，根据自己的经验，他感觉这个人不是很简单的人，应该是见过一些世面的，他能看上这么一个死乌龟，说不准它真是个好东西。他联想到上次跟周奎在县城见到的几个人，这些人刚从东北中朝边境那里回来，说了很多新鲜事，其中说到某地一盒君子兰买价高达好几万元。君子兰算啥，不就是一丛草吗？现在的社会正是出稀罕的社会，什么都不一定了，什么都有可能了。这样，他对这只乌龟很自然地也想入非非起来。他这样回答道："怎么不做主呢，价钱到了就做主啊！"

李老伯则在一旁抿嘴笑。

镶金牙的这位也在思考眼前的情况，在他看来，此物绝对稀缺，必须到手，白颜色，这么大，又是直接从河道里挖出来，没有经过市场周转。他很为自己能在第一时间见到这只龟而欣喜，可是他观察眼前一长一少两个人，于此道都是外行，又不懂又想取乐，又想侥幸多卖个钱，心里其实并没谱，就主动说了一句："一百元。"

当时一卡车沙拉到县城是一百二十元，此人一百元要买这没用的东西，这极大地震惊了李老伯，他用惊讶迷惑而又极其兴奋的眼神望着这个人，心里想你是不是在开玩笑。那个年轻人听了之后则更加感到事情重大，觉得自己可真不敢做主。他一边用手势和表情制止李老伯过于兴奋的表现，一边让人到河滩找彭随明让他赶快过来。

彭随明来到红砖房子的时候，镶金牙的人已经把价格提高到了一百五十元，并且三个人正在发生着争论。彭随明向这儿走的时候并不知道是什么事，现在一听是卖那只白龟，心里很不得劲，他本来想借着让周奎看这个理由，能够让白龟在此处多停留些时日，至于以后怎么处置他也想不清楚。现在立即要卖，他肯定是抗拒的，看见李老伯和那个小眼睛助手的态度，心里知道自己终究也做不了主，上来就先说了一句："卖什么呢，我们可是多少钱都不卖的！"

三个人都望向他。镶金牙的先回应道："呀，你是老板嘀？我们正在谈着价格呢！"

李老伯说："是，这都是我们老板，说话算数的。"

那个小眼睛助手心里有点莫名的不乐，但鉴于往上抬价的原因，也就着说："是，我们都可以做主，价格不到肯定不卖，我们真是不准备卖的。你看着办！"

镶金牙的后悔刚才没成交，又加上这么个搅局的年轻人，有些着急，便又往上提了二十元，说再不能高了。彭随明原先只是本能地喜欢这只龟，并没有从任何具体利益的角度考虑过，现在见这个人不惜往上抬价，就把网兜提在自己手里再一次仔细看，心里想，人好说千年神龟，莫非它就是吗？又想它已经是一个死物，竟还这么值钱，也越发觉得稀奇。他分别朝三个人望了一眼，然后语速很慢地说："的确是的，多少钱并不重要，这么宝贝的东西，卖不卖也得由我们周老板周厂长发话呀！"

镶金牙的感到生意复杂起来，闹腾半天，都不是做主的人，很后悔刚才失了风度，过于着急了。但又不能退回来，这东西是认定了的必须要。他脸上露出了不满的表情，说："你们都是谁啊，既然不做主何必给我谈论价格呢？戏弄人啊！"李老伯不愿意被埋怨，指着两个年轻人说："他两个真是我们的副厂长，咋不做主了，价格不到啊，价格到了都做主！"

两个年轻人互相望了一眼，副厂长？谁任命过，连周奎都还没兴起厂长的正式称号呢。但这个虚拟的急中生智用来辩论的名称倒是让两个年轻人有点高兴，尤其是彭随明心中的底气鼓胀起来，他对着买主大声说："李老伯说得对，价格到了也是会卖的！"

买主正色道："年轻人，不，副厂长，好，你说价，得算数，多少？"

彭随明急口回道："六百元。"

李老伯惊讶地快要笑出来，另外那个小眼睛先是一惊，紧接着就说："对，六百，六百！"

买主本来就红的脸膛变成了紫色，连连摆手，露出无奈与难堪的表情，急促地说："两位厂长兄弟，你们这玩笑开大了吧，开大了！开大了！"

说着，那人朝自行车的方向走出两步，又退回来，差不多就是在原地踏步转了个圈，然后上前重新把装着白龟的网兜提在手上，皱着眉头观看。他的表现进一步刺激着现场三个人的好奇心。

就在这个节骨眼上，大路上传来汽车的鸣笛声，彭随明第一个说，老板来了。大家一齐朝远处望去。

周奎乘坐的是一辆 212 帆布吉普，车顶上还安有警灯，应该是某个公安派出所淘汰下来的旧车。我们从已知的蛛丝马迹上判断，周奎开沙石厂，他应该只是一个代理者，他的后台是谁，现在还闹不清楚，像这种吉普车光凭周奎他是坐不上的。现在周奎走下车，还没站定，彭随明就提着那个龟让他看，李老伯和另一位年轻人也争着向周奎述说龟的发现过程。对这件事大家本来是不十分在意的，经过与镶金牙的这个人的一番渲染，好像没及时向周奎报告有所失职似的。但我们对周奎这个人的脾气性格已经作过简略交代，他天生矜持，用后来的话说叫有范儿，什么事明白不明白，脸上始终是胸有成竹的样子。对于河上发现的这只白龟他没有产生什么大的兴趣，倒是对眼前几个人的特殊表现，特别是那个镶金牙的人的表现觉得好奇。听他们说这只死乌龟要值六百元，在心里感到好笑。

买主观察局势，看刚才与自己交手的这三个人讨好献殷勤的表现，又看周奎的情形，在心里作出一些判断，他满脸堆起笑容，上前两步，对周奎说："哎呀，您是大老板，业大财大的，现在建筑是时髦产业，您这沙石厂前途光明着呢！"

边说边单伸一指，指向高空，连续抖动着，发誓一般继续说道:"周老板您信不信,不出两年,崇山城内所有的新建筑都会用您的沙,用您的石子!"

周奎心中欢喜起来,用赞赏的眼神望着说恭维话的人。这个人乘机进一步说道:"一只乌龟,又是死的,别人还嫌脏呢,老实说我是为了配一服中药才想要的,要不,我也不会这么非要买!"

李老伯和另外两个年轻人很了解周奎的脾气,见买主这样说都想戗他几句,但又都不知说什么好,相互之间很奇怪地望着。周奎明知故问地问了一句:"刚才说几个钱?"小眼睛助手抢先回答:"六百,六百,还在往上搞呢!"

周奎要过网兜在手里提着转了两下,慷慨地笑起来,伸直胳膊,直接把乌龟举到买主面前,说:"拿去!钱,确实不是个事,但既然说成价了,我也不能驳大家面子,减去一百,五百,五百吧!"

买主接过乌龟,笑得露出了更多的金牙,他又进一步说:"可是,可是,你咋会在乎钱呢,五百,对我就是大钱啊,周老板,算我福气大,碰到您这么个大款,再降上一降,与您是不动毫发的事,在我可就沾大光了!"

周奎今天在县城应该是办了什么高兴事,或者是遇到了什么让他高兴的人,心里正喜悦着,听这人说这么多让他舒服的话,想想不就是一只死鳖吗?多费口舌真是让人笑话呢!他往上扬了一下朝后背着的头发,说"随你,随你,四百,行了吧!"

买主双手合十,感激不尽的样子。但紧跟着就说:"这数字多不好听呀,三百六行不,三六九,扬场走,大吉大利!"

周奎还算周到，这次并没立即表态，而是一个一个问在场另外三人有什么意见，这三人各作表情，嘴上都说同意。

买主让李老伯先替他提着乌龟，从身上拿下斜挎着的黑色方形提包，蹲在地上，拉开银色拉链，取出一沓绿版十元面值人民币。就在他翻动提包的时候，在场的人听到提包里有金属物碰撞的声音。彭随明也蹲下瞧，看到里边除了人民币，还有银元、铜元之类的古钱币，禁不住伸手去掏，被镶金牙的制止了。虽说制止，但是他自己反而又把手伸进去拿出一枚圆形的、青黑色的、上面有浮雕人头图案的旧币，举在手上向众人摇晃，好像是顺便在说，谁家有这个，我也是要的！

当时，他一手拿着那沓人民币，一手拿着这个古币，并没急于付买乌龟的钱，而是在讲着古币的行情。说现在有专门圈子，专门人士在玩这个，黑市上价格炒得很高。在场之人，差不多都是第一次听到这个消息，包括"黑市"这个词。

8

正当此时，远处河床上不知发生了什么紧急的事，一个干活的人立在那里的石堆上，用力朝这边呼叫彭随明，距离有点远，加上机械响动声，断断续续听到"随明——随明——快来——快来"。彭随明往上跳了两下，双脚离开地面，回应了两声。可是那边还在喊，估计没有听到他的回音。周奎等几个人都暂时停止了和买龟人的交谈，一起转身朝喊话人的那个地方望，隐约看到有的人已经停止干活，正在往一起扎堆聚拢，又着急又不太着急的样子，机器并没有完全停止，只是地面上的人似乎有点乱。

周奎说："走，咱一块儿过去看看发生了什么事。"买龟的人这时候迅速数好三百六十元钱交到周奎手上，周奎也没数，直接递给李老伯让他先保管着。

这几个人去到那里后，看到人们之所以作乱叫嚷，原来是从不断向前开挖推进的河床横断面上突然掉出来一只螃蟹，与一般螃蟹不同，它和刚卖掉的白乌龟一样，也是白的颜色，个头有一只饭碗那么大，并且是活的，周奎几个人到来时，这只白蟹正处在最初的狂乱状态，它举着前边两只钳子快速横行，似乎能翻越所有的障碍物，人们闪开一片空地任它驰骋，可是很显然一些大点的石头啊，大点的沙土坷垃啊它根本就翻越不过，爬上跌下，再爬上再跌下，太阳照射着它，当它的身体搭担在一些空隙上时，人们能看到它身体的某些部位是透明的，像磨砂玻璃那种样子。只过了三十来分钟时间，它就不动弹了，身体停下来，指爪又挥舞了一会儿，直至完全不动。

彭随明大部分时间都蹲在地上看它，一直离它最近，当它不动后，他也是第一时间用手提起它的，他提在手里站在人群中间，任凭人们观看评点。周奎伸手接过去，说："才弄一只龟又出一只蟹，这七岸河是咋弄的，难道要让我开水产养殖场吗？"

"周老板，这东西出现在这儿很偶然，千年百年的也难有一只，没什么大意思！"说话的是那个买了白龟的人，他好像担心周奎真要办水产养殖。

周奎接着他的话，说："你也来了，正好，正好，要不要这个，要也拿去！"

这个人脸上笑出了花，连声说："好的，好的，反正也没人要，我给你们收拾了，收拾了！"

这天晚上彭随明没有按照往常时间回家，整个河床上的人散尽之后，他一个人到各个工点上转悠，未被开发的地方他也去转一下，乱转，没什么事，就是不想回家。当他在很短时间内第三次转到红砖房子时，李老伯才感到他有点奇怪，催促他说："还不走，丢魂了呀你？"

彭随明反而坐到铁床边沿上，刚坐下，又立起，上前两步，掀开李老伯灶台上的饭锅，好像要与李老伯共进晚餐；走出屋去，又转回来，神秘兮兮地要李老伯与他一块站在门前。他朝前伸出一只手，指着停息下来的各种机械顶端亮起来的灯光，此刻它们像船帆上的点点灯火飘浮在茫茫夜海之上。彭随明指一下，又指一下，口中若有所语，突然嘿嘿嘿地笑起来。李老伯在他脊梁上猛拍了一下，说："随明，你怎么了？"

彭随明有一半脸被房门口的灯光照亮着，他张合嘴唇回答道："我还能怎样呀，我是让你看这河滩，机器不响的时候有多么好看！"

李老伯并没看他，他惦记着锅里正在煮沸的稀粥。说："快走吧！快走吧！你不上学多久了，今天倒像一个上学的学生！"

9

彭随明跨进家门的时候，与往日不同，家里十分热闹。前几天刚安装的一支一百瓦荧光灯被拉亮，不大的院子内明亮如昼。村委会妇女主任赵小娥，还有那个在老家休养的早已是城市人的男青年石钟鸣，坐在灯光下方，与他的妻子邢林子谈笑正欢。与几年前相比，赵小娥丰韵了许多，好看的杏核眼下稍稍添了一点眼袋，下巴也不再像当年那么尖削，看人的时候目光更加坚定，声音依旧很嘹亮。石钟鸣体形变化不明显，脸上加了一副眼镜，当时正时兴戴平光眼镜，就是既不老花，也不近视，只是为了在风度上增加一些文化气息，但是石钟鸣的眼镜有没有度数我们没办法弄清楚。此时，三个人一人坐一把矮凳，面部表情、神态气色很显然是正规的长时间说话的架势。邢林子今天穿一件白底面上有碎黄花图案的布衫，浓密的头发在脑后扎成一束，使她的额头更加突出明亮。她坐在凳子上，两眼波光闪动，上身显出修长，胸脯正是漂亮女性发育完全成熟时所呈现出来的面貌。

这两个人今天来找邢林子，主题是代表村支部村委会请她担任计划生育红大嫂。当时，国家计划生育政策正处在强力推行阶段，政策与执行对象之间的矛盾愈演愈烈，为了缓冲对立，同时为了及时掌握育龄夫妇生育方面的真实情况，农村的基层领导们创造了一种新的工作模式，组建红大嫂队伍，这些人出之于育龄妇女，作用于育龄妇女，具有情报员和政策执行者的双重身份。但是，这个名称中的"红"字、"大"字、"嫂"字又使她们贴上了官方代理和民间贤惠人士的双重标签。红大嫂们的工作方式具有临时性、随意性和应急性，属于又有组织又松散自由的那种情形，她们有一点固定的基本报酬，又有一些靠临时活动抽取的奖励性收入，但这都不是她们参与这支队伍的主要动力，主要动力是在一个农村社区内所获得的身份感和精神上的被尊重。赵小娥和石钟鸣来找邢林子之前，七岸村的红大嫂队伍组建已经一年有余了。

但是，今天这个谈话主题后来被沙石厂的稀罕事冲淡了。赵小娥和石钟鸣从村委会往这里走时，村巷道路上收工回来的人，开始端起碗在街边吃饭的人，都在议论白乌龟和白螃蟹。见邢林子后，赵小娥刚点了个正题，林子自然是高兴的，但是这件事礼貌上主要得向彭随明说，肯定都是感谢还来不及的事，可场面上还是得见一见。结果一提彭随明，话题就引到了沙石厂，一说沙石厂自然又涉及那龟那蟹。彭随明回来后，使三个人已经说了很多遍的一些话，仿佛即将熄灭的火焰又添进了新柴火，噼噼啪啪，议论再起。赵小娥和石钟鸣一股劲地盯着彭随明发问，乌龟到底有多大？说当即卖了一千元是真的吗？说白螃蟹临死前张嘴叫过几声是真的吗？另外，石钟鸣还望望彭随明又望望邢林子，意思是问他们两个人，说白乌龟是长着一对红眼睛吗？说乌龟晚上在你们家屋地上带着尼龙网兜转圈圈，在地上画了两个三角形是真的吗？对于这些问题，彭随明一个也没有正面回答，他没有这个兴趣，不仅没兴趣回答，他自己反而也被这些问题搅得神秘迷离起来。他应酬眼前场面采取的态度是，哼哼唧唧，不置可否。

赵小娥说："咱这河滩，千年百年的，本以为没啥意思，当时县里乡里给咱村上说周奎是个人才，让他来开采，咱村干部你们也知道，上级说啥就听啥，况且也觉得不就是些沙、石头吗？这一弄，咱七岸村地下几层说不准还真有啥宝贝呢！"

石钟鸣说："也可能是偶然出现。我在燕城上班时，倒是听说过哪哪哪，忘记具体地址了，说有人在院里挖地窖，挖出一坨东西，比一口锅体量还大，软乎乎的，没头没脸，可是有呼吸，会动弹，整坨肉一样的东西从里向外一起一伏的。刚开始都不知叫啥，后来说叫太岁。"太岁，因为"不能在太岁头上动土"这句俗语而广泛普及于民间，赵小娥、彭随明、邢林子谁都听说过，知道太岁是不可侵犯的。石钟鸣此时讲出的这一段话，引发出大家共同话题，似乎又掀起了一个谈话的小高潮。

石钟鸣乘机又补上一句："也不必大惊小怪，山川河流，自然界里本来就有很多神秘东西呢！人家外国人都上了月亮，还从月亮上拿回来了石头！"

一个话题，丛生旁出，散枝扩叶，引发人从各自角度出发的许多联想。坐在彭随明家一百瓦白炽灯下的几个人谈兴难消，七岸村几代人流传下来的各种神仙鬼怪故事、灵异事件、乡野传闻，因为一个隐约主题，在这个夜晚几乎全部被集中到了彭随明家的这个小院内。

最后，关于邢林子入职红大嫂的事当然是确定了下来。邢林子能够被重用，说老实话，这还是沾了她和彭随明当年个性化感情行为的光，都觉得这个女人有主见，敢担当，当然她美丽干练的外表形象也起着一定作用，坏事情变成了好事情。就像我们现实社会中一些其他事物那样，当特殊性超越普遍性超越到足够多时，事物运行的线条就会出现反转性曲折，使特殊重返普通，抛出去的事物在高一级层面上被抛弃者所接纳。除此之外，还有一条，就是他们虽然生育了小孩，可是出于某种自觉的对于现实的主动配合，小孩出生不久，他们就往西二里，深入密林，把她送给外祖父外祖母抚养了。

如此这般，邢林子在一段时期内早就成为村干部们心中和嘴上红大嫂的热门人选。赵小娥更是为能有这样拿得出手、上得了台面的直接下属而高兴。

　　对于石钟鸣这个人的行为，我们暂时可以去猜测。他在七岸村实际上是一个特殊存在，在那时的山区农村，他有城市人的身份，不干活领着工资，不种地吃着优质粮食，这是很让人羡慕的人。当然也有嫉妒他的，但是他终归和村民已不在一个利益参照体系内，人们用在他身上的心思会减少很多。还有，这个人在精神上不为七岸村的俗事所羁绊，而又可以以高人一等的姿态介入村中民事或公务。他帮助赵小娥做工作，赵小娥只会感到便利与舒服，绝不会产生权力分散之忧。但是他为什么一而再再而三地帮助邢林子呢？这目前还是个悬着的问题。

　　一男一女两个人走后，剩下的夫妻两人各自都处在兴奋之中。彭随明插上门闩翻转身，第一个动作就是去拥抱林子，林子热烈地抱了一下又推开他，快步上前关掉了那只明亮的灯泡。

　　这天夜里在床上，他们是很长一段时间以来第一次这样高级地彻底地释放生命的能量，生命是自然的，生命之力就储存在身体之内，但付出这力量的却不是简单的自然而然之事。人间的烟火，世俗中的启迪、诱惑、光荣与梦想等看上去与身体无关的东西，有时候才正是打开生命重重神秘之门的钥匙，一重重、一层层下去，从生命的最内部，把那颤抖的一点咬住，衔到嘴上，反复咀嚼，让它引发的电流在疼痛与舒服交叉夹击之下，将全身触遍，在每一寸肌肤上开沟挖穴，点种神豆。我们这一对年轻的夫妻云雨之后，又说了些什么，他们自己模糊着，我们外人当然也无从记录。

10

第二天彭随明到沙石厂上班，眼睛明亮亮的，觉得整个工地是一个全新了的世界，他想今天应该是个不平凡的日子。

上午十点左右，发生了一件惊天大事。河床左侧的工作面上，挖掘形成的断崖正不断向前推移，断崖前几乎是见了河床老底的瓷实地面，这样的平面已经很广阔，一切都在正常之中。人们突然感到平展展的地面好像正在向上涌动，几乎同时听到难以用语言形容的沉闷轰隆之声从地下发出来，很多人凭本能向上弹跳同时向外奔跑。惊魂未定的人们随即看到，就在那平面与竖崖相交的地方正在冒出一股水来，水股比水桶还粗，如立如柱，反垂直向上喷涌，约喷升至三四丈高时，水又垂直向下落，向上的和向下的有相当的部分重叠，在空中形成的水浪如一蓬硕大无比的正在怒放的莲花，喷涌不息，响声若雷，天地为之变色。整个河床的机器都停止了工作，人们先是惊恐地准备逃离，确认没有危险后又都纷纷跑到近处选一处高地站下来观看。天空多种鸟也朝这里聚集，喜鹊数量最多，飞来一群又一群，每一群都像在同一个单位里似的，它们鸣叫着来水柱上旋一圈然后离开，然后再来；麻雀数量也多，平时叽叽喳喳乱作一团的这种小体型鸟，此时都不作声，只是一团一团地来这里斜刺着飞；一种在当地称作灰不愣的鸟，长颈修尾，平时很少集群，今天竟也组团而来，它们和喜鹊似有约定，互为上下，交叉翻飞。也有无组织的鸟，它们三只两只的，多数叫不出名字，白的，黑的，体形皆大，应当属于雕鹤之类，它们多飞在高处，从空中俯瞰着下边的热闹。

周奎今天正好在红砖房内，听到声音也跑了出来，他脸上的表情说不准是恐惧还是喜悦。就在他靠近站定不大会儿，水柱顶端突然抛出一个黑色物体，像农村绞水所使用的辘轳头样的形状，这东西被抛得很高，以至于快要碰到在高空翻飞的大鸟，甚至像要飞往天上去，形状都变小了，最终还是落了下来，不是垂直落，而是朝偏向的一侧落到地面上。它一落，那水柱也停息下来，突然没水了，不是渐减渐小的停息，而是戛然而止，斩钉截铁，包括涌水的底部，立即就没了一点向外向上的水，好像水之前作这个表现完全就是为了向外抛出这个物体，或者这东西是地下某机关枢纽的咽喉，此物一出水便被卡住了，再或者是里边的水枯竭了，出于某种原因，水用最后的力量把这个东西扔了出来。

周奎、周奎的那个小眼睛助手、彭随明，还有许多人都向事发地跑去，现场又爆发出人的喧嚣声。人们边跑边望边留心着脚下，生怕什么地方再突然冒出水来。彭随明是第一个跑过去抱起来那物体的人。这是一个形状和鼓差不多的东西，体积大小也和七岸村娱乐队所使用的鼓相似，但颜色比那个古怪，大体应该说是黑色，可如果只说黑又不能完全代表它，比普通的黑沉重、陈旧、浓烈，似乎还有一点紫的意思，而且紫的意思是从里边一层一层泛上来的，又像是从哪里折射过来的光，给人富有生机的感觉。彭随明用手摩挲，上边似乎有规律地排列着一些疤痕，圆圈状的，粗糙地障碍手指。彭随明抱在怀里，立在稍高处，快乐地笑着，流露着婴儿般的表情，他甚至没有感觉到很多人已经包围了他。但是这种梦幻般的场景很快就破灭了，从稍低处冲上一个人来，伸开手臂要夺这个物体，大家看到就在两人拉扯纠缠之际，这东西突然改变了形状和颜色，变戏法似的成为一块普通石头，只是干净得出奇，好像一个特别陈旧之物被水反复淘洗过后所出现的那个样子。

向外喷水的地方，人们想象中应该是个眼儿，是个竖洞，是个穴位，到跟前一看什么也没有，一摊细沙上只留下一圈一圈的旋转状纹路。骤然而短暂的巨大水流在河床上冲刷出几道深沟，近处的三五台机械被冲击得东倒西歪。那个小眼睛助手站在新的已经停止流水的水沟里，弯下腰从河滩上捧了一捧东西举到面前，惊呼："都来瞧，都来瞧，咱河里的石头染上颜色了！"大家马上看到，他手里是一捧金光闪闪的彩色石块。人们纷纷弯腰捡拾，有的有收获，有的没收获，有收获的和没收获的都在欢呼，那石块为数不多，但鲜艳至极，金黄色、绿色、蓝色、血红色……

这时候，赵小娥、石钟鸣、邢林子，还有几个村干部也来到了河岸上。他们老远就望见了彭随明，正要下坡往他那里去，邢林子突然惊讶地叫唤起来，她看到一幅奇异景象：天上一片厚云如一沓棉花从远处飘来停驻在高空，像一顶大草帽把太阳隔开，正好给河滩上的这一群人投下一大片阴影，阴影外边是热烈的阳光，交界线十分鲜明，把阴影衬托得更为浓重。阴影中的人有的弯腰，有的伸腿，有的手里举着什么仰起头入神地辨认观察，有的几人簇在一起共同欣赏某一件东西，每一个人都如一张皮影，大家在互相配合表演一出皮影戏。另外，就在这些人的身体前后和头顶上，正游走不定地飘浮着一些五颜六色的云团雾缭，好像谁把某道彩虹拆开撕碎扔到了河床里。邢林子几个人因惊讶而停在河岸上，他们像进入了神话，彼此看对方仰起的脸也都如涂着一层油彩。在他们观望的视野里，和大多数人相比，彭随明显得更古怪，他大量时间是一个人站在一处小高地上，怀抱着那个从地下抛出来的早已变成了普通石头的东西，迷惑地不甘心地反复观看它，想从它上面重新寻找出它刚才还有的某些古怪标记，除此之外，他似乎再无事情可做，一个人演自己的戏。后来，才看到周奎以及其他几个沙石厂的人从低处的人群里走出来，走到彭随明身边，伸手从他手里往外夺那块石头，彭随明开始似乎抱得很紧，后来犹豫了一下，有所松动，那石头离开了彭随明的身体，在几个人的手臂间来回传递，但最终还是回到了彭随明手里。邢林子是又惊喜又觉得可笑，她看自己的小丈夫今天像位天真的顽童，在眼前真实又迷幻的光色里做着各种可爱的动作。

石钟鸣先下了岸，赵小娥拉动了一下邢林子和其他人一块也快步朝那片人群走。待他们下到河床上再看时，刚才还飘浮的云絮霞朵已经消失，当走近那个阴影和阳光的交界线时，突然间阴影也消失了，整个的人们被立即暴露在火辣辣的阳光下。这时所有人都打了个激灵，刚才许多人没顾上感觉，现在当失去天上的云伞时，这些人才唤起了对刚才经历的回忆。人们复归了常态，忘情地叫唤起来，跳跃起来，大多数人手上都拿着一枚或数枚彩石块，暂时没有捡到的又在弯腰寻觅。但是，人们很快发现，被水冲上来的多色石块并没有人们想象的多，甚至可以说冲上来的那种特别的石块是很少的，很可能是有固定数目的，这突然喷发又突然停息的水柱应该是有某种使命或意志的，抛什么东西，抛多少东西，绝不是随心所欲的。刚才混乱中人们以为很多，实际太阳一照，在现场根本看不到哪里还有闪光的石子。很多人围在水眼处找，看到的也还只是从水停息时就已自我复原的一穴细沙和一摊干净但并无任何奇异色彩的普通碎石。

11

三个月后，周奎大兴土木，在红砖房那个地方建造一座每层十间的三层楼房。一位刚从外地参观游览回来的县城的朋友告诉他，说在南方某工地看到一个楼房的样式很新颖，寓意好，建议周奎参考这个模式搞。具体就是将整座楼的外观形象建设为"福禄寿"三尊神仙的模样。通过连接与分割，凹陷与凸起，门窗户牖，晾台栏杆，房檐屋顶的楼房部分之间相互配合映衬，包括多种颜色的装饰美化，构成如此这般的欣赏形象。落成之日便命名为三星楼，从此后人们便把这里俗称为神仙楼。三尊神仙头戴冕旒，身着蟒袍玉带，宽额丰耳，浓眉慈目，特别是耳朵上边的两根帽翅似在微微抖动。从远处望，这一幢楼所分别呈现出来的三尊神仙，在阳光和月色中，在风晴雨雪里，闪耀着神秘和威严的光芒。

随着神仙楼的落成，七岸河上的神秘色彩也更加浓厚了。彭随明经常走神儿，一走神儿就仿佛进入了河床底下，看到龙宫之类的景象，满地铺着五彩石，廊柱、墙角等建筑物上环佩叮当，闪耀着金元宝银元宝的灿烂光辉。有一天晚上彭随明在楼上值班，半夜时分隐约听到下边河床上传来一种声音，"唔儿——唔儿——唔儿——"，悠远绵长，一声高一声低，十分悦耳。彭随明于是就从床上起来，悄悄下楼，悄悄往河滩上走，听那声音仍然在叫，地点似乎在上次喷水那个地方，就朝那儿走，可是声音并不是固定的，快接近时，这声音又变换了地方，他继续追着声音走。就在他这样走着的时候，彭随明突然发现身体四周，黑幽幽的夜色里飘浮起一层小灯笼，明亮，移动，有的几个灯笼相互绕着转圈圈，大多数则无规则地飘游，离地面约有一尺两尺高，把它们下边的沙子和石块照得忽明忽暗。彭随明自顾自朝那声音走，这些灯笼也不避他，直接挨着他的身体飘动。突然一个灯笼猛地起高，飞至一堆垒石的顶部，彭随明向那里望，看到那里有一颗像明月一样的圆球，悬浮在空中不动。他想起小时候村上长辈传说的夜明珠，就往垒石堆上攀登。可是，那个"唔儿——唔儿——"的声音又在他的身后响起来，就在他转身回望之际，他上方一块巨石轰隆一声翻滚而下，带着砸着一些较小的垒石坍塌了一片。彭随明受到惊吓，跌坐到石坡上，此时石堆顶上那闪光的圆球不见了，怪异而悦耳的声音不叫了，神秘的小灯笼们也消失得无影无踪，眼前完全是漆黑的夜。彭随明在那里坐到拂晓，他回到神仙楼时正好碰到住在一楼的李老伯，这位老人用惊异的目光望着他。

第三章　在燕城那边（上）

1

石钟鸣这个人物在七岸村已经有了一些表现，但对他的来历，确实还悬着一些迷惑和问题，而且他的经历涉及七岸河之外，很远地方的另外一组人物。犹豫权衡再三，我仍然觉得有必要打破一些常规的叙述方式，单独一说。

读者即将看到石钟鸣这个人的人生是很有意思的。他父亲因为十分偶然的机会参与了燕城市一座著名水库的修建，之后被安排到城市河道管理处工作。在石钟鸣的记忆里，父亲每年回家探亲一次，大多数是春节，也有春节过罢或更迟一些时候回来的。那时候父亲回家是整个七岸村的新闻，他戴着栽绒火车头帽，将两边的暖耳向上翘起，加上帽子前竖立面上本来就栽绒朝外的部分，这顶帽子在外人看来整个就是一团棉绒，让没有戴过它的人总是使劲想象头在里边被温暖着时的感觉。如果正好下雪，那就更妙，父亲提着行李袋，网兜里装着印有燕城标记的稻香村糕点、霜裹花生米等礼品，踏着雪从村外走来，头上的帽子这时候就像一面耀眼的旗帜，在以雪为背景的漠漠空间里画出一道流动的线条。人已经走了，这条曾经有过的线条还会长时间存在，在人心里存在，即便暂时淡漠了，一遇适当情景又会在心中复活，在不同人的心里，父亲不知道会在雪中这样行走多少遍。除了帽子，父亲有时会外搭一件暗蓝色的大衣，也会穿一件有四个口袋的上衣（因口袋吊在外部，在当时被称作"四吊兜"），脸面清瘦而富有棱角，身躯魁伟而脚步有力，随着咯吱咯吱的踏雪声，在路上、村口、家门口等所有遇到人的地方，就会响起不同声调的多种内容的恭维父亲的声音。父亲言语不多，别人讲话的时候，拿眼睛专注地望着人家，按常规该他说话的时候，总是不能满足别人的期望。他或者用咳嗽代替，或者用握手、搬凳子让座位等行为替代掉。越是这样，父亲与家乡脱离得越远，越像一位城里人，大城市人。

石钟鸣高中毕业，本来已经是一个农民，二十多岁的时候，有一天父亲打破常规突然回到七岸，很神秘地告诉他一个喜讯，父亲提前退休，让他顶替接班到燕城市参加工作。这消息对于石钟鸣就如同人世间其他一些不可能出现的美好事情而突然出现时在任何当事人心理上所引起的反应那样，他经历了惊讶、怀疑、兴奋、喜悦之后，也像任何新事物在人心里沉浸够适当长时间便会与心跳的频率渐渐合拍一样，石钟鸣完全接受了这个事实，心中各种感情凝练成很单纯的一种，叫作幸福。石钟鸣心中前所未有地出现着由阳光、鲜花、高楼、金碧辉煌的宫殿、川流不息的街市、众多光鲜男女的脸庞所交织成的繁华景象，他无数次想象着自己在燕城某个街道某些单位上班下班的情景。他将自己对公职人员的想象，对城市的想象，对燕城的想象，与父亲回乡时一些光荣片断相连接，这个太行山中的年轻人说话做事，脸上表情提前就像换了个人。

往燕城上班前，石钟鸣与全家人一起到老坟上祭祖，感谢祖上阴德之护佑。正值深秋时节，墓冢周围田地里的玉米已经超过人高，石钟鸣并肩与父亲走在前边，族中叔伯、兄弟以及一些已经嫁到外村的本家姐妹和她们的配偶、子女等，在后边形成一支松散的队伍，在村边十字路口等人的时候，大家都争着和石钟鸣说话，平时好开玩笑的现在也庄重着，有的用探询的口气与他说一些社会上关于燕城市的传闻，好像他在燕城已经工作了很久似的。每当这个时候，不知为什么，石钟鸣父亲的脸上就会出现一些不易察觉的奇怪表情，同时就拿眼前勉强能涉及的某个话题把这种谈话岔开，比如庄稼长势啊，路边水道啊，岸上那一排挂满青皮果实的柿树啊，只要人们愿意，山村的田野里有无数的事物都可以作为心情处于激动状态的这一群人的美好谈资。

祖坟在一堵高岸之下，这群人在玉米森林里钻了半天来到墓冢跟前时，仍然还处在玉米林中，所不同的是墓地范围内格外地长着两棵高大榆树，两团圆形树冠像两柄大伞撑在空中，浓荫所布，正好覆盖方圆十数步的坟场。人们在坟前燃放了二十一个开花礼炮，前十一个石钟鸣亲自执火点捻，每个礼炮先在地上响一次，然后钻出玉米林，冲越树冠，直入云霄，在高空二次炸响，开出样式繁多的礼花，而且空中的这一响特别脆亮，震动四方。虽然礼花在白天颜色比较模糊，但蓝天白云之下那突然散开的烟团，人们凭借储存在脑子里的同类经验，仍然能够想象出它们在空中艳丽多姿的情景。石钟鸣燃放时，大家都认真地仰头屏息，每一次都要等到礼花炮第二次炸响，才高兴地热烈鼓掌。石钟鸣一个人点燃了十一个，个个冲天，次次双响。其他人燃放时，有的放两个三个，有时只有一个是双响，有的一响过后没冲上去，剩下的半截在土地里扑腾一下没了任何动静；有的横着冲，擦着地皮拐弯冒出一溜火星；有的第一次很响，向上也猛也高，人们想着可要听一次大响了，但是却没了下文，半天了从空中降下半截未炸开的难看的被火药熏黑了的纸炮筒。所以，为了凑够完整的二十一个双响，他们实际是燃放了三十多个礼花炮。人们本来对一些玄乎难解的自然现象就敏感，对于祭祖，并且是石钟鸣鲤鱼跳龙门之前祭祖这么仪式感强的活动，就更加想入非非。他们当时就说了很多恭维石钟鸣的话，说他放礼炮个个双响是多么好多么好的好兆头，讲这种话的人甚至不惜伤害现场相关人士的脸面，你想，言外之意就是没双响的人不吉利呀。具体生活中的人就是这样，有时候很重颜面，有时候又一反常态。石钟鸣在这种气氛中真的很激动，又找不到表现的载体，四周望了一下，走过去双臂抱住一棵榆树，将小时候练过的本领使用起来，他四肢用力，嗖嗖嗖爬上树的高处，半蹲在主干顶部树杈的地方向下俯视。他父亲用很不高兴的表情望了他好几眼，其他人中也有的神情复杂。可是，石钟鸣还没有立稳就在那里惊呼起来，他从上边的视角看到，坟冢西侧石岸下茂盛的蒿草中间，有一条黑蛇缠着一只野兔。不等石钟鸣从树上下来，地上的人已经来到岸根，看到蛇是大蛇，有锄把儿粗，方棱头，黄眼睛，嘴里吐射着两条微红色的芯子，被它缠着的兔子已经不能确切看出大小，灰色，夹杂些黑斑黄斑，完全成为一团，只有两只耳朵还举在缠绕之外，应该体量不小，因为这么大的蛇战斗到这个份上，还仍然未出现决定性结果。芯子快速吐缩，头斜竖上举，看得出仍然在使劲用力。惊讶中的人们这一下可真是又有了新说头。"蛇缠兔"在风俗和民间文化中是难得的大吉之遇，要怎么难得就怎么难得。在人们的想象中，坟上出现这个，那就预示着要风有风，要雨得雨，要财必是大富，要禄定会大贵。一条蛇缠上一只兔子，最基本的可能应该就是果腹之战，人们却称之为蛟龙戏玉兔，这种心理上的想象、语言上的美化将一个爬行动物和一只哺乳动物之间的生命之战渲染成一幅含义丰富的美好画图。

石家的这次祭祖在七岸村很快成为一条新闻。直到石钟鸣前往燕城上班很长时间之后，这个新闻还在太行山下相当范围的地域内广泛传播，成为民间众多玄妙文化中又一则不容置疑的生动案例。

2

石钟鸣到燕城工作单位报到的时候，也是一路顺风。坐汽车，乘火车，风清气朗，遇到的所有人都慈眉善目，所有环节几乎都一触即开，天空、地上、农村、都市都涂抹着一层让人心情愉悦的明丽色彩。他要去的单位具体名称叫燕城市河务管理处，石钟鸣想象着叫"处"的单位应该是某座高大办公楼内某个房间，房间肯定很大，屋内窗明几净，分组排列的办公桌前，坐着若干衣着光鲜、颜面洋气、举止优雅的男女人士。见有人进来，近处某位男的，或许是戴着眼镜的一位应该向来人问好，也可能是位留着齐耳短发的漂亮女性，用手向后捋一下垂到前额上的头发，然后把目光投向进来的人。石钟鸣从来没有过这种经历，对于"处"这个字作为单位的想象不知从何而来，应该是潜意识吧。但是，当他对照着地址来到自己要工作的单位跟前时，之前的所有想象都被颠覆掉了。

河务管理处是一个院子，电动伸缩门，旁边传达室出来一位工人师傅模样的人，问他找谁。石钟鸣想，我来上班，找谁？和你是一个单位的，你很快就会明白我也是这里的主人。嘴上只说是来上班的，门卫师傅一脸迷惑，本来已经把登记本拿出来准备让他登记，他这一说，人家又把登记本推移到桌子旁边，问："什么，上班？年轻人你没搞错吧！"显然，作为单位的门卫，每一个在院内上班的人的面孔他应该是最清楚的。

石钟鸣赶紧补充："我今天来报到。"

门卫好像更加不解，说："报到，你是新分来的大学生吗？"

石钟鸣不知该怎样回答，心想此时应该把父亲的名字说出来，就端正表情望着门卫，一字一板地说出了"石建华"三个字，紧接着又补充说自己是他的儿子。

门卫以更加迷惑的神情告诉他，根本就不知道谁叫石建华，更没听说谁的儿子今天来报到上班的事。

石钟鸣质疑起自己的行为来，莫非走错了地方？或者这事情中间出了什么变故？这时候门内院子里有一位戴眼镜的年轻人推着自行车往外走，正好来到跟前，门卫脸朝着他用手指向石钟鸣说："小丘，你听听稀罕不？这个农村来的说到咱这儿来上班！"

那个叫小丘的，一看就是位心地和善又活泼可爱的人，只见他笑眯眯地望了一会儿石钟鸣，上下打量他的穿着，友好同情的眼神让正在难堪中的石钟鸣感到很温暖。石钟鸣这一次比较详细地说了自己的情况，哪里人，顶替接班等，父亲石建华的名字又重复说了两遍。小丘同志很耐心，但从他脸上的神情来看，他也不晓得父亲的名字，也不清楚今天有人要来报到上班的事。他的热情和耐心一是出于性格，一是出于礼貌，既然石钟鸣讲的有根有络，小丘就把自行车暂时停在传达室门边的墙根，并帮助石钟鸣提着行李包，说："我领着你，走，咱们到劳资科去询问一下。"

上班这么大的事，单位的人竟然不知道，这让石钟鸣心中产生出一种委屈的感情，同时觉得有些失落，边走，小丘边又问他一些话，很亲切，倒像是以前就认识的朋友。当时是下午，太阳斜照着这个院子，石钟鸣虽说心里有些紧张，还是注意观察了一下周围环境，正屋朝南，是一幢灰色三层楼，东西两厢各有一排平房，院子中心有一个内部堆积了假山的圆形水池。越过灰楼楼顶，可以望见不远处有一截高大雄伟的朱红色古城墙以及城墙拐角上特别高耸出来的角楼，角楼曲折倾斜的房顶像巨大鹏鸟的半边翅膀，房檐下复杂的斗拱和垂吊下来的一溜风铃在斜阳里放射出苍茫而华贵的光辉。这个意外的风景让石钟鸣心中滋生出自豪感，似乎突然使他和这座古老城市的联系更紧密了。刚才在门口的失落并不能从根本上打击他，因为顶替上班的所有手续、表格他曾经都亲自填写过，上班是铁定的事。单位的人不知道，石钟鸣觉得应该是有另外的或许是无足轻重的缘由，是不影响这件事之根本的。

果然，小丘领着他上到三楼，到劳资科一问，那位敦实身材的女同志就说："有的，有的，三段石建华，儿子石钟鸣，来吧，签个到！"

小丘拍了一下石钟鸣的肩膀，说："恭喜你，真有这回事！"

石钟鸣顾不上回应小丘，先在女同志递过来的表格上签了自己的名字。他手有点颤抖，字写得很正规，感觉很神圣，心里想这是他在燕城的土地上第一次签写自己的名字。

同时涌到心头的新的迷惑是，刚才女同志在说父亲名字时前边加了三段两个字，这是什么意思？还有一点也让他略感不安，就是劳资科的人对这件事的态度也太简单了吧！先前是不知道，现在虽然知道，可总觉得缺少一点应有的重视，应有的复杂，具体什么才是重视，他自己也想不清楚。

女同志接着说："小石同志，你的报到手续已经全部办妥，只是处里领导白主任这几天在局里开会，你具体的工作岗位还要等领导回来，才能研究确定。"

她望着他笑了笑，又说："这样，先安排你到招待所住下。"边说边拉开抽屉，取出一沓介绍信。介绍信白纸黑字，是印制好的现成格式，中间有一条竖着的打扎过微微小孔的虚线。她填写好后，刺啦一声从虚线处撕开，拿起外边这半页，另外半页作为存根还留在本子上。撕下来的这半页她本来是要递给石钟鸣的，正在手上持着的时候，小丘说："赵科长，给我吧，我送小石过去，正好也方便。"

赵科长赞许地笑着说："这敢情好了，小丘是办公室的，服务领导，有前途呢，这个小石由你送过去更好的，正好他也可以和你认识一下。"

不知道这个赵科长是忘记了还是故意不说，其实小丘到河务处来的时间也还不长，现在仍然临时住在招待所里。一走出劳务科，小丘就主动对石钟鸣说了自己的情况。一说，他还真和石钟鸣有些缘分，他是西原省人，和石钟鸣家所在的河南省崇山县中间仅隔着一架太行山，不过，小丘的老家要靠西一些，处在与黄土高原接壤的次高原上。但是两省相邻对于在燕城这样的大都市相遇的两个年轻人来说，仍然能够增添很多亲切感。小丘毕业于一所地方性水利专科学校，但他有一个舅舅在燕城市政府部门工作，他以这个为理由提出申请，分配时如愿以偿，来到了燕城市工作。

石钟鸣一边跟着小丘往招待所走，一边在心里重新升腾起许多美好的遐想，刚才的迷惑与失落差不多被一扫而空。他回想着，赵科长一点也没思考就知道这件事，说明是经过很多程序确定下来的很正规的大事，让自己到单位的招待所住宿。这多有身份啊，想一想，人家小丘是大学生，有重要社会关系，服务领导，也住在招待所，那自己不就和小丘这样的人享受着同等待遇吗？

单位里的人下午是五点下班，两个年轻人走出大门的时候，正好和下班的人一起往外走。石钟鸣看到，这个院内刚才还安静着，现在竟然出来这么多人，男士女士都穿着看似随意实则很讲究的服饰，相互打招呼时热情一下，很快就恢复成矜持的表情，都文明着，礼貌着，但很明显又都各自维护着尊严。这么多人下班，没有一人高声说话，或者高音量地笑出声来，有个女的哧哧哧地笑着，感觉是有憋不住的兴奋事，可她就是不笑出声来。石钟鸣想起七岸村收工时或上工时，在村口人们那放浪喧哗、高声说笑的情景。这后一个场景此时在石钟鸣心里只是一个远去的背景，很清晰，甚至一度被放大，但在急速行驶的人生列车上，它确实正在往后推移。

走出大门向右拐，穿过不长的一条胡同，就来到了刚才在单位院内已经望见过的城墙的角楼下，仰头望，刚才的粗略剪影或轮廓现在看得很清楚，挑檐上的瓦面，瓦面上的图案花型，立柱、横撑、榫头楔子凹凸结合，房檐下密匝繁复的精巧制作，雕梁画栋都清晰在目。特别是那朱红深紫间杂于黄蓝之色的大格调让人心生庄严。紧挨城墙根，有片空地，长着三棵古柏，一棵树冠离地面很低，两股盘曲的分枝以半九十度朝相对的两个方向生长，远望与展翅飞翔的一只大鸟很相像。另外两棵高的，像一对饱经沧桑的兄弟，树冠都不大，树头上的枝条长得短促，刚长出来一截就被打住，生出一结，然后重新生长，又长一寸，又打一结，每一寸每一结都是从漫长时间的风霜里憋出来的造型。三棵树挨得并不是太紧，它们中间的空地里被人培植了不少马蹄莲，这种植物除了宽阔的有暗条纹的绿叶之外，它们大部分都举着一柄或数柄白色花朵，花形与牵牛花相似，但花瓣的质地比牵牛花的硬，颜色像白莲花，不同的是莲花长在水或沼泽地里，并且花朵绽放时是展开的，花心也能被人看到，而马蹄莲可以长在土里，开出的花也是收拢的，把花蕊花心藏在花筒深处。

石钟鸣的母亲喜欢马蹄莲。以前家里废弃的砂锅、水桶、面盆，母亲都不扔掉，在里边壅上肥土，分别栽上这种花草，此物极易侍候，最冷最热最涝最旱都不必为它担心。春天院子里最早见绿的是它，钻出来的叶子一出现，就是嫩绿嫩绿的。每年的这个时候，母亲都会站在花前久久地看着它。严寒到来，它抗拒到最后，实在无奈自然萎缩了之后，也要在花盆内保留下一团老姜一样的榾柮。石钟鸣并不特别喜欢花，但对于马蹄莲这钟花的认识却是系统和透彻的。所以，行至此处，当小丘给他讲城楼及古树方面的文化时，石钟鸣憋不住就讲了马蹄莲。本来是爱美之心人皆有之的，但一般情况是，农民不说在嘴上，只用眼看，只在心里领受事物之美，而城里人或者知识分子则会把这种喜欢说出嘴外。石钟鸣此时此地赞美马蹄莲，表情、眼神都与平常很不一样，以他现在的身份，似乎可以用语言来这样大胆地正式地说花了。还有一层，他觉得只有用这样文雅的话题才能与小丘这样的人相匹配，结果他真就说了好大一会儿马蹄莲。这使小丘略感惊异，原来对石钟鸣的热情帮助，多少还有点居高临下的感觉或者同情心在里边，心理上占据着完全的优越感。石钟鸣津津有味地说罢花之后，小丘的感觉上就生出了一点异样，若是放在有些人那里，这种情绪有时就会导致龌龊的心理产生，但以小丘这个人的情况，此种情绪只是一闪而过，就像树上掉下了一片落叶那么轻松，而且这很快就使他更加重视石钟鸣了。

3

招待所是河务管理处的下属单位，是一座拐尺形的楼房建筑，地上两层，地下一层，服务台设在拐尺形的角上。深紫色木质登记台，台后坐着身着白色制服的女服务员，她们身后的墙上照例挂着几个圆形的走着不同时间的时钟，下边标记着"北京、纽约、巴黎、伦敦、圣保罗"等字样。当时，招待所适应国家的新形势，管理模式正在变化之中，一个单位分成两部分，登记台及登记台左侧，拐尺的一边仍然实行老体制，直接归河务处管理，人财物等所有运行照旧不变。而登记台向右，拐尺的另一边则承包给了某社会人士，除了上交协议规定的一定数量费用之外，所有管理经营事宜与河务处毫无关联。承包人将所属的地盘和房屋改造装修，焕然一新，在大厅所在他们那一侧的楼道口上喷塑出一块鲜亮的招牌，标志出的新名称叫"燕城飞歌大酒店"，而他们的服务台则移至楼道顶端。在这个地方，他们用鲜艳的材料和各种功能的灯光进行夸张性美化，正面墙上是一张放大并喷绘出的电影剧照，两个男女明星青春勃发，似乎是相思已久猛然相见，正要拥抱接吻，那放开的身姿、灼热如火的眼神、伸出的双臂，特别是女明星半张开的鲜红厚实的嘴唇被特写在图片上，照片是固定的，而它渲染出来的人的欲望和情势却因为未达满足而永远地处在活的张扬的状态。与此相配合，画面下边站着一溜描眉画眼，展现出多种风情的窈窕女郎，她们与画面上的明星一起，共同努力向楼道深处招邀吸引着每一位客人。

小丘显然已经熟悉这里的环境，他领着石钟鸣踏着门口的台阶进入大厅后，直接就来到招待所的登记台前，拿出介绍信，向工作人员介绍石钟鸣的情况，同时自己动手把登记簿和圆珠笔递给石钟鸣。一拿笔，笔却是被一根螺旋着的有弹性的红色塑料绳固定在柜台上的，距离超限后，笔就拿不过来，小丘稍有难堪地拽了两下，拿快乐的眼神用玩笑的口吻对服务员说："看你们节省的，什么年代了还这么滑稽，快，快，拿根新笔不行吗？"

那位服务员也闹着说："执行处里的规定呀，丘大秘书，您该表扬我们哪，向领导说，给我们发奖金吧！"

边说，那位服务员边弯腰从柜台下向外拿笔，一拿，拿了一大把，红色、蓝色、黄色、白色的都有。小丘朝石钟鸣哗啦一声推过去，石钟鸣拿起其中一杆，抽掉笔帽，在登记簿的横格上先写了自己的名字。他到燕城来这已经是第三次被要求签名了，一次传达室，一次劳资科，现在是第三次。在别人可能会感觉麻烦，但对于刚进入城市的石钟鸣来说，他反而很享受这种烦琐，似乎每一次都是一个关口，都是一次检阅，程序越多，他觉得进城的路径越正规，越神圣。但是，当下有一个小问题，登记薄上有一栏要求填写工作单位，石钟鸣不知该怎么填。问小丘，小丘略一犹豫，说就填河务管理处啊！石钟鸣高兴地写着，心里美滋滋的，公众场合，小丘这样说，似乎又把他的地位确定了一次。

当办完手续，小丘领着石钟鸣往房间走时，他才发现石钟鸣是被安排在地下室的，心里咯噔了一下，知道这都是按照劳资科介绍信上所写安排的。从二楼厅间顺着楼梯往下走，光线开始昏暗，到下边沿楼道直走，左手第四个门，石钟鸣原来准备拿钥匙开，发现门是虚掩的，直接推门进去，看到是一个通透的两间房，靠墙横摆着六张单人床，有三张上已经有人。他们和人家打了招呼，两个人坐到床上屁股用力向下压了两下，木床发出轻微的吱吱声。石钟鸣是第一次住公家安排的招待所，看看白床单、白被子，还有床底下给每个客人配置的脸盆、毛巾、红色的塑料肥皂盒，觉得有了工作真好。小丘不一样，对比自己在二楼一个人住宿的单间，心里就比较复杂，一方面感到自己好像有什么身份，一方面觉得劳资科也太有些看人下菜碟，至少也不能在地下室啊，至少也得住个双人间吧，石钟鸣毕竟是单位老同志的子女，毕竟是第一次远道而来的新员工啊，起码的礼貌和热情也没有！作为石钟鸣的同龄人，小丘在产生自我优越感的同时，也产生出一些善良的同情心。也可能是出于这种同情，或者为了表现他的某种优越，临走时，他告诉了石钟鸣自己的房间号，并且请他安顿洗漱之后，到他的房间来。

石钟鸣一直感激着小丘的热情，但同时想，把他送入房间后可能就会结束这种联系。此时一听小丘这样说，更加觉得自己运气好，真正碰到了好心人。就没再说什么客气话，边爽快地答应着小丘，边礼貌地站起来送他离开自己的房间。在门口，他一度想和小丘握手，以表示城市人的文明礼貌，同时又有犹豫，似乎是胆怯、害怕，终于没伸出手来，只站在门口目送着他上楼，看到他的投影在从楼梯口射过来的光照中消失。返回房间，自己的身心松弛下来，他伸展四肢，头枕在叠着的被子上，合上双眼，仰面在床上躺了好大一会儿。从七岸村到燕城，到当下躺着的这个房间，一路上所有经历像电影镜头在脑海中闪过，人生啊人生，燕城啊燕城，他在心里发出一声声的感叹！

旁边床上那三个人见石钟鸣的表现，就主动与他寒暄，石钟鸣自然禁不住讲了自己是来单位报到的事实。那几个人除了表示祝贺，谈话中也各自透露了自己的情况。他们是东北人，合伙去新疆做生意，在这儿住一晚，明天一早去燕城站赶火车。其中一个人说了祝贺的话之后，咳嗽一声，向石钟鸣问道："年轻人，不知该问不该问，你来燕城是干什么工作，当干部还是当工人？这可是大不一样的。"语气中隐含着一些疑问，一些不十分看好的意味。

这一问，石钟鸣还真回答不上来。之前在农村，只要是脱离了土地，加入城市户口，村上人就都高看一等。除非做很大官，名声很大了的，一般的，并没有人细问人家在外干什么工作。比如自己的父亲，只知道开始修过水库，后来成了公家人，具体在什么岗位干什么工作是什么身份也不是很清楚的。人家这一问，不知怎么回事，又让石钟鸣想起来劳资科女同志说父亲时所使用的"三段"那个词。

东北的那个人接着又说："我有两个亲戚，全家人都在一个大企业里工作，原来洋气得很，高人一等的，上次听他们说企业要改制，工人也不是铁饭碗了，两家人都在为子女寻找新门路。"

三个人中的另一位望望已经从床上坐起来的石钟鸣，再把目光移向刚才说话的那个人，说道："你所说的是咱东北，人家要工作的可是燕城呀，燕城是什么地方？全中国有几个燕城？年轻人，你别听他乱说，依我看，只要能搭上燕城的边，无论啥工作，总不会吃亏的！"

大家一时无语。石钟鸣从床下拿出脸盆等去洗漱，洗漱间在走廊中部，两间屋子一隔两半，里边是卫生间，隔过一道隆起的水泥门槛，外边靠墙设有一溜水槽及与其相配套的十几个水龙头。已经有几个人站在那里洗漱，刷牙的声音，用劲向外吐痰的声音，哗哗的流水声，几个人边洗漱边高声说话的声音，好像这些话他们必须在此处说出来才行，都着急地说着，嘴角下巴满是牙膏沫也在所不顾。石钟鸣享受着这个公共空间里的热闹，墙上半堵墙大的玻璃镜框里清晰地映照出所有人的形貌，石钟鸣看着镜子里经过洗漱的自己，觉得与此间的其他人相比，自己是英俊的，是有风度的，并不能看出哪里还有农民的痕迹。他再一次想，报了到，就是有单位的人了。工作？让干什么就干什么吧，反正是在燕城，公家人，有这两项垫底，就不会再有什么不好了。

4

他觉得应该赶快去见小丘。上到二楼，敲小丘告诉他的那个房门，屋里没动静，在走廊上站了一会儿，比刚才稍微用力地又敲了几下，还是无人开门。他心里立即有些空落，不知道这个时间该去干点什么，反身来到服务台所在的大厅里，想着说不准会在这儿碰到小丘。这时候他的眼睛被斜对面走廊深处燕城飞歌大酒店的光华艳丽的广告所吸引，禁不住向那里迈步，走过去后他把眼睛盯在那张男女明星宣传画上，他觉得画上人物是可以大胆看的，看那女的身体的美好部位，她的嘴唇、眼睛等，边看边想，这就是城市和农村的差别，这种照片在当时的农村别说没有，即使有，大家也羞于站下来正式地观看，特别是在农村的公共场合，长辈、小辈、男女等各种相互间有复杂关系的人同在一起，一个人单独地愣愣地看这种男女接吻的照片是做不到的。而在城市在这里就不同，这就是让看的，无障碍，怎么看都行。

他发现紧靠一边就是通往三楼的楼梯，便拾级而上，看到三楼的整个楼道是一处花花绿绿的世界，房间改造装修得多种多样，有的被一些人长期包租，有的在门楣上，有的在门板上，有的在墙壁上，有的用金属，有的用塑模，有的用喷绘，标志着各种各样的单位及组织名称，红字、黑字、金色字，五花八门，名称起得都很大，很多带着中国呀，国际呀，环宇呀的字眼，从内容看，经商的、中介的、咨询的、预测的、培训的，什么有限公司啊，研究院啊，总部啊，等等，名目繁多，应有尽有。石钟鸣观察这里进进出出、来来去去的人，有长头发的，戴墨镜的，挟皮包的大腹便便的男士，也有摩登时髦的神秘女郎。有的房间看得出长期没人光顾，蛛丝网织；有的里面有三两个人坐在沙发或老板椅上，神秘兮兮的样子，好像在忙着写什么，谈什么，走廊上每有人经过他们又会抬头张望，明显地心神不定；有的门窗紧闭，里边各种腔调的说笑声从难以发现的墙缝间传出来。石钟鸣好奇心大增，他又顺着刚才的楼梯向下，到这里的地下室参观，这里被改造成了几家歌舞厅，没有了一点招待所的影子。有两间一家的，有三间四间一家的，走廊上射光灯、霓虹灯交织散射，男男女女影影绰绰，看不清每一个具体人的完整形容，强烈多变的光线灯影将每个人都照成了无数的碎片。此时临近夜晚，虽未达高峰，但乐男乐女已经不少，音乐已经在各自的房间内响起。有一家的客人可能是从中午玩到了现在，陪舞的女郎们已经疲惫，她们半坐半卧在摆成圆圈状的沙发上，男士还在喝啤酒，喝汽水饮料，每人把打开的啤酒瓶横斜着举在手中，各自从空中举出相互撞击，任凭啤酒冒着泡沫向外流溢，大家此时齐声喝彩，唱某一句歌，喊某一个女郎的名字，做大动作，出大声音。石钟鸣觉得在平静的地面之下，这里真是一个疯子组成的世界。他走了半截，就要求自己退回来，上到地面，从他办登记手续的服务台走过，先前往那边走时他以为这里的人没有人会注意他，现在柜台后穿制服的服务员都望着他笑，原来人家都注意他了呢。可是，这些女的笑他什么呢？他赶紧让自己装得很平静，不能表现出紧张害怕的样子，真正说，这有什么可怕呢，时代在变化嘛，不能还像个农民，见什么都大惊小怪。

这是比较理智的想法，从直觉上说，他真有些害怕，反复在心里想，这真是大城市啊，对自己这才是刚开始，往后说不准还要经历什么样的生活呢！

他再次往小丘的房间去，仍然没人。这时他感觉有点饿，就出门来到街上想买饭吃。他站到街上，四下一望，到处是璀璨的灯光，街道两边的高楼被不停闪烁的灯光所包裹，竖的灯线、横的灯线，特别是半空中的彩色灯团，像巨大的花朵竞相开放，明一下，灭一下，此处明，彼处灭，无数明灭，整个望过去所有光线和光团都在不断变化。顺着一条道路向远处望，无数彩灯搭起的拱桥相重叠相连接，使道路看上去如一条走不到底的光的隧道，闪耀着灯光奔跑着的各种车辆形成了纵横交错的光的河流。天上的星星黯然失色，它们怕晃眼似的，害羞似的躲藏了起来。石钟鸣想，这真像是天上银河移到了人间，光成了眼前世界的主角，各种建筑物和人反倒都显得模模糊糊。石钟鸣进而想这要用掉多少电呢，多少电要值多少钱呢？但是有些想法只是一闪而过，像刚刚从树枝上冒出的萌芽，一出来就被掐掉。石钟鸣不允许自己去想太多的反正也搞不懂的问题，觉得那样太土，太可笑。

有一位五十多岁的妇女在卖煎饼果子，面容慈善，头上戴着白帽，胸前裹着护襟，摊位的主体像一个四轮车，车上横搭一块木板作操作案板，并且就着木板向上用四方木条、塑料单、麻布等材料架成空阁，空阁顶部垂下一只梨形的放射着黄光的灯泡。在四围耀眼的灯海里，这点灯光和这个小摊位以及这位妇女显得有些微不足道，但石钟鸣却有一种亲切温暖的感觉，有一种不被排斥可以平等接触的感觉。当他走上前操着豫北山地的独特口音说要买吃食，把钱递过去的时候，他心中甚至产生了某种类似居高临下的得意与喜悦，通过这样的形式，目前似乎也只有这种形式来和这个灯火通明的世界实现交流。但是，他同时又被一个具体的不好意思说出口的问题所困惑。这位妇女在烧热的铁板上用锅铲操作着的，明明就是一张摊饼里卷了一根油条，可是别的顾客却叫它为果子。刚开始的时候石钟鸣一点都搞不懂，后来也没完全弄明白，但他学着人家连指带说地买了下来。当他举着这个被卷成筒状的并用一方粗涩的黄纸裹着的煎饼站在灯光的海洋里一口一口吃着时，有些激动、有些酸楚、有些迷茫的感情，在心里如山中朦胧的岚烟一样升腾起来。

5

在影影绰绰、来来往往的人群里，他看到小丘正在向他走来，看不太清楚他的表情，但那形体、举止决定着应该是他，并且同来的不止他一个人，还有一些人虽然分散在人流里，但凭直觉可以看出他们无形中有某种特别的关联。走近后，看出他们是喝了酒，没有人大醉，但有的有明显酒态，把手背在身后，头过度地扬高，好像眼睛里什么也看不到，这样走着的；一只胳膊搭在另一位同伴肩上，一条腿十分有力，一条腿故意弄得软弱无力的，这样走着的；一只手卡在腰间，另一只手平伸向前，一伸一缩，这样走着的；头和身体都摇晃着，左顾右盼，不停地说话，这样走着的。总而言之，年轻的人喝了一定数量的酒，情绪并没有越过醉的标杆，但确实是兴奋着，思维飞扬着，姿态夸张着，这种状态下应有的各种表现他们都表现着，这更能把他们从众人中区分出来。石钟鸣看到小丘属于喝酒很少的，但和正常状态下也有区别，不再文质彬彬，脸上也没了那种亲切的友爱的笑。走近石钟鸣后，他什么也没问，上去一把就将他拽过来，转身向同伴们介绍石钟鸣，同伴们有的站定，有的立不住，有的没听到。在这样的情形下，他们正好簇拥到招待所大门口的台阶下。

小丘招呼大家进入大厅，朝他的房间走。石钟鸣犹豫了一下，他拿不准该不该跟他们一块走。已经踏上台阶的小丘转过身来伸出一根指头指指他，又朝前指指，石钟鸣这才消除顾虑，并快步走了上去。

小丘住的是单人间，有电视，有卫生间，有写字台，还有一对紫红色的仿真皮沙发，本来是有两张床的，小丘入住时，工作人员拆掉一张，使得这个房间显得特别宽敞。石钟鸣是第一次进入这种房间，不禁十分羡慕，联想自己在地下室的住宿条件，心中生出多种滋味。但是妒忌的心理还没有，因为他自己的底线很低，物质生活质量方面没有什么高级经历，同时对小丘的地位他根本不了解，恍惚中觉得人家是大学生，有关系，又在单位办公室工作，或许就应该是这样的待遇。更重要的还有一点，他心的深处存在一个美好的幻想：等他分配了岗位，正式上班之后，或许也会获得如此这般的待遇。

大家都进入房间后，石钟鸣默默数了数，不含小丘总共六个人，出乎意料的是其中还有一位女性，但这女的穿着装束比男的还朴素，细瘦的高挑个儿，洗旧了的蓝灰色工装，裤子是经过改造还是怎么，短得盖不着下边的脚踝，上衣也短又有点宽，露着颈项下与一般女性不太协调的黝黑色皮肤，她尖下巴，双唇不是红色，一点也不泛红，甚至可以说多少有点暗黑之色，总体是小脸盘，发型显得随意，不长的头发未作认真造型，中间有道模糊的发缝，使头发自然地垂向耳际，发梢微微卷曲，唯有这一点好像是人为所致，也可能不是人为，仍是自然的。她的眼睛不大，眼神有种特殊的吸引人的魅力，之所以吸引人，是因为它经常流动出一种随意又专注的光芒，眼神好像要说话，但又不说，似乎是想了一想，觉得不必说，只在眼神上流露了一下，随即又收了回去。但是这个人整体上又不是太安静，站起，坐下，动不动就走两步，坐在沙发沿上，不断变换着姿势。男性多女性少的场合，一般女性会显得更耀眼，但这里不是，这位女的完全混淆在男性的气氛和颜色里，而看她那样子又很享受这种搭配。一下子进来这么多人，本来宽敞的房间显得狭窄起来，因为酒，房间似乎又宽大了，这些人彼此间省却了礼貌、秩序，随意往床上、椅子上、写字台，还有地上一坐，坐哪儿算哪儿，坐成啥样算啥样，人与人挨得很紧，显不出人的正规姿势，也没人特别关照女性。说话声、笑声、争论声，从未停止。

其中一位，本来被挤在床的最里边，靠墙角坐着，突然钻出来立在房间中央，露出要对大家说话的样子，他平伸出左手，说："个人，个人，个人与时代，时代，听明白了没有？我说的是时代，个人与时代，个人在时代中有没有主动权呢？"

说到这里，没了声音，像喇叭突然断了电流。因为自己的声音没能镇住大家，他突然沉默，而他似乎发呆但又十分可爱的青春模样反而使大家安静了下来，都转过身来，望着他，等他说。

石钟鸣又激动又好奇，对这个人说不准是啥感觉，羡慕向往，又高不可及，他从来没有见过这种模样的男子，皮肤白嫩，不是光表面白，是从里到外一层一层白上来的那种，脸长，鼻隆，红嘴唇，细长身段，两臂和手指也长，一口好听的燕城口音，整个人高挑又孱弱。石钟鸣禁不住想，这样的人怎么走路，怎么挨土，怎么干活？

只听这个人接着说道："首先要弄清楚什么叫时代。时代是对时间段落的划分，而且，我们通常所说的时代，是对人参与时间之后对时间所划分出来的段落。那么完全可以作出一个结论，时代的力量除了时间的力量之外，就是人的力量，而每一个时代里的每一个人都对他所处的时代产生过或大或小的力量作用，从而与时间一起形成了这个时代的力量。这是一种集中的集体的，混淆了个体的，巨大的伟大的力量，这种力量反过来又对每一位个体的人发生着影响，以这个为前提，我们可以得出又一个结论，这就是每一个具体的人无不受到时代的限制，无不打上鲜明的时代烙印。我们今天所处的已经是具有了五千年文明的时代，五千年啊，同学们，朋友们，大家想一想，五千年的太阳和月亮，五千年的风雷和云雨，五千年里，出生过多少人，逝去过多少人，男女老少、青春暮年、江山英雄美人、欲望理想恩仇，五千年的文明之河里流淌着多少血泪和故事呀？五千年里自然与人力共同结合，在天地之间形成了一种排山倒海不可逆转之力，五千年的沉重步履，让多少热血男儿挥动倚天长剑，在时代的大地上疯奔狂舞！"

这位白嫩瘦弱的高挑青年越说越激动，而屋里的其他人不知从什么时候开始，都端正了身姿，把脸转向他，神情集中地听着。只听他继续说道："那么，我们青年如何在当今的时代中获得主动权呢？主动权，主动权从来都不是靠恩赐获得的，发出个体的力，青春的力，来汇聚这个时代的力，青春自有光辉，生命自有力量，没有人，没有什么力量能够限制或阻挡这种光和力的发生！"

那个现场唯一的女青年这时候突然起立，上前，她的这个举动使正在演讲的人很惊讶，停下来望着她。女的并没急于说什么，而是用她那一双仿佛会说话的眼睛挨着看了大家一遍，然后才用温和的表情和一听就能听出的尖锐口气问演讲者，同时也是问大家，她说："发出青春之力，多美好的诗句啊，可是，怎么发力？朝着谁，到哪里去发力呢？"她这样说了，便退回原位，像小兽一样昂起头，不再吭声。

演讲的男子斜侧身望着她，脸上闪耀着激动和赞赏的光辉，他因为有人生动地呼应他，而呼应者还是女的而更加激情飞扬。

当他开启朱唇要回答女青年时，被业已引发出来的屋内其他人的议论声所打断，所淹没。很显然，女子的话从另一个角度吸引了大家，如果把男青年的话比作天上的彩霞，女子所言则像脚下土壤上生长的一株带刺的野草；如果男青年的话是从远而近滔滔翻卷的江水，女子所言则像是将这江水引出一点来浇灌干旱土地的曲折沟渠。女子的话短促，但与现实更接近。而现实始终是一个残酷的话题，因为每一个人，处在任何时代，对于切肤之近的现实总是感慨最多，大多数人都自尊着，自大着，以为是群体中的伟人，以自己为中心，尤其是青春之身，膨胀的内心与逼仄的周遭环境总是摩擦着，矛盾着。现在，在小丘居所内的这些人，意气风发的人就正在用表情和语言发散着诸如此类的感慨。

这时候，房间的主人小丘从坐着的沙发扶手上站起身，他的身高与刚才讲话的男青年正好相当，相比之下，小丘的身躯显得壮硕，或者说他的肤色、举止与大多数普通人更接近。但是，在这样的场合里，石钟鸣看到，他完全像换了一个人，脸上溢着红光，眼神特别明亮，身体笔挺，表情从通俗转向某种高级某种雅致，说话一字一板，句句严谨得像课本上的语文话。见他这样说，大家刚才的讨论平息了下来。他说道："我们聚一次，就要讨论一些问题，而且要有效讨论，要做到有效，就要让每个人都把话讲完，然后再讨论，要形成一个秩序。"边说边激动地望着大家。

刚才引发大家讨论的那位女子这时又站了起来，用尖锐的目光望着小丘，开口说道："是，没错，要有效讨论，可首先要讨论哪，讨论是第一位的，秩序服从于讨论，任何人都不能压制讨论！"

小丘望向她，宽容地笑了笑，没有反驳她，然后把目光投向站在屋的中央的男青年，示意他继续讲话。

这个人对刚才的场面未作任何评论，好像他的发言并不是被人打断的，而是因为他自己陷入了沉思，现在他从沉思中醒来了。他以平稳的情绪继续说道："接着我刚才讲的，现在我提出一个问题，这个问题是我思考了很久的问题，但直到现在仍然没有答案。这个问题是：青年人如何为时代发挥作用，是主动还是被动？说得直白一点就是，是先选择适合自己的岗位，还是不管适合不适合，在什么山头唱什么歌，挨着什么做什么呢？先选择岗位，势必出现一个选择的前提、难题，你怎么知道什么岗位适合你呢，你怎么知道你具备的不是此能力而是彼能力呢？而且，我们从哲学的角度来认识人性，已经知道，每一个人尤其是青年人在主观上总是放大着自己的，这既是青年的优势，可以拉开生命的弓箭，做大人生的格局，同时也是青年的劣势，使有限的生命从一开始就陷入狂躁和不安之中，陷入脱离实际的寻找之中，严重时会导致精神扭曲，不仅不会为时代发挥作用，弄不好还会不能养家糊口，不能养活自己，徒有狂想和野心，酿成人生的悲剧。"

他停顿了一下，看到大家的表情都在跟着他所讲的内容而变化，便受到了鼓励，他用更高亢的声调继续说："但是，如果我们被动，不加选择地工作，那就可能限制和泯灭掉生命的某些智慧和能量。还有，如果正好这个岗位确实在客观上是不适合我们的，而在远方又确实有一个岗位是为你量身定做的，它在那儿虚位以待，可我们没有迈开寻找的步伐，而是省劲地、不做任何抗争地就选择了挨着什么做什么的人生道路。这样，对自己对时代岂不是一种浪费吗？进一步推想可知，一个人在不适合自己的岗位上工作，假设是很不合适，那后果是类似把榆树栽到花盆里的问题，于全局于时代不利，于生命个体更是一种哭笑不得的毁灭！"

大家好像都在陷入沉思。他提高嗓门总结似的说："各位朋友，是先选择岗位，还是先干起来再说，这是我今天向大家提出的一个思考题。当然我们中间有的人在实际生活中已经用行动做出了选择，正在奋斗。我说的或许只是一个理论问题，务虚问题。"说罢这些话，他就坐进了众人中间。

另一个青年站起来，此人中等个儿，尖下巴，平鼻梁，穿一件洗得干净的浅蓝色夹克上衣，很严谨的样子，一站起来就用手往下拉被束着的夹克下摆，同时把目光投向小丘。小丘好像成了主持人，只因为他刚才起了一个维持秩序的作用。小丘用目光回应他，示意他开讲。

他讲话语速不快，但语气中透露出一种内在的劲道，给人坚定感，他说："为什么要舍近求远呢？既然不知道什么适合你，为什么不先干起来，让实践来回答什么更适合你呢？我觉得我们接近什么就可以干什么，干起来，并且把它干好。不干，始终浮在生活的表面，只有干起来，才能进入生活，才能揳入时代内部，同样是哲学常识告诉我们，只有进入内部，才能接触到事物发展的规律，供我们思考的原料才可能是生活中实际的东西，而植根于实际的思想才会是有用有效的思想。我们应该先走到路上，无论这路有多窄小，但世界上的路归根结底是连接着的。放眼天下，道路无数，路形成的网络遍布平原和高山，连接陆地与江海，我们迈开步，迎着风雨，沐浴阳光，从这条路到那条路。"随着他讲的内容，他自己脸上先泛起红光来，本来平静的目光中闪耀起点点神采，仿佛他此刻正行走在祖国的万里山河之间。

人们又发出议论声、笑声，而平鼻梁的青年已经坐下来，大家觉得他的话还没有结束，而他自己的行为正像他讲的内容那样，到哪里是哪里，他坐了下去，也就恢复了常态。

又有一个人站起来，此人高个儿，寸头，厚嘴唇，他一站起来就做出一个俏皮的鬼脸，而他的长相似乎不适合做这种动作。他这样，众人都很吃惊。他讲的内容也和大家不一样，他说："鄙人没文化，水平低，想请各位高人帮忙把关，最近我选了两处门面房，想确定一处租下来做生意。一处在胡同口，路北，差不多就是第一家第二家，另一处在同一条胡同，向里三十米，紧挨一片大杂院。"他说着就走到写字台前，让坐在上边的人移开，请小丘找出纸笔，他自己弯下高长的身躯在纸上画两处房子的位置，笔在纸上像鸡啄米一样地点着，边说边画边仰头望大家，不由分说地，突然地，把人们的思维和屋里的气氛转移到了一个十分实际的问题上。人们站起来，合拢在他的周围，各说各有理地、七嘴八舌地给他出起主意来。

这些人都才十几二十岁上下，谁也没有经商的经验，本来讨论的是实际问题，说着说着就说到了当时社会经济领域出现的一些事情上去，比如官商勾结呀，倒买倒卖呀，走私啊，偷税漏税呀，等等，其中有一位出身于医生世家的子弟，本来一直沉默寡言，好像他一开始就作着不发言的准备。现在的这个新话题似乎刺激了他思维中的某个兴奋点，突然让他两眼放出光芒，他半伸出一只胳膊，五根手指有四根攥着，只把食指伸直朝下，作出一点一点的动作，说话的语气也与人不同，一句话不用一股气流一次性说出，而是将嘴唇作闸门，开一次说一点，再开一次再说一点，使他的话像在某种压力下向外冒的气泡。他说出来的完整意思是，你们说的这些都不是最能挣钱的，他听说不用几年，能使人成为超级富豪的只有一条路径，那便是做房地产开发商。

什么行业最挣钱这个话题，特别是超级富豪的话题把现场发言要有秩序的约定打破了，这个话题最有话说，听到的看到的最多，最现实，人们的兴趣和热情像干草坡上燃起的火焰，不可收拾。

议论的高潮里，一个小个子站起来，他个子小但脸上有股英武气，两撇眉毛斜插向鬓角，牙齿细密洁白，他一站起就以疑问的口气说："什么行业赚钱，都不是最赚的，只要胆大，最赚钱的职业是当官啊！天下所有资源都姓官，权力是一切资源的发配者或支配者。在当下的中国，当官的只要主观上想赚钱，赚钱就是天底下最容易实现的一件事情。但是，我今天要说的是，如果让我当官，我坚决做到不要以官位和权力得来的钱，不是一般的不要，是除正常的薪酬俸禄之外，其余一分钱都不要。我这不是说空话大话，是实实在在会做到。为什么呢？大家想想，赚钱的目的是什么呢？一定会说为了这为了那，但归根结底是为了生命的荣耀。大家再想想，权力本身是不是已经可以让你得到这个目标，而且权力带给你的是超越财富的荣耀。同样都是一个人，你获取了权力，就获得了支配他人的资格，支配他人，支配资源，影响社会。一村之长影响一村，一县之长影响一县，权力越大影响范围越大，权力如太阳，高悬所在，光芒无处不至。权力向外发散的过程，权力对他人对社会影响的过程，是一种巨大的仅次于自然之力的力，这种力返照回来的光芒，将权力的发出点照耀和渲染成如梦如幻的重楼层殿。这时候生命因为权力的滋润而变得通体透明，金光四射。如此这般的生命体验，是物质和金钱等任何形式的成就所不能给予的。如果当了官再用权力来为自己赚钱，那是对权力这种至高成就的亵渎。如果你因此成为富翁，那反而是这个生命体低能劣质的表现。权力越大官位越高，越应该让自己远离财富，这样你把握在手的权柄的光芒，便会像从日月之光上所采集到的圣火那样纯洁灼热。如果让我当了像古代巡抚、皇权宰相那样的官员，我会做到不存一点私心，不谋一点私利，五族之内所有人与普通百姓没有异样，完全地以身许国，以江山社稷为担当为己任。"

他的演讲赢得屋内人热烈反响，有的喝彩，有的鼓掌，有的吹口哨，有一个人从床上跳到地面，抱住低个子青年，连声说："你可以当总理呀，你可以当总理呀！"这位青年也真是有些激动，眼中噙满了泪花，他把手掌举在胸前连连摆动，那姿势好像他真的当了总理。

青年人在一起聚会，讨论人生和社会的一些问题，是当时大城市里的一种风尚和时髦，这种活动模仿西方被称作沙龙。一些有精神追求、讲求生命价值的人，也有附庸风雅赶时髦的人集中到一起，抒发感慨，讨论问题，相互交流与欣赏一度成为这部分人的一个习惯，但对于石钟鸣这个来自太行山区的农村青年来说，这个场面在他心里所引起的感受是相当复杂的。

仅仅几天前，他的命运还完全和七岸村绑在一起，所见所说所想全都是那个时期农村青年的遭遇。生命之箭，隔空千里，突然被射入这样一个环境，这一群人，让他感到新鲜、奇怪、洋气，像在电影中看到的镜头。对于他们说的话，有些不能完全明白其意，这些人的做派、语气、表情，也似乎与他隔着一个世界，一会儿又恍惚，觉得自己就是他们中的一员。中间有一两次他甚至也想表现一下，可是一直觉得没法插进去，手足无措，越发感到难堪，越来越怨自己是个乡巴佬，脸上一阵一阵发烧，后来稳定了一些，是小丘帮了他的忙。小丘这人的确有意思，他的脑子似乎透明，谁的表现和心理好像都能掌握到。他几次把目光投给石钟鸣，有时也把话题引向他，在大家讨论时小丘经常会说："石钟鸣，石钟鸣你说呢？""石钟鸣，石钟鸣，你肯定也这样认为吧！"诸如此类自问自答的话，很大程度上就把他和这个场合联系到一起了。在这种情况下，石钟鸣会不无生硬地附和一句半句，实际上他大量时间是为别人鼓掌，张嘴笑着，好像他全部都理解了似的。

所以，这个活动结束很长时间之后，石钟鸣还老是回忆这个场面，心中滋生出对小丘的感激之情。天下来来往往、熙熙攘攘的人群里，某某某和某某某，有时就会天然地似乎没有缘由地滋生好感，凭空愿意帮助他，愿意往一起凑，而且接触一次，有效一次，两个生命的根拧得越紧，向上生长出来的合力也越大，生命与生命之间的某些秘密，的确不是人的生命本身可以破解的。

接下来的两天时间，石钟鸣没有和小丘接触，也没有看到他回招待所来，他自己则在周围的街道、商店以及一些机关单位的门口转悠，也想往远处走走，心里又担心处里领导找他，同时也怕迷路，总是走着走着就照原路退回来，有的街道他两天内就转了三四遍。第三天小丘从单位下班回来，专门跑到地下室找石钟鸣，告诉他管理处一把手白主任已回来，并且对他说这一次像他这样顶替接班的共有六人，近几天应该就会给他们分配具体工作岗位。石钟鸣稍微平复的心此时又忐忑起来。不知为啥，他又想起劳资科那位女同志提到他父亲时所说的"三段"这两个字，这两个字如半截硬棒插在那个女同志本来绵软的话语里，现在它像没有消化掉的一粒干果再一次在石钟鸣的脑海里浮现。

6

傍晚，本来已经离开石钟鸣的小丘，突然又咚咚咚地从楼上跑下来，而石钟鸣正准备离开房间去街上吃晚饭，两人在楼道内的房门口相遇。小丘像老朋友似的笑眯眯地对他说，今晚有人请他吃饭，他邀请石钟鸣一块参加。尽管与小丘已经熟悉，但石钟鸣仍然有些惊讶，吃别人的饭，别说在燕城，就是在七岸村，也还从来没有过。在他的记忆中，只是在亲戚家有红白喜事时他曾经吃过别人的饭，即便亲戚，那也是要带礼品去的，说透彻了，本质上是用不同形式的物质进行相互的等价交换。小丘现在请他一起去赴宴，毫无疑问这是对他的高度信任，是与他友好关系的进一步深入。石钟鸣开始似乎没太听明白，小丘拉住他的一只手，直接朝外走，好像他明不明白无所谓，这件事根本不需要征得他同意似的。说话间两人已经来到大街上，就在他上次吃煎饼果子那个地方，有三个人已经在等他们。小丘走到他们跟前，只简单介绍石钟鸣是他的新朋友，又补充说是单位待分配的新同志。那三个人分别与石钟鸣握了一下手，就同时迈开大步朝前走去。他们很快拐进一道长胡同，胡同顶头的巨幅影壁上闪耀着不断变换图案的霓虹灯，而胡同两侧隔几步就是一根由无数白炽灯泡组成的圆形灯柱，当时被称作"蒜辫子灯"，这称呼石钟鸣能理解，因为家乡很多人家的房檐下都挂有从自家地里收获回来的被编成辫子形状的大蒜头。听他们这样说，石钟鸣心中掠过一丝快意，想不到这么高级的东西竟和家乡的事物有联系。这只是一个闪念，他现在心理上占绝大比例的是有些紧张。在胡同里走着的人和大街上的人有些异样，细腰、长腿、红嘴唇、涂着浓重眼影的女人不断从身边走过，她们有的和男人勾肩搭背，有的拿着明光四射的小型手包，三三两两快步疾走，由于鞋子的后跟高细如铁钉，使她们走起路来屁股扭动，腰肢摇摆，胸部不得不挺得很高。石钟鸣看到小丘他们几个完全是轻车熟路的样子，自然地相互说笑着，不时拿眼瞄这些女人，嘴里说着有关两性的火辣辣的话语。石钟鸣内心很受震动，表面上仍然要装着自己见过这些场面，不紧张的样子。他跟在他们身后，他们笑，他也跟着笑一声两声。

　　走进饭店大厅，石钟鸣并没有看到想象中应该有的做饭和就餐的场景。大厅很宽敞，几组圆盘吊灯悬在半空，大理石贴面的方形立柱，铺设精致的具有多种图案的高档地砖，从不同方向反射来的光线把大厅的空间氛围渲染得让石钟鸣找不出什么语言来表述。此时已是黑夜，这里却不仅比白天还明亮，而且这种明亮和阳光那样的明亮不一样，整个大厅找不到一点儿阴影或暗处，人的脸被涂上某种色彩。他观察小丘，与他白天的面色比，现在闪着格外的光亮，额头、鼻梁、耳朵，全部都是均匀的光泽。大厅一侧设有总服务台，那气势可不是他所住招待所服务台的样子，包括承包管理的飞歌大酒店的明星屏风，与眼前的场景一比，简直就什么都不是了，这里是一百分，那里连十分都不到，那里是一个穿戴整脚的小孩，这里是一个衣冠楚楚的巨人。与服务台相对，靠墙摆着一圈高背黄皮沙发，中间放置一张比石钟鸣在地下室躺的单人床还要大一倍的木质茶几，茶几平面上的一大片纹路正好像一群高低胖瘦不同的美女们身体的轮廓，有的明显着眼睛，有的明显着嘴唇，有的臀部特别逼真，有的正举着两只胳膊，有的正表现着某种特别典型的神态，但是很少有单独一人明确完整的形象。这一群女人正像现实中的女人们喜欢扎堆那样，互相掩隐互相遮挡着身体的一些部位，让人怀疑这会不会是木头本来生长出的纹路，如果真是天然的那可不得了。石钟鸣在脑海里急速地回放出七岸村西边那一大片古老的栗树林，树龄都在几百年以上，照此推想，它们的纹路里会藏着多少故事和美女呢！

石钟鸣觉得奇怪，实际上一切都很正常，事情正在有条不紊地进行。他们在大厅里停留的时间总共还不到五分钟，就被一位女服务员领进了一个房间，石钟鸣这才看到屋内摆着餐桌，并且餐桌上已经摆好了几盘菜，正中间还鹤立鸡群般地放着一瓶白酒。落座后，石钟鸣才有机会有心思认真观察了一下同来的几个人，同时弄明白了今天饭局的主宾是小丘，另外一个是单位财务科的会计，而掏钱的是一个被称为熊主任的人，其余一位应该与石钟鸣性质类似，只不过带他来的人不是小丘，而是那位会计，而且他不是管理处本系统的人。在人们的话语间石钟鸣听出来，这个人的祖上曾是清朝末年的一位将军，可能是遗传吧，他形象也颇有武气，腰圆背厚，方额宽面，年龄不大却有一副古铜色的脸庞，厚唇，长耳，话语极少，谁说话时他就用眼睛望着谁。熊主任并无他的姓氏那样的雄武之相，中等个儿，四十五六岁的样子，白净脸，细长的鼻梁下系着一个泛红的肥大鼻头，那些红像丝丝缕缕的线埋伏在那一片有限面积的皮肤下，使鼻头在整个脸上不仅突兀，而且显得有些娇嫩或脆弱。他的眼睛很好看，双眼皮，睫毛长一点，目光也明亮，说话时经常习惯性地眨眼睛，好像需要不断关闭视觉以便急速思考要讲的话。会计年龄最大，应该过了五十，一派从容闲适的姿态，这个人颧骨比较高，眼角纹路细长，腿好像短一点，经常是笑眯眯的样子，基本不主动提出话题，别人说时，如果没人接话，他会及时接一句，说一些并无分歧的附和的话，如果是议论热烈着，他就甘心做忠实听众，隔一会儿笑笑，或者用并无任何实际内容的唏嘘感叹之类的语气助词表现自己的存在。入座时，熊主任让小丘坐主宾席，小丘推攮着让会计坐，硬把他按在了座位上，待小丘一立起，他又如弹跳一样，坐到另一把椅子上，任凭小丘再怎么说他也不站立了。而旁边的熊主任一直扑闪着眼睛望小丘，最后他说咱们一次一次来，这次丘秘书坐主席，下次大会计坐主席，才算平息了争执，也使石钟鸣第一次认识到一把椅子的重要性。

菜肴很丰盛，但是熊主任似乎并没有想让大家多喝酒的意思，就还只是桌面上摆着的那仅有的一瓶酒。开始，五个人客气地碰了三次杯，熊主任讲了请丘秘书和会计多关照的话，然后他就频繁地挥动筷子、刀、叉吃菜。但是那位将军后裔的兴趣似乎还在酒上，他大口地喝着，杯杯见底，开始时大家也只是礼貌地跟着喝，喝了一会儿就来了点兴头，免不了互相敬一点酒，熊主任让服务员又拿上来一瓶酒。将军后裔确实酒量大，酒的力量在别人脸上已有充分表现，而他仍若无其事，憨憨地继续喝着。熊主任好像还安排有事，坐在那里明显有些着急。

7

果然，不一会儿就有一位身着白色吊带连衣裙的年轻女子推门进来，她与熊主任对视了一下，用甜蜜悦耳的声音说要带大家到另一个地方去，熊主任已经站了起来，大家都站起依次跟着女子走出餐间，顺着靠在一侧的廊道走到顶端，然后踏入一个直行向上的专用电梯到达七层，一出电梯，石钟鸣看到这里完全不同于下边的情景，同时闻到了一股澡堂的气味。正在莫名其妙的时候，吊带女子已经把大家领进一个厅间之内。他们进去，女子止步，朝他们莞尔一笑，转身下楼而去。厅间四面是磨砂玻璃，能看到背后有隐约的人影，一个苗条的男服务生服侍他们脱下衣服，又给每人腕上戴了一个皮筋圈儿，圈儿上系着一块蓝颜色或红颜色或黄颜色的塑料牌，牌上用白颜色写着每个人的编号数字。这种皮筋圈儿显然是很多人已经用过的，有些陈旧，但弹力仍然很强，套在手腕上感觉很紧。石钟鸣看到和自己同来的几个人的身影在四面磨砂玻璃上模糊地晃动，与背面更加模糊的人影混杂在一起，他感到像是在做梦，他尽力学着别人的样子实施每一个步骤，他看到熊主任手腕上戴的是 11 号，他自己是 14 号，他转了几次头想看小丘的，可小丘正好一直前后摆动胳膊，始终看不清他的号码。服务生像外国电影中的门童那样，推开玻璃上的小门，礼貌地躬身弯腰，做出请他们进去的手势。

洗浴的过程也很让石钟鸣吃惊。因为水汽朦胧，刚进去时看不清具体景况，石钟鸣先摸着浴池边坐下来，然后翻过光滑的浅堰，小心谨慎地把脚伸进温热的水中，渐渐滑下身体，水淹着肚脐时他停下来，将屁股落在水下的台阶上，慢慢抬起头来观察周围，这才看到这里的情况很复杂。他所在的是一个大池子，左右两边还有两个小点的，隔开一段距离，稍微远点的地方还有两个大小不同的池子，每个池里水质清澈，水波盈盈。相比这么大的空间这么多的浴池，洗浴的人倒显得少了点，总共也就十几个人，而负责搓澡的却有八九位，客人还未从浴池内上来，这些人就殷勤地站在旁边，脸上露出讨好的表情，然后在前边碎步儿走，领着你到淋浴区水龙头下冲洗，接着就为你搓身。整个过程石钟鸣都有点惶惶不安，自己躺在那儿，让另一个男士揉搓自己的身体，而且还是这样进行，对石钟鸣来说是第一次，他感到极大的不自在。他偷偷观察别人，都很坦然，有的仰天躺着，有的趴在搓床上，需要叉腿就叉腿，需要躬背就躬背，任凭搓澡的师傅挨着侍候身体的每一寸肌肤。熊主任只让搓了一会儿就下到地上，挨着走到同来的几个人的搓床前，说各种各样的玩笑话，有时还伸手到躺着的人的个别部位上拍一下两下，脸上露出欢喜和放荡的表情。他在用各种动作和创造出来的多个细节提醒着当下的享受是他给大家提供的。那个将军后裔可能是因为酒的原因，在搓床上进入了梦乡，还打着响亮的呼噜声，搓澡师傅需要他翻背时要连拍带叫才能把他唤个半醒，可是刚翻过身就又以新的姿势睡起来。小丘躺得很规矩，一声不吭地让人搓着。到石钟鸣快要适应了的时候，刚才那个服务生来挨个儿提醒他们时间已到。

　　几个人重新集中到先前换衣服的那个厅间，服务生为每个人擦干身体，又让大家穿上一套特殊服装：宽松得有点夸张的短裤，宽幅短袖、两片前襟用布绳轻系在一起的对襟上衣。他们披挂完毕后，服务生将门打开，门外已经站着先前领他们上来的那位穿白色吊带连衣裙的女郎，她望着他们，脸上露出甜蜜的职业的笑容，他们跟着她走，从专门的步行楼梯下到五层。这里完全是一种新气氛，楼道墙壁上装置一溜牛皮纸宫灯，光色昏暗迷离，一进入这里不由得让人产生神秘感，不断有年轻窈窕的女性从身边穿过，她们穿着超短裙和背心一样的上衣，手中捏着一些纸袋之类的东西，蹑手蹑脚地进入旁边的不同房间。在一个房间门口，吊带女子轻声说："14号请。"石钟鸣刚从朦胧中反应过来是叫他时，另一位女子已经从房间里边将门拉开，石钟鸣进去，感到并不是想象中的房间，而像一截狭窄的引道，这实际上是由正常的房间隔出来的。里边的灯光更加迷离，石钟鸣看到眼前有一张窄床，窄床上铺着看不清颜色的床单，床单也窄，还铺不满下边像沙发包皮一样的床垫。开始时，他只看到女子的一个轮廓，听到她细细的软软的声音，感觉她年龄很小，十七八岁的样子，停了一会儿，女子伸手来拉他，让他躺到窄床上去，他才看清这是一个圆脸蛋，大眼睛，抹着浓重口红的极其美丽的女孩。女子并不多说，只在嗓子眼里唤着大哥，那意思是不用说石钟鸣就该知道干什么。可是石钟鸣是第一次经历这种场合，他先前是梦幻一样，待弄明白大致是怎么回事之后，就被巨大的恐惧所笼罩，准确一点说他是又惊慌，又迷蒙，又受着诱惑，但这个阶段恐惧应该是占着主要成分。女子见他不解，就用双手按住他的两肩。闻着女子身体和化妆品混合在一起的气息，细软手臂、长发在他身上摩挲，石钟鸣本能地萎在窄床上，任由女子摆布他。有种冲动在体内奔腾，但不等露出头来就被恐惧压迫了回去，像欲挺身而始终挺不起来的狂风暴雨中的树木。女子先让他扣卧到床上，他照办了，但鼻子和嘴巴立即被呛压得喘不过气来，女子终于明白这是一个初来此地的人，心里有些好笑有些同情又有些得意又有些酸楚，便用一只手轻轻拍他的项背，另一只手向上用力推他的臀部，意思是让他向上移动身体，石钟鸣又照办了，向上移了一拃，鼻子和嘴巴正好扣在床上一个特制的圆孔内，呼吸立即畅通起来。这个过程使石钟鸣的自尊心受到一点挫伤，本来他害怕是害怕，但总体是硬撑着表现见过世面，表现对这种场合并不陌生的，刚才的细节让他露了馅。之后女子为他按摩背部时，他的自尊心反弹上来，他要向对方表现泰然处之的风度。女子的手臂在他身上一遍遍过去，一遍遍过来，他的神经被摩挲得时而沙沙作响，时而翻江倒海，时而远去，时而近来，那一个身体呀，真是快要顶不住了……

石钟鸣跑出来之后，第一反应是不知道该到何处去，这样一个穿着的男人，仅在这个特定的隐蔽场所倒还好些，但是，一旦离开这个特定环境，他的行为立即就成为伤风败俗的可耻行径，何况石钟鸣初来城市如有闪失他根本就没有一点应对和处理的经验。但是，他的担心是多余的，他在走廊上一出现，那位穿白吊带连衣裙的女子就站到了他面前，而且一如往常地笑意盈盈，天下太平，好像什么都没有发生。此女子先唤了石钟鸣一声先生，就走到他前面，迈着轻盈的步履引导着他朝上楼时所乘电梯的相反方向走，照旧是楼道顶端，照旧是专用电梯，迅速下至二层进入一个宽敞的休息间。屋内同样有一个男服务员，和先前换衣服时那个厅间的男生不一样，这个比那个略为发育得壮实了一些，眼睛细长给人留下最突出的印象。吊带女子与他递换了一个眼色，便匆匆离开。石钟鸣看到屋内共有六张半坐半卧式沙发床，每张床边有一个简易木柜，少年殷勤地看过石钟鸣手腕上的编号，指着靠墙的一张床请他休息，并帮他打开木柜。石钟鸣看到他在另一层另一个房间脱下的衣服、鞋袜都安然地保存在这里，不禁想到，他们这个活动的背后有一个怎样复杂和周密的运作系统啊！

8

很明显，他是第一个回来的。石钟鸣这时候产生一个不伦不类的想法，觉得同来的其他几位此时好像是仍在战争前线，生死未卜，而他自己已经安全归来。服务生给他倒上茶水，他把白瓷杯沿挨在嘴唇上，并不将水饮下，眯着眼回想着刚才所经历的一幕幕场景。

你猜猜看，第二个回来的会是谁？小丘？对，是小丘，也应该是小丘。他一看到石钟鸣已经在屋内，就伸出一根指头指着他，哈哈哈地笑着，好像是若无其事地说："石钟鸣，你怎么做了逃兵？吓坏了吧？"石钟鸣放下手中的水杯，坐直身子，郑重地望着小丘，说："这是什么地方呀，真是吓死人！"

小丘没有马上接话，他从服务生手中接过温热的白毛巾，从头到脸搓了一把，重新把毛巾放入服务生端在手上的瓷盘内，又望了石钟鸣一眼，说："现在城市里什么都兴起来了，时髦、潮流、风尚，什么新鲜刺激的玩意儿都有，见识一下也无不可，但该把持的一定得把持，况且，这种地方，别说你刚来，就是我这样经历过些事的人，也弄不清深浅的，你跑出来是对的，知道咋回事就行了。"稍停片刻，又补充说："这里有人，也有鬼！"

石钟鸣用疑惑的目光望着小丘，似乎有点委屈地说："那，为什么咱们还要来呢？"

小丘笑笑说："现在兴这个，和请客吃饭、唱歌打牌一样，都是时兴的娱乐方式，闹着玩。再说，熊主任一番好意，驳了面子，显得满世界就你清高，以后就难交朋友，不好往来了。"

正说着话，会计也回来了。他什么异常都没有，一只手按在鬓角上，不停地向耳后抿压本来就不长的头发，脸上红光满面，神采奕奕，一进屋就朝服务生说："泡一杯浓茶来！"然后又问小丘和石钟鸣要不要，两人都摆手。

随后进来的是将军后裔，他一进屋就把那一件符号般的上衣完全脱下摔到了床上，自己腆着个圆肚，用手拍着，连声说："舒服哇，舒服哇！"

最后回来的是熊主任。他的小眼睛明亮明亮的，鼻子尖更加红润，简直像又专门涂了一次颜料，他精神很好。看到他裸露在外的肩膀两侧，分别有三个火罐扣过的黑月亮一样的新鲜印痕，会计用内行而又玩笑似的口气对着他说："兄弟，肯定又过瘾了吧！"

熊主任抬手用食指抹了一下鼻头，好像要把那点特别的红抹掉一样，正着脸像说一件正常工作那样说："你说什么？人家这里是系统服务，一套一套的，有规矩有要求的，作为客人，我们应该尊重人家的劳动！"

说到这里，熊主任脸上突然露出灿烂的笑容，他伸手指向小丘，似乎用责备的口气说："丘秘书！"立即觉得称呼错了，这种场合相互之间一般是不称职务的，马上补救似的纠正道："丘弟，小丘弟，老兄我给你们买的可是高价位呀，你们不享受可不能怪我呀！"边说边向属于他的那个床位上躺。

就在这时候，楼下总服务台的一位男士来到这个房间外，把屋内的服务生叫到门口急切地给他说着什么。服务生返入房内，以客气但又有些理直气壮的口气问："哪位是11号先生？"

已经斜靠到床上的熊主任应声挺直身子，说："怎么了？11号怎么了？"

服务生用手指指门外，放低声音说："您多进行了一个服务项目，还得补交一些服务费！"

熊主任差不多要跳起来，以愤怒的口气说："什么多了项目，你们这是讹诈客人！"

服务生侧身望着门外，低伏着眉眼，无奈地说："要不，让他进来给先生您说！"

那位旧时将军的后裔这时候立起来，用巨大手掌拍了两下肥胖的肩膀，眯眼看了下服务生，有些不耐烦地说："什么项目不项目，不就是磨蹭了两下吗？还加什么费！"

这时门外的那个人等不及，直接走了进来，手里拿着一张粉红色的有些皱褶的纸，上边画着若干表格，他对熊主任说："先生，玩得起就玩，玩不起就别玩！"同时把纸凑到熊主任脸前，指着11号对应的那一格，后边备注一栏人家服务小姐在上边签有字据。

熊主任有点恼羞成怒，整个脸激动得如他的鼻头，像一块染红的布。他语速极快，音节极短地辩解着，但一句完整明白有说服力的话都没有，实际就是一种失去底气而又不服气时所表现出来的混乱的情绪宣泄。小丘和会计这时候都站起来打圆场，他们是从那个场合里出来的，人家说加了项目，他们立即就想到熊主任一定是又向"深水区"走了一步，而这一步对任何男人确实是有诱惑力的。他们的眼睛也不看熊主任，也不和他说话，而是拍拍拿着粉红色纸张的那个人的肩膀，向他友好地挤挤眼，语气和善又略带歉意地对他说："我们都喝了点酒，有些迷糊，说不准会记错事情，算了，算了，该补多少钱我们补多少钱不就行了吗，小兄弟？"

石钟鸣想到大家都是一起来的，应该表现出一点义气，一直没说话的他这时候突然从木柜里拿出自己的上衣，从衣服内侧的口袋里掏出两张二十元面值的人民币，递到那个来讨债的人面前，很诚恳地说："欠多少你拿去多少。"

讨债的人拿着钱仍然怒气未消，不客气地说："还缺十元。"石钟鸣赶快又去口袋里掏，可惜掏出来的都是五毛票和一元票，他准备数一数，会计早已把一张十元票递了过去。这个人用白眼瞪了熊主任好几下，转身离开了房间。

他们休息室的外边，不远处还有一个直通电梯，顺着这个电梯下到一层，走廊朝外一道不起眼的小门，从这里出来，走一小段略微昏暗的胡同，就来到了大街上。大街上灯光仍然璀璨，人声仍然如潮，汽车仍然如河。石钟鸣扭头回望，才弄明白他们出来的地方和进去时的大门相隔有二百米还要多的距离。

熊主任已经从难堪中解脱出来，他和这个人拉拉手和那个人拍拍背，边走路边说话，主要表达着两层意思，一是这地方讹人，二是感谢各位圆场，还自我解嘲地说，和这种地方的人是不能较真的，他们反正就是这种地方，外边的人谁给他们较真谁落黑谁倒霉。

石钟鸣感觉到熊主任拉自己的手时特别用力，用热乎乎的手心攥着不放，一个劲地说哥哥被讹了，小兄弟够意思。这让石钟鸣与这个几个小时前还十分陌生的人产生出异常亲切的感觉。他高兴地想，在这座特大城市里，他已经有了两个朋友，第一个是小丘，全名丘思伟，第二个就是这个熊主任。

9

两天之后，石钟鸣被正式分配了岗位。

他取着劳资科的介绍信，同时拿着那个女科长画在白纸上的路线图，乘坐某路公共汽车前去报到。让他没有想到的是，换了五次车，每次差不多有十里路，仍然还没有到他上班的单位。眼看汽车已经出城，道路上行人已经减少，城市高耸的楼群甩在身后，成为阳光照射着的汽车后窗玻璃上渐渐模糊的剪影，车内城市打扮的人也已经越来越少，最后只剩下几个完全是农村人模样的乘客。石钟鸣的心情由激动到奇怪到迷惑到悲观失望，看车窗外已经完全成了农田，一望无际的玉米地里，玉米正在催籽摔缨，这一点和家乡七岸村地里的玉米没有区别。开始村庄还多一些，又走了一段，村庄也寥落稀疏起来，这个村与那个村相隔着大片的空间，田地变小变碎，不断有土岸石岭和大片的荒滩出现。这些地方多生长着白杨树、榆树，还有小枣树、圪针或荆棘丛。石钟鸣居然还望见过两次奔跑的兔子，它们停下来半蹲着朝汽车张望，待汽车稍一靠近它们又跑开，跳跃着奔跑，速度快，后蹄踢得很高。

汽车拐过一段两边被一些低矮破旧建筑相挟持的狭长道路后，石钟鸣的视野里出现了一道东西走向的在两个方向延长线上都望不到尽头的土岭，或者可以称为土坝的物体，很快又望见坝内低凹下去的宽阔的河槽或河床，对面自然也有一道相同的土堤坝。坝有斜度，缓着向上，很大很高，河床里有水，黑乎乎黑油油的水，但几乎蕴着不动，或者是肉眼远距离外看不清流动，水边有多种水草，有的地方长着的明显是水葫芦，藤秧和叶子半在水中半在坝上，芦苇一片一片的，有大体积的鸟和很小的鸟飞起又落下。这是河还是渠，石钟鸣感到自己下不了定义，河一般是自然形成的水流及其水道，渠则是人工的产物，眼前的这个说渠有些大，说河又没有自然所赋予的那些风景和形态；自然的应该是莽撞的，不规则的，至少有不规则的痕迹，应该有人力想管而未能完全管束住的那么一类形态。比如七岸村的河，那野性，即便是旱年旱季无水的时候，光看它河床上几千年沉积堆垒的沙子和石头的模样，看它蜿蜒曲折回头拐弯的气势，就可以知道是任何力量的人工都不可能成就的。而眼前的这个水道很明显是人造的，但肯定是运用了规模很大含量很高的人的力量。石钟鸣还发现，这么大这么宽的水道上竟然没有石头，也基本上没有沙子，而且水是间断着存在，没水的地方就是黑泥，或者是干裂出宽缝的黑土。

汽车在一个叫雍家庄的站点停下来，石钟鸣下车后扭头看，还有一位乘客也在本站下车，他是附近村上的农民，近六十岁的模样，一说是水务处来上班的新职工，老汉就热情起来，说段上啊，那口气就像称呼自己的邻居，说他们村上的人经常给段上干活，和他们单位的人很熟悉。石钟鸣像跟着一位向导，很顺利地来到河北岸离堤坝一百多米远的一处院落前。如果不是门口挂着燕城市河务管理处第七管理段的牌子，石钟鸣怎么也不会相信，这就是寄托了他千百梦想的并且已经在七岸村为他带来无上荣光的即将要上班的单位之所在。

这是一个宽大的院子，四边的围墙很矮，一溜北屋，一溜东屋和西屋，全是只有一层的平房，北屋与东屋相交的角落处矗立起一幢每层只有两间的二层半建筑，半层是敞开的晾台，圆形的像伞一样的屋顶举在空中，如坝岸上长起的一株巨大蘑菇。南墙靠近院门的地方有一棵老柳树，树桩有三四人合抱粗，但大部分已经腐烂，脱落的空洞里边有的地方完全烂成了墨色，有的还没烂透，是紫黄色的块状，某些虫子在上边寄生，孵化产卵，生产出连篇累牍的波浪形的分泌物。这个看上去空洞了的树桩，仍然在有效地向树冠上输送着从大地里吸取上来的营养，树冠可能已经没有能力长成很大，但它短矮急促的枝条照样绿意盎然，远处望去，它像一个巨人理了一款不太协调的发型，有些好笑。此外，院里还长着几棵其他树木，不断有开始泛黄的树叶向下飘落，树与树之间的空地上长满了各种杂草和野花。墙根搭建一些临时棚架，下边放着一些劳动工具，比如镢头、铁锹、锯、斧头、割草机、排子车，那种卷成捆的用来延伸浇灌所使用的塑料软管，另外说不准在院子的什么地方还可以看到一些扔弃的旧胶鞋、水靴等等，总之石钟鸣的初步印象是这里完全就像七岸村曾经有过的一个集体的柴草园。

　　顺着由一块块方形踏脚石组成的引道向里走，石钟鸣又看到两边或疏或密的矮草中，长着不少各种各样的野蘑菇，有的细高，挤着拥着长成一片；有的菌柄细弱，冠却很肥胖，如瘦小的人戴着一顶大竹帽；有的菌柄是纯白色的，上边的冠是漆黑漆黑的颜色；有的几乎看不到菌柄，一片一片蘑菇帽覆扣在地面上，像平静的水面上鼓起的一片富有质地的水泡。这种多样性生长的蘑菇，石钟鸣在七岸村的经历里还从来没有遇到过。又往前走了几步，他看到幽暗潮湿的地面上长着几颗"皮料蛋"（七岸村人对蛇和一种菌类植物的俗称），红色的，竖长形的，有棱有角的，像某种鲜艳的盆栽花卉。看到这，石钟鸣心里一怵，因为这种东西在七岸村是神秘的物种，村西山坡长期阴冷的地方偶尔就长出来，大人领着小孩走，一见这个往往就迅速绕开。小孩们单独出去玩，互相表现勇气时，也以敢于碰撞攻击这个物种为标志，此时，即便是胆大的小孩也是拿着棍棒蹲下身子，屈膝向前，拿捏着走到跟前时才伸出棍棒猛戳一下，而后掉头就跑，跑远了，回到伙伴群里，才敢回望那像战场般的情景，才敢耀武扬威起来。不跑到远处心里总捏着一把汗，生怕一群皮料（蛇）尾追过来。但是那东西里究竟有没有蛇，好像从来没人亲眼看到过，一茬一茬的人长大之后很快也都知道了蛇这种动物真实的繁衍方式，可总也没有人去帮助小孩戳穿这种假象。或许是它生得奇异，尤其是它猩红的浓淡不均的颜色，还有神秘的半透明的质地，又关系到植物和动物的交合转化，类似美女蛇那样的故事，毒辣危险又魅惑迷幻，寄托在这种稀少物体上的某种微妙情愫说不准与山里人在心理上达成了某种默契，使它在引发开启山里人童年心灵震颤的过程中得以代代传续。

此时，心情已经极度复杂的石钟鸣看到这个院子里的这些东西，脆弱的心激起无尽的涟漪，孤独、亲切、惧怕、迷惑不解等情绪在他周身缠绕。也真是稀奇，偌大院子里竟无一人，除了地上的静物向他呈献之外，树上不时有多种鸟落下，飞走，在此树和彼树间跳跃飞掠。石钟鸣鼓起勇气朝北屋走去。

他站到引路正对着的房间门口，掀开挂在门上的由双层帆布做成的门帘，刚要举手敲门，看到半新不旧的酱色门板上方镶嵌着"主任室"三个字，抬起的手又放下来，他用半个身子支起门帘，在那里犹豫了一分钟。一分钟过后，他鼓起勇气敲门，门内始终没有任何动静。

从这个屋门向右相隔两个门的一个门内，走出一位中年妇女。此人中等个头，衣着朴素，不是很白的皮肤，大眼，圆脸，整个人充满着温和之气。见有了人，石钟鸣从门帘下闪出身来，女子抬眼打量他，问他来找何人，有何事体。听了石钟鸣的回答后，女子和蔼而热情地笑起来，说："呀，原来是自家人，新同志，主任他不在，快，你先到我屋里来！"

石钟鸣快步过去，跟着此人进到屋内。原来这就是单位的办公室，是个大通间，屋内正中放置一张那个年代此类单位通常都使用的长条大单桌，四边摆着几把高背无扶手木椅。石钟鸣在其中一把椅子上坐下来，中年妇女已经给他倒了一杯热水，石钟鸣望望四边墙上挂着的镜框、宣传栏，里边有单位的规章制度，有各种领导小组名单，有的还配有图画和照片。石钟鸣惊讶地看到，排在各种名单第一位的都是一个名叫熊光辉的人。石钟鸣心中有种美好的预感，他站起来，靠近墙根，仰头，眯眼，认真仔细地对照着照片辨认，在惊喜甚至差不多是惊慌失措的感觉中，石钟鸣确认这个熊光辉就是一星期前和自己在一起过的那个熊主任。他大口喝了两口水，嘴里呵着热气，扭过头来对着中年妇女，连声呼叫熊主任，熊主任！弄得这个妇女有点糊涂，石钟鸣很快就意识到自己的失态，随即就向内收敛情绪，当听到女子问他之前是否认识熊主任时，他嘴上支吾了好大会儿，还是这样回答道："熊主任，是的，我们认识，是好朋友！"

"好朋友"几个字又觉得失口，随即补充道："前几天刚认识的。"他这样说着的时候，心里有些慌乱，想吹嘘一下，又不知道能不能这样说，身体和表情上都作着异常的反应。女子见他这样，反而不知该怎样对待他了。停了一会儿，她往石钟鸣的杯里又添了一点水，站定，望着他，说："你先歇着。"就走出屋外去了。

10

墙上钟表显示五点钟的时候，石钟鸣听到院子里有嘈杂喧哗之声，走出屋外，看到很多人，足有二三十个，大部分站在院子半中间，有的正从大门外往里进，有的已经来到办公室门前经水泥硬化过的场地上。男的女的，他们身上的服装材质相同，样式略有区别，女的上衣翻出一款小领，像西装，男的上衣一律是下摆有束口的夹克衫。他们有的拿着锹镢，有的两三个人侍弄一辆三轮车，工具中还有少量筐篓之类。无论男女，上衣左上角都印制着"河务七段"四个字。很显然，他们是刚从外边收工回来的单位职工。石钟鸣立即联想到七岸村村口傍晚时分村民们收工回来时出现的与此类似的情景，他不禁打了一个寒战，从眼前的情况看，这就是一群干体力活的人啊！

石钟鸣很自然地想到了自己的父亲，想到父亲每次探亲回家总不让别人看他的手指，还有父亲宽阔的面庞上很少见有油光发亮的颜色。还有，前几天在管理处报到时那位劳资科长说到父亲时所使用的"三段"两个字，到现在他才全部明白，父亲就是眼前这些劳动者中的一员，只不过不在一个段上而已。让他顶替接班，村上人想入非非，亲戚朋友包括本家亲人，有的还妒忌石钟鸣，但父亲的表情和情绪从来没有人们想象中应该出现的那一种高兴，他自始至终一直好像保留着什么，隐藏着什么。此时，在夕阳照耀下的这个院落里，石钟鸣一方面同情着父亲，一方面评估着自己。在激烈的思想运动中，他最后想到，虽然不是曾经想象的情景，但与在七岸村当农民相比，那还是有天壤之别的，村上很多同龄人的身影在脑海中掠过。自己无论如何已经是有城市户口的人，已经要吃商品粮，已经要挣工资，这是一个全新的人生环境。这样想着，他就踏实下来，可是不一会儿就又觉得不是滋味。

就像一株植物，比如树木什么的，被移栽到一块新土地上，这棵树自己还在陌生着，惊异着，但新地方土壤里的各种元素，周围环境中的各种分子已经不可避免地，甚至主动地要来与它交合作用，接受不接受，是不以它的意志为转移的事情。况且，还有一个重要情况，石钟鸣和熊光辉主任是预先认识的朋友这个消息，已经被办公室里的那位脾气温和的女士满怀善意地传播给了收工回来的人们。她站在大门口，回来一个说一个，一是单位来了新职工，二是这个人和咱头儿是哥儿们。

两条中有一条就是新闻，把两条加在一起，足以成为让这个地处市郊的偏远的生活比较单调的国有单位的员工们反复咀嚼的谈资。石钟鸣刚在院里站了一小会儿，就听到人群中有人在说他的名字，有人向这边望，有人朝他走来。

与此同时，石钟鸣脑海里突然地浮现起熊主任的形象，他现在已经知道他的名字叫熊光辉。他想这是多么幸运的一件事，来到一个新单位，正好与单位领导相识，岂止是相识，严格说是吃过领导请吃的饭，喝酒、洗澡、按摩，按摩之后在休息室与服务员发生纠纷那一幕，像电影镜头一一摆列开来。他想起在关键环节上他还向熊主任表现过义气，自己掏钱帮他息事宁人，这是多深的交情呀，他想自己这也算交上了好运气。不由得又想到小丘，觉得这一切都是天意。石钟鸣现在快要完全地高兴起来了，至于这个单位不像原来想的那样好，这也没什么太要紧，他想这只是一个起点，起点就碰上这么好的运气，只要自己不怕吃苦，肯努力，往后混到什么程度谁能预测得了呢！

11

这日恰巧是星期五，按照惯例，晚上是政治学习时间。东厢房的一个会议室里天刚黑就灯火通明起来，七段副主任老郝依照往常习惯召集全段的人坐在会议室里。石钟鸣本来是要等到熊光辉主任回来，见了面才肯去参加学习的，但是他在郝副主任办公室坐了半个钟头仍然不见熊光辉回来，郝副主任说不必等了，反正你们也认识，还是朋友，熊主任事情多，急急忙忙赶回来肯定也是要到会议室去的，你——小石同志，干脆直接到会议室，也好与大家先熟悉。石钟鸣觉得有理，就到会议室来了。一进会议室，听到很多人正在说他的名字，七嘴八舌的，他一进，不可能马上停止住，有的说了半截话，声音高着，见他进来，压低声音，表情复杂地把话说完。这很出乎石钟鸣的意料，想不到大家会这样重视他。还有会场上的整个气氛也让石钟鸣很受感染，屋子中央二十多米长的椭圆形会议桌，桌子两边前后两排带扶手的低靠背木椅，桌子上方一溜明亮的吊灯，有人开门进出，一点风流动，吊灯的各个组合件之间就摇摆晃动，发出轻微的哗啦声，在灯光照耀下，人们的面孔也都比下午收工回到院里时鲜亮很多，大多数人已经脱下工作装，穿上平时衣服，色彩的多样性使人们呈现出新面貌。石钟鸣进去时，郝副主任特意站起来专门向大家介绍他，整个会议室内爆发出了热烈的掌声。

长桌旁的椅子差不多已经坐满，除了桌子弧形顶端那一把主席位空缺之外，紧挨主席位左手这一边还空着两把椅子，而相对应的右手那边的一张椅子上已经坐着郝副主任，他专门空出一把，坐在第二张椅上，使自己与主席位中间隔出一段距离，让主席位上的领导同志尽可能地空间宽余。按照单位不成文的规矩，新同志是应该自觉坐在偏远地带的，可石钟鸣怎么懂得这些规矩呢？郝副主任介绍了他之后，在一片闹闹哄哄的声音中，他顺便就坐在了正好在跟前的那两把空椅子的其中的一把之上，这样石钟鸣就成了与主席位挨得最近的人。这种格局在这个场合几乎还没有过先例，而石钟鸣就这样在一无所知中茫然地坐着。也不全是茫然，他此时脑子里在想象着熊主任落座后突然看到他时会出现怎样的表情：惊讶？欢喜？和他亲切地握手？已知的形象和可能出现的形象相互重叠变化，在石钟鸣脑子里翻转纷飞如万花筒。而会议室里的其他人则怀着好奇的心情朝这边望着，一边望，一边轻声议论，一边准备着接受可能出现的不寻常的场面。

　　熊主任是乘坐皮卡车从市区赶回来的。这是一款半卧车半货车的轻便型车辆，驾驶室除了驾驶位和副驾驶位，后边是一条长座椅，常规坐三人，有需要时也可挤坐四人。驾驶室后边是一截露天车厢，说是用来拉货物，但后一项功能已逐步被淡化，这辆车实际上已经成了熊主任专属的代步工具。当然，在成为权力和地位象征的同时，当熊主任认为必要时，他也会让单位的某一位职工坐上来，与领导共同光荣着在市郊的田野上穿行奔驰，此时的皮卡车就变成了一种高级福利。当我们这样说着的时候，皮卡车已经进入单位院中，车灯打出去的两道光束像电影里孙悟空的金箍棒，平行着在夜色笼罩的树冠、房墙和草木花朵间挥舞。熊主任走下车顺着引路直接向会议室走去。

他掀开布帘，推开屋门，双脚踏进屋内的同时，脑子里迅速想着落座后开口即讲的几句话："同志们好，因为在市里办事，对不起，让大家久等了……"他一边想着一边就坐到了座位上，同时脸上绽开不失尊严而又友好慈祥的笑容，这时候他的红鼻头和像雪一样白的两个耳朵就更加地突出和可爱。他与其说是环顾了一下会场，倒不如说只是做了一个环顾的表情，眼睛的视力点根本没有看任何一个具体方位或人物，仅仅是表现了一个礼貌，而后就从手提包里动作娴熟地往外掏文件、报纸或笔记本之类此种场合必须要有的像戏剧道具一样的东西。就在他正起脸来开口讲话还没有讲出来的时候，他视野里闯进了石钟鸣的身影，石钟鸣其实一直在朝他笑，熊主任同时发现整个会场上人的目光全都集中在这个正朝他笑的人身上。而且，说时迟，那时快，石钟鸣已经站起来，将身躯向他倾斜过去，伸出一只手给他，要与他握手。他有点滑稽的样子像一根火柴即时就点燃了人们心头早已憋不住的那一条笑的神经，会场爆发出意味有点怪的由小而渐渐变大的笑声。熊光辉像被陷入一个旋涡中，既被压迫着又被拉拽着，石钟鸣照常站着，去握他的手，就像社会上施行一般礼俗那样，朋友见面互相热情地靠拢，握手。在这个短暂的过程里，熊光辉先是惊奇，后是恼怒，最后变成无奈和难堪，因为他从大家的眼神和笑声里，得出了一个自欺欺人、过分敏感的判断，他认为眼前这个不速之客肯定是向大家炫耀了与他之间的关系——说白了就是在洗浴中心的那一幕。他在内心里一再发问，怎么会这么巧呢？把一个并不熟悉而确实又共同经历过难堪事件的这么一个人分配到他的单位来，而这个人在向他报到之前就向他的下属们暴露了曾经的一切。要不然，他怎么敢坐到这把椅子上呢？他怎么敢这样无礼呢？单位的人怎么会有这样的眼神和笑声呢？熊光辉脑子里乱作一团，一团之中又有一根像钢筋一样的硬棒尖锐地横戳乱插。他的脸现在是青一块紫一块，与本来就鲜艳的鼻头配合成一副让会场上的人看上去十分难堪的面孔。熊主任在下属面前一向是从容不迫的，也会幽默，偶尔还开玩笑，但是所有的从容和幽默都是由他主导发动起来的。唯有这一次是始料不及地应对，熊主任十分难堪。

石钟鸣也不解，看熊主任的表情，他以为是灯光的原因，或者是离得太近，让他迷糊了眼，就着急地说："我呀，我呀，我！"

熊光辉怎么会没认出他？！但他现在板下脸，直起眼神，把手平放在桌子上，明显压着一股怒气，低沉着声音问道："你叫什么名字？"

石钟鸣把手抽回来，满脸羞红地坐下，低下了眼睛，又偷偷望了熊光辉几眼。这时候会场上出现了轻微的议论声，各种表情的都有。坐在对面对眼前的情况观察了很久的郝副主任，此时对着熊光辉，也对着全场说道：

"他叫石钟鸣，是处里给咱新调来的员工。下午来的，他说认识您，我就先让他来参加学习了。"

说到此处望了一下熊光辉，那眼神似乎在表达着某种歉意。接着又对着石钟鸣说道："小石同志，你的调令呢？手续！"

石钟鸣哆哆嗦嗦地从上衣口袋里掏出那张纸，递给郝副主任，郝副主任又递给熊光辉，熊光辉双手撑开看了一会儿，把脸转向石钟鸣，以一种似乎正常又明显有点怪异的口气说：

"好嘛，好嘛，感谢管理处，又给我们段增添新力量。"

他把那张纸放在桌面上，将一只手掌压到上面，而后抬起头望着石钟鸣说：

"石钟鸣，石钟鸣，好名字啊，郝主任安排得好，新员工一到就参加政治学习，用理论武装头脑，应该的，应该的！"

石钟鸣已经不知道该说什么。但是，经过刚才的一幕，会场里大多数人都被弄糊涂了，本来正常的一件事，新员工也不断有调来的，从来没有发生过这么蹊跷的情节。

散会之后，石钟鸣紧跟着就去了熊主任的办公室，他反复考虑之后，完全否定了熊主任不认识他的可能。认识又不相认，其中原因会是什么？他终于想到坏就坏在那件事上。但是对这件事石钟鸣并不像熊主任那样敏感，他心里觉得不应该，但并没有十分谴责的想法。他不知道的是，大城市的风气再怎么变，正的还是正的，歪的毕竟还是不能公开行事的，干这种事的人都还这样那样地挂着遮羞布。熊主任不认他，他觉得是他误解他了，以为他给单位的人说了，所以恼羞成怒。如果是这样，那可真是冤枉他，再怎么蠢他也不会拿这种事交朋友。况且人生地不熟，哪里有机会说呢？向谁说呢？他觉得必须给熊主任解释清楚。可是，他达不到这个目的，当他走到熊主任办公室门口时，熊主任猛然回头，声音很低，却是用恶狠狠的语气对他说："走开，走开，别跟我行不行？！"

熊光辉的心情确实很糟糕。在他想来，这个刚从农村来的山里孩，有一百个理由要拿与他的经历作炫耀，他不仅说了，还不知道怎么添枝加叶了呢。熊光辉的脸一阵一阵发烧，感到无地自容。疑人偷斧，人的思维一旦瞄向一点，形成定势，思维本身往往就会成为一种独立的力量，往往就会以直线冲击的方式朝着既定目标迅跑，沾边不沾边的事都会成为论证这个目标的天衣无缝的材料。但是，熊光辉毕竟是有过些经历的人，他还是作了一些退一步的思考，是，退一步，即便石钟鸣这孩子没说那件事，又能怎样呢？熊光辉想这也是很糟糕的，你想想，自此之后，你手下，你的部属中有一个人手中掌握着你的一个把柄，这个把柄有违公德，有违风俗，阴暗肮脏，一点都见不得太阳，这是多么难堪的事啊！以前他讲话，念文件，教训部属，严厉也罢，慈祥也罢，放射出来的光芒始终是明亮而有力的，以后部属中有一个人知道你的那点行径，你无论再讲什么，变换怎样的嗓门和表情，也都将是苍白无力的了。他想象着这就好比河坝上用铁丝编织的防洪网，土一旦从一个孔流失，就会止不住地流失，仅一张网怎么会拦得住流水呢？讲一句漏一句，讲两句漏两句，不会再把他熊光辉的话听到心里去。作为一个管理者，这是多么可怕的局面。

　　熊光辉的心情就像是燃着湿柴的火盆，着又着不了，灭又灭不下，痛苦地煎熬着忍受着。当他见石钟鸣仍然在身后跟着他时，真是觉得这是一道催命符，不可遏制的怒气让他再也保持不了平时的文明形象了。而石钟鸣也已经确认了熊主任所作表现的真实性，他近距离地感受了他的狰狞面目和愤怒气息，长了这么大，哪里经历过这样的场面，石钟鸣心中有一种天塌地陷的感觉。

第四章　在燕城那边（下）

1

四天之后，郝副主任找到石钟鸣，宣布了段领导对他具体工作岗位的安排，随即他就在一位老职工的带领下，沿着单位门前这一道名字叫马鞭河的坝堤向东走，中途拐了三次 S 形的大弯，继续向东，大约走了十六七里的时候，远远望见河上横跨着一道类似桥梁的设施。老职工用手指指说，那就是石钟鸣你将要去工作的岗位所在。走到跟前看明白这个设施本质上是一道控水闸，看似渡桥，但上面并不是路，两头也无道路连接，正中间矗立起一个梯形框架的如巨大窗口般的建筑物，它的下方用螺旋金属柱悬吊着一扇巨型钢铁闸板，金属柱上部有一个汽车方向盘一样的装置，转动它就可以带动闸板升高或降低。在这个装置的左侧，紧挨堤岸，建有一座单间双层的房屋，上层四面开窗，用来瞭望，下层供人食宿生活。房屋的台基高出地面三尺，屋外建有一道差不多是垂直的青石台阶，连接一层和二层。从远处望，这个奇怪的房子像战争时期的一座小型碉堡。他们到来的时候，原来在此工作的两位同志已经收拾停当，应该是预先接到了通知，他们笑盈盈地迎接石钟鸣，并争先恐后地向他介绍在这个岗位上所需要做的工作项目，领着石钟鸣到上下南北各处，望望这，指指那，兴致非常高。闸桥下方，挨着由方块青石垒砌的桥墩，固定竖立一根白色标杆，上面用黑线画着刻度，而标志高度的阿拉伯数字用的是红颜色，白黑红三种颜色搭配使这根标杆显得异常醒目。即将被替换下岗的两个人把石钟鸣领到此处时，反复交代这根标杆的重要性，你一句我一句，说水位达到某某高度时就要提拉闸门，还强调观察要经常要及时，并要把每次观察结果记录在案，说这是责任性很强的工作。但是，当他们庄严地翻动着记录本时，石钟鸣看到，最近三年来记录水位的高度都是 0，也就是说，三年中马鞭河在这一段几乎是一直处于断流状态。当他们上到二层，从窗口向外瞭望时，则望见向东向西的河床中央，或远或近，断断续续有在太阳照射下向天空反光的大小形状不同的水面。也望见，水面与水面之间有的也有一股或几股细窄的水流相互连接，但总体上形不成贯通的大的水流。视野内的河道上更多的是干裂半干裂的淤泥滩、杂草、芦苇，成片的矮灌木。再就是两边堤岸上密不透风的高大的杨树林，杨树林之外，堤坝之下，无限延伸的苍茫的平原以及平原上稀疏零落的村庄。

一直没怎么说话的那位来送石钟鸣的老职工这时候开腔道："孩子，你不必听他们乱讲，这个岗位就是个闲差，白天黑夜都睡觉也没的关系！"

他停顿了一下，抬手拍在石钟鸣的肩膀上，似乎是有某种感慨又不便明诉，嘴嗫嚅着，终于什么也没说。只是又进到屋内，检查工作似的帮助石钟鸣挨个儿地看了一遍床铺、灶火、照明线路、门窗等紧要的生活设施。然后走出屋外，很快就与那两位人员转身向西回单位去了。

之前几天经历的事情，使石钟鸣觉得自己就像一个被人不停抽打的在地上旋转的陀螺。但是，等到那位老职工和另外两个人员一走，他们的背影消失在河坝远方的时候，石钟鸣才真正感到了失落和孤独，好像原来还在岸上，他们的离去就如艄公猛一用力，使他这个本来就卑微的生命之舟一下子被推到了漫无边际的海面上。上中学时记住的"人生像一叶孤独的小舟"这句无名诗，现在成了他内心状态和现实处境的恰当写照。暮色降临时，他回到小屋，打开所有灯泡，检查插销，将门窗关了又关，屋内已经是很明亮，但黑暗的恐惧还是一阵一阵向他袭来。掀开窗帘一角向外望，近处连一点灯火也没有，很远的地方，才有几片灯光，应该是村民们居住之所在。天是晴朗的，满天星斗与那些地上的灯火相交接。这个季节北方的大雁正在南迁，空中传来一阵阵雁鸣声。石钟鸣放下窗帘，静听这叫声，第一次用心想象这雁们在夜空中相互关照，吃力飞行的情景。过去说大雁南归，仅是停留在口头上的一句空话，世界上的人好多时候都是这样，嘴上说的并未从心中经过，虚飘着，人云亦云，不知所言为何物。只有到了特定情境中，人才能够唤醒对某一句话或某个概念的活的意识。大雁不孤尚有伙伴同行，我石钟鸣这是何苦，三转两转，来到这大城市的边缘，完全的农村，陌生的环境，茫茫黑夜，孤单一人，守着这石屋！

当时，郝副主任给他谈话，交代岗位工作纪律时，代表熊主任特别强调要他坚守工位，不必参加段里的集体活动，包括政治学习这一项，也要求他通过自学来完成。另外还说，暂时去他一人，之后是否增派加人，视情况再定。到此时石钟鸣似乎才弄明白，这些规定真正的目的是熊主任想要让他离开自己的视线，并且没有机会和更多的职工接触，可以想象熊主任是多么地不想见他。过去在老家睡觉总也睡不醒，现在倒好，总嫌黑夜时间长，往往天不亮就起来三四次，一次天未亮，躺下，第二次又起来，天还是不亮。夜长则梦多，实际什么梦啊，全是胡思乱想，到燕城这几天的经历，更多是老家情景，在这样的梦中一次次再现。梦这种东西好比是文学作品，一些现实中不相干的情节，在梦中联系得千丝万缕而又天衣无缝，自成系统。在梦中父亲石建华成了他的领导，走在员工队伍的前头，父亲背着手，向后梳拢的发型在鬓角处形成棱角，员工们争先恐后地给他说话，而石钟鸣背在肩膀上的劳动工具一再被同事们抢走，很多人脸上露着讨好的表情。在梦里，丘思伟从城市楼群的一个朱红大门里走出来，一副诡秘而友好的表情朝他招手，石钟鸣不敢靠前，因为他看到小丘的脸正在变戏法一样地变换，一会儿鼻子拉长，一会儿耳朵垂大，一会儿两只手平伸向前变得很长很细，石钟鸣吓得出了一身冷汗。等他再迷糊起来的时候，他已经完全回到了七岸村，他回村的路并不遥远，在梦里好像是沿着马鞭河堤岸走，没几步，一拐弯就进入了太行山，邻居大娘端着一筐鸡蛋走出来。诸如此类的意识迁徙活动一直连绵不断，直到被窗外的一种声音完全惊醒，不能确定是鸟叫还是从其他动物或什么固定物体上发出来的，极其沉闷，从什么压迫下憋出来，突然又被卡住，卡得又不严，像是余响，某一声又特别地脆亮，刺啦一下，戛然而止，而且连续不断地这样，间歇的时间也不固定，以为不响了，突然又响一声。石钟鸣很清醒，他用被子蒙住头，尽量塞严耳朵，可是声音这种东西有时候是越不愿意听反而听得越清楚。

石钟鸣每天几次到桥下观察那根测量水位的标杆。原来以为它是用木头削出来的，石钟鸣拿抹布将它擦拭干净，看到实际上它是金属材质，里边主体类似一根钢柱，朝外这一面是焊接上去的，像贴上去的竖直的金属卷尺，细致的刻度，有锈迹，斑斑驳驳的，擦拭之后有的地方闪耀起明亮光辉。它的下部用水泥凝固在河床上，设置它的时候是预备着各种等级的河水来冲击的，但结合堤坝上多年留下的水迹线来判断，这根铁杆标尺近一二十年间几乎从来没有遇到过超过二尺的水流。依石钟鸣现在的心态，他是很盼望有一次河水暴涨的，他想象着自己在风雨大作浊浪滔天的时候，一边记录水位，一边和狂风搏斗，一边跑到桥上，用尽全力转动泄洪闸门。在这个情景中，他石钟鸣成为这个河务段里的重要人物，熊主任表扬他，员工们议论着他的英勇。但是，一次又一次，只是遐想，河床里始终没有发过大水。

石钟鸣很快就明白，他这个岗位即便几天没人也不会出现任何问题，不会给任何人任何地方任何单位带来任何损失，他不禁失笑，弄不明白当初设置这个岗位的人究竟是怎么想的。

2

石钟鸣怀着忐忑不安的心情去了一趟段里，表面上的理由是去询问一下什么时候增派人员，内心里其实还是想见见熊主任，总觉得他不认自己是一时犯的糊涂，说不准又想着要认他呢，人家是领导，即使想开了，也不便低头来找自己啊。再说了，自己是七段的人，总不能长时间不和大家在一起吧。他甚至想得更深，想熊主任是认自己的，是好朋友，为了以后的某种目的，先让他离开身边，派得远一点，然后在某个合适的时候，再让他回来干一件重要事情。领导的心思，不是领导的人怎么会完全摸准呢。

石钟鸣刚一走到七段墙外，就听到院内很多人你呼我叫的欢乐声。进去才看清单位的人正在院内搞卫生：拔草，铲除腐烂地皮，清除旮旯里的垃圾。大家这样集中在一起，与其说是劳动还不如说是娱乐，握锨的，挥舞扫帚的，男的女的互相扔东西的，打情骂俏，说着各种稀拉话，满院内到处都是欢乐的笑声。看到石钟鸣进来，叫唤声停息了一下，只一会儿就又呼喊起来。石钟鸣在人群里没有看到熊主任，只见郝副主任搋着一把锨把立在那棵老柳树下，望着大家说笑。郝副主任先朝石钟鸣叫了一声，石钟鸣边应答着边朝他走去，这中间有好几个人向他打招呼。有一个人竟然说："你这个小石，多占便宜呀，一上班就干上了轻巧活儿！"

另一个接着说："人家和咱领导是朋友哇！"

更多的人没接话，但都朝他投来各种各样的目光。石钟鸣能感觉到，无论嘴上说了什么，大多数人的表情、语气都是友善的、愉悦的，总之是在相互取乐。郝副主任还是那样正规的态度，不偏不倚，他伸手拍了一下石钟鸣的肩膀，问："适应了吗？"石钟鸣还没有想起怎样回答，又听他说道："那可是个特殊岗位呀！"石钟鸣仍然不知道该怎样回答，一脸茫然的样子。

郝副主任接着又说："小石你行哩，上次学习，熊主任还表扬你呢，说新职工石钟鸣勇挑重担，一个人顶了两个人的岗！"

听到这句话，石钟鸣心里开朗起来，高兴起来，似乎一下子和领导和单位和群体接通了关系，像灯泡接通电流，突然大放光彩。

接着石钟鸣参与了一件很有趣味的活动。往食堂去的引路旁边，长着一棵看上去树龄和那棵柳树差不多的老杨树，好几根树股在树桩上它们分杈的地方被人为地锯掉，茬口已经泛起黑色，这不是腐烂之色，是树的肌体为了自我保护而调兵遣将用来抵挡生命流失的盾牌，在风、阳光、空气的作用下表现给人的一副假面孔，但人的本意并不是要破坏它，而是针对它身上出现的虫害而采取的友好措施，只是物类相隔，彼此对对方的评估和想法没有沟通的渠道，又都各自执着着。这黑色树茬周边又长出一圈嫩绿细枝，每个茬口上都有。如此一来，在本来已经锯掉头的粗树桩上又长出来一大蓬茂盛的枝丫，不知什么时候一窝马蜂前来添乱，把一个形状像葫芦一样的巢建到了上边，待人们发现的时候，马蜂的工程已成规模，规模越大人越不敢触动，任由黑头黑尾黄腹黄背的马蜂终日飞舞，嗡嗡叫，聚集，飞走，飞来，相互交接，或稀疏乱飞，或稠密成阵，眼看着那个葫芦增大成现在这个样子，职工们也在心里悬上了一个不大不小的恐惧。这次清理院内环境，有几个自我宣称胆大的职工结合在一起，跃跃欲试想要除掉此患，但也还只是在树下远距离地比画，作出各种动作，虽然处在谋划阶段，可声势已经闹得很大，有些连大话都不敢说的人干脆躲在远处，做观众，做评论者，望着那几个人，呼喊着说一些散话，那几个人实际上已经有点骑虎难下。就在这个时候，石钟鸣快步朝这几个人走去。

石钟鸣以前在七岸村干过这种事，他现在的脑子里迅速回忆出当时的情景。他表现的架势使现场的人们为他闪开了一片空地，他一个人站在离蜂巢很近的树枝下，仰头观察形势，从这边望，从那边望，然后吩咐人们找来几样东西。只见他先把几条蛇皮袋撕开，让人帮助给他绑在脚上、腿上、胳膊上，又把一件米黄色帆布雨衣穿在身上，最后将一个完整的蛇皮袋套在头上，并用布绳把它系在脖颈，使它和雨衣的衔接更严密。穿戴齐整后，石钟鸣让人搬来一挂金属梯，把它斜竖到树桩上，然后把两个套装在一起的塑料袋夹在腋下，临上梯前又让人帮助在包头的袋子上对应眼睛的地方剪出了两个小孔，剪破，又不完全黐透。由于身体被裹挟捆绑，他向上爬时显得缓慢笨拙，梯子与树桩顶部还空着一截，需要石钟鸣徒手攀爬，这时他像一个奇怪的蠕动的动物，但他心里是快乐和自豪的，立到树桩顶部时，他向下望，模糊中看到院子里的人，有的已经躲到了很远的地方，有的在屋内正半掀着帘子或通过窗户朝外看，包括原来的那几个发起人此时也一个都不在树下了。石钟鸣就要行动了，他悄悄蹲下来，把身体侧弯下去，伸手过去，迅速把口袋套在蜂巢上，一边向上猛拉，一边用内劲将蜂巢与树枝的连接部位扯断，只觉得手上猛地一沉，一重，这个葫芦般的家伙便掉入了口袋中。这时，正在飞来或本来就停在蜂巢表面的那些马蜂们疯狂作乱起来，对它们来说这肯定是一个宇宙性星际级的大事变，倾巢之祸，天地之劫，岂能不乱？它们朝石钟鸣的身体袭击，在蛇皮袋上快速爬动，飞起，落下，落下，飞起，用它们身上尖锐的针四处乱刺，又明显感觉所刺非物，一个个的都更加愤怒，只一会儿石钟鸣身体外部差不多已经爬满了马蜂。树底下藏在各处的人这时候发出一声声惊叫，恐惧的、尖厉的、喝彩的、担心的，男的女的，各种声音，加上口袋内外马蜂们发出的声音，包围着石钟鸣。他紧握袋口，心中惊惧而动作谨慎地回到了地面上，快速用绳子将袋口勒紧，把已经裹牢了的蜂巢暂置一边。

按照预先说好的安排，这时候树下应该有人手持一把燃烧的火炬，上前驱赶剩余下来的疯狂反扑的马蜂们，但是本来已经做好了准备的那个人，被新发生的场面所吓倒，竟然不敢往前上了，这让石钟鸣很被动，好在树旁已经准备着的一个蘸了煤油的新拖把没被吓跑，还忠实地坚守在岗位上。情急之中，石钟鸣自己点燃了它，火迅速燃起，开始有烟，燃一会儿就光剩下火焰。他把它举在空中，四处挥舞，连熏带烧，刚才还猖狂的马蜂此时有的被烧死，有的逃向更高的空中。这时候石钟鸣的形象非常奇特，已经不断有人从屋内或远处向这里靠近，让一些人最恐惧的时刻已经过去，有的人已经敢于充当好汉，开始做勇敢状。停了一会儿，飞舞的马蜂已经很稀疏，人们整体解除了恐惧，很多人朝石钟鸣呼喊，完全是喝彩的声音。原来的发起人还算义气，他们把石钟鸣弄到屋内，解除了他的武装，当他再出来时，已经像位英雄。他涨红着脸，开口大笑，伸胳膊伸腿，接受人们的欢呼和拥戴。

3

　　但是，人们忽略了一点，熊光辉今天实际是在单位里的，他就在自己的办公室。他这个人做领导有个习惯，会经常地半天半天地憋在屋内不出门，即便出来也选择院中没人或人少的时候，这样就造成一个后果，他什么时候在什么时候不在，单位里的人根本就掌握不住规律，都觉得他有些神出鬼没。他现在被屋外的声音所吸引，从百叶窗后向外望，心中越来越不能忍受。一个人思维的钻头一旦对准某个点位，就会越钻越不可自拔，实际上熊光辉对石钟鸣这个萍水相逢的人，真不该这样敏感的，他们共同经历的那点屁事到目前为止，石钟鸣没有向第二个人透露过半句。这最主要的原因是石钟鸣根本就还不懂这件事对于熊光辉的意义，不知道它的价值。除此之外，他还有个隐约或隐秘的想法，觉得这多少还是个光荣经历，通过这件有趣的事似乎与城市里的人拉近了距离，况且他又不知道要做熊光辉的下属，他怎么会坏呢？但是天下无巧不成书，老天爷偏偏就让两个人以这种结构、这种方位再度相逢。熊光辉这个明显有些虚伪的人，觉得石钟鸣就是他圆满人格形象上的一个窟窿，必须要用全力堵住，不让它塌陷，不让它扩大。

　　熊光辉掀开门帘一角向郝副主任招手，郝副主任好像随时准备着似的，他进入熊主任办公室，只一会儿，就走出来，走到正被热闹包围着的石钟鸣跟前，对着他，故意作出降低声音不让别人听的样子，实际上他越这样越引起注意，大家听得越清楚，他这样说："石钟鸣，领导说你不务正业，说你不坚守岗位，让你赶快回到闸桥上去！"

正在兴奋中的人们有点莫名其妙，石钟鸣那个岗位有什么可坚守呢？离开半天会出多大事呢？领导竟然这样，加上上次学习会上扑朔迷离的情节，人们对眼下的事情更加敏感起来，引起种种猜测。熊光辉这样不近情理，必定会引发新的故事。

石钟鸣又一次被打击，情绪低沉，但还是听从安排，准备回去。郝副主任又对他表现出同情，他把石钟鸣领到食堂，请师傅提前给石钟鸣端上来馒头、大肉炒白菜，石钟鸣刚吃了两口，平时给熊光辉开车的司机就快步来食堂，意思是催促石钟鸣快走。郝副主任觉得很难堪，对他来说是很少有地发起火来，他拽住石钟鸣说："怎么了，一个新员工，成敌人了？不走，咱不走，吃！"石钟鸣又坐下，磨蹭着吃起来。

郝副主任又朝厨房操作间里高喊："上，再上些，我陪着钟鸣同志吃！"隔扇墙上用来递饭菜的小窗口上现出一个炊事员白白胖胖的面孔，好像是笑了笑，随即又端出一盘菜、几个馒头和两碗香喷喷的蛋花汤。郝副主任好像精神舒坦起来，他与石钟鸣共吃饭，熊光辉的司机就站在旁边看着，这样对郝副主任来说，他与石钟鸣就像是两个做戏的演员，他的所有动作、表情、言语，都是在演戏，演给那一个观众看，所以一切都有了一种故意较劲的意思。现在，矛盾临时实现了转化，石钟鸣反倒成了陪衬，真是很有点意思。

又磨蹭了一会儿，单位正式开饭的时间到了，职工们先后从南北两个门走进餐厅。郝副主任站起来，看着每一个进来的人，气色逐渐恢复平静。他送石钟鸣到大门外，等他向东走出几步后，又喊他站住，以正常的符合他副主任身份的口气说道："咱领导说的对，坚守岗位，一定要坚守岗位，万一发了水，岗位上没人，谁能负得了责任呢？你去吧，安心工作！"

石钟鸣转过身去，怀着满心的疑虑继续向东走去。他回忆今天刚到单位时郝副主任对他说的话，说熊主任表扬他一个人干了两个人的活，接着回忆自己像英雄一般爬树摘马蜂窝的情景，那是怎样一个场景啊，可以说是他二十多年生命历程中最为风光的一次表现。如果不发生后边的事，那他今天就是收获满满，并且够他高兴很多日子。至于他本来是去单位要人的想法其实是完全可以忽略掉的。可是，怎么又生出来后边的情节呢？他想不通，熊光辉会对他绝情到这个程度，有什么理由呢？凭什么呢？连一顿饭也不让吃完，他和他之间究竟有什么呢？不是熟人，不是朋友，总还是一个单位里的人吧，至于吗？这个熊主任算什么人呢？他想起七岸村里的某某某，某某某，心眼狭窄、心里阴暗、疑心太重，又不明说，全在暗地里向人放冷箭，这是让全村人最看不起的一类人。在燕城这么大这么重的城市里，就是郊区吧，好歹也是公家单位，怎么还有这样的人，居然还当着领导！

他有些愤恨地想着，自然又想起那一天与熊光辉共同经历过的事情，想到当时那个环境。不知为什么，此时石钟鸣的思维竟转移到了与那个小姑娘在一起的情景上。那个逼仄的小屋，小屋内漂染过一样的颜色和空气，娇小的女孩，影影绰绰中与女孩不同身体部位的接触，紧绷的、柔软的、光滑的，纠缠，翻腾，晕眩的感觉再次袭击全身。他的身体一会儿凝结成一点，一会儿又突然释放，飞跃到天国里，又陷入深渊中。不知什么时候他停下来，靠着坝坡上半枯半青、多种颜色、锦绣一般的草丛躺了下去。

这时候有一条狗不知从什么地方走过来，把石钟鸣吓了一跳，以为是狼，马上看清是狗，浅黄色，耷拉着耳朵，垂伏着尾巴，脊骨上的毛长，细密，但有点乱，眼睛斜竖而目光哀怜，由于瘦，头显得特别大，嘴唇也不成比例地肥厚突出。很显然这是一只无家可归的流浪狗，它从一开始就向石钟鸣表现着某种神秘的亲近感，低着头，温柔地在他脚跟磨蹭，动作很小，确定而又有些犹豫的样子。石钟鸣坐直身体看它，狗摆了一下尾巴，小步移上来，虚坐在他屁股一侧的草地上，望了石钟鸣一眼，然后转头把目光盯向远方。石钟鸣不由自主地把一只手放在它身体上，狗又扭头看他时，石钟鸣发现它眼睛里好像蓄满了泪水，他为此很感动，心里闪出一片光亮。他站起来，狗立即也起立站定，尾巴向上卷起，威风在它身上出现。石钟鸣迈步走起，狗紧随其后。空阔寂寥的河床，堤岸，一个人和一条狗，在已经偏西的太阳的光照里成为一道风景。远方如果有一个有悠闲心情的人，最好是一位油画家，他今天注定会留下一幅传世经典。

4

石钟鸣回到闸桥，习惯性地先去到桥下，像煞有介事地查看了那根水文标尺。需要特别说明的是，虽然河道里没有涨水，准确地说很多年都没有形成过完整的像样的河流，但是石钟鸣每次站到观察位上时，他心中总是装满了汪洋恣肆的河水，而且河水经常是不断向上涨的情景，水在标尺上一个刻度一个刻度地向上爬，淹没一个数字又一个数字。石钟鸣在精神层面上自己又分出一个自己来，另一个石钟鸣在旁边欣赏观看着那个认真上班，工作一丝不苟的石钟鸣。这次，除了心中有河水之外，他身边还多了一条狗。狗是忠实的欣赏者，它跟着石钟鸣爬上爬下，蹦跳着欢快地摇着尾巴。石钟鸣记录过水位之后，到屋内把昨天和早上的剩饭拿出一部分给狗，看着狗大口吃食十分满足的样子，石钟鸣心中涌上来一阵欢喜的感情。

晚上睡觉，石钟鸣往屋里让狗，狗不进，他关上门，狗在外边紧靠门板卧下来。石钟鸣躺在床上回忆一天的经历时，感觉很多日子以来，今天好像是过了无数天，内容很丰富，是有意思的一天。临入睡时，马蜂窝，从树上向下望到的空阔的院子，喝彩的人们，熊光辉在窗帘后窥视的身影，郝副主任对司机发脾气的形象等情景都模糊淡远了的时候，依然凸出在心扉上的竟然是这条温顺懂事的狗。他的意识携着狗，抑或是狗携着他的意识进入梦乡之中，狗完全成为一个人一个朋伴。梦里发生了很多故事，特别是狗领着他进入这个城市的内部深部，大街小巷、高楼大厦、灯光、色彩、汽车流、人流、大商场、洋气的女人群、政府办公楼的门楣、一重一重的院落，手持公文夹，梳着明头，细腰长腿脚蹬高跟鞋的女性……狗居然还领着他去见了小丘，小丘什么也不说，陪着一位领导站在汽车旁；狗又领着他去了那个洗浴中心，遗憾的是到处都找不到那位曾经的女孩；狗又领着他腾云驾雾，从云头上看大地上的山川、河流、村庄、田野。已经来到了七岸村，狗却不让他落地，而是让他立在太行山的一个尖峰上，似乎随时都会摔下来。星星月亮太阳都像玩具车一样从身边噌噌噌蹿过，他伸手去握，却捉到了一只花红柳绿的鸟，鸟不仅色彩斑斓，而且有一条很长的尾巴，尾巴还会伸缩，像受着一根弹簧的支配，缩时是秃尾，一伸展，尾巴比人的胳膊还长。石钟鸣从鸟的尾巴上拔了好多根华丽羽毛插到狗耳朵上，狗的脸立即变成了滑稽剧里演员们的模样，狗经过打扮更加兴奋，它带着石钟鸣向更高的空中飞去……

第二天早上石钟鸣醒来，感觉整个人像被掏空一样，酥软无力，由于是和衣而眠，裤裆处有种异样的感觉，用手摸，触到一片皱皱巴巴的棱痕，他不能确定这是昨天在坝岸上躺着时产生的，还是就产生于夜里迷乱梦中的某个时候，他有点不好意思起来。这时候狗在轻轻挠他的屋门，石钟鸣打开门，将狗一把抱在怀里，狗显然缺乏准备，但很快就像一个被大人抱着的幼儿一样，摇头晃脑，兴奋异常。

这段日子这条狗成了石钟鸣亲密的伙伴，它纯粹地配合他，没有私心，没有猜忌，更为重要的是虽然它一天二十四小时陪着他，可是又完全不用顾虑它的感受。石钟鸣难堪的时候，也不必回避狗，狗能不能看懂他不清楚，但狗肯定不会告诉人类中的任何一位，甚至连同类中别的狗也少有机会碰上，即便以后哪一天遇上了，即便它与另一只狗说了，那也是另一个世界的事，对于石钟鸣的生活形不成任何压力。上帝造物，物物相界，类类相隔，真是科学而富有深意。

5

但是，石钟鸣很快就摊上了一件麻烦事。就在不久之后的一天夜里，朦胧月色中，有一个人影顺着河床北边的堤岸由西向东而来，石钟鸣以为是路过抄近路走的农民。因为他知道站在闸桥向东北方向瞭望，目光穿过一片高低不同种类不同的树林，就能望到一个规模不小的村庄，为此他曾产生过很复杂的感情，觉得费这么大劲来到城市，工作岗位的所在地却仍然没有摆脱农村，所以他一度很排斥这种瞭望，这成为他一个很隐秘的心理。村上农民也偶尔从闸桥附近路过，石钟鸣很回避这些人，说回避，但人家走过去了，他又不由自主地从背后望，观察这些异地他乡的种田人。从此路过的这些农民，看到闸桥上换了新的看守者，有的也想给石钟鸣打打招呼，石钟鸣过去总是回避，想着法子表现自己和他们不同。但是有一点石钟鸣很自卑，就是他不会说普通话，也说不好燕城话，这个装不出来，一开口自己先感到土气和笨拙，所以他干脆少讲话，一有人路过，他就把水文记录簿端在手上，站在桥墩旁的标尺前，做出观察记录的样子。这样，他也觉得滑稽，但同时感到这个样子在农民面前还是有优越性的。迟了一段时间，当无聊、空虚、孤独像空气一样白天黑夜不停地向他袭来的时候，他又隐隐地感觉到自己其实是很愿意碰到一个农民的，可是他们偏偏又不从此路过了。

这一晚，看到这个远来的人影，石钟鸣心中竟然有一些喜悦涌上来，可是狗的叫唤先把这个人影吓着了。人影停下，喊过话来，叫的是石钟鸣的名字，这个地方怎么会有人叫自己的名字，他立即被一种亲切温暖的感觉袭击了一下，赶紧喝住狗叫，去迎接这个人影。来人突然笑起来，石钟鸣在昏暗的月色里听着，在记忆中快速寻找发出这个声音的面孔，怎么也想不起来这是何人。来人故意压低声音说了一句"马蜂！"，同时伴随着轻微的短笑。

石钟鸣的思维立即被拉回到摘马蜂窝的那个现场，思维的眼睛里出现了当时院子内诸多人的面孔，最后他把这声音拽住，渐渐和事先约定负责举火但后来被吓跑的那个人的面孔吻合到了一起，是他，是他，是单位里的人！此时其他都成为次要，单位里有人来找他，黑夜来找他，让石钟鸣完全地兴奋和激动起来。

已经走近的人大笑起来，能听出他是大笑的，但声音又不是特别的应有的响亮，似乎用力很大，在喉咙处又憋下去，声音听起来不是太顺畅，可此人肯定是表现着很大的高兴情绪，甚至有一点讨好的意思在声音里。来人先握了下石钟鸣的手，继而向上，拍他的胳膊，轻捶他的肩膀，很亲热。这动作像久旱逢甘霖般滋润着石钟鸣的心田。他有些不知怎么表现自己，要是在七岸村，那早就拽入家中，早就拉到院中枣树下的凳子上，母亲早就进厨房拨开灶口，捅透火炉，上锅做饭待客了。可是现在石钟鸣怎么表现？那条狗弥补了不足，它在两人的足下欢快地蹦跳缠绕。石钟鸣嘴上说些不成句子的欢迎的话，只是些高兴的语气的表达，他根本不知道对方的名字，只是一面之交，还在情急之下，而且他还是个临阵脱逃的人，是，要不是他脱逃，石钟鸣连他的面孔也不会留下印象。石钟鸣拉住他往上走，顺着斜坡，走近那座单间双层石屋的台阶前。这一小段路程上，来的这个人已经呼唤了好几次石钟鸣的名字，让石钟鸣的心肠越来越温热，他不知道这是怎么了，突然间享受这么高的礼遇。

进屋往床上一坐，这个人的面目被灯光照得明明白白，他确实就是那个说要举火把却逃脱了的人，但是石钟鸣现在连一丝不快乐的情绪都没有产生，在这荒僻寂寞之地，石钟鸣完全沉浸在因震惊而加倍喜悦的气氛中，又是倒水，又是让座，他热情得总也坐不下来，最后还是来访的人拉住他让他坐到了床上。

这个人友好而又有些难为情地很诚恳地对石钟鸣说："钟鸣，你记住我，我姓冷，叫良玉，冷良玉，好记，咱以后就是朋友！"

石钟鸣看冷良玉的面貌，中等个，小头，眼睛明亮，鼻梁细弱，五官不是很和谐地搭配在一起。他现在表情很热烈，又有神秘的味道。尽管现场连狗在内只有三个会活动的生命，冷良玉还是把脸凑近石钟鸣，做出害怕别人听到的表情，用很低的声音说："钟鸣兄弟，你不必说，我来说，我们在单位已经搞明白了，熊光辉根本不是你的什么朋友，岂止不是朋友，他就是个敌人，他在刁难你！"

石钟鸣露出十分惊讶的神色。

冷良玉把石钟鸣的一只手攥在自己手里，急切地望着他继续说："现在，管理处白主任已经退休，他的秘书丘思伟也下海经商去了。新调来的赵主任已经上任，据可靠消息，下一步要调整所属各管理段的领导班子。你是不知道啊，你一来，他就把你打到这边关来，很明显他是有见不得人的想法。还有，熊光辉在单位搞独立王国，贪污公款，搞腐化，是一个很坏的人。我们要抓住这个机会，把他赶走！"冷良玉一口气说到这，激动的情绪使他的脸涨得通红，他急切地望着石钟鸣，等待他的回应。

这对石钟鸣太突然了。他听了几句之后就感到这件事很严重，但又不知道怎么接他的话，因为他还没有搞清楚这件事和他自己有什么关系，有些惊讶有些迷惑地望着冷良玉。在这种迷惑里边还包含着失落和遗憾，那便是冷良玉刚才说到的丘思伟已经下海经商这个消息，他本来还想着找机会进城找他呢，现在这条路也被堵上了。

冷良玉突然明白了什么似的，迅速从内衣口袋里掏出几张写满字迹的纸，先把第一张拿到石钟鸣脸前，用指头指给他看。这是一封举报信，题目叫"燕城市河务管理处第七管理段主任熊光辉违纪违法之部分事实"，用钢笔黑色墨水书写，很认真的字迹，题目下抬头三行分别是三个不同层级上级领导部门的名称，下边正文直接列举事实，大一套小一，密密麻麻的字。冷良玉用指头点着，有时念原文，有时不念却点着稿纸啪啪响，目光从纸面移到石钟鸣脸上，用他的语言解释或详述某一件事。比如说贪污这一项，冷良玉就是这样解释的：

"钟鸣，咱们管理段最肥的事是什么？是工程，可不要小看咱单位，每年国家、市政府、管理处都要下拨工程款，水深着哩。可不是你看到的表面上几个人去铲铲草栽栽树这么简单，你去看看，向西十里，承包咱工程的工程队有多少人呢？名义上是修复堤坝，可多年没发水，哪有什么水毁工程，无非是把浮土铲去，露出里边原来就有的石头坝。用水一清洗，用扫帚一打扫，这就算是新做的工程，土石方、材料费都要再计算一遍。这些年，有些段落，不知道已经算过多少次了。况且，熊光辉在咱单位有十年了，当初工程建设时就是他当领导，那时垒河坝就偷工减料，什么石堤，有些段落，全是把鹅卵石装在网兜里，弄成方块形状，铁丝和石头中间裹上一层青石颜色的编织品，往岸上一垒，风沙尘土掩埋，时间长了以后从外面看，都像是青石垒成的。工程队又都是熊光辉从附近农村找来的，他们相互勾结着赚钱，你想想这是一笔多大的数字啊！"

冷良玉说到这里停下来，望了望一直紧绷着脸，惊讶异常的石钟鸣，又看看稿纸，同时再次点着一些算式之类的字迹，补充说道："这些详细数字你就不必看了，总之，光贪污这一项他就应该住监狱！"

石钟鸣之所以震惊，一是因为举报内容，二是因为冷良玉说话时的语气和表现出的态度。他真的就像某些电影镜头中的人物那样，这也真是感染了石钟鸣。石钟鸣被感染还有一个因素，就是冷良玉拿这么大的事专门来找他，让他有了一种自我价值的发现，产生出被人使用被人看重的尊严感。人一旦有了这种感觉，往往就会发出一种内在的力量，这力量会驱使行动。何况石钟鸣这个从山里来的青年正处在被冷落的寂寞中呢？他望着冷良玉问道：

"我能为你做什么呢？"

冷良玉脸上出现一丝冷峻而欣慰的笑意。说："不是为我，是为我们，把这个人赶走，我们扶植我们的人上台！"

"我们的人"这句话再次吸引了石钟鸣。

冷良玉唰唰唰把举报信翻至最后一页，这一页正文只有三四行，下边空白处已经有很多人的签名手迹，还有红色指印。

冷良玉抬起头，松了一口气似的，说："钟鸣，找你两件事，一是你也看到了，向大家学习，请你签上自己的名字，人多力量大。二是，说实话吧，我和郝副主任在一起研讨过分析过，觉得你和熊光辉之间的关系有点复杂蹊跷，我们详细观察研究过他对你的表现，他对你是真的压迫排挤的，请你揭发他，我们可能还不知道的某些材料。这也是郝副主任的意思。你应该也看出来了，郝副主任对你是有真感情的，他将来想培养你这个新同志。"

之后，冷良玉掏出钢笔，取出印泥盒，放到床沿上，让石钟鸣签字画押的意思很明确，但又不急于让他拿笔，从表情上看出，重点是要他说出与熊光辉之间另外的某些秘密。

石钟鸣的激动情绪被引导着，长了这么大，作为一个社会人被如此重视，这是头一次。同时，看着稿纸上那些多种笔迹的已经签好的名字，石钟鸣有一种与他们平等，正式成为单位中一员的感觉，刚才冷良玉的话很明显，他们不是孤立的简单行动，而是有组织有目的的。但是，印象中言语不多的郝副主任在背后这样组织人推翻熊光辉，这让石钟鸣有些吃惊。他想象着政治学习时郝副主任慈祥的面孔，想起熊光辉入座时会场里所有人面目上表现出来的尊敬服从的表情，也想起熊主任一讲话，大家就立即在笔记本上做记录，笔尖与纸质相互摩擦的沙沙声。可是现在清楚了，就在这人群里，有一部分人正谋划着推翻领导，有些人是两面派，是嘴和心不照，是言和意不和。他想到七岸村村民中形容某些人时说的"人前说好话，背后抱不差儿（刨坑）"这句话来，用到此处是再恰当不过。让石钟鸣有点想入非非的是，拉下来熊光辉，显然继任者是郝副主任，他真要培养自己，那可真会有一番前途。现在人家要拉自己入伙，这可是立功的机会！当然，在所有想法的背后，都有一个同时出现的画面，那就是熊光辉对自己不可理解的侮辱排挤的言行，所有思绪的源头又都归结到那天在洗浴场所的情景上，归结到熊光辉被人拿住，索要嫖资时难堪的面容上。所以，举报信上说他搞腐化，石钟鸣觉得他肯定是有的，其他不说，就这一点，不会冤枉他。

石钟鸣望着冷良玉说"熊主任"，接着又改口"熊光辉"，稍微停了一下继续说："其他不说，你们说他搞腐化，这个是，他真是搞腐化！"

冷良玉两眼放出光芒："钟鸣，你果然是知道秘密的，说，继续说！"

石钟鸣被冷良玉突然放大的表情所惊异，嘴唇嗫嚅，反而不言语了，像突然拉闸熄灭的灯泡。

人的思维这东西，的确奇特，如光如电，有时候是没缘由地突然生灭，突然来去，突然就千里万里地飞跃。就在这个时候，石钟鸣脑子里突然飞进来七岸村的一些人情琐事。这中间有几句话特别响亮，一句是"宁在人前耍赖，不在人后当鬼"，还有一句"背后坑人，埋祸子孙"，还有"一次愧心事，半生鬼敲门"。本是几句俗语，此时像炮弹在石钟鸣脑海里炸开，炸得火光四射，炸得皮开肉烂，炸得石钟鸣从迷梦中惊醒过来。他突然想到父亲千方百计，让自己顶替接班，自己是来干啥的？难道是来给人生气的？这时候，他眼前冷良玉晃动在手上的举报材料，再也不是正常的纸页，是敏感的高压线，是喷着熊熊火光能烧死人的火焰！

坐在床沿上的石钟鸣，耷拉下脑袋，把两只胳膊压在膝盖上，眼睛迷茫地望着地面，不吭声。

冷良玉很奇怪，用手推推石钟鸣，石钟鸣先是没改变身体的姿势，只把一半脸稍微转向了冷良玉，在冷良玉的再三推动下，他才抬起胳膊，只正常地垂放了一小会儿，就又把胳膊肘顶在膝盖上，而两手托起下巴，这个姿势保持了很长时间。

冷良玉意识到这个初入道的年轻人心理上一定是有了问题，稍稍后悔着自己粗心鲁莽的一些表现，但同时也感到收获，那就是年轻人几乎脱口而出的关于熊光辉搞腐化的问题。他们本来只是捕风捉影，不能坐实的，石钟鸣一讲，他感到弹筒里又加进了一瓢炸药。现在紧迫的是，必须让他讲出具体情节，有了这个收获，郝副主任就会给他记上一大功的。

但是，眼看着石钟鸣这小子有些变卦，冷良玉压力大增。如果搞不定石钟鸣，冷良玉觉得就是偷鸡不成蚀把米，结盟不成，又暴露给对方内幕，这是做此类事情之大忌讳。他想象着这样向郝副主任汇报必然遭到斥责的情景。就有点愤怒地拉开石钟鸣支在下巴上的一只胳膊。由于突然失去支撑，石钟鸣身体前倾，差点扣到地上。他惊愕地有些被吓着似的望着冷良玉。

冷良玉变换表情，冷笑着，想掩饰反而表情更难看，声音想软和起来也因为转换太快而变得更加奇怪，甚至可怖。他说："兄弟！兄弟！兄弟！钟鸣兄弟，你不能让郝副主任失望，有些事情你不懂，后果很严重，很严重，对你很严重！"

石钟鸣说："你让我想一想。"

冷良玉说："想什么？"

石钟鸣嗫嚅半天，又用双手支起下巴，恢复了先前的姿势。

冷良玉用缓和的，故意放低的声音说："石钟鸣，我们是看得起你，看你勇敢，为人正直，有培养价值，才来找你的。既然说了，就再跟你把话说透，你听好了，事成之后，郝副主任会让你回单位办公室，先做副主任，而后做正主任，成为我们的亲密朋友！"

这话对石钟鸣确实是有诱惑的。办公室、副主任、主任，这些字眼再一次让他想起那个小丘。想起与小丘在一起高谈阔论的那些城市青年来。他本来就摇晃不定的心此时更加摇晃起来。

在一旁察言观色的冷良玉，这时候把举报材料抻到床上，翻到最后一页，然后拿起钢笔，把笔帽拔掉，笑着举到石钟鸣面前，说："签吧，光签名，其他咱慢慢说，这也行，这也是积极表现！"

石钟鸣拿住笔，扭过身来，直接把目光望在那些排着行的已经签过的名字上，冷良玉又加了一句："你放心，这件事情是高度保密的，我们采取单线联系的办法，况且上级也有纪律，绝不暴露举报人。"

石钟鸣从他说的保密之类的话里受到一点安慰，又不敢细想，再一想就觉得这话靠不住，这么多人名签在一张纸上，怎么会单线联系呢？可是自己又欺骗自己，不能再往这层上想，说保密，就信保密吧，他这样说，似乎总是一个保障。颤抖地拿起笔，在那一行人名后添加了"石钟鸣"三个字。

冷良玉此时如果见好就收，拿起战利品就走，则会延续另一种故事。但是贪婪的他不想就此收手，他想让石钟鸣讲出熊光辉搞腐化的事。当时年代风气已经开放，但"腐化"二字对于男女关系所带来的定性，仍然是最具杀伤力的武器。这种爆料，几乎不用论证，也不需要严密的逻辑，有一个概念就行，最好有些粗枝大叶的情节，这就最好了。石钟鸣必须讲出点什么，有了出处，情节就有了根，故事就会生长。最重要的是，他回去在郝副主任跟前就会威信大增，所以他迟迟不走，用各种话诱惑石钟鸣心中在他看来像兔子一样的秘密赶快蹦出来。其不知，言多有失，事缓则变，石钟鸣的心理也在急剧地变化。突然，他扑向仍放在床上的举报材料，用笔尖涂抹自己的名字。冷良玉像猛兽一样争夺，发怒，两者身体纠缠。最后，冷良玉用手推搡石钟鸣，口中像泼妇一样地叫骂，斥责。

石钟鸣软下来，狗早已在门外狂吠不止。

石钟鸣趴在床上哭起来，冷良玉站着，看看有些涂抹但字迹可辨的"石钟鸣"三个字，将它折叠，重新装入内衣口袋。他显然仍在发怒，说道："石钟鸣，你哭什么？有什么好哭的。临阵脱逃，是个软蛋！"说罢，拉开屋门要走，狗叫得更凶，第一时间向他扑来。石钟鸣这个农村孩子担心咬伤了这个人，猛地从床上站起，喝止了狗。冷良玉站住，月色中两人对视了一会儿，还是石钟鸣先开了口："良玉老哥，对不起你，俺农村来的，胆小怕事！"

冷良玉也有点缓和，他担心绷得太紧，若真是吓着了这个年轻人，他万一出点什么事，事情就闹大了。所以，他上前两步，拍了下石钟鸣的肩膀，说："你休息，没事的，再好好想想！"

他想说"迟几天再来找你",又把这句话咽了回去。但,他这样的现场言行确实已经起到了缓和的作用,石钟鸣的情绪平静了一些,他望着冷良玉的身影消失在月色深处。

6

石钟鸣的生活重新归于寂寞,除了寂寞,还添加上了担心,担心中又有一点模糊不定的改变的希望。这样的生活使他的性格、脾气发生着某些变化。他觉得这条狗很有乐趣,又是主动跟了他的,他经常想起狗在他面前突然出现时的情景,简直就是天赐啊。有一天狗又在他脚跟前转圈圈,直上直下,围着他向上跳跃,目光温柔,动作可爱,跳一下又跳一下,跳跃所引起的风扇动着它脊背两边的长毛,一起一伏的很是好看。石钟鸣心中涌上一阵温暖的感情,他突然想到应该给狗起个叫"欢欢"的名字,这样一想,嘴里就叫了出来,声音和想法几乎是同时出现的。叫了欢欢的狗好像听懂似的,应声而突然停止了惯性很大的动作,四蹄踏地,尾巴卷曲摇动,扭头专注地望着石钟鸣。石钟鸣蹲下来,用手抚摸它的毛发,而欢欢又把头向前移了移,紧紧靠住他的胸脯,这两个生命体差不多是依偎在了一起。如果有法破译,相信此时他们两者感情交流的神秘物质一定是异常美丽和生动的。

他们如此温存了一会儿,欢欢突然离开,向前撒欢儿。石钟鸣跟着它,欢欢跑一段停下,向后望,再跑一段,再停下回望。约莫两个小时后,他跟着欢欢来到了一个新地方。还是同一道河床，但这是一段凹陷更深的河道，河道底部集存着一些较大的水面，污水，水上漂浮着树枝、枯黄的杂草、塑料纸和那种正在时兴的白色泡沫包装材料的废弃品，水面边沿有的是黑色淤泥，淤泥上是东倒西歪原来很茂盛现在因为季节的原因已经完全凋败的粗秆大叶植物和一些藤蔓碎叶植物。它们的架子还在，但枯枝败叶，像出土动物的骨架。有的地方黑水上边直接就是断崖，断崖上是渐渐斜上去的铺着方块石料的坝坡，坝坡上不均匀地生长着那种半湿半干之地经常生长的形同芦苇、形同毛竹，又形同黄麦草的一种细秆植物。一簇之间，密匝生长，黄叶纷披，顶端举出毛茸茸金黄色的穗状物体，互相拥挤在风中，一片一片地摇曳。总之，尽管是集存下来的污水，但总算是水，有水就有生机，生机的过去和现在，都生动地呈现在水的边沿上，这对于看水闸的石钟鸣来说更是别有意趣。

他和欢欢到来不久，对岸，坝顶土路上就有一辆农用三轮车由远而近行进过来，车上跳下一男一女两个人，男的是父亲，年龄约莫四十六七岁，女的是女儿，年龄十七八岁。石钟鸣看到这位姑娘长得非常出众，眼睛黑亮，眉梢长，面色红里透白，在深秋微风的吹拂下，呈现出整体的粉红色。而头发并不规整，似乎未加梳理，只是出门时临时向上一拢，然后用一枚塑料红色发卡在头顶将它们轻轻系拢了一下。河道上的风吹动着她耳朵两边未被拢住的几绺黑发。父亲是劳动人民的肤色，不高大，有些瘦弱，但一看就是农民里有脑筋而又不够豁达的那类人。他眼睛不停地转动，似乎一直在思考，寻找生活的新门路，然而寻找的效果始终未达理想。他小下巴底下的脖颈上有两条青筋像两根铁丝，眼睛又凹陷着，辛苦生活在他身上烙印着明显的痕迹。

父女两个从车上往下拿几个类似渔网的东西，绿色和黑色塑料细绳编织的网套上附加了少许金属配件和一些开合的机关。它们堆放在一起，往下拿时互相纠缠，两个人嘴上不吭声只在手上各自用力，拉动、撕拽，让每一件单独分离出来。然后两人各自把一件黑色胶皮衣服套在身上。说衣服，实际更像一个宽大皮囊，如一件护襟，包裹着前胸后背，露出手臂可以灵活运动，腿脚连成一体，又开裆分衩。他们穿戴妥当之后，各自拉了一张网向水中走去，网先是堆叠着，随着他们向前走，越拉越长，渐渐看清楚是两个筒状的网，中间隔一截系一道有硬框而又适度柔软的匝圈。网的前口有一套简单开合装置，通过握在人手里的绳套随时实施操作。他们从水边一片黑淤泥的地方下水，父亲在前，女儿在后，两个变了形的人体笨拙地向前蠕动。淤泥上留下深浅不同的脚印，随即就被拖过来的网所抹平，混淆。两个人一入水，就迅速拉开距离，父亲靠南，女儿靠北，父亲迅速向前，女儿有意放慢速度，尽可能地互不干扰，通过布下的网，尽可能多地捕获水下的猎物。

石钟鸣和欢欢蹲在坝岸上，原来远，后来渐渐地靠近水面。在远处看只是一片死水，面积也小，到跟前，看到这水其实是稍稍流动的，东边淤泥中间有一处出口，细细的一股水一直在向外流动，并非完全死寂，特别是父女两个拉着网在水中走，形成的波纹，就更增加了水流动的感觉。水本来是沉淀着的，水底的草状物体，河泥中多年积累的各种废物，呈现着一些形体轮廓，随着两人入水，水上泛起两道浓稠黑污的水带，很快整个水面就沉渣泛起，一片污浊了。而他们身后已经离远了的一些地方，水又在渐渐沉静，澄清。

石钟鸣本是无聊，看到眼前的人物和他们的行动，产生了很大的好奇心。他望那姑娘的手，隔一会儿动一下，或向上，或朝其他方向，不固定，但总体一直在动，一挑一挑，一摆一摆，她是根据经验和手对网的感觉在工作。这样一个人，这样一种装束，这样两只手，再配上虚化的空间和蓝天，石钟鸣像看稀罕景致一样入迷。他心中涌动起与女子说话的欲望，又不知如何引出话题。他想问这水里能有鱼吗？他想问这种工具能把鱼引进去吗？也想问打这黑水里的鱼有什么用处？能赚到钱吗？又想问一般的俗话，问他们是哪里人，离此地多远路程？总之有很多问题是可以开口的，但女子几乎不向岸上扭头，石钟鸣始终没有机会。这中间，他在心里想一个问题：在打鱼的这对父女眼中，自己是什么角色？什么人物呢？是工人？是农民？是干部？他们会不会看出他是有大城市户口的人呢？这样，石钟鸣先自己反观起自己来，自己看自己的打扮装束，自己问自己是什么人，竟然也不敢确认自己就是城市人，最根本的是他几乎还没有过城市生活的经历，进城市，对他还只是一个虚名而已，这种荣誉还仅停留在太行山七岸村及其周边区域内的村民们口口相传之中。

水里的人发生了新变化。女儿在往水边拖渔网，很吃力地拽，她不是循原路回去，而是直接就近向左岸拉。这时候，她的父亲在远处向她呼喊，问用不用帮助。女儿回答不必，自己可以上去。她的两只手攥着网口，举在身体一侧，举得很高，高过了她自己的身体。通过她身体的姿势和脸上吃力的表情，可以想到水下的网筒里一定是有了很重的收获。而且女子是高

166

估了自己的能力，当她蠕动身躯好不容易走到水边想要上岸时，试了几次，怎么也攀不上去，她就顺着水边来回走，尽力想找断崖比较低的地方。很自然地，石钟鸣顺着斜坡，拽着那种半似芦苇的植物，靠近水边，向女子伸过手去。女子是很大方的人，一点儿也没有扭捏，见他主动伸手，就咻咻咻笑出声来，将一只手伸给他，说道："谢谢这位大哥了！"

她的声音是典型的本地口音，虽是农村人，但这个城市就以这种声音为标准音，并且都以能流利地、不留痕迹地说这种音调的话而自豪着。"大哥"二字用她的声音吐出，再加上攥着她因拽渔网而异常温热的手，石钟鸣暂时忘却了所有烦恼，心中像开花一样快活。他拉着她只稍稍犹豫了一下，便选择一处，用力拉她上到岸来，岸是陡的，这样女子实际上主要是靠石钟鸣双手拉拽着上来的。

随着人的上岸，水下网筒慢慢离开水面，和进水时大不一样。此时的网是撑开的，像一个圆柱体，如蛟龙出水一般，逐渐就看到网中部和下部，拥挤着很多鱼，它们翻着白肚，挣扎，跳跃，互相挤压，竞争，在网中仅有的空间里向上跳，向网眼上碰，很多鱼朝一个地方碰，都没了希望，都还碰，互相碰，压住对方。几十条二三斤以上的大鱼反而不怎么动，也可能是阅历较长的原因使它们洞察了处境的不可改变，懒得再做什么努力；一斤以下的鱼，越小蹦跳的劲头越大；一大团二三两重的鱼和更小的鱼苗混杂在一起，作乱、挣扎。除了鱼还有河虾，浅灰色的，两点黑眼睛旁边的角须很长，它们和弹跳的鱼们交杂在一起，也在狂欢般地跳着；少量的螺，像石块，一点也不动，老实地堆积在网底；有几只青蛙、蛤蟆，鼓凸着眼珠，从网的这一壁跳到那一壁。人的手稍一用力改变网的形状，所有网中之物的所有行动都被轻易改变，然而一有空隙，它们又会再作努力。

石钟鸣帮助女子把渔网斜拖上岸，走到三轮车跟前。车厢里有几个特制的半透明的用来盛鱼的口袋。女子解开网，分门别类，将各类俘获物装入不同物件之内。有几条死去的小鱼自然成了欢欢的美餐，这让欢欢很高兴，此外，欢欢也为他的主人高兴。

7

石钟鸣与女子进行了交流。石钟鸣了解到，这些网上来的水物主要是要卖给城里人的，城里人正时兴着一种饮食风气，吃的东西，一切以野生的、原生态的为最上品，而且有的人胆量正大着，什么活的东西都敢吃，喝蛇血，吃蝎子，吃蚂蚱，喝活猴脑浆。比如刚才网中这些东西，千万不能弄干净，就要这种身上粘着污泥、水藻的，被认为野生程度高，一上市即被俊男阔女们抢购一空。女子的父亲除了网鱼，还捉蛇、套兔、打鸟，城里人喜欢吃什么，只要地上有的，空中能够着的，他父亲都想法搞，再辛苦也搞，赚钱多。这些知识让石钟鸣很开眼界。更现实的是，他现在和这位漂亮女子谈得开心，他帮她，能做什么就做什么，很快就把网上来的东西安置妥当。

女子没有犹豫，没有停顿，又拿出一张网下了水。她第二次下水的时候，她的父亲从远处向她喊话，意思是让她休息。

她提高声量对着父亲喊，说刚才那个位置今天聚的鱼多，要乘势再弄一网。父亲没再吭声，他的收获还不够多，此时已经把精力、思想都转移集中到网上去了。

但是，这次女子一下水没走几步，就出了事。她的脚踏进水下一片污泥里，污泥被多年堆积的树枝、杂草所棚架，下边是被掩盖着的深沟槽，平时凑合着，保持平衡，现在人往上面一压，应该是正压在棚架物的薄弱处，立即就坍塌了，相当于一个隐藏在水下的陷阱。上面的污泥随即就往下陷，女子跟着往下陷，真是说时迟那时快，眼看着水就淹完了她穿的胶皮衣。石钟鸣来不及思考，就从旁边跳下水去。他跳的时候高喊了一声救人，父亲在那边歇斯底里地叫喊起来，从水中向这边跑，哪里会跑得动，齐腰深的水，跑只是他的心理动作，实际是干着急走不快，网也不要了，举着手，夸张地扭曲着身体往这边来。石钟鸣来到女子跟前的时候，她的胸脯已经被水淹着，本来美丽的面孔在高度紧张、灭顶之灾的压力下已经扭曲得不成样子。石钟鸣把手伸过去，这姑娘的胳膊在水里扑腾，本能地向外伸，但水势和紧张使她控制不了自己的力量，难以集中准确地用力。石钟鸣想抓住她拿着的渔网，可是这东西早就沉到了水底。石钟鸣只好将身体扑过去，他搂住她的脖子，又搂住她胸脯以上的身躯，但是往上拽不动她，倒也不下陷了，但拽不起来。他就这样泡在水里，用手臂托着她的两个胳肢窝，一直等到她的父亲过来。

由于石钟鸣是没有任何武装下水的，等到三个人都上到河岸的时候，情况最严重的人成了石钟鸣。他浑身湿透，满身污泥，嘴唇发紫，脸色苍白地瘫软在地上。这个姑娘呢，倒是没什么大碍，她脱下皮衣，上半身全被污泥裹着，脸上、头上也是泥，发卡早丢了，头发凌乱，下半身的衣裤多半也湿了，她肯定受了惊吓，但是上来一会儿就缓过神来。她现在主要在侍候石钟鸣，把三轮车上还没有来得及装鱼的皮套、网兜拿过来，垫在石钟鸣身下，扶着他的后背，让他半躺着休息。父亲的小下巴哆嗦着，由于惊吓身体似乎更矮小了。他嘴里不住地说着感谢的话。石钟鸣微睁着眼，一边经历着从未经历过的身体的痛苦，一边享受着从未有过的这样一种精神的呵护和安慰。

但是，就总体而言，这件事在石钟鸣的生活中只是一个插曲。虽然是插曲，却让他的人生方向出现了新的拐点。连笔者也不会想到，泡在污水里的这二十多分钟，竟使石钟鸣的身体出了问题。在现场只是被惊吓和疲劳的表现，他自己也没有觉得身体的根本性伤害，父女两个自然早就知道了他的个人情况，抚慰了一小会儿，石钟鸣伸了伸胳膊腿，不好意思地笑了几下，一用劲，就站了起来，一站起，又是坚强的小伙子，脸上现出英雄般的笑。他确实高兴，过去光从报纸、广播上知道有英雄救人的故事，现在自己也做了一回英雄，回想起来只觉得做得还不够好，没能把小女子直接救上岸来，恨自己的心理素质和身体能力。而父女两个度过最受惊吓的时刻之后，执意要用三轮车把石钟鸣拉回村上去。石钟鸣则想尽快赶回闸桥去，父女两个人都去拦他，最终以距离村庄路途太远为理由，父女两人妥协，石钟鸣和欢欢向闸桥走去。走了一半多的路程，石钟鸣觉得自己的腰部、两胯像被冰冻着了一样，同时，一股钻心的凉，像尖锥般向里擂，疼痛难忍。他感到情况有点严重，想加快速度，但腿迈起来很吃力，慢慢走回了自己屋内。换掉泥湿的衣服，洗净手脸，喝了一杯暖瓶里的水，他往床上一躺，立即觉得找不着自己了。很多年后回忆，他觉得当时就像是自己把自己的身体弄没了，手脚四肢、五官身躯一下子失去重量，飘在空中，不，连飘的感觉也没有。什么时候有的感觉？是针扎一样的疼让他找回了身体的某些部分，比如脊背，比如屁股，还有胸脯里边，特别是屁股上、尾椎骨下端那一点，嗖嗖地向里疼。看不到摸不出疼是个什么形体，但这东西此时什么妖魔鬼怪的形态可能都是，变着法地、极尽狠毒地在身体里乱钻乱搅。

　　当天下午晚些时候，打鱼的那一对父女就来到了石钟鸣的屋内。他们带来了做好的鱼汤，肉馅包子。一看石钟鸣的情况，两人着急起来，马上就说要去七段报告他的情况。石钟鸣一听急了，坚决不让他们去，说可能是凉着了，待一待就会好的。父亲说你是公家人，有了病公家会负责，不让单位知道这是你的错。他哪里知道石钟鸣最担心的就是单位的人知道自己是干这种事害的身体，熊光辉还不开除了自己？还有刚刚也惹下了郝副主任和冷良玉。单位里肯定没有一个人替自己说话的。打鱼人再坚持要去单位时，石钟鸣差不多要哭出声来了，没泪，脸相比哭还难看。父女俩只好作罢。侍候着让他吃了些食物。还不行，父亲在身上摸索了一阵，从口袋里掏出一个折叠着封口的小纸袋，把里边捣碎的红辣椒倒入碗中，冲上水，让石钟鸣一口饮下，他被呛得龇牙咧嘴，连续打了三四个喷嚏。

　　之后几日，这位父亲和这位女儿每天都来给石钟鸣送饭。开始两人来，后来就有时候父亲单独来，有时候女儿来。石钟

171

鸣的身体从表面上得到了缓解，似乎没什么大碍了。但是他自己感到，好像有一种什么不好的东西钻进了他身体内部，在里边慢慢找人儿。说不准什么部位突然就猛疼一下，不疼的时候，身体也是向下向内塌着，张不开，举不起，疲乏无力。迟了几天又剧烈咳嗽起来。但是，在父女两个照料下，再加上大量时间待在屋内不被日晒风吹，石钟鸣的肤色变得白皙，身子变得清瘦羸弱，经常皱着眉头，这个样子，倒好像增添了城市人的某些文雅之气。

8

就在石钟鸣身体出问题的时候，河务管理处下辖的七段的领导班子被调整了。熊光辉被免职，在党的组织内受了一个警告层级的纪律处分。这种处理结果对于这件事来说是不上不下，不明不白，上级对举报的内容并没有一件一件地严谨核实，明显表现出保护熊光辉的意思。但是，这么多人告状，他显然不能再在七段做领导工作。对于新来的处里的领导而言，抓住机会把他换掉，腾出一个岗位，使自己对下属单位管理拥有更多腾挪的空间，只要达到这个目的就可以，并不必要把熊光辉惹到绝路上去，兔子急了也会咬人。这位新来的主任是一个相当圆熟的人，深刻知道这种事的最高境界是适可而止，见好就收。何况，熊光辉多年经营，在河务管理系统以及相关其他权力部门有很多人都有意偏袒他，但是，不是利益交织得十分密切的关系，谁也不会公开站出来表明态度，某种倾向，某种暗示，某种心照不宣，心领神会的语气和眼神，往往透露出这些人的神秘心机……熊光辉开始抗拒，进而屈服，然后求人关照。新主任左右逢源，很巧妙地处理了这件事情。

至于七段的新主任让谁当，读者出乎预料，笔者也有点不相信。一个月之后，管理处来宣布任命的竟然是那天夜里跑到闸桥上找石钟鸣的冷良玉。

七段领导人的改换，本来应该给我们的石钟鸣先生带来命运上的富有希望的转机。但是，世事诡异，人生难测。就在冷良玉上台施政不久的一天下午的后半晌，那位打鱼人所在村庄的一个男青年来到七段大院，在石钟鸣摘过马蜂窝的那棵杨树下，大呼小叫，声称要找单位领导，状告七段在闸桥上工作的石钟鸣，说石钟鸣调戏农村女青年，并且言之凿凿地说就现在，石钟鸣正在和女青年乱搞，非要单位派人与他同去现场取证。大院里有一些收工回来的人，纷纷过来围观，脸上流露着惊异、好奇的神色，人们怀着各种各样的心情，有的好像在集中精力听青年农民叫嚷，也有一些人在听了几句之后，就把目光投向冷良玉办公室的屋门，想看看这位新上任的领导如何处理这件事情。冷良玉不一会就走出屋外，他一边轻声地说着让职工们往食堂走，一边把工会主席叫到身边，这位工会主席就是石钟鸣第一天来单位报到时见到的那位胖乎乎的女同志。冷良玉耳语于她。

然后，冷良玉自己迈开大步往食堂走去，职工们也即散去。这边工会主席留下一位正要转身的男职工，又与他耳语，之后，连同青年农民在内二男一女三个人匆匆朝闸桥的方向而去。

9

夕阳的余晖淡淡地涂抹在干涸的马鞭河两岸，草叶枯黄树木萧萧，天地一片寂寥，已经有些寒意的北风吹打着三个人的脸庞。工会主席的步履有些犹豫，边走边扭头望着男村民，带点责备又不失和善地说："你这个年轻人，这种事可不敢乱说的，有没有的事，你倒先找到单位来，真是胡闹，真是胡闹哇！"

青年农民用手拍一下屁股，差不多要跳起来，气愤地说："怎么是乱说呢！我的女朋友被你们的职工勾引，如果没有，我还嫌丢人呢！"

工会主席语气缓下来一些："反正这事被你弄大了，看看你以后还怎么和你女朋友处关系？"

"被别人搞过了，我还处什么！不处了！"青年农民气愤的劲头更加高涨起来。

另外那位陪同年纪大些，嘿嘿地笑着。

约莫一个多钟头时间他们就来到了离闸桥十几米远的斜坡下。青年农民示意另外两个人放轻脚步，屏声静气。他轻声对两个人说，石钟鸣养有一条狗，拴在门前石头上，动作大了会引起狗叫，惊动两个正在偷情的人。他说必须蹑手蹑脚摸到近前，猛地冲过去才能抓到证据，他边说边做出轻手轻脚的样子。工会主席心中害怕起来，小时候被狗咬过，一听有狗心中发怵，干脆停下了脚步。另外一位陪同就地蹲在土坡上，青年农民顾不得许多，一个人朝前摸去，他的双腿、两臂，整个身躯完全像一幅夸张的漫画。

尽管如此，他们还真没瞒过欢欢灵敏的神经，它没等这个闹事的人靠到跟前，就先是机警、探寻似的用鼻音哼出两声，紧接着就一声接一声地狂吠不止。只停了一小会儿，就听到石钟鸣从屋内向外喊："谁呀？谁呀？"

接着又听到石钟鸣用责备并明显含有爱怜的语气，呵斥欢欢想使它停止叫唤。这个人被挡在台阶下，他昂着头，紧握双拳，准备着目睹他女朋友从屋里蹿出来的狼狈样子。

可是，他失望了。拉开屋门，掀起门帘，扶着门框站着的仅仅只有石钟鸣一个人。

显然，石钟鸣并不认识近在咫尺的这个人。但是，当他看到单位工会主席和另外那个人正从稍远的地方向他靠近时，他脑子里立刻混乱起来，不知道发生了什么事，或者即将发生什么事。他只是本能地伸手拉紧套着欢欢脖子的蓝色塑料绳，防止它伤害来人。乘此机会，青年农民一个箭步，似乎是奋不顾身地冲进了屋内。看到屋内并没有他要找的人，有些气急败坏，一边叫唤一边胡乱翻腾，好在这个本来就十分简陋的单身男子的屋内，并不需要怎么费劲就能够翻腾尽，翻腾透。最后，他像落水的人抓住了一根稻草，眼睛射出兴奋而怪异的光芒。屋内仅有的一把椅子上放着一个坐垫，这个坐垫是当时农村时兴之物，它的材料来自制衣厂或家庭缝纫机上的边角碎料，质地不同，大小形状不同，颜色红黄黑蓝等各不相同，人们把它们连缀在一起，有意无意，规则不规则地组成某些图案。说是坐垫，实际上在农村有些人家里它更多扮演的是装饰物的角色，也标志着中国农民的物质生活开始丰富起来，农民在潜意识里也开始追求花哨和多彩。

此时此地，这个情绪激烈的人一边把这个鲜艳的坐垫抓在手里，一边高喊："这是王兰梅家的！王兰梅家的！怎么会在这里？"

同时用手指着石钟鸣："你这个流氓，说，怎么会在这里？"

石钟鸣这几天已经知道王兰梅就是自己救出的那个女子，本来就慌张迷乱的他，这时隐约明白了当前事态的某些轮廓和性质，不禁更加害怕起来。他心中痉挛着，身体跟跄着，把乞求的目光投向已经走上前来的工会主席身上。这位女领导也感到事情似乎有些严重，可又摸不着头脑。用有些严肃、有些探寻，又有些嘲讽的眼神观察着。同时又招呼着和那位男同志一起挡在正在争吵的两个人中间，不让他们身体发生碰撞。

青年农民情绪越来越激动，几乎是破口大骂起来，那个鲜艳得如同放大了的向日葵花盘一样的坐垫被他一会儿举在头顶，一会儿挥舞在面前。它似乎成为一件兵器，他要靠它来攻击石钟鸣这个国有单位的手无寸铁的人。

这时候，从这三个人所来方向的相反方向，马鞭河护堤上两排长长的高大的已经落光树叶的白杨树中间被人踩出来的不太明显的土路上，气喘吁吁地跑过一男一女两个人来。这正是王兰梅和她父亲。王兰梅手中提着一个竹篮，竹篮内明晃晃的精钢锅内被隔成两层，下边是炖好的鸡汤，箅子上放着几个麦面馒头和一小罐腌制咸菜。父亲空手跟在女儿身后，他们本来是正常行走的，听到叫喊声，就紧跑起来。

没等靠近，那个青年就先看到了新来的人，气焰更加嚣张，他下到台阶底下，指着王兰梅骂出很多难听的话。王兰梅几步上前，想拽住他挥舞的胳膊，几次都没能拽住。反而被他夺走了手中的竹篮，他焦躁不安地揭开篮盖儿，两眼放射出凶狠愤怒的白光，他把馒头一个一个扔出去，馒头在空中划出跨度很大的抛物线，落到闸桥下。那个咸菜罐被摔到了一块石头上，当即发出脆裂的响声，炸成碎块。下边的鸡汤他没有立即扔出去，先靠近鼻子闻了闻，脸相扭曲得极其难看，大喊道："王兰梅，我去你家几次，都没有喝过这样高级的汤呀！一个野男人，你们这样侍候？！流氓！破鞋！"

他边喊边双手举过头顶，猛烈用力，将它摔下堤坝，同时摔出去的，还有那个美丽的坐垫，它和泼出去的鸡汤一起，被摔到了杂草碎末中。欢欢低垂着尾巴，哀怜地走过去闻了闻，虽然被美味所诱惑，但它再怎么闻也没有吃一点到嘴中，最后又忧郁着跑回来，立在石钟鸣的脚边。

王兰梅的父亲气得浑身发抖，蹦跳，叫唤："黄二栓，你这条疯狗，乱咬好人，咬！来咬我，跟人家都没有关系！"

王兰梅已经哭出声来，同时语气颤抖，怒不可遏，同时又带着些乞求的语气："黄二栓，黄二栓，你不要发疯了，人家是我的救命恩人，你这样发疯，老天爷会惩罚你的！"

这个叫黄二栓的人一点也没有收敛，不仅不收敛，还跳起来，举手打了王兰梅两个耳光。虽然不是很用力打，但这种侮辱性举动使事态迅速升级。王兰梅声音中没有了刚才的乞求，完全把黄二栓当成了敌人。局势一时变得不可收拾。

王兰梅也不再哭，脸面由于绷得太紧而有些变形，美丽的眼睛里因为喷射出真正的怒火而寒光逼人，连她的父亲也惊讶不已。王兰梅立定，双手抔在腰上，义正词严声音不高而自带力量地说："黄二栓，我对你说，从此咱俩没任何关系，我给谁好是我的权利，你现在就滚，滚远些，再滚远些！"

黄二栓原以为她会解释一下，说自己与这个国有单位职工的关系是清白的，说一切都是误会，再好言安慰他一下，他也就会得到某种隐秘心理上的满足，然后妥协下来。想不到他的行为竟然会引出这样的结果。在王兰梅强硬的威势之下，黄二栓开始有些气馁，但很快又被恼羞成怒的情绪所主宰，他把新生的怒气全部发泄到石钟鸣身上，王兰梅呵斥他的声音还没落，他就冲过众人，跑上台阶下面的斜坡，一把拽住石钟鸣的衣领，用猛力连续推搡，石钟鸣的身体像一段木偶，倒过来又倒过去，最后随着黄二栓的手猛地放松，石钟鸣瘫软在地。

陪工会主席来的那位沉默寡言身躯高大的人，这时突然抓住黄二栓，差不多是提起来把他扔到一边，嘴里蹦出一句话："杀人不过头点地，你这无赖，欺人太甚！"

王兰梅和他父亲这时候都靠在石钟鸣身边，扶起他，嘴里不停地发出感叹愧歉的语气，能完整听清楚的只有这么一句："对不起，对不起！"

工会主席让大家把石钟鸣扶回了屋内。黄二栓从地上爬起来跑开，离开闸桥一段距离后，停下，蹦跳着高声叫骂了一顿，然后消失在渐渐浓厚起来的暮色之中。

这个偶然事件的发生，将会使我们对石钟鸣人生故事的叙述变得更加顺畅。

10

几天之后，石钟鸣以河务管理处七段职工的身份住进了市内一家水平比较高的医院。这家医院在市区中心位置，属于城市的腹地。

写到这里，笔者有点犹豫，担心读者会嫌烦，因为如果有读者认真读了前边的章节，必定知道石钟鸣最后是回了太行山七岸村的，他和七岸村的村干部赵小娥、美女邢林子以及其他乡村人物还有很多故事。他在城市住医院的事还展开不展开说？这个转折可以很简单，只消一句话，他身体有了问题自然而然回了老家就可以实现情节场景上的转换，很省力的。但是，另外一个问题让笔者不忍，石钟鸣来城市一遭，截至目前，除了等待分配时在城里的地下室过了几夜以及和那个小丘一起迷迷糊糊见了一些城市的人物和场景之外，他几乎就还没有正式领略过城市的生活。所以，在让他回农村之前，还是应该略说一下他在城市医院的情形。因为，正好，他住的病房在楼房的六层，窗外不远是一座立交桥，这是典型的城市风景，完全可以让石钟鸣大饱眼福。

医院的检查结果表明，在马鞭河石钟鸣只是扭伤，但是，他小时候患过肺结核，后来自我痊愈。病灶钙化，他和家人都不知道，这次污浊冰冷的河水引发高烧，高烧又激活病灶，当然还有长期营养不良的原因。扭伤的问题很快就被解决。肺结核连续治疗一个月后，病灶出现回收，治疗进入常规阶段，查房、抽血、量体温、听心脏，医生和护士在执行一个标准化治疗方案。石钟鸣感觉自己的身体比原来还好，脸色红润，皮肤白皙，体形略微发福。现在单位本来的陪护已经离去，他也被转移到康复性病房。这个病房在十一楼，也是顶层，医院在楼顶广阔的场地上附设了栏杆，简易走廊，遮阳棚，同时设有吊环、台球案、乒乓球台、单杠双杠等体育活动装置。楼顶一端还专门设了图书阅览区，简易书案和竖式报夹上放置有大量图书和时髦报刊，像《电影杂志》《妇女杂志》《演讲与口才》《半月谈》以及法制类文摘等。康复的病人们在病房例行完有关程序后，一般都会从楼梯口走上来，休息、锻炼、相互聊天。石钟鸣是第一次享受这样的待遇。病人们的身份比较复杂，什么样的人都有，但总体都是生活条件比较优越的人。另外，还有各种各样前来探视的亲友，遇到好的天气，说不准某一日楼顶上就成为差不多可以称之为热闹的病友和亲友们的大聚会。自然没有人来探望石钟鸣，但他自己也压根没这个奢望，不仅没有失落，反而很享受这个环境。在这里他看到了真正的城市人的面貌，男女老少，各行各业，他们的言语、做派、衣着等等。

王兰梅和她的父亲来看过他一次。石钟鸣把他们领到楼顶上，看得出这一对城市郊区的农民也没有上过这么高的楼，特别是没有从高空眺望过这座城市。他们先是拘谨，后是惊喜。石钟鸣像主人一样，向他们介绍城市的街道、单位以及多个建筑物的名称。石钟鸣在他们面前找到了一种独特的感觉——优越感、自由感。王兰梅看到他康复，并发现了他的变化，以一种羡慕、多情的目光望着他。本来还想告诉他，她与那个黄二栓已经解除婚约关系，在这种情况下，她犹豫了一会儿，最终没有说出口。父女俩人只是再一次表达着谢意。

石钟鸣现在的病房是三个床位，床头上都挂着写有病人姓名等信息的纸牌，被褥、暖瓶等也都配得齐全。但是，他从来没有与同屋的另外两个病友见过面。石钟鸣已经和护士们很熟悉，在他的询问下，护士告诉他，这两个人只是在这儿占个床位，人在家里休养。病人自由，医院收入的费用也不减少，双方都乐意这样做。护士还半开玩笑地说："您也可以回家休养嘛！"又补充一句："我们医院照样可以为你保留床位！"

护士们并不是太认真，但石钟鸣却认真考虑起这件事来。

最后考虑的结果，石钟鸣决定回老家一趟。决定之后，他又担心单位不同意。可是，当他处理好手头一些事情，坐市内交通汽车返回单位。单位继冷良玉之后已经又换了领导，当他向新上任的主任说出这个意思后，领导却非常开明，连一句略显犹豫的话都没有。只是说，你是病人，现在是离开单位治病时期，对于你的行为，只要医院同意，单位不参与任何意见。这话，使石钟鸣既高兴，又产生些复杂情感，似乎他不该回来汇报这件事，对于单位，他已经有些多余，至少是无足轻重，可有可无。

11

这年腊月的一天，石钟鸣回到了太行山，回到了七岸村。从在村口落脚开始，他就受到了特殊的礼遇，乡亲们、村干部们都像对待上级领导那样对待他，这让他有些始料不及。他见到的第一个人是赵小娥，她从一条胡同出来，要到村委会去，刚刚走到三岔路口，正好碰到也走到了此处的石钟鸣，他本来应该踏上朝向西南的土路走回家去，却被赵小娥一把夺过他手里的旅行包，硬要让他跟着她往正西的路上走，去村委会。赵小娥异乎寻常的热情和举动让石钟鸣莫名其妙。自己又不是村干部，又不是县乡领导，此时到村委会干什么？赵小娥的情绪应该是本来就因为我们不知道的原因正好处在兴奋中，像灼着一根火苗，突然碰到石钟鸣，火苗就燃烧起来，而不顾烧着的是什么东西，火越大，接触的一切都成为燃料，这种情况有时候没有什么逻辑道理可讲。但是，石钟鸣肯定是一个兴奋点，同类项，有缘体，如果碰上的是一个村上的普通人，赵小娥的情绪就不一定会燃烧起来。石钟鸣从燕城市回来，相貌堂堂，白光净脸，青春正盛，身上带有的那种与村民与土地味道不一样的某种气息，对于赵小娥是有吸引力的。这个泼辣随和的中年女人差不多是一直拽着石钟鸣就进了村委会。

村委会是一个长方形的院子，一溜堂屋，绿瓦白墙。院子东西长，南北窄，还有一座西屋，是放置杂物的地方，老式的木门经常半开半掩，说明里边没有什么值钱的东西。院子南边是半截矮墙，豁豁溜溜，像透迤在北方山岭上的旧日长城。矮墙外侧生长着大小不同的刺槐树，槐树林向南有一片空地，类似废弃了的麦场，矮树、高草、乱石堆积。村委会并没有严格的大门，与堂屋东端相对，挨着南边矮墙建有一座三间长的东屋，这房子在东西两边墙上留出窗口，在向北的山墙上开了一道门。这门前边的通道就是进出村委会的大门。从几年前开始，这座集体的房屋被村民刘益福夫妻承包开饭店，县乡干部来七岸村下乡，多在此用餐。

赵小娥领着石钟鸣过来，人还没到，她喧哗的声音已经先传到了坐在饭店里，还没有来得及就餐的几个乡村干部的耳朵里，副支书石堆吉边往外走边说："赵小娥又咋呼啥哩，疯成这样？"支书李龙虎、村主任林财库以及乡里在七岸村长期蹲点的干部王全开，他是附近五村乡干部们的组长，人称王组长，还有几个打杂的人员也都先后站起来，有的紧跟石堆吉走到了门外，有的立着循着声音向外望。正在里间操厨的刘益福夫妻也停下手中活计，侧着身子向外看。

这个石钟鸣本来是不该受到这样重视的，主要是赵小娥，她是这个群体中的活跃分子，她一上来给了石钟鸣这个礼遇，并且还在兴奋之中，神采飞扬地跟大家介绍。除了乡里的王全开，村里干部原本都认识石钟鸣，他从大城市回来，高看一眼是肯定的，但也不至于抬举成这样。赵小娥的情绪有点出格，她这样，闲着没事的这几个人也只好跟着加倍地热情起来。而且情绪这东西具有感染的特性，热情与热情互相碰撞，往往产生出更大的热情，大家创造出来的气氛又对每一个人起着推波助澜的作用。一时间石钟鸣受到的欢迎足足顶一个副乡长大驾光临。石钟鸣自己并不清楚自己的分量和价值，一回村，陷入这样的气氛中，使他感到从未有过的光荣和尊严，自己的分量往往是通过别人的秤给称出来的。大家的眼神、话语，此刻就是他石钟鸣分量的标记。在这种气氛中，他感觉某种神秘的光环像衣帽一样正在往他身上穿戴和披挂。他是高级人、洋气人，他已不是原来的石钟鸣，是离开七岸村镀了一身金光之后又返回七岸村的石钟鸣。

他记得，原来在家时，支书李龙虎在路上走，他从老远的地方就开始做准备，想给人家说话，但李支书背着手，两眼直视，目光表情显示，人家一点也没看到他。偶尔去村委会办事，与支书见面，说话，也是很压抑的感觉。当然，他知道由于父亲在燕城工作这一层因素，支书在动作和表情上对他与对别的大多数村民已经是很不一样的了。现在，支书拉着他的手，脸上是完全畅怀的笑容，主任嗓门比支书高，大呼大叫的，其余人都跟着起哄，最后竟不让他回家，留他在此共进晚餐。一说让石钟鸣在此吃饭，大家都更加兴奋，有的清理桌面，有的摆放座椅。刘益福的妻子才三十来岁，细腰，丰胸，此时扭着屁股进进出出，瞪着杏核一样的眼睛，把欢乐的情趣、感激的因素糅合成甜美的目光和笑声，与切菜、剁肉的声音，炸油烹调的香味一起，一阵一阵地泼洒向众人。毫无疑问，小饭店迎来了一个欢乐的夜晚。

12

坐席吃饭，第一个就是如何坐座位的问题。同样的情况以前是没有问题的，乡里的王组长，虽然比支书、主任年龄小，但他是上级领导，没有异议地每次都坐在主宾席，接下来以扇面形两边依次坐支书、主任、副主任、赵小娥，其余若干人等，这已是俗成规矩。今天石钟鸣往哪里坐？而且他的座位还必然引起整个座次秩序的变化，就成了一个问题。本来，石钟鸣已经要往最靠近屋门的那个末位上坐，其余人虽然有些心理活动，但总体是茫然的，半推半就，模模糊糊落座也就了事。但是，生动的赵小娥既然对石钟鸣已经生动，以她的性格就不可遏止，她非要拽着他往其他座位上坐，可是大家各自靠近着一把椅子，虽未落座，但意思很明确。赵小娥为了掩饰难堪，嘴里不停地吹捧着石钟鸣。语言这东西本身具有生命力，一旦说出来，就会自我增大和生长，最后往往弄得连创造它的人也驾驭不住，只能顺着语言，越说越有力量，越说，语言形成的磁场越大，借助某些条件介入，语言可以改变事物的本来格局。现在，石钟鸣就被赵小娥的语言改变着，推让之中，连王组长也重新站起来，示意石钟鸣应该坐首位。王组长一站，整个局面真的就面临着重新分配的问题。最后，经过再三推辞，石钟鸣代替村主任林财库与村支书李龙虎作为王组长的左右相对而坐。同时，经过这个过程的渲染，连石钟鸣自己的思维也膨胀起来。他必须要调动在燕城有限经历中所积累的比较洋气的见闻、知识、经验，来武装和表现自己，这使得他的语言、风度真的与平时相比都发生了很大变化。而且，由于座位中大家都是常客，只有石钟鸣是位新人，所以，王组长的目光、口气、言语多数时候都针对着石钟鸣，其他人也是这样。村支部、村委会的一些工作，一些话题，之前大家都谈过好多遍了，今天又重新提起，重新述说，石钟鸣却感到新鲜，听得专注，神情反应灵敏、生动，他的反应刺激和鼓励着谈话的人。反正，石钟鸣刚一回村遇到的这个场面，再一次改变着他的人生轨迹。

支书李龙虎心里有些不爽，但他细想，这个人已与七岸村无关，村上的所有资源都与他没有实际联系，人又不坏，最多只是些面子上的事情，也就释然。散席之后，石钟鸣又主动和赵小娥说了一会话。当被问及因何事回乡时，石钟鸣犹豫了三分钟，他想到在燕城医院十一层楼房顶上有些人使用过的一些词汇，比如疗养、休养、康复、保健等等，针对自己的情况，保健不可用，康复，明显生过病。他的思维在疗养休养之间徘徊比对，最后他对赵小娥说了两个字："休息。"完整的话是：

"给单位请假，来老家休息。"他是反复思考着表达的，说了这样一个中性词，也没说休息多长时间。他认真着，思索着，而赵小娥根本没在意，她压根儿就没怎么想，差不多就是例行了一句客气话。但是，稍停了一会儿，赵小娥对石钟鸣说的"休息"一词又返回来想了一下，因为在当时的中国农村，一般不使用这个词。赵小娥没说什么，心里感觉石钟鸣确实像城里人了，抬起头以欣赏的目光望了他几眼。

石钟鸣有了这一次礼遇，在老家与父母待了几日之后，就耐不住寂寞，他动不动就散着步来到村委会，严格说来到小饭店，这里是公共场所，谁都可以来吃饭。他从城里来，拿着工资，在老家表现这种优越性的机会和场合并不多，在村边散步，到饭店吃饭，还有什么？再就是衣着穿戴等。只用了很短几天，他几乎就养成了习惯，每天没事就在饭店周围磨蹭、转悠。村干部们也形成了习惯，很乐意地与他在一起，好像他成了七岸村的编外干部。有客人来了，也让他陪餐，有些工作，也让他一块参与，比如几个人相跟着去某个村民家宣讲政策，开展工作，或者一块以干部的身份参加村民家的婚丧嫁娶事宜。这个过程，迫使石钟鸣也重视起读书、听广播、看报纸等。想不到，他去城市转了一圈，未能进入城市社会，这个身份却在老家派上了用场。可不能小视这个待遇，在所辖四个自然村，一百五六十户人家，近两千人口的七岸村，一个人受到尊重，走到哪儿人们都仰脸看，这种荣光是不得了的。社会是一个层级一个层级构成的，每一个层级自成单元，每一个层级上的人主要在本层级内权衡荣辱和价值。石钟鸣在七岸村的精神待遇堪比某些人在崇山县城的待遇，堪比某些人在鲁西市，甚至堪比某些人在燕城市的待遇。

他身体的问题，他休息的时间问题，现在已经不需要重视。开始他还稍稍服药，后来凭感觉知道已经康复，心里已经没有这个负担。至于燕城市河务管理处七段的工作问题，也没有人认真过问，谁的利益都不损坏，而且，石钟鸣短暂的经历给那里领导层的印象是他比较复杂，性格似乎有点古怪。领导回避，大家默然。所以，石钟鸣得以长时间不在岗位而享受着这个单位的包括劳保福利在内的所有待遇。隔一段，邮电局的人就给他送来汇款单什么的，一次一次引起村上人的羡慕之情。总之一句话，石钟鸣入了遭城市，带病回到七岸，不仅身体完全康复，而且成了一个精神上异常优越的特殊人物。

第五章　孕妇的眼神

1

　　现在推出一个特写镜头：身着绿色羽绒服的邢林子站在小饭店门口，浓密的黑发在脑后轻松地拢着，发挥约束作用的是一枚黄色塑料发卡，它的结构像一个微小的弓弩，除了弧形的互相配合的两个销片之外，还有一根斜插上去的短棒。正是红轮西坠时刻，太阳骑在太行山的脊背上，用尽余力把玫瑰色的看似强劲实则柔弱的光辉洒下来。在照射邢林子之前，它先经过村委会堆放杂物的那个西屋的屋脊，照射邢林子时只能照着她的上半身。如此，这位已经发育丰满的少妇，膝盖以下便处在阴影中，而身体的其余部分则全部涂满了光辉，使她像立在浅水里的花朵。特别是那个发卡，迎着阳光反射出自身的明亮光芒，与绿色羽绒衣相陪衬，还有邢林子始终都极其白皙的皮肤，浓密的未加修理的眉毛，深邃得似乎有某种异族情调的目光，这样一个人在山区的黄昏里真是一个非常特异的存在。但是，邢林子本身并不完全知道她生命状态的美学意义，她正被身上担负着的工作职责所压迫着。以她单纯开朗的性格，在表现忧愁时也只是把脸部的肌肉绷得更紧些，眼睛下形成几道细微的波痕，一双眼睛同时成了略微眯缝的状态，她心里本来是着急着，但她这副样子，外人根本看不出来，反倒觉得她像是有些喜悦的表情。这实在怨不得别人，邢林子她具有某种天然的愉悦神情。

高楼乡驻在七岸村的乡干部和村支书、主任们，包括赵小娥他们正在堂屋开会，听来自不同方面人员的汇报，研究决定当天晚上要开展的计划生育工作突击行动方案。从汇报情况看，七岸村四个自然村都存在育龄妇女计划外怀孕的问题，特别是有几个大月份怀孕的妇女，有的五六个月，有的接近七个月，如不采取强制措施，说不准某一日就会分娩，造成计划生育全年指标的严重超标，直接会导致七岸村，甚至整个高楼乡年终各项工作考核被一票否决。

会议决定就在这天晚上，要对几个藏匿很深的怀孕妇女实施突击终止妊娠的行动。邢林子作为红大嫂，本来也在参与讨论，旁边的电话突然响起，是乡计划生育办公室主任姬成打来的，赵小娥第一个接。平时上下级之间声音都熟悉，不必通报姓名彼此就知道双方各是何人，有时候互相调侃，说一些取乐的话。但是，这一次赵小娥一上去就听出姬主任严肃的口气，自己也立即端正面孔。这厢正在讨论的人同时停止说话，都把目光投向接着电话的赵小娥。姬主任说，高楼乡计划生育专职副乡长陈云鹏同志今晚要参加七岸村的专项行动，并且用低声而急促的口气告知，陈乡长此时正在乡政府大院里往吉普车里进。赵小娥耳朵里隐约传来汽车马达发动起来的声音，这个电话立即增加了会议的严肃气氛。

陈云鹏从县直单位下派到高楼乡才有三个多月的时间，他担任的副乡长是个比较尴尬的角色，说是副乡长，却和其他副乡长有点不一样，似乎只是徒有虚名而已。还有一项更难堪，上级有明文规定，这个职务实行合同制，合同规定，在固定期限内如果计划生育工作达不到某些指标要求，这个职务就必须取消。因为这个原因，陈云鹏心里一直像揣着一只兔子，心虚、犯怵，但在乡村下属人员面前，他又得作出领导的表现，而工作还得靠下属们来完成，说得直白些，他个人的成败荣辱掌握在下属们的手中。所以，陈云鹏的形象和表现，经常让人感到不伦不类，自相矛盾。

专职的副乡长要到一个村上与下属人员一起参加计划生育突击活动，在以前是没有的，这是很不寻常的事。屋里的人们为此七嘴八舌，议论着这件事的重要性，以及必将引起的后续效果。乡里的王全开组长借此机会向支书、主任施加压力，而支书李龙虎脑子里立即开始考虑如何接待这位副乡长。他马上和赵小娥耳语，像谈什么秘事，其实公开谈也无妨，耳语只反映出对陈乡长到来的重视程度，是一种必须有的态度。副乡长来，除了实际工作，带给七岸村的还有其他意义，所以，今晚的活动方案应该适当调整，包括行动路线、突击对象、活动的表面形式和最后获得的实际成果，都要再做权衡。赵小娥马上盘点，那些违规孕妇们的面貌，像电影镜头在脑海里一一排开，她拿出笔记本一边写写画画，一边和不同的人员交头接耳。她要把人员分成若干个小组，因为不同自然村、不同家庭、不同怀孕妇女，工作难易程度很不相同，大家在人员分配上便有了争论，尽管声音不高，但情绪明显很热烈。

按照惯例，应该有人提前到村委会门口等候陈云鹏乡长，支书要去，王组长也要去，两人都站了起来，两人同时又都说，二十多里地还不该来吧！又都坐下来说工作。这时候支书对邢林子说："林子，你去，到门口，等陈乡长，来了，喊我们！"

等乡里领导，对屋内有的人来说，是另外一回事，对邢林子却是一副重担，她顿时就有了压力。以她的阅历和性格，她还不能认识到她站在门口，只相当于一位放哨的人，报信的人，并不是真的让她接待陈乡长。可是她满脑子已经是胡乱构想出来的陈乡长的形象，想象着见到陈乡长第一句话该怎么讲，乡长可能说什么，她怎么对答。她把这一项临时差事整个地放大了，也过于看重了自己的存在，眉毛往中间蹙，眼睛眯起来。前边已经说过，一束斜阳正像探照灯般地笼罩着她的半个身体，她就在这美化中局促着，不安着，美丽着。

开饭店的那一对夫妻，为了应酬今晚的饭局，又叫了两位亲戚来帮厨。从门窗缝望到邢林子的样子，两人对视着笑，开朗的老板娘终于耐不住，走出门外，喊了一声有些迷蒙的邢林子。邢林子把头转过来望这边时，老板娘看到她神态转换时一刹那流露出来的那样一种表情。回到屋内，把头靠到正在案板上操作的丈夫的耳边，有些轻浮地笑了几声，悄声说："这林子，好看的，没法没法的，终究要被人偷了去啊！"

丈夫回过头，佯装斥责道："瞧你胡说，人家能有你浪！"

妻子笑出声来，说道："男人谁不吃腥？何况是块鲜肉！"丈夫从案板上腾出一只手来，举得很高，落下很轻地在妻子后背上击了一掌。

陈云鹏还没有到达村委会门口的时候，屋内的王全开、李龙虎等人就已经来到屋外，快步走到邢林子跟前，眼睛都望着从东边大路正面开来的吉普车，根本没有人注意邢林子的岗位和职责，包括直接指派了邢林子的李龙虎也好像忘记了这件事，连望一眼邢林子都没有。林子有些失落，甚至暗自伤神，这之前她的复杂心情，所有压力都是枉自多情。车刚停稳，一群人就围上去，邢林子就被淹没在大家对陈云鹏热情的喧哗之中。

2

陈云鹏三十七八岁的年纪，圆脸盘，小眼睛，皮肤泛着紫红色，此时正是隆冬季节，虽然没有冰雪，但空气中飘荡着一种天然的冷分子，他的这种肤色是天然生成的还是冷空气的作用？也可能两种因素都有。他身着一件过膝的黑呢子外套，里边是小西装，紫色领带，脚蹬一双皮鞋，长头发，偏中分，走路有一种故意做出来的稳健气势。他从车里下来，看了一下车外的人，露出笑意，但这种笑他掌握得很好，并没有破坏他总体上重任在肩、严肃有余的精神气度。他直接向村委会办公室走去，后边的人都跟着。就在抬脚要迈过门槛的时候，他突然停下，转身呼喊司机小王让他把车上的公文包拿过来。小王正要往饭店里进，领导一喊，立即反身往车跟前跑，就在陈云鹏这一望之中，滋生出一个节外生枝的问题，邢林子进入了他的眼帘。只一眼，对方便像一颗钉子牢牢地打进了陈云鹏的脑壳。

邢林子离他只有三四步距离，她在簇拥着陈云鹏的人群边缘，本来低着头，被动地跟着人们往前走。陈云鹏一喊，她自然也随着大家一起站住，抬起头，也和大家一样向后望。陈云鹏是在她抬头的时候看见她的，再看时，邢林子已经转过头去。时间就在几秒之内，陈云鹏不好意思再向后望。他在村委会长条桌正中位置坐下，若干人等依次坐开，王全开、李龙虎、赵小娥等纷纷摊开笔记本，等待陈云鹏讲话，但陈云鹏却正在走神儿，没有讲话的意思，他拉开黑色长形手提包上的黄色金属锁链，人们认为他在拿文件、钢笔、笔记本之类，不料，提包拉开，他什么也没有取，又拉上，一会又拉开，好像想不起来要干什么。邢林子原来的身份是红大嫂，经过一段时间的工作，她作为赵小娥的直接助手，正式身份已经成为七岸村的计生专干。她本来应该在会议室，可是，刚才的事让她很不爽，觉得支书根本就没把她的工作放在眼里，所以领导没叫，她现在也就没有主动走进屋内。可是，陈云鹏实际上正在找她，很希望她坐在对面的座位上，问题是这也是一件没法启齿的事。有读者会说，一位身负重任的专职副乡长见了一个女人怎么就这样？对，你说的对，这个人确实是有点滑稽，对同样身份的其他人来说的确不会这样。但是，人是复杂的，支配人意识和行为的永恒动力在人性这个环节上。人性者，食，色也。陈云鹏此时对于"色"，确切地说对于刚才邢林子这个"色"的具体对象，不知何故，那真是对上眼了，没法没法地喜欢。

李龙虎他们一边朝陈云鹏说着话，一边已经与其他人在纸上写写画画，将相关人员分成了三个行动小组。陈云鹏不在分配之列，他是领导，坐镇村委会已经是很好的工作作风了。但是，这天晚上他很想到组里去，与大伙儿一起参加行动，隐秘的原因就是想和邢林子在一起。可当时他不知道邢林子叫啥，当李龙虎把分组名单递过来请他审阅时，他看得很认真，每组人员的名字有的认识有的不认识，反复看，皱着眉头，也不知道心中存着的那个女子是名单上的何许人也。他调动各种信息思考，反复排除或肯定之后，觉得这女子应该是这个村的计生专干。想到这里陈云鹏脸上露出一丝神秘而美好的微笑。他抬起头来，将目光投到设置在正面墙壁的计划生育宣传栏内。这是供上级检查工作时使用的，里边有工作职责、育龄妇女信息图表、领导小组名单等版块，就是领导小组名单这一部分，让陈云鹏心感欣慰，因为这里每个人姓名之后都明晰地写着其所担负的职务。他立即就看到计划生育专干几个字，前边的人名叫邢林子。明白了这个之后，他的表情平静下来，将写着分配名单的纸张平铺在桌面上，对着乡干部王全开、支书李龙虎等人说："很好的，我和大家一块儿下去。"

王全开说："不必要的，陈乡长，您在村里坐镇就行。我们行动归来向您汇报！"

李龙虎也说："陈乡长夜里来到村上，已经很重视了，您再到群众家里去，我们怎么办？我们的压力，那就更大了！"边说边佯装出抱怨的表情。

陈云鹏笑了笑，说："大家在村上长期辛苦，我一晚上都不行吗？我是肯定要下去的！"

真话假话、实际话、客套话，一听就会明白。见陈云鹏真要下去，人们也就不再劝阻。

这时候，王全开、李龙虎、赵小娥等人互相望着，不约而同地在心里盘算让陈云鹏跟随哪一个小组行动。

没等别人说，陈云鹏用一个指头点着面前的纸张说："我参加第三小组！"

3

第三小组共有八名成员。原来组长是村委会主任，被临时调整成乡干部王全开。赵小娥也到了这个组。夜里十一点开始行动。按照预先安排好的路线，一行人来到七岸村几个自然村之一的后沟村村外。先将乘坐的三菱工具车停靠在路边的隐蔽处，行动小组各位队员放慢脚步顺着一道斜长的陡坡向上走去，坡上是一条胡同，各家各户大多已经熄灯。北风轻轻地刮着，从墙边的树梢和一些蒿草上，还有犄角旮旯的物体上越过，发出有时尖厉有时舒缓的千奇百怪的声音。到胡同尽头向北拐是一个短坡，上去向东拐，进入一条直街，铺着石板，行动队的人的脚步很容易发出响亮的声音。王全开走在前边，扭头示意大家放轻脚步，他后边就是赵小娥，赵小娥也同样向后示意，陈云鹏走在最后，紧挨他的是一位普通的乡干部。陈云鹏在黑暗中边走边想他前边队伍中间必定有一个人是邢林子。走完这一段石板路，眼前出现相互连接同时各自独立的农户家的几个猪圈。猪似乎也有敏感神经，这支队伍到来，让它们从蒙眬中醒来，和人一样，苏醒的程度也是因猪而异。但肯定都不睡觉了，有的大声，有的轻声，发出对外界的反应。这一片猪圈的边上，紧挨着有一户人家，靠墙一棵桐树，主干的半中间横生几根斜枝，王全开先站在树下，几个人同时往树根靠拢。

赵小娥伸手把一个女的拽到身边，轻声问道："是这家吗？"

被问的人脱掉戴在头上与羽绒服连在一起的帽子，急促而肯定地点了几下头。

这时，站在稍远处的陈云鹏透过夜色仔细观看，发现这人不是邢林子，就往前跨了一步，走近另一位女性，这人也穿着上下连体的棉衣，此时也正在往下脱帽子，陈云鹏看了再看，这也不是他心中的美女，心中立即有些失落。可是行动已经展开，在王全开与赵小娥的指挥下，一位男子顺着桐树爬到空中，沿着一截横枝跨到这户人家的院墙上，另外一位男子也已经双臂抱着树干向上。这人比较笨，刚离开地面又滑落下来，反复两三次都上不去，情急之中，赵小娥自己蹲下，让这男子踩着自己的肩膀上树。男子不好意思踩，王全开蹲下，这人很快踩上他的肩膀，借助手的拉力，王全开慢慢往起站立，身上的人也迅速挨住了那截横枝，他手脚并用，折腾几下，就和先前的那位男子并排站到了院墙上。他们二人在空中比画了一下，而后一个人拽着另一个人的手臂，其中一位跳进院子里。进了院子的这个人迅速打开街门，其他人蜂拥而入。与此同时，墙头上的那一位沿着墙沿摸到人家主屋二楼的窗口，从此进入屋内，打开预先准备好的轻型手电筒，摸索着下到一楼，把屋门打开，迎接已经进入院内的同事。按照常规，如此折腾一番，家里如果有人早就应该被惊醒。行动组之所以采取这么复杂的步骤进入屋内，主要是为了防止怀孕妇女被惊醒后，从家里某个地方逃跑。令他们想不到的是，这户人家竟已空洞无人。他们把屋内外所有的电灯打开，只看到底层一间卧室内似乎有人的气息。

据赵小娥讲，以她的经验，甚至能闻出这位高月份孕妇身体上特有的味道还存留在空气中。被褥带着体温，锅灶间炉火正常，暖瓶里水冒着热气。可是，所有房间，不见一个人影。这时，行动小组陷入极度被动中，好像志在必得的兵士被骗进一座空城。王全开站在屋内昏黄的灯光下，发起火来。

王全开是一个先天气管炎疾病患者，平时呼吸出气就粗，此时发起怒来样子就显得更加可怕。一方面行动失利，一方面是陈云鹏乡长在场，他觉得自己非常无能。很明显，这是一起内部人员泄密事件，工作队伍中肯定有人在第一时间向突击对象通了气，让她紧急转移了。王全开先是瞪着一对鼓凸的大眼质问赵小娥，赵小娥又把气撒在另一位女队员身上，女队员年纪更小，一时急得哭起来，边哭边说，下午，傍晚还核实过，这名妇女本来是长期潜藏在外的，因为妊娠期到，这几天就要分娩，而且因为长期不在家住，村上人根本就不知道她已偷偷回家，自己认为很安全，准备生了小孩再往外躲藏。消息来源绝对是可靠的。怎么会出现这种局面呢？

这里有一个情况需要指出，赵小娥原来并不在这个小组，因为陈云鹏要来才做了临时调整。她是性格泼辣且刚强的人，此时就有点不服气，不愿意挨批评。她甚至还轻轻地发了几句牢骚，但她又是工作负责任的人，边发牢骚边出新主意，建议行动小组留一个人堵住街门，其余人员重新返回屋内，从二楼矮层开始，开展地毯式搜查，楼上楼下，屋内屋外，不放过任何一个角落，包括竖柜、床下、厕所，农户家常见的一些堆积物等全部被掀翻查看，仍然一无所获。大家这才又集中在屋内灯泡下，王全开火气也舒缓了一些，他主动向陈乡长做检讨，严肃的话、客气的话都讲了，主要意思是让陈乡长跟着他们深更半夜地挨冷受累，没有收获，对不起组织，对不起领导。

陈云鹏的思想比较复杂。他是第一次直接参加这样的行动，开始时他的精力主要在寻找邢林子上。后来深入事中，他内心里很为这些下属们对工作负责的行为和精神而感动。这些乡干部、村干部们平时在群众面前都是场面上的人，具有一定身份，为了抓住违反计划生育政策的对象，把生育率降下来，在背后都能这样放下身段，这样出力费心，他内心被极大地震撼着。老实说，他一点儿也不想批评这些人，同时，邢林子的形象还一直在他的心里悬着，想着怎样能够和她接触上。所以，对于工作队员们的自责，他并没有真的动气，这反而让下属们感到这位领导的仁慈和宽厚，在心里感激着他。

就在行动小组往外撤退的时候，赵小娥又脱离开众人，单独走到院内厕所旁，那里堆放着一堆花柴，就是脱掉棉花之后的棉花秆，应该是堆积多年的旧物，坍塌得比较严实。赵小娥有意无意、未抱希望地掀了一下这堆柴火，突然之间，凭着手上的触感，她觉得这些柴棒棒好像有人刚刚动过，就弯下腰，又用力掀了一下，同时拿手电筒向里照射。就在这一刹那，她看到花柴垛内有一双人的眼睛，这是一个女人哀怜到极致的眼神，那无奈、可怜、乞求的目光像电流直击赵小娥的心灵，她又看了一眼，在花柴棒的遮挡下，似乎还能看到她未来得及穿好衣服而露着的肩膀，尖下巴，高颧骨，挺着的肚皮有一些部分也暴露在外。毫无疑问，这就是他们要找的人，只消一举手，或一声叫唤，里边的人就一点儿逃走的办法也没有了，而且这个孕妇应该已经做了最坏的打算，可她不也是在万般无奈里抱存了一点点侥幸的希望吗？赵小娥心中一片混乱，站在那边的同事们正好有人喊她，她没有再掀开花柴堆，也没有吭声，转身回到了队伍里，好像什么也没有看到。整个局面又回复了刚才互相埋怨、自我责备之后所出现的平静。行动小组带着巨大的失落踏上了返回村委会的路。

赵小娥一离开这户人家，就有些反悔，心里全是严厉的自我责备，觉得做了错事，对不起担负的工作职责，对不起陈云鹏乡长。一路上她几乎不再说话，默默地跟着队伍往回走，使得和她一起的人们认为开朗活泼的赵小娥是在为没完成任务而痛苦呢。实际也真是在痛苦，不过这种痛苦的成分远比别人想象的要复杂很多，钻心很多。

回到村委会已是后半夜三点多，其他两个小组的人也已经回来。李龙虎和村主任都主动走过来，向陈云鹏报告收获。一组带回两个对象，二组带回三个，这五个人中有两个怀孕六个月以上，需要强制引产，另外三个孕期不足三个月，需要进行流产手术。两个小组的人现在都在小饭店里取暖，吃加班饭，因为成果丰硕而兴趣高昂，尽管身体有些疲劳，但集体活动带来的乐趣让现场的人情绪高涨。可是，当人们发现新回来的同志们只有自己回来，又看到王全开、赵小娥等人懊丧的表情，便自觉地收敛了兴奋情绪，因为如果不克制一下，就会被这一组的同事们感觉到他们是在幸灾乐祸，这是很不好的。每个小组都是临时搭配，说不准他们中的某些人明天或者后天就会和自己成为一个新的行动小组。有没有成果，对于个人来说，除了荣誉，一般都还和奖金挂钩。何况今天打了败仗的这个小组的领导还是陈云鹏呢？大家就更需要保护他们本已很失落的情绪。饭店屋内，说笑声减少了，偶尔说笑，也放低声音，都默默坐着，吃饭、嗑瓜子，面面相觑。

陈云鹏刚一落座，好几个人，包括老板娘都争先恐后地为他盛饭、倒水，说着恭维的话。王全开先和他坐到一张桌上，望着他的脸，不知道怎么措辞来表达对今天行动失利的看法，一会儿支书李龙虎也坐过来，李龙虎又喊赵小娥也过来。赵小娥从回来就一直躲着，不想往人堆里走，可她是负责掌握全面情况的人，有些表格，进度必须随时填报，又不得不在人前走来走去，让人感到她的表现与往日有很大不同。这一桌上的几个人慢慢开腔，议论起来，各自从不同的角度分析失败的原因。陈云鹏的那个心事并没有灭，他一直在默默地寻找邢林子，甚至在回来的路上，他还有个想法，想让人再带着他去另一个组，只不过当时的情况使他再三考虑，觉得不能表现得太过分。同去的每个人情绪失落的样子，自责的语气，又使他的心思回到工作上，回到自己的工作前途上。但是说一会儿话，他就走神，心不在焉，下属们同样认为陈云鹏是因为行动失利而情绪失衡，便越发地小心谨慎。三个组的人员应该全部都在饭店屋内，可是人群中仍然不见邢林子的踪影，这真的让陈云鹏很烦躁。

4

读者你猜猜看，邢林子会干什么去？

其实她此时就在距小饭店几步之遥的村委会大院的西屋之内。我们已经知道这房子是个杂货间，但那是过去，现在是特

殊时期，这里被临时作了清理改造。总共七间房子，中间三间
通透，南边两间、北边两间各自独立，并将破旧门窗进行了有
针对性的改制，现在这里的正式名称叫"七岸村计划生育对象
学习班"。这次突击行动带回来的人就都被集中在这两头的房间
里。除了新进来的五个孕妇，还有前几日带回来的人，新老人
员混杂在一起，一边五六个，总共十二三个人。虽然混杂着，
但从表情上还是可以分辨出来谁是新来的，谁已经在这待了一
段时间了。相比之下，新来的大多惊慌失措，满脸恐惧，衣服、
头发也明显地杂乱，眼神游移不决。而原来的那些人，尽管也
还害怕，但能看出她们的情绪已经稳定，就像一个软组织物体，
在遭受晃动时呈现着不规则的多边形，晃动停止后，这物体也
会及时地把这种不规则稳定成某种固态，也就是说她们的惊恐
不再是晃动着的惊恐。说是学习班，主要是组织大家学习上级
计划生育政策性文件，做思想工作，然后按次序到乡卫生院采
取计划生育手术。

全乡三十多个行政村都在搞计划生育突击行动，各村的超
生孕妇数量很大，乡卫生院做引流产手术的技术力量有限，各
村需要先把对象集中起来，然后排队等候按次序到卫生院做手
术。想要超生的孕妇们被集中之前，多是千方百计躲藏、逃避，
关于这方面的故事无须赘述，某年中央电视台元旦晚会上有一
个叫《超生游击队》的小品，道尽了这些人的生活情状。即便
被控制，被集中，她们中的有些人不到最后，也绝不放弃逃跑
的努力。所以，负责管理组织这些人的乡村干部，工作任务往
往相当艰巨而繁重。这一次行动又正值年底，能不能顺利实施
对这些孕妇的手术，直接关系到七岸村全年计划生育任务能不

能完成，另外，手术数量还要在全乡排名。任务很繁重，而陈云鹏乡长的到来则更加剧了工作的紧张气氛。

邢林子本来在第三小组，因为陈云鹏选择了这个组，包片组长王全开临时把她和赵小娥作了对换，以加强这个小组的力量。林子随一组行动，带队组长是支书李龙虎，李龙虎是七岸村计划生育工作的第一责任人，他的责任心强，压力很大。只不过，聪明的李龙虎有时候故意模糊这一点。但是，无论外在上怎么模糊，到了关键时刻，李龙虎都会非常果断，而且是很用心很智慧。今天晚上他带的这个行动组就一点儿也不玩虚的，一出村委会，全组七个人就按照他的吩咐，分散行动，有的两个人，有的一个人，有事没事似的，实际是沿着针对性很强的路线在路口、街巷和小胡同里转悠。同时适时汇聚，神不知鬼不觉，不到两个小时，就把三名采取了多种隐藏办法的孕妇全部带了回来。其中一个被堵截在十字路口，起初时只是一个暗影，上边粗，下边细，像一块不规则的云。知道被围堵后，这个人第一反应仍然是要逃跑，这边晃一下，那边晃一下。与此同时，工作队员们已经从各个方向朝她汇聚，眼看着她的跑动空间越来越小，实际已毫无指望，她仍然不放弃，凭着对自家村庄街道结构的熟悉，下意识地朝一个黑旮旯跑去。这个旮旯是一户人家的街门口，紧闭的两扇木门和两面高墙，组成了一个 U 字形空间，墙根的地面上有两个供这户人家吃饭搭起来的拐尺形条石。慌乱中这个妇女蹦到条石上，面朝墙壁，两只手在墙上乱抓，想要抓住点什么，然后再攀上去，可是这怎么可能呢？

邢林子是第一个冲上去的。一上去就拽住了她的胳膊，她哎呀了两声便不再说话，又一个下意识的动作，朝地上蹲，像在大人面前撒娇的小孩，似乎蹲下去，把屁股偎在地面上耍赖就可以躲过去，可是，这又怎么可能呢？邢林子架着她的胳膊，用劲大声呵斥，但她天生的嗓音不具备可怕性，再用劲，也凶恶不起来。而她照样用劲斥责，一声一声地，这声音对于偎在地上的孕妇产生不了震慑作用。在旁边的几个人员，在黑暗里看着，听着，有的就想在心里发笑，觉得林子的勇敢行为有些滑稽，可同时又觉得有点美好，这样一位青春美人，做这种粗野工作，真是像戏台上的演员表演某类节目一样，让人产生别样的感觉。李龙虎甚至都没有靠近站，停了一会儿，他不无贬义地轻笑了一声，黑暗中伸一根指头轻戳了一下前边一位男队员的后背。这个男队员上前一步，只一声呵斥，地上的妇女便站立了起来。那一刻，虽然彼此面目模糊，但林子的脸上有点发烧，觉得自己无能。实际大家并不怎么太在意，包括头天下午到村委会门口等待陈云鹏的情节，有点打击邢林子的自尊心，人们是想重视她，让她高兴，可做事过程中，不经意间往往又事与愿违，在林子这一方，就越来越敏感。可这位女子又不是林黛玉那种多愁善感的人，她是心上被戳了一下，脸面上还不想表现这个，表现更多的反而是在她看来刚强的东西。所以现在对这个孕妇，她就非要表现出自己的能耐不行。这个妇女本来个子就矮，又怀着孕，经过辗转躲跑，衣服、颜面已经不成样子，开始是恐惧，逐渐又超越恐惧，破罐子破摔，有些无所畏惧。在往村委会走的路上，她都很不老实，每经过一个路口、或胡同，她都做出逃跑的样子，明知不可为而为之，似乎专门气这些工作队员，而这正好给邢林子提供了一个有针对性的靶子，自她从地上被呵斥起来开始，林子就反拽着她一只胳膊，黑暗中，这两个不同命运的农村妇女连接成一体，在高低不平的山路上共同跟跄着行走。工作小组中的其他队员，包括支书李龙虎，这时候已经在相互说着其他话题，当然也说当下的计划生育工作，说陈云鹏，说市、县、乡关于年终工作的考核，但话题确实很分散，说着说着就滋生出很多别的话题，甚至玩笑话，一些段子也被他们轻松说起来，关键处哈哈大笑，有的人并没有听明白，也跟着笑。

学习班有一套看似松散实则严密的管理制度，每一个孕妇进来之后，门外都有一个工作人员专门看管，这个人在学习班上的吃喝拉撒都由他负责。认真起来说，学习班上有多少人员，屋外就应该有多少看管这些人的人。但是所有工作人员真要一刻不离地挤在这一间屋里似乎也必要性不大。所以，实际情况是，计划生育对象一进屋，有些工作人员就轻松起来，自由起来，在村委会办公室、院子里、小饭店等处游逛，与人说闲话。

真正老实在屋里蹲班负责的往往只有两三个人。什么事都有潜规则。留守的这些人多是在村干部中间级别比较低的，与村领导关系不是太密切的，担任此项工作时间比较短的，或者其他自认为只有老实蹲在这儿心里才踏实的。邢林子是什么情况？虽然她并无关系，并无靠山，但她还是有优越地位的。在七岸村她算是名人，特别是她的漂亮，与众不同的气质。所有接触过邢林子的人都愿意与她靠近。但是，我们已经一再指出，邢林子自己并不很清醒这种情况，她没觉得自己有特殊性，不知道她的这个长相在人们特别是在男人们心目中的价值。命运给了她舞台，她就想争口气，而争气的手段她仍然要靠工作，靠比别人多做些什么，多表现些能耐来实现。所以邢林子就一直老老实实待在西屋里。

天色微明时，有一个在学习班上的妇女假装上厕所，从厕所的墙头上逃跑了，负责她的那位男士在厕所外等不到她出来，着急得喊人。正好小饭店的女主人提着一篮鸡蛋从门外进来，放下鸡蛋，跑过来，进厕所一看，哪里还有什么人影？墙头上本来用一捆圪针堵着的豁口被推开。这个负责人着急地从大门跑出去，绕到南边荒园厕所墙外，杂木野草中有几道相互交错的小径各自伸向不同方向。这个人犹豫不决，不知道往哪里去追这个逃走的人。此事让村委会里的相关人员大为震动，纷纷跑到屋外，小饭店里的乡、村领导也站到了院子里。在黎明模糊的曙色中，本来老实待在西屋的邢林子听到喊声从屋内跑出来，她边喊边跑冲出大院，往荒园西头跑去，好像她是这个对象的负责人，是失职者，或者对全局负责责任。

事有凑巧，就在这个节骨眼上，堂屋里平时负责值班看电话的吴老头从屋里出来，隔老远就喊叫也立在院子里的陈云鹏乡长，说乡里紧急通知，鲁西市要突击检查乡镇计划生育工作，陈云鹏必须迅速返回乡里。陈云鹏听闻这个，屁股上像起了火，掉头要走，又扭头问了一句吴老头具体什么时间检查。吴老头说办公室人员没有说清，又说听意思说不准今天就检查，各乡镇已经都在做准备。陈云鹏更加慌张起来，这是他担任专职副乡长以后第一次接受市级检查。吴老头转过身了，陈云鹏又喊住他问话，好像他知道的很多而对他保留了一部分不说一样。见老头没回头，陈云鹏发起火来，嘟嘟囔囔，口气是愤怒的，又表述不清意思，实际是着急的表现。支书李龙虎及其他人也靠近了围在他左右。就是在这个时候，陈云鹏恰巧又看到了邢林子，邢林子就像一只敏捷的兔子从他眼前跑过，去追逃走的人。整个一个晚上萦绕在陈云鹏心头的这个人物偏偏在这个时候露面，让陈云鹏火上烧油。

汽车已经发动，两根平行的车灯光柱直射前方，草木树枝以及这个季节来回飞动的多种小昆虫，包括空气中飘浮的微尘被照射得透彻而朦胧。陈云鹏本来已经把大衣搭在胳膊上准备上车，又停下来，突然重视起眼下学习班人员逃跑事件。他迈步出门往荒园里去，眼前的人也跟他走过去。可是，邢林子已经跑到远处，她身后稀稀拉拉有好几个人，但她在最前头，她要把逃跑的人找回来。陈云鹏批评了几句，又搞不清这件事与邢林子有没有直接责任关系，担心他的话加大邢林子的压力。于是他站在那儿不知道再说些什么，踟蹰了一会儿，上车而去。

5

这边，邢林子在行动，她在荒园与村庄之间长满乔木和灌木丛的斜坡地带里四处乱窜，一会儿有路一会儿没路，根据荆棘杂草被踩压的情况，她一边判断路线一边追赶。大约半个小时的时间，她从林坡中钻出来，面前横着一条连接村庄与村庄的道路。这时邢林子望见了那个被追赶的人，她隔着道路以及道路旁边的一片未长树木的乱石滩，正要往村庄的一条胡同里跑，邢林子高声呼叫，那人扭头望了她一下，双方都是十分紧张的神情，同时也都处在实现目的的关键时刻。

这时，邢林子的丈夫彭随明骑着一辆军绿色偏三轮摩托车，从横路南边飞驰而来。

彭随明现在已经是沙石厂老板周奎手下的红人。这种在当时颇有威风的摩托车本来也是某派出所的交通工具，派出所的朋友将它借给周奎，周奎又把它交给彭随明。彭随明骑着它，有时候独自光荣，有时候拉一些地位显赫的朋友，在县城与七岸村之间来回奔驰。七岸村边的河床上现在很热闹，从当年挖出白螃蟹和白龟的那个地方开始，自南到北，河床被一挖到底，由此向西两千余米长的河床已经被挖了一遍，有的地方深，有的地方浅，有的地方突兀出一片孤岛，还有石渣和废石垒起来的小山包，重新形成的不同地貌之间是新修的车辆道路和人行道，这些道路复杂弯曲的走势使初次到河床上的人感觉像进了迷宫。

除了普通的石子粉碎、方块料石加工、长形条石挖掘开采之外，在一个地方还挖到了一种特殊的石头。这是一块完整的巨石，从外表看，呈红褐色，像从太行山坚固崖壁上规则割下来的一块，工人们揭开表层的石皮之后，看到一层复杂的花纹图案。小满月一样的圆圈，弯曲多变的弧线，各种动物模样的人样的图像活灵活现，它们一律石灰白色。现出一角时人们并不在意，甚至有两张席子大的面积出现时也还没有完全惊醒人们疲沓的认知。直到整个石面上的面貌全部如此地表露出来后，再迟钝的人也没法无动于衷了。管理人员中第一个赶到现场的当然是彭随明，彭随明已经锻炼得很有水平。他看到这个后当下并无表现过多惊喜，但还是一本正经地告诉工人暂时停止开采。他及时见了周奎，周奎也在第一时间赶到。之后，他们对这个工作面实行了特殊的管理制度，人员选择技术水平高的，开采工具换上比较精细的。就是这块巨石，一层一层往下开，上面三四层图案大致相同，下面再开，每一层有每一层的图案。后来周奎从县城请来了一位据说在县剧团当过美工的人，来进行业务指导。每一层石面出来，先由这个人画出虚线，工人们再进行裁剪切割。这些深埋地下，不知经历过怎样冰火熔炼的美石通过一条秘密的销售渠道运往香港、澳门。开挖到第七层的时候，图案发生大的变化，这给周奎他们出了一道难题，因为呈现出的画面像是古战场的情形，骑马的，舞刀的，远处双方兵士列阵如森林，天空乱箭如雨，中间短兵相接，有几处，战将们怒瞪双目，因厮杀而被严重扭曲的面孔、鼻翼，被砍掉的耳朵，正被挑下马来的身体等都惟妙惟肖。还有畏缩不前的兵士被催令官持刀逼迫向前的画面。最重要的是这似乎是一张情节关联而完整的画面，那位美工也不知如何切割加工为好。而不把这一层揭开，又无法再向下开采，下面是什么更奇异的图画谁能说得准呢？彭随明又请周奎来现场，周奎得意地用手拍着鼓凸丰满的肚皮，踩着这些正在厮杀的兵将的身体来回踱步，他很自信，按照自己的理解画了一些线，工人们照此切割，结果有些板块很难看，又进行削磨，越削越难看，最后板块数量多，很碎，能够拿得出手的很少，有些作为废品被倒扣着堆放在了石窝旁边。第八层最可人意，全部是一些叫不上名来的花朵图案，单株单朵的，单株数朵的，成簇成团的，简约的，雍容的，静止的，临风飘动姿态变化的，有些花株茎秆细长，若断若续，顶端一硕大花蓬，总之关于花的各种模样差不多是应有尽有，而且一连三层完全相同，这可乐坏了周奎。彭随明来现场次数增多。工人中有自认为见过世面的在私下推测这些石材的价格，说着说着就生出嫉妒之心。有的冒险在收工的时候将某些便于携带的石块埋在衣服下往外带。为此，周奎不得不在这个工作区增设了特殊的关卡。这件事在社会上广为流传，同时岗哨的加设无形中也增重了彭随明手中的权力。

在第十三层上，图案又出现变化，很特殊，像长着一层绿草，新绿，密匝，如春雨之后某一处土地上突然长上来的那样，真真切切就是鲜的活的，用眼瞧时感觉这些嫩草每一个叶针叶梢好像还正在往上长着。现场的人禁不住用手摸，分明是冰凉的石质，没有一丝柔软植物的感觉，所有在场人都觉得是见了稀罕。彭随明喜出望外，催促工人们抓紧时间开采。每开一块就小心谨慎地挪到一边，根据大小不同各自面朝里放在一起。这个时候大家发现，揭开后的下一层石面上什么图案也看不到，干净光洁，与平常打开的石头没有异样。大家惊异地议论了一阵，最后统一认识，判断这是因为上一层的绿草过于好，把下一层类似养料的东西都吸收了，才造成了这样的结果。这种认识使人们更加认真对待这一层的开采，程序增多，时间放缓，各个环节都更加谨慎操作。夜幕降临时，彭随明决定不休息，连夜开采。他让人更换了照明线路，把小灯泡摘下，一律换上大的。正对石窝的上边临时斜架过几根长杆，吊起一套探照灯似的照明装置，把石头表面照得梦幻般美丽，工人们第一次在这种灯光下工作，你看看我，我看看你，神经被刺激，一个一个像换了个人似的，干活有劲，话语增多，像一群陌生人在一个陌生的环境里进行一场陌生而美好的战斗。彭随明让人送来加班饭，吃饭、干活交替进行。往往就是这样，同样的人，用某些新的时间和空间重新排列，用某些异常的标志符号或氛围装饰笼罩，人就会像获得了新生一样。

临到天明的时候，战役如期结束。石窝旁边分别摞起了五道规制、高低各不相同的新的石块墙。彭随明让大家稍作休息后，自己先站起来走到一堵石墙前，满怀欣喜地双手搬起一块石板，倒翻过来想要再欣赏一下那美图。可是，一看却让他震惊了。那块石头上的绿色和草图不见了，一点都没有了。起初他以为是幻觉，定神再看，那种颜色确确实实是一点也没有了，连一丝残留也没有。彭随明用异样的声调大声呼喊，现场的每个人都去翻动石块，所有石头上的绿草都不见了，石头都变成了平时的石头。所有人都觉得像做梦。那位美工好像有了起死回生的办法，他让人关掉电源，借助拂晓之曙色，天地之真光，把石块举近眼前，反复细瞧，他关于是灯光破坏了美图的论断很快被否定，被粉碎。

彭随明回到现实中，显得很痛苦。在这种情况下，有位工人突然惊喜地呼叫起来，他指着下一层石头的一角让彭随明看。彭随明以为他是在搞恶作剧，根本懒得抬头，他知道这一层石板先前已经看过是没有任何图案的。可是，在他还闭着眼睛的时候，很多人已经跟着那个工人欢呼起来。彭随明睁开眼看过去，看到石头上确实有一幅别样的构图。在偏向东南一角接近边缘的地方，随着天光渐亮，逐步呈现出两个妇女的身影，两人一模一样，高髻、长颈，圆润后背，平眉，修目，额头与鼻梁的线条尤其明显。两人相距三尺，似乎是相对坐着，但结构里看不到任何坐具之类，坐的意思只能凭借她们的姿势、表情

210

而靠人的想象来完成。她们中间有两个高脚杯图案，是平面的，倒给人立体放置的感觉，很清晰，很规范，把两个美妇人对坐的意图作出了解释和强化。那位美工很激动，彭随明也从失落中自救出来。很快，按照彭随明的指令，工人们就把这一块构图单独进行了切割。开采的时候才发现这一层比以上所有层都薄，只有一指厚。当彭随明把这个正方形，半张桌面大小的石块举在面前的时候，感觉比它的实际重量还要轻。这时，现场有人说："两个妇女喝酒，在地下，石头缝中，不知喝了多少年，也不知要喝多少酒啊！"又有一个人望着石板块说："真是稀罕哪，不是亲眼见，不是亲手刨出来，如果在别的地方见保准会说是假的哩！"

美工说："这是真宝贝，又是人，又是女人，又是喝酒的女人，还这么妖艳，说不准是啥朝代皇宫里的娘娘、妃子呢！"

彭随明决定当即动身赴县城，在第一时间当面把宝贝呈送给周奎。同时也汇报一下绿草变没的过程，其实他是不愿说后边这件事的，权当石头上就没出现过那绿草，真是眼迷离了最好。可是，这么多人在场，辛苦一夜，怎么会瞒得了人呢？

这边再说回来，邢林子从树林中蹿出，正好就碰上丈夫彭随明也去执行特殊的使命。情急之中的邢林子好像碰到了救星，她连声呼喊："随明、随明、随明！"

摩托声掩盖着她的喊声，彭随明急刹车，停在路中央，车前车后腾起一片尘土。他并不是因为听到喊声而停车的。这几天，计划生育搞突击，虽然他知道妻子在村委会加班加点，但此时天刚亮妻子出现在荒野中，还是让他很吃惊。邢林子哪顾得上给他解释，用手指着几十米外那个马上要拐进村庄胡同里的孕妇，声嘶力竭地带着命令口气喊叫："你快去，快去，把那个人给我找回来！"

彭随明还骑在摩托车上，望望她又望望她手指的方向，这才明白妻子正在投入地工作。他松弛一下表情，立即带着责备的口气说："林子，你何必呢？你让人家跑了吧，让人家生下肚子里的孩子不行吗？"

林子怒气增加："这是我的工作，人家重视我，我不能失职呀！"

随明说："现在街坊邻居都在背后议论你，说你太不讲情面，人家其他干部当面一套背后一套，哪个像你这样惹人哪！"

林子急口撑过："彭随明，你别拉我后腿，现在也不是给你细说的时候，你就说去不去吧！"

彭随明偏过身体，用手指着摩托车车厢内放着的那块石板："河里又挖见宝贝了，我得赶快去见周总！"

林子朝车吐了口唾沫："屁宝贝，不就是一块石头片子吗，滚吧，滚吧，不用你了！"

彭随明踏启油门，放把飞驰而去。邢林子跨过横路，斜插过三块荒废了的小型梯田上的矮岸，朝着那个胡同跑去。山村不大，胡同自然也不长，视野里已经望不到那个逃跑者的身影。邢林子越来越着急，但是，一出胡同，她便有些幸运了。原来她看见石钟鸣正在村头的栗树林里搞晨练。

石钟鸣这个人物，经过从城市到农村空间的切割和时间的转换，他在七岸村的新身份已经越来越得到强化。这种身份首先是从他的自我意识和自我确认开始的，其次是得益于当时年

212

代七岸村社会公众对他的鼓励。主观和客观二者按照哲学原理上所揭示的规律相互作用，共同生成着新的事物。石钟鸣现在已经有一套自己的行头，还有他的发型、穿着、走路的姿势、说话时脸上显露的表情等等，都显得有一些"程式化"。前边已经有所透露，他对于邢林子的面貌、气质是非常倾心的，这一点没道理可讲，喜欢就是喜欢，倾心就是倾心，到什么程度？这样说吧，让石钟鸣心安理得地留在七岸村，起压倒性作用的原因其实就是邢林子。当然这一点石钟鸣不会对任何人明白地讲，甚至包括他自己有时候也固执地不愿意承认。邢林子像一块悬浮在空中的吸铁石，石钟鸣愿意在地上跟着它四处游走。有时候仰头，有时候含蓄或者矜持地不往天上看，只跟着那垂下来的力佯装随意地移动。村委会大院及其周围，小饭店内外，现在是他活动的主要场所。不能小看这个村头饭店，它可是当时年代七岸村主要的公共活动空间，也是七岸村官方、民间对外发生联系的交际场，有点类似十九世纪欧洲乡村的某些教堂。在这里他可以远望、近触邢林子，可以不露声色地表现一个乡村城市人的优越感。昨天的晚饭他也是在饭店吃的，但是夜里的突击行动因为乡领导陈云鹏的突然到来，使村干部们不方便允许他一块参与，因为对外讲这次行动是严格保密的，而石钟鸣还是第一次见到这个陈云鹏。

处在这个人生阶段的邢林子，她能感觉到石钟鸣愿意和她在一起，他的目光里常常有一种不同于别人的东西。但是她并不彻底了解其中的含义。现在她一眼望到石钟鸣，就求救似的呼叫起来。

石钟鸣晨练的具体场所在一棵据说有五百年树龄的栗树

下。树冠方圆数十步，长在下层的几根横股，看上去距地面很近，同时也使古老的树桩显得低矮，这实际上有些视线上的错觉，同样的高度放在年轻一些树的身上，就不会产生低的感觉。高挑个子的石钟鸣穿一身时兴的浅灰色软料运动服，有弹性的浓厚的黑发随着他身体的运动而起伏。树下沙石地上被踩出圆圈形状的泛白的明亮印痕，旁边石头上放着一个巴掌大小的有着紫红色条纹状外壳的收音机，均匀清脆的男女声正在播放着这个国家近日发生的新闻。紧挨收音机放置的是他的玻璃水杯，稍有常识的人应该知道它本来是装储某种水果罐头用的，之后被人们再利用，变成时髦生活的装饰品。石钟鸣在这瓶子上加了一层由红黄相间细胶绳编织成的外套，就使这东西在时髦上又升一级，成为诠释时尚人物精致生活的美妙道具。石钟鸣的晨练并没有过激的大幅度动作，那样会破坏他所期待的斯文形象，他也就是模拟了当时在燕城医院楼顶休养时看到的那些人的某些动作，至多就是腿跨八字，臂作拐尺，目视前方，重复地踏步和移动，再有就是立定一处，举臂伸腿，深呼气深吸气。就这些，有时也会让石钟鸣大汗淋漓的，这时候就喝水，就听收音机，就做远望或思考状。当然，毕竟间隔时间还短，石钟鸣有时候也暴露出原来一些天性，比如扒在树股上打秋千，翻上去再吊下来，但总体以稳重为主。

邢林子喊他的时候他正作八字步，立即收拢，小步跑近她。不用太多言语，石钟鸣已经明白了邢林子当下所为以及所为的意义。而且，他刚才还真看到一个腆着大肚皮的妇女从小路上跑过，看神情，他知道是类似的事，但他不知道和邢林子的利益联系，就没有多想。现在林子一说，石钟鸣没有犹豫，跟上她就朝那条小路跑去，只几步石钟鸣就跑到了前边，现在倒像是邢林子撵着他去办事似的。

6

在另一个自然村的村口，一家死了人的家庭正在为亡人举行晨饭请灵仪式。家族中，亲戚中的晚辈，男女着孝衣，举灵幡，哭号着从家中走到村头十字路口，烧纸，磕头，将盛在碗、盘中的饭食、汤羹倾置路口。这个活动重在仪式，仪式中重在哭丧，参与哭的人越多，哭得越悲伤，仪式就越成功。仪式中另外一个看点是孝子中女眷的表现。孙辈以上的女性身穿用整块白布折叠披挂形成的孝衣，从头到脚被白布包裹，分不清眉眼形体，彼此相偎相拥，弯腰低头大放悲声。那时候刚兴起一种新的做法，就是事主家为渲染悲伤气氛，从社会上请来一位或几位专业的哭丧演员，参与其中。这一户人家请来的表演者不是别人，她就是当年在彭随明母亲丧事上为争夺地位差一点和别人吵起架来的那一位黑脸妇女。与其他孝女不同的是，她身上的白布穿戴拉扯得更加规范，离手离脚，严严整整的，头部面部露得也多，便于她的表情被别人看见。邢林子和石钟鸣明明望见那位逃跑的孕妇钻入了哭丧队伍，到跟前却无法辨认，不见踪影。邢林子气愤地大声吵嚷，眼前队伍中的人都低着头，没有一个人与她接应。当她再吵嚷时，那位黑脸妇女往外一站，拖着悲伤而响亮的哭腔唱起曲儿来。先是她唱，后边整个队伍跟着她附唱。她哭唱道：

西风泠泠落叶飘，

受罪的人儿消停了；

回首再望众儿女，

黄泉茫茫路迢迢。

她唱罢最后这一句时，整个队伍突然齐声附唱道："路迢迢。"

然后黑脸妇女接着唱："多少路？"

众人附唱："多少路？"

黑脸妇女："多少桥？"

众人："多少桥？"

黑脸妇女："多少关卡？"

众人："多少关卡？"

黑脸妇女："多少白脸黑脸？"

众人："多少白脸黑脸？"

黑脸妇女："多少险恶与暗礁？"

众人："多少险恶与暗礁？"

这时候，石钟鸣利用他们演唱的间隙，上前一步，双手扠着腰，像领导干部训斥下级那样，说了一通话，意思无外乎工作大局呀，上级政策呀，藏匿者与当事人同罪呀，但是，他的声音很快就被众人哭唱的声音所淹没。

黑脸妇女继续以哭腔领唱："喊一声呀，你停停步！"

众人："你停停步！"

黑脸妇女："叫一声呀，你莫害怕！"

众人："莫害怕！"

他们两人无功而返，一进村委会大院，却是另一种气氛，另一番景象。

7

东方的太阳已经跃出地平线，多姿多彩的灿烂云霞渐渐混为一色，红色成为整个东方天空的主色调。七岸村村组两级干部们行色匆匆，跑里跑外，相互转告着什么，急促地说话，急促的表情。他们在紧张地做着准备，迎接鲁西市计划生育工作大检查。

邢林子和石钟鸣立在院中，好像插不进当前的秩序里去。石钟鸣一边观察，一边像讲解员一样，轻声为林子分析判断着正在发生的事情。

突然，先前那个接过让陈云鹏速回乡政府电话的吴老头，现在又以同样的姿势跨出屋门，喊邢林子来办公室接电话。当她从办公室出来时脸上完全换成了另一副表情，迷茫、惊异又有些兴奋。原来是乡政府计划生育办公室打来的电话，说乡领导研究决定让她到乡里帮助工作。对方特别强调，迎检在即，任务繁重，要求她当即启程到乡政府报到。石钟鸣一听这个，稍一愣神随即就激动起来，忍不住抬手在邢林子的肩膀上拍了两下。他说："林子，你这是又要鲤鱼跳龙门了！"说着当即就催促她往乡里走。

邢林子显然还没有弄清是怎样一回事，拍手跺脚的，脸也涨得通红。她不知道需要向谁再说说这件事，人们都在忙碌着。

石钟鸣又在她耳边说了什么，她也没有听得很清楚，凭着本能，她差不多是跟跄着奔过去拽住赵小娥，弄得赵小娥一脸惊讶，像个陌生人一样的表情。她一边听旁边的人给她说工作，一边听邢林子说。直到听清楚在她手下工作的这个小女子要去乡里工作时，才正式转过脸来看她。

赵小娥脸上一阵红一阵白，表情变化很复杂。当确认了这个事实之后，她随即联想起陈云鹏来七岸村时的怪异表现，知道邢林子这次十有八九是攀上高枝了。赵小娥毕竟是经历过事情的人，她很快就镇定下来，拉起邢林子的手，对旁边的石钟鸣说："七岸要出凤凰了，钟鸣，咱林子说不准要赶上你呢！"赵小娥要领着她去见支书李龙虎时，邢林子才意识到这个电话的分量。李龙虎开始也像赵小娥开始时那样，没有侧耳倾听。明白之后，也愣了一下，但他很快提出一个问题，并直接问邢林子："你是去几天呢，还是要长期在乡里？"

邢林子怎么会知道。但是李龙虎不相信她不知道。他甚至觉得这一定是邢林子努力争取的结果，再或者邢林子是通过了什么关系什么手段得到的这个机会。邢林子越是回答不上来，李龙虎就越觉得其中有复杂的暗道机关，在内心里对这个女子高看起来。

他说："看来，是要长期工作的了。"他又把目光投向赵小娥说："小娥，你不简单哩，培养了一个乡干部！"

这时，旁边已经聚集了好几个人，大家短暂停止了正在进行的工作，为突然降临到邢林子头上的好运而震惊。李龙虎使自己恢复到符合他身份的表情，对林子，也是对着大家说："林子去乡里，这既是七岸村的光荣，也给我们的工作带来了压力。

高楼乡计划生育办公室从今天开始也有咱七岸村的人了。我们大家要更加努力工作，以这次迎检的好成绩为邢林子光荣升迁送行！"众人中有一个人鼓起掌来，接着很多人都鼓掌，刚才没在跟前，不知内容的人也跟着鼓掌。这个过程中，邢林子脸上一直是不自然的有些窘迫的表情。

李龙虎暗自的心里活动很微妙，他后悔平时太忽视这个小女子了。此时抬眼再望邢林子，感觉她真是一个美人。他进而联想如飞，甚至想这般容貌的女子这次往高枝上一站，说不准会碰上什么大人物，日后会怎样闪光出彩，真是未可知啊！

他向前走几步，喊住村委会保管张小鹿："小鹿，你放下手头的事，骑车送林子到乡里报到！"

叫小鹿的，三十来岁，性格温和，好开玩笑，扭回头说："好哇，支书把这等好事交给我，您就放心吧，保证让美女满意。"说着，她就要把一本账册之类的东西交给赵小娥，自己去推放在办公室窗台下的红旗牌自行车。

这时一旁的石钟鸣上前说："你们都正忙大事，就不要分心了，我是闲人，我送林子去上任。"

众人相互望望，各自作出高兴欢喜的表情。

就要和石钟鸣一块上路的时候，邢林子停下脚步，对石钟鸣说："钟鸣，我倒忘了，何不让随明送我呢？他不是有摩托车吗？况且，即使不送，也得告诉他一声啊！"

石钟鸣表情变化，有些踟蹰，停了一会儿，他说出了一番现在不必见彭随明的理由。邢林子稍作犹豫，说："也是，先去乡里看看再说，说不准就是三两天的事，检查一结束就又回来了，也说不准去去就回来的。"

8

　　高楼乡政府所在的高楼村是一个大集镇，从南到北一条大街把村庄平分为二，村南头还保留着一座古老的青石券门，券门上是一座四面透亮的楼阁，楼阁与券顶之间镶嵌着一块长方形的木质匾额，上书"高楼望远"四个大字。乡政府在大街偏南东侧，由前后两个院落组成。上次赵小娥来计生办办事顺便带过邢林子，而石钟鸣则完全是第一次到乡里来。在券门跟前，邢林子跳下自行车，与推车的石钟鸣并肩走出券门通道，石钟鸣又骑上车子并回头望邢林子示意她跑几步再坐到车上，邢林子小跑着但并未往车上跳，她大声说："到了，到了，胡同向里不几步就是！"

　　石钟鸣也从车上下来，并把邢林子让到他前边，跟着她在胡同里朝前走。只几十步远，就看到了乡政府门前的小广场，旗杆、宣传栏、供开会和文艺活动的露天舞台。因为服务计划生育检查，广场上聚集着很多人，乡政府大门内外人员进进出出，人们因紧张忙乱而产生的焦虑表情与七岸村委会大院内的情形很相似。所不同的是人员更多，表情更复杂。邢林子一见这个，也被感染了，刚才在路上石钟鸣与她谈论大城市的事情，谈论她这次来乡政府可能会有的好运，所引起的她精神上的快乐，因为眼前的情景而冲淡很多。这个女子又一次回想电话里那人讲的，尤其是"工作需要，特别紧急"这两句，就想赶快能交给自己什么工作任务，同时为自己的水平能不能胜任而担心。

走到连接前院和后院的过厅间时，以前到过七岸的计生办统计员廖瑞娟认出了她。这是一位和邢林子年龄不相上下的女子，个子敦实，穿着时髦，前胸后臀绷得很紧，还有一双圆而明亮的眼睛，一看就是个有个性而又很精明的人。她脸上挂着惊喜的表情，主动迎上前去拉起邢林子的手，急促地说："邢林子，你可来了，领导都在等你呢！"

邢林子心里咯噔一下："等我？我有多重要哇？"随即一种新的激动和压力弥漫了她的全身。也不知这个廖瑞娟本来要去干什么，碰到邢林子就折回来，拉着她快步走，边走边侧过脸对林子说："邢林子，你记得不，上次在七岸，我就对你讲过，你这女子不会长期窝在村上的。记得不？"

邢林子有些幸福地笑了，作着回忆的样子，她真不记得谁给她讲过这个话，就照实回答说："不记得，不记得。"

廖瑞娟小有不悦，很快就转移话题，说邢林子你来了我廖瑞娟又要多一个知心朋友，这类套近乎的话她一直说到他们上到后院办公大楼的二层上。

在会议室门口，他们停下脚步。在廖瑞娟要掀起印着"高楼计生 3 号"红色字样的双层夹棉门帘时，她才发现紧跟在邢林子身后的石钟鸣。她奇怪地望着他，石钟鸣快乐地笑着。邢林子这才介绍说："钟鸣，石钟鸣，七岸的，他送我来的。"

林子又补充一句："人家是燕城户口，在老家休养的！"

这样，立即出现了一个问题，让不让这个男人一起进会议室？

石钟鸣是愿意进去的。要是放在几年前，到乡政府来他根本不可能这样坦荡的，现在的他已经养成了超脱的习惯，他一门心思就是服务邢林子。而此时的林子又顾不上想这些礼节规矩，况且潜意识里石钟鸣是高地位的人，哪轮得上她向他说什么话呀。

思想最复杂的是廖瑞娟。她十八岁因偶然机会进入乡政府，差不多从计生办由综合办分离出来，单列成独立的乡政府二级机构开始，她就在统计岗位工作。而统计报表，数字大小、计生率、出生率、超生率、一孩率、二胎率、妇女孕检上站率等这些繁杂的数字都要通过统计显示出来，不长期深入其中是难得要领的，而这恰恰是计划生育工作的命脉所在。廖瑞娟因此成为历届计生办领导的红人，当然她同时也是分享这个平台个人利益最大的人之一。

陈云鹏到高楼乡任职才三个月左右，廖瑞娟看得出他是个外行，而且这不是时间，而是性格造成的。他虚荣，爱面子，头脑简单而假装复杂，还爱摆架子，特别是他好色，好女色。廖瑞娟自己很清楚自己的相貌，不愿承认也得承认完全属于相貌平平的人，她曾设想将自己置身在一群人中，保证没人发现她的任何特别，就这，初来乍到的陈云鹏还主动与她这位下属动眉眼。廖瑞娟也不惹他，也不真心对他，一方面在工作上用力，一方面在私下应酬于他。陈云鹏这次从七岸村回来立即抽调邢林子，说是迎接检查需要加强力量，廖瑞娟最清楚真正的原因。邢林子的美貌是出了名的，她的单纯也是出了名的。廖瑞娟想象着这个人的到来将要引起的自己地位的变化。

她看到邢林子身边跟着这样一位男士，而且还要一块去屋内见陈云鹏，当即想看他们的好戏，也是送给这位美女的一份礼物。但是，她心里又迟疑着，担心自己的行为被人察觉。她一边掀开门帘，一边想把石钟鸣让到前边，让他与邢林子站到一起。

只需一步就要进到屋里的时候，石钟鸣出乎意料地停下来。廖瑞娟带着一点紧张的表情问他："怎么了？"

石钟鸣向后退了两步，廖瑞娟放下已经撩起的门帘，邢林子也跟着退回来。石钟鸣笑着大方地说："我可以不进去的，但得问一下，林子啥时候回去，今天用不用我再带她？"

廖瑞娟扑闪了两下大眼睛，露出有点诡秘的表情，说："要是问这个，你就可以先回去了。"

邢林子突然惊醒了似的，反问廖瑞娟："你知道？你知道？"

石钟鸣镇定地望着廖瑞娟："领导说的？你肯定？"

廖瑞娟先是望望两个人，而后对着石钟鸣说："是的，邢林子的事，陈乡长都给一把手刘书记请示过了，她是要在乡里长期工作的。"

石钟鸣把目光转向邢林子，一只手抬起来想拉一下或拍一下邢林子的手或臂膀，动了一下没有完全实施。他说："那我就不进去了，免得干扰乡里工作。"

邢林了接话说："你回去吧，告诉随明，这一有空闲我就回去。"

廖瑞娟定神地观察着两个人说话时的表情，待石钟鸣转身离开后，她再一次伸手撩起了那个门帘。

会议室里，陈云鹏坐在主席位置，两侧扇面形桌子后有男有女坐着十几个人。紧靠陈云鹏右手的是计生办主任姬成，他五十来岁年纪，长脸形，紫糖颜色，通达隆起的鼻梁和比较宽阔的下巴表示着他是一个安分守己、做事稳重的人。其余有的是办公室工作人员，有的是经筛选需要重点培训的村里的分管领导或专职人员。大家有的端坐，有的依偎在桌面上，有的把身体歪斜在座椅上，面前放着笔、本子、纸张表格之类。显然会议还没有正式开始，有些人在交头接耳，有些人脸上呈现着这种场合常有的古怪表情。陈云鹏不时侧身朝门口望，有些着急的样子，他记着廖瑞娟已经是第三次离席了，邢林子再不来，会议找不到任何借口再等下去了。姬主任心里透亮，神情上没有什么非常表现，他反而会隔一会儿靠过身去，与陈云鹏说点什么，缓解他的情绪。

房门推开，邢林子在前，廖瑞娟在后进入屋内，廖瑞娟上前一步带点诙谐的口气说："我可不是不守纪律啊，我去接了林子同志，大家还不赶快欢迎呀！"屋内真的就响起了噼噼啪啪的掌声。

不知何故，陈云鹏在鼓掌的时候，脸上烫热，心里似乎有点不是滋味，但总体上他十分高兴。他正起脸色，目光扫一下全场，说："我们开会！"

随即把目光落到邢林子身上，说："说工作前我先说说为什么抽调邢林子到乡里来。完全是因为她出色的工作表现。七岸村夜里跑了学习对象，没有一个人去找，去追，邢林子一个女子，弱女子，她就不害怕吗？她就不怕惹人吗？她跑到树林里，跑好几里地找那个对象，我亲眼看到的事实。我们高楼就是要重用不讲情面、敢挑重担的人。这话是我们乡一把手刘书记讲的，可不是我说的，我可没有这么大权力！"

大家把目光集中到邢林子上。以前没见过她的，在心里认同着她的美丽，而邢林子自己确实像是进入了梦里，这梦从昨天晚上一直到现在，她的整个行为、发生的事件都像梦里的事物，她在梦里行走，同时被这梦里的人和事作用着，影响着。

会议的正式内容有两项。一是让今天到会的几个重点村的人员明确任务，并迅速赶回村上，临阵磨枪，弥补漏洞。二是其余人员临时分组，各管一摊，随时准备应急，迎接上级检查。邢林子没有被分配到组里，没有具体分组的除陈云鹏之外，还有姬主任和廖瑞娟。很多人觉得不分配邢林子到组里，是领导担心她刚来不熟悉情况，怕她到组里顶不上用。廖瑞娟知道真相，会议一结束，她就和邢林子靠到一起，亲热地交流起来。

9

这次计划生育检查是鲁西市组织主持的，级别高，为了保证检查结果的真实性，市里下达的方案中明确规定，对接受检查的乡、村实行随机抽取，严格保密。就在陈云鹏他们召集会议的同时，从鲁西下来的庞大的检查队伍已经到达崇山县城。明天通过抓阄确定检查对象后，直接开赴这些乡村实施检查。全县二十一个乡镇抽取七个，再从其中每个乡镇里抽取三个行政村。而抽调检查哪个村庄不与抽检乡镇的名单同时公布，只有检查组到达被查乡镇地界时，才由检查组人员适时公开，这样虽然只有六十三个村接受检查，但全县五百八十多个村每个村都必须进行紧张的准备。检查如一只不能确定的铁耙子在崇山县一千五百多平方公里的上空垂悬飘荡，不知要落到哪几个村庄头上。检查前夕，有各种说法传播，有的说抓阄只是形式，检查点由县计生委和检查组内部确定。还有的说，也可能真抓阄，这样就得在抓阄的环节上动脑筋，做文章。比如什么人主持抓阄，让谁抓，阄的材质、形状、明暗、数量等等，一个环节一个环节地猜测推想，思考讨论对策。在所有对策之上，最普遍的做法是各乡镇都提前到县里托关系找熟人，想尽一切办法争取不让本乡镇成为检查点。陈云鹏带着姬主任和两位女士乘坐一辆吉普车来到了县城。

车停在计划生育委员会对面一棵树冠庞大的梧桐树下，枝头上一些还没有来得及脱落的黄叶从空中飘下，落在车前玻璃和帆布顶上。陈云鹏让坐在副驾驶位置上的姬主任下车，到对面办公楼内去打探情况，他和另外两个女士从车窗向外观望。那些进进出出的人中，有许多陈云鹏开会时都见过，也有不熟悉的，但在这个系统工作时间长了的廖瑞娟几乎都认识。他们边望边议论。他们看到差不多所有乡镇像陈云鹏一样的专职副乡长都来了。这让陈云鹏有点吃惊，他对两个人说，他也得去。可是光说就是不下车。廖瑞娟猜不透他是啥意思，胡乱猜测着。她借口要方便，下车进入了旁边单位院，迟了二十多分钟走回来，先在车前晃悠一圈，才拉门上车。坐了一会儿后，陈云鹏仍然在车上磨蹭。她刚才想陈云鹏让邢林子同来，肯定不是为了让她工作，那肯定就是为了他的那个爱好，爱好实现后，廖瑞娟觉得他总该下车去工作一下了吧，这么大的事摆在眼前。可上车后，她观察陈云鹏的样子，又不像是与邢林子干了什么。一直到暮色四合，计生委门垛上两颗白色的篮球似的大灯泡明亮起来，陈云鹏仍然没有下车。

姬成回到车上，汇报了看到和打听到的一些情况。姬主任这个人虽然诚实，但他对于了解到的情况还是要有所选择地述说，比如对于大多数乡镇专职乡长如何挖空心思搞公关的一些细节他就只字没讲，为什么？陈云鹏不去，放不下身段，他如果说别人如何如何自然会刺激他。多年的工作经历，姬主任的这个水平还是有的。检查工作好坏很重要，但这是第二位的，他首先要保证的是不能惹了这位直接的顶头上司。

根据预先布置，晚上八点多他们四个人回到乡政府的时候，机关大会议室内已经坐满了从各村赶过来的支书和计生专职干部。高楼乡党委书记刘先河在会议室外踱步徘徊，陈云鹏从车上跳下，快步上前，第一句话就说：

"刘书记，不跑跑可真不行，各乡镇都在行动啊！"

这个刘书记已经快到退职年龄，对工作没有追求一流的要求，但通常的底线思维还是很牢固的。不能丢人，说白了是中国人爱面子的特性在支撑着他。会议上，姬主任先发言，他重点说陈云鹏带着他们到县里搞公关，如何登堂入室，如何废寝忘食，如何舍脸求情。还比较婉转地讲其他乡镇如何重视，舍得投资等。刘先河讲话时就接着这个话头，高调表扬陈云鹏，并承诺在此次检查中该花的钱必须花，该搞的关系必须搞，在公关上思想要再解放一点。

邢林子坐在会议室入口处紧靠通往主席台的廊道边的第一张椅子上。她的脸因兴奋而泛红，鼻头下人中位置的那个光滑的小凹槽内，似乎在冒着细小的汗粒。参加会议的人除了望主席台，再就是向她投去目光，对她的身份和背后可能扮演的角色在心里作着猜测。

七岸村的李龙虎和赵小娥在会前间隙见了一下邢林子，间隔还不到完整一天，可是彼此都觉得心里的空间跨度已经很大，有限的时间被世事的密集变故所分割，而时间在分割中似乎被拉长了。邢林子不知道如何面对，似乎是有一些炫耀，似乎又不是，想热情地表示礼貌之类，又手足无措着。她站在那儿，村上两位主动给她说话，问一句，答一句，可是能有什么更多的话可说呢？到最后都变成寒暄类的语气和感叹。三个人站在一起，其他参会的人朝这边望，更增添了邢林子的荣誉感和对现在岗位的神秘认识。赵小娥在来开会的路上就与李龙虎私语，说陈云鹏来村上见到邢林子时的表现以及一系列怪异安排。她说一点，李龙虎附和着确认一点，说到一些兴奋点上就神秘地讪笑。赵小娥想，世事是多么蹊跷、诡异，随时都存在隐瞒和暴露，如果邢林子不调走，李龙虎这样的人恐怕一辈子也不会承认自己见到过陈云鹏和邢林子之间发生的事。

　　可是，在此之前，当事人邢林子并不知道她和陈云鹏发生过什么。这次能够荣升乡里，她认为是因为她不讲情面去追人那件事。她一度还很愧疚，觉得没把那人追回来，她肯定感谢陈云鹏，但也只是想在工作上表现好。今天下午在县城，有一段时间车内只剩下她和陈云鹏，能看出陈云鹏真是十分高兴，满面红光，一直把目光落在她身上。她本来想他会说当前检查的事，不想这方面一句话也没有，当车里有了第三个人时，他话语里才又有了工作的内容。她曾想到过男女之事，但很快就否定了。人家这么高的领导，即便有点啥，还能轮到她这农村丫头吗？不过话又说回来，邢林子也感到这样一个中年男性的某些说不出来的隐秘力量，正从他身上发出，向她而来。

10

当天的会散得很晚。廖瑞娟本来要把她带到自己宿舍同住，被陈云鹏拦住了，他给姬主任说，到乡政府招待所给邢林子安排住宿。

招待所离那座券门更近，在与乡政府所在胡同相反方向偏南一点的另一条胡同里。这建筑原来是一座庙，后来做过学校，前几年经改造当了招待所，上下两层，中间竖一挂木梯，楼板也是木质的。姬主任领着邢林子先在院门处登记室履行手续，特别交代那位工作人员说，这是陈乡长交代的，计生办新调来的工作人员，要安排在二楼靠南有窗户的房间。工作人员是位上了点年纪的女性，抬起头上下打量了一下邢林子，笑出声来，赞美说确实是位美女，同时把一个登记簿推到姬成面前，翻出空白页，用一根指头点着，让他把入住人姓名、介绍领导姓名、入住时间等信息写到上面。站在一旁的邢林子始终被幸福和激动的感情浸润着。这一天多所经历的事情对她来说全部是第一次，包括住招待所，还是领导安排，专人领着来住，真是做梦也想不到的。

姬主任从登记室拿出钥匙，领着邢林子踏上木楼梯时，林子突然有一种害怕的感觉。楼梯上方吊着一个很大的灯泡，橘黄色的灯光打下来，楼梯的台阶被照亮，楼梯下的正方形厅间并不能被全部照亮。厅间四周是被改造隔界出来的单屋，每个房间的门因距离灯光远近而明暗不同，有的地方给人影影绰绰的感觉。夜已深，也不知每个房间有人没人，即便住着人也该已入梦乡了。上到二层后，姬主任打开一个房间，让林子进去，他自己不想停留转身要走，邢林子却因害怕而面露窘迫与为难之色。姬成不看她，轻声说不会怕的，随即就快步离开了招待所。

剩下一个人后，林子立刻反锁了屋门，看看还有个门闩，又把它插上，这才顾得看房间陈设。确实有一个朝南的窗户，新安的塑钢窗框，酱灰色窗帘质地很厚，一拉上屋内就像补了一堵实墙；房里只有一张双人床，雪白的床单，两个枕头摞在一起。林子往床上一坐，整个身子向下陷，这使她吃了一惊，她又翻动几下身子，产生出从未有过的心理体验。接下来马上想到明天早晨还得去县城等检查组，提醒自己不能实睡，耽误了时间。她就这样又害怕又兴奋又有些疲倦地把头落到两个枕头上，准备和衣而眠。当她伸手拽开被子正要往身上盖时，听到门外有故意放轻了力量的脚步声，紧接着就听到有人轻叩她的房门，马上传来陈云鹏的声音，声音很轻，但并不含糊，说："林子，打开门，明天的工作再说一下。"

邢林子很震惊，她开了门。陈云鹏进来，二话没说，甚至都没怎么认真看她，就把她完全地搂抱起来。很多年以后回忆，邢林子都觉得她的命运就是在这一夜这一刻被又一次改弦易辙的。

第二天邢林子照例和陈云鹏、姬主任、廖瑞娟同乘一车，前往县城等待消息。邢林子感觉自己不是自己了，感觉眼前是换了个世界，房屋、街道、远处的山峦、近处的田野、沟壑，包括人和所有经眼的物体，都笼罩上了一层完全不同以往的颜色。这让邢林子很迷惑，她想弄清楚它是什么颜色，反复辨认思考，脑子里像有层层迷雾，她一层一层向下追着思考，刨根问底，是什么颜色？最后她差不多确认是乳白颜色，对，像奶水一样，无处不在的颜色改变了这个世界。看车上的人，也都像是第一次见面的陌生人，在乳白色的空气里飘浮一般地运动着。特别是廖瑞娟眼睛一眨一眨的，那眼神在与她捉迷藏。陈云鹏也更加陌生了，他的脸庞、胳膊、腿如同相互发裂着一样，互不连贯，在邢林子上下左右的空气里旋转。他的声音某一句极其响亮，就像紧挨邢林子的耳根在说，某一句又飘散遥远，好似从空中传来的声音。奇怪的是，他的声音无论大小，邢林子一概听不清楚内容，只有个声音的空壳，声音内部空洞无物。她看到姬成主任好像在笑，嘴咧得很长，像一道巨大的山缝。

往县城去的道路上，每个大的十字路口都聚集着人，旁边还备着机动车辆。他们是相关乡镇派过来的前哨人员，准备在第一时间获得抓阄结果后，以最快的速度奔赴检查前线。陈云鹏好像随意似的拿起邢林子的手，向窗外指指戳戳，嘴里说着别的乡镇如何重视啊，这次检查竞争如何残酷啊，这样一类工作方面的话。

事实上，这个早晨整个崇山县几乎所有村庄都在采取特别行动，都在准备接受检查。村干部在高音喇叭上喊话，表面上说着政策之类的话，富有经验的村民能从中听到许多暗示。这个时候，村民们的命运和干部们的命运是连在一起的，所谓一荣俱荣，一损俱损。昨夜和今晨，有些违规家庭就抱着超生的小孩，背着简单的生活用品向外转移，也有大胆的丈夫用手推车推着挺着大肚皮的妻子走出村外，尽管所有村都是一样的气氛和要求，这些苦难的人们还是怀揣幻想胡乱奔跑，能耐大一点的逃向县界之外，有的实在没法就往附近山里躲藏。

抓阄在县城第三招待所举行。这是一处坐南面北的院落，主楼四层，门庭上有一块伸出来的宽大挑檐，挑檐下是一处有五层台阶的平台。平台上下，门庭内外，很多人进出，一片紧张忙碌的景象。有的两个人交头接耳，有的三五人扎堆议论，都在说着与检查有关的话题，同时一个个保持着警觉的表情，不时用眼睛四处搜寻，似乎都很用心，都在竭力捕获对本乡镇最为有用的但连他们自己也不知道是什么的东西。

陈云鹏他们在大门口停住车。司机和姬主任、廖瑞娟先下车，司机倒退一步想为陈云鹏打开车门，被姬主任用目光制止了。廖瑞娟在车跟前磨蹭了一会儿，看姬主任已走到挑檐下，也跟着走了过去。她走近姬主任时，目光往车的方向勾斜，脸上露出嬉笑、嘲讽、不屑一顾等多种复杂的表情，而姬主任却佯装不懂，脸上是开朗的笑容，同时转身，似乎是很专注地朝大庭里望。邢林子现在自己指挥不了自己，她觉得她的身体仍然分裂着，这一部分和那一部分，部分之间互不连接，但又没有脱离，被一种模糊的网络似的东西系笼着，意识也离身体很远。大家下车时，她的意识才从远处往回走，很慢，身体的各个部分也在重新复位，一块一块地腾挪，游移，配套。这时候她实际上是像一个病人依偎着陈云鹏的半边身体，而车内客观上十分有限的空间为他们掩盖了某些难堪之细节……陈云鹏告诉邢林子在车上不要动，自己下了车。

他一下车，正赶上鲁西检查组几个带队的人员从街上回来往楼里进。楼内楼外的人群里发出议论声，人们自觉闪开道路，让他们走过，然后望着他们，有很少几个人悄悄跟着他们往里走。过了一会儿，从大庭深处传出消息，说抓阄马上就要进行。人们脸上现出比刚才更紧张的表情。姬主任和廖瑞娟已经及时地来到陈云鹏身边。县里一位陪同服务检查的男士领导，从里边出来，穿过人群，站在挑檐下的平台上高声喊话，请各乡镇派两个人到101房间抓阄。后边又限制一句，两个人中必须有一位是主管领导。高楼乡的这三个人立即面面相觑，陈云鹏肯定得去，姬成和廖瑞娟心里就有些复杂，很明显，迎接检查对各乡镇来说，是一件不方便公开说的倒霉事儿，谁家抓到了阄谁家承受压力，与此相对，谁家没抓住谁家则幸免此苦，负责现场抓阄的人无形中会为本乡镇立一大功，而且这种幸运概率超过三分之二，对现场的人具有挑战性和刺激性。陈云鹏望望姬主任又望望廖瑞娟，嘴里发出啧啧嗳嗳之声。

这时候，他们望到稍远处吉普车的门被打开，邢林子从车上走下来，她头发蓬乱，但还勉强保持着规范的轮廓，羽绒服半拉开着，露出里面杏黄色的短衣；面容的底色是惨白的，由于情绪激动两颊又泛起红晕；她步伐踉跄，目光一时尖锐一时散乱。她总体是在寻找陈云鹏，或者说也在寻找廖瑞娟他们，但很明显是定不住神。这使她此时在第三招待所内成为一道别样的风景。同时通过这些目睹者的传播，也必将成为全县一定层面上人们茶余饭后的谈资。陈云鹏一开始就看到了她，很吃惊，立即就往她这边走想阻止她，但邢林子没看到他，还在以那种样子到处找。陈云鹏小跑几步又停下，让姬主任赶快去弄她。跟在姬成身边的廖瑞娟眯缝着她那双大眼睛，从眼缝里望着现场各处人们的反应和表现，紧绷着的圆形脸蛋上浮现出不易察觉的类似幸灾乐祸的表情。

林子自己并不是紧张，并没有羞意，她的行为目前只受她自己的意识和感觉支配，她顾不得世界对她的反应，她听命于自己的身体。这时太阳已经升高，很灿烂的阳光有些刺眼地照耀着她的脸庞，她这才好像有些苏醒，从梦境一般的世界里往外出，逐步看清人们的惊异表现，看清了人群的规模，人群的里边，人群的边缘，招待所挑檐下站着的人们等等，全都逐渐清晰地进入邢林子的眼帘。她赶快拉羽绒服拉链，又弯曲胳膊去整理脖颈后边的头发。姬主任来到跟前，拉起她的手，猛然用力拽了一下，好像要把她的这一只胳膊冷不防拉长一样。邢林子的脸，像幻灯机调换了镜片，完全变成了另一副表情，整个人也似乎要瘫软塌缩下去。她与现实世界的所有神经线路逐步被接通。她转过身要回车上去，姬主任跟着她，临近车前，又停步，与姬主任轻声说了句什么。

这边抓阄已经开始，高楼乡陈云鹏和廖瑞娟是抓阄人。101房间实际上是个小型会议室，罩着白布的长条案上干净整洁，正中间放着一个同样洁净的白瓷餐盘，盘中放着一小堆儿用红色油光纸团成的阄，有的圆，像个球，有的粗糙，三角八棱，像打断了细腿的某类小爬虫，它们被搅在一起并被赋予了神圣的功能。长案两边坐着各乡镇主管领导，也有书记或乡长亲自到场的。紧挨他们身后则坐着乡镇来的其他人员。与房门相对，长案正中的几把椅子上坐着鲁西和崇山负责这次检查的领导同志。其中一位高挑身段脸盘丰满的女士坐在核心位置，只见她文雅地曲起胳膊，用手背支着下巴，美丽而严肃的目光像舞台追光一样扫过全场，现场很快安静下来。这位女士介绍说，现在盘子里有二十一个纸球，其中七个写有"检查"二字。然后就要让前排的乡镇领导挨着抓取。这时候，县计生委的一位副主任要求发言，女士转身望着他。副主任说，应该再加一道程序，谁先抓谁后抓，这个次序也应该通过抓阄来确定。于是，现场的进程暂时中断，检查组除那位女士之外的另外几个人迅速离席进入旁边休息室。五分钟后，他们又端来一个盛着纸球的盘子。女士富有风度地笑笑，说，这样更好，那就抓吧。想不到坐在后排的某乡镇的一位穿着红色夹克的小伙子突然站起来，望着女士说，既然要公平，那么，谁先抓序号也应该有所讲究呀。会场上立即发出吵吵声，声音逐渐增大。大家本来都闷着，紧张着，现在突然有了出气口，都很自然地要说点什么，有的甚至开起玩笑来，好像这样至少可以延缓那个严重结果的出现。主持仪式的女士把胳膊平放下来，单伸食指向下，用指尖轻叩桌面，因为桌面上铺着的是布料，发出的声音并不大，但却使本来平展的布面上出现一个小旋涡。她有点严肃地望向那个年轻人，发问道："你说怎么办？照你说的，那就得无休止地往下抽号了，非闹出天下笑谈不可！"

县计生委的领导站起来，说："什么事都得有个结断，世界上绝对公平是不存在的。圆周率小数点后的数字不也规定取到七位就可以了吗！"

会场重新安静下来，继续进行序号的抓阄程序。事实上大家对这个序号并不是多么重视，刚才纠缠也只是缘起复杂情绪的宣泄而已。因此，只要不作强调，乡镇领导们多是让坐在后排的工作人员站起来到前边去抓取这个序号。高楼乡是廖瑞娟抓的，为16号，这个环节很顺利。进入正式抓阄时，气氛紧张起来，一律是领导亲自抓。挨到陈云鹏时，他畏畏缩缩的，很害怕。在他前边已经有人抓中了六个，剩余在盘子内的纸团中只应该还有一个写着字。陈云鹏的表情像个孩子，望着廖瑞娟想让她再去抓，明显又为现场纪律所不允，廖瑞娟同情而又无奈地望着他。陈云鹏犹豫着走过去伸长胳膊从瓷盘中捏出了一个纸团，紧张地展开，没看到有字，举过头顶，正反两面反复看，仍然没发现字迹，这才高声喊着自我宣布："没有！"他回座位时已经完全换成了另一副表情，好像是一位得胜回朝的将军。廖瑞娟立起身，两人的手握到一起。

但是，事情进展很不正常，有点蹊跷。当二十一个乡镇全都抓过之后，最终仍没见到第七个写有"检查"二字的纸团。在一片吵吵嚷嚷中，二十一个乡镇领导把各自的纸团展开来放到一起，检查组和县计生委的人员走过来，那位高挑女士站起来，在坐椅后踱步。最后确认是写纸团的人原本就只写了六个。女士用轻微但十分有力的声音责备同来的几名工作人员，然后不得不重新来过，再行抓阄。现场的人露出多种表情，特别是刚才抓到检查号的几个人现在如获新生般地高兴。而抓了空号的人又沉重起来。但是，只过了一小会儿，所有人员就都再一次被同一种严肃的空气所笼罩。

陈云鹏扭回头，想和廖瑞娟说说话，释放一下心中的沉闷，可是廖瑞娟的座位是空的。这个女子因为刚才没抽到号而激动，她激动还因为这件事与她联系很紧密，她不仅在场，而且序号就是她抓的，她回忆现场细节，自从陈云鹏拿着她抓到的 16 号去抓阄开始，后边连续几个都是空号，16 号是个多么吉祥的数字啊！她没等最后结论出来，就离开会场憋不住地想和姬主任，还有邢林子分享这个快乐。

她快步来到挑檐下，没等她看到，姬主任和邢林子就望见了她，两个人几乎跑着来到她跟前。廖瑞娟看出，邢林子的表情、动作、眼神语气都还有些异样，她想如果不是成熟老练的姬主任跟着她，说不准她还要闹出多大笑话呢！对于邢林子和陈云鹏一夜之间就成了这种关系，真是有些理解不了，想象不到。陈云鹏表面上倒也没啥，而邢林子表现太出格，廖瑞娟想这女子可能是因为没见过世面，一下子在身份、环境上发生的变化太多，新情况来得太猛，把她弄迷了。她能想象出陈云鹏是如何对待邢林子的。她知道，在单位里这种事这样表现是会带来灾难的，内心里很矛盾，担心陈云鹏，嫉妒邢林子，同时又有些等着看她下场的古怪心情。这种认识使她有些超脱起来，像站在高处看低处的人，像大人看待惹是非自我闹腾的小朋友。另外，此时此刻还有一个重要情绪支持着她，那便是她代表高楼乡抓了16号，因为这个号全乡要免除检查了。她顾不得在这个浅薄的女子身上多费心思，反而能把她当作分享喜悦的对象。她先是抓着姬主任的胳膊说了一遍抓号的情节，又拽住邢林子的两只手在空中抡出两个半圆。邢林子立即跳起来，并且缠着廖瑞娟要到会议室里去。廖瑞娟开始不同意，又想她去有何不可，抓阄结果已出，这人进去已无大碍，说不准陈云鹏还会高兴，而对这个女子来说，则又是一次出丑。姬主任拦了一下，见廖瑞娟的态度又看到邢林子已不是先前那样疯癫，便没再强作阻挡。

廖瑞娟带邢林子进入会议室的时候，正遇上陈云鹏在抓阄。她们看到他的手正从白瓷盘中往上提，看到他举起那个红色纸团展开看，然后看到他哭丧般的脸，他往座位上回落时，正好看到刚进屋的两位女子，眼睛里燃烧起沮丧而无可奈何的火焰。

11

没有悬念，高楼乡成为全县接受检查的七个乡镇之一。根据规定，赴高楼乡的十五名人员，要在到达高楼境内时，才能在车上开启密封着的牛皮纸信封。开启一个，从车上下去五名工作人员，当即由专车送往村中，以确保在保密状态下第一时间实施检查。如此三次，三个小组就分别进入了全乡人口规模不同、经济条件不同、地质面貌不同的三个行政村内。

按照惯例，陈云鹏不须固定在某一个点上，他的职责要求他应该到三个村上去巡视，停留时间则应视检查工作进展的不同情况、需要解决的不同问题而确定。而与他同车的几个人，很显然应成为一支解决突发问题的特别工作队。计划生育虽然是行政性工作，但它的内容是十分具体的，涉及出生率、人口自然增长率、超生率、育龄妇女怀孕率、育龄夫妇节育率等烦琐的概念和数字，每一项都要由检查组从繁杂的分母性质的表格和统计中计算推演而产生。被检查者如果能够既合乎法规又适时地给予恰当的解释与说明，往往可以对检查工作结果起到界定性质或增减分量的关键作用。遗憾的是陈云鹏没有理解到这一层，对于技术细节上的应对没有针对性安排和准备，本来姬主任和廖瑞娟可以帮助他弥补的，可是中间插入了一个邢林子，把这个团队的秩序搞乱了。

公道地说，陈云鹏确实也纠结，思想斗争很激烈，他在利益和情性诱惑的夹缝中既兴奋又挣扎。但是，了解他性格的人对此早就没有悬念，知道他一定会倒向生命本能这一边。为了能和邢林子在一起，他实际上是解散了这个小团队，让姬主任和廖瑞娟分别去了另外两个村，嘴上说要把邢林子送到另一个村，可是具体行动时两个人又舍不得离开。这样，导致的直接结果就是，他和邢林子到达那个名叫疙针背村的检查点时，检查组的检查工作已经进行了两个多小时，而且村上正在上演着一出下不了台的好戏。

第六章　八角与杠子

1

疙针背村的支书乔银泰是个脑筋很好使的人。检查组进村后，他先把他们引进村委会办公室，态度上让人感到热情、谦卑。他把这个季节土特产中能吃的东西都端到桌面上，刚刚洗过的水杯上似乎还淌着水滴，瓷盘内一颗颗如儿童玩具般的花生角在严格掌握的火候作用下，此刻呈现着略显焦黄的琥珀色，还有那种被当地人称为柿饼的，本来都是完整的柿果，深秋季节当它们红而未软时被精心挑选着从树上摘下，巧妙地削去表皮，在阴凉处自缩数日，然后在初冬艳阳高照下形成新的包浆护层，再将之置入缸瓮之内，在时间与空气的作用下，柿饼上即会生出一层如浓霜一般的柿糖粒。乔银泰让人优中选优之后端上来的柿饼使检查组很高兴，同时也为他们提供了一个恰当的相互交流的共同话题。五个检查组成员有的出生在平原，有的出生在山区，他们很自然地说起他们那里互不相同的柿饼制作法，也有纯粹城市出身的，虽没有关于柿饼的记忆，但好奇心促使他们谈兴更浓。这样一上来就打破了检查与被检查之间容易出现的僵局，为乔银泰赢得了主动。他观察发现，其中三个人应该是从县乡临时抽调的，这些人让他想到高楼乡的姬成和廖瑞娟，他们平时来疙针背村，对他这个支书那是礼貌有加的。这些人地位不高业务精通，检查组的杀手锏往往是靠他们来亮出的。

另外一男一女，男的，中等个儿，厚嘴唇，细长眼缝，头上浅浅地顶着一个灰色鸭舌帽，推测他应该是一位爱清爽，喜欢新鲜的人。他是这个检查组的组长，但乔银泰感觉实际做主的应该是那个女的，尽管她名义上是副组长。这个女士不足四十岁，细腰肥臀，高挑个儿，眉目明丽，说话时望着听话的人，生动而含蓄。她是鲁西市计生委机关里的人，而男士则是外单位的，应该因为级别或资历之类的因素被指定成了组长。乔银泰谦恭地立在一边，等两位组长把对账查表、入户走访等工作安排妥当，并且向村上相应陪同人员作出周密交代之后，他便亲自陪同两位组长到街巷内去转悠，说是让他们看板报，看计划生育公示栏，看相关宣传标语等。边走边聊，乔银泰变着法儿找话题，硬是比较婉转地讲了自己的经历，特别是讲了一个他在其他场合已经讲过无数遍的情节。说某年某月，时任鲁西市市长来疙针背下乡，在听过他的工作汇报后，对陪同在侧的县委书记说，这个乔银泰的水平高，当一个县委书记也能胜任。乔银泰讲出这个情节后，鸭舌帽男士认真看了他好几眼，而副组长女士更是与他增多了话题。这样便又激励他讲起这个故事里的一些次生情节，比如当时县委书记怎么说，在场的其他人员事后怎么与他联系，在后来的全县支部书记大会上，他怎样受到同行们的赞誉或调侃。这些内容基本上已经是加工提炼后的文学作品，真实程度已经很难具体考证，但在此时讲起，对两个陌生的来自市里的人来说，确实是起到了乔银泰所期待的效果。他越说越有劲，乡情民俗、山地掌故，话题广泛，副组长明显有了兴趣，与他互相问答，像朋友高兴地聊天那样，人的本性，自然人的感情很自然地在彼此身上呈现出来。

在这种气氛中，乔银泰把两位引进村南山包上的紫云寺，让寺里一位戴着眼镜身穿杏黄色僧衣面色白净的和尚给他们抽签，像是玩笑，一切在不经意间进行。副组长往前一站，和尚将签筒递与她，另外的人以玩笑的口吻鼓励她摇晃那签筒。女士虽然也在笑着，但神情面貌已经在发生变化，她不自然的笑容下是一颗渐渐抽紧的心。在未知的超自然的符号面前，在彩绘如新的释迦牟尼佛祖慈祥目光的注视下，女士完全严肃起来。随着她双手不由自主的摇晃，一根竹签从筒中跃出掉落到地面。乔银泰本来已经躬下身，弯了半截身子又直起来，用神秘友善的目光望着女士，好像在说这等私密需要她亲力亲为呀！女士领会此意，自己蹲身拾起了那根红头银尾中间涂染成紫色的竹片，她略微转身把签上有字的一面对着自己，挨近脸看。只见她脸上表情先是如释重负，接着升腾起欢喜，再后来又佯装不以为意。乔银泰十分高兴，他这时候主动要过竹签，高声宣布签上"大吉大吉大吉"六个字，除了和尚，三人一齐欢喜地大笑起来。紧接着，和尚拉开抽屉，拿出一本线装模样包裹着紫色封面的，叫做神签注释的小册子，望一眼已经又变得紧张了的女士，用粗壮修长又有些嫩白的手指翻开书中某页。页上多是空白，只在正中间竖排着两行字：

> 月满天心人争看，
> 花到好时叶已浓。

和尚坐在椅子上，上身挺直，用指尖点着，像是默念又稍稍有声，同时以喜悦和神秘的表情注视着她，那目光柔软而有力量，好像要从她脸上得到什么意外收获。乔银泰乘机说："师父，这是今日疙针背的贵客，用师父您的话说，她是会施善黎民的啊！"

女士扭头望着乔银泰，乔银泰接着对和尚说道："看签是好签，词是好词，具体怎么好，师父您得细说端详呀！"

女士也急切地望着和尚，等他细说。

和尚把小册子合上，立起身，重新把签筒拿在手上，示意女士再抽一次。女士犹豫了一下，接过签筒，又摇，一根签从签丛中跃起，五分之二部分出在空中，差点落地，女士就势将其握住，抽出，凑近看，发现上面只有一个吉字。

吉，就是好哇，可是人心的期望往往是以已获得的作为基础来参照的，如果没有刚才的三个大吉，这一个吉就会让女士高兴，有了前边一签，此时女士的情绪就略显不爽。但是，和尚这次却主动了不少，他随即翻开小册子，吉签页上同样竖排着两行字：

> 天边红日浮云过，
> 院中芭蕉落雨声。

和尚眉头皱了一下，嘴里发出轻微的嘟囔声，听不清字句，但那音节、声调传递出的意思让女士感到有些复杂，便越发急迫地想要和尚讲讲意思。

乔银泰与和尚是很熟悉的。寺建在村边，信徒和香客多数来自周边乡村。和尚是外地人，从口音上听离鲁西地界也不会太远，两年前他云游而至，凭着僧人的打扮和谈吐，特别是外地的口音，让本地人感到新鲜洋气，上来就胜过原先一些本地的或是"自封"的和尚，让人觉得他更正宗。这个人有架势，能说会道，对佛教，对寺庙内事物总能讲出道理，在有些场合又矜持庄严，默不作声，面相上神妙莫测。这儿本来就是旧庙，中间颓废，是有人自发捐资重修起来的。开始香客不多，只是几个不甘寂寞的农村妇女聚会娱乐和钩心斗角的场所。这个和尚来了没几天，就主动去拜访乔银泰，那次他说的多不是佛门语，中心思想是希望给予关照。这让乔银泰这个很自负的人感到新奇给力。有一次他专门去到庙里，看似无意地对着众人奉承了一通和尚，说人家是从国家级大庙里来的，来山区弘扬祖国传统文化，是真和尚念真经。庙这个地方，光靠人管不行，光靠神管也不行，人和神结合起来才能管好。自此，乔银泰与和尚心有灵犀一点通。

乔银泰当下对和尚的表现有些不悦，事情很清楚，目的很明白，怎么这样呢？和尚仍然紧绷着嘴唇，好像并不理会乔银泰的态度。他起立，只看着女士说，请到禅房喝茶吧！边说边就走起来。乔银泰有所期待，"鸭舌帽"很好奇，副组长紧跟着。

下了大殿的台阶向右，沿着一条碎石铺成的甬道，众人来到北厢房一间屋内，一掀中间绣着红莲花的棉布门帘，乔银泰就高兴起来。他看到和尚原来是早有准备的，一套雪白颜色的茶具已摆好，那种像小酒杯一样的晶莹闪光的高档瓷杯乔银泰还是第一次看到；香炉内点着一支细香，轻烟如缕，随着门帘掀开，烟线弯曲摆动；茶盘上，紫砂壶内水正好滚沸。和尚持一小木勺，从青竹色圆筒内盛出一些霜白色茶球，沸水轻注，叮咚有声，满屋飘荡着浓郁香气。

之后，和尚立身正坐，面观副组长，做若语状。女士已经完全没有了先前的做派，和一位来山门求解困惑的普通尘世女子没有任何异样，她的面容表现着她迫不及待的心情。

和尚先把刚才的四句话又朗声念了两遍，然后抬起头，说道：

"月，月亮，很明显是指您，女贵客，求签人；月满天心，乃中秋之月，天上一轮才捧出，人间万户仰头看，是说您的生命、事业、爱情各方面正处于圆满美好状态。第二句再次揭示您的生存环境、工作环境很优越，可谓是一花独放，尽享宠爱。但是，花的开放如任何事物的发展规律一样，曾经含苞待放，后来开大了，花瓣儿放开了，一个时期内一直没有其他花朵与之争宠。然而，叶已浓，没有花朵不等于没有绿叶，叶子小时形不成气候，枝叶繁茂时叶就会成为花株的主体。况且，请注意，花到好时这一句，花好始衰，月满转亏，主体周围应该是枝叶环绕之象。"

鸭舌帽这时候朝和尚满含深意地笑了笑，转身走出禅房。乔银泰也很聪明，他看到副组长入戏已深，也诡秘地望了望和尚，同时轻声对女士说："我陪下组长，让师父慢慢给您说。"也离开了禅房。

屋内只剩下两人，和尚再说第二签时话语更为流畅，不再反复措辞绕来绕去，他说："天，在这里是说您的上级、上峰；红日，在易卦中是乾象的标志，阳刚强健，一轮红日蓬勃有力，光芒万丈。您一人两签，竟然一签得月，一签得日，确实应该是大吉大贵之人。恕我直言，您的福分来自乾，来自上方，当然可以是有血缘关系的长辈，但两签综合考量这个乾更多的可能是社会结构中处于您上峰的贵人，并且很明显应该是男性贵人。"

女士表情有些紧张，脸上泛起大片红晕。和尚望着她欲言又止。女士努力镇静了一下，催促他接着讲。和尚说道：

"看您虔诚，我得实言相告，这轮红日正在受到浮云的遮蔽，签上说红日浮云过，是红日被动地穿过浮云，还是浮云跑来干扰红日，这个我现在还没有能力参透。但是，红日穿云，光芒受损，到您这儿，会减弱光照。至于最后那一句，芭蕉落雨，这是一种形容，也是比喻，用自然景物代表人孤独时的一种心情。"

现在我们没有理由也没有必要再不直呼这个副组长的名字了，她叫郑云丽，同时我们也应该感觉到，和尚说的话正好敲击她的心弦。俗语云，有话说于知者，有饭送给饥人。和尚的话对旁人或许只是攀玄论道，或许只是牵强附会，或许只是表现才情。但郑云丽是有弦在心的，遇弹则鸣，当然弹弦者也是用了心机讲究指法的。郑云丽的父亲是钢铁厂工人，母亲在街道办事处工作，他们在生活和亲情上给她无微不至的爱，但都没有能力在事业上帮助她。而她是重事业的人，说得直白一点，就是她更看重事业上的光荣，包括在单位里的晋升，优质的工作岗位，由职位带来的优越感，等等。诸如此类的光荣才足以滋润郑云丽这个天生丽质而又争强好胜的女人的心田。她自己知道，单位里的人应该也早已知道，只是因忌讳而不当面说破而已。给予她这些的是一位刚刚进入市级班子的领导，这位先生在一次公共活动上与郑云丽相识，一见钟情，两个人的关系虽然自我感觉隐秘，但时间一长也早已被周围的许多人所知悉。

很意外，在这座山村寺庙里，被眼前这个和尚点破玄机。这让她确实有点紧张，又想自己这点隐秘的私事难道是命中注定，不然怎么会从签上看出来呢？此时此地她来不及朝这方面多想，只急于要向和尚讨教如何避免浮云穿日。

郑云丽的每一个表情和眼神都被和尚准确捕捉，并对他产生鼓励作用，如同往地上拍皮球，弹力会刺激拍球的人。但此时和尚却故意停了下来，不往下讲了。

这时候，乔银泰走进屋内，他立即就观察出了郑云丽当下的精神处境。他为安排郑云丽到庙里来这一招所得意，这可以减少在这种事上司空见惯的他们在现场指手画脚而带来的多少麻烦啊！同时一箭双雕，通过如此的私密方式，说不准还能与这个人建立起熟人甚至朋友的关系，为啥时候再检查埋下友谊的伏笔。隔着乡，隔着县，他乔银泰在市里有了这层关系，那对于他是很能上得了台面的一件美事。他提起茶壶，为两位续了一些水。很显然，郑云丽看他的眼神已经发生变化，不再那么生分，不再那么空洞，荡漾如水的眼波里增添了许多亲切之意。

突然，门帘掀开，鸭舌帽急急忙忙走进来，说出了点事。屋内的人立即站起，走到院中。甬道旁干枯的石榴树下立着来报信的那个人，显然是被临时抓差，他前言不搭后语，大家听明白笼统意思是有人来村委会闹事，破坏计划生育检查。

2

村委会设在一座像农户一样的院落内。从庙上匆匆赶回的几个人老远就望见门口开阔地上站了很多人，都是本村来看热闹的村民，有的蹲在地上边抽烟边朝门洞内张望，有的抄手站立着，多数是三三两两围在一起，指指点点，发出轻微的议论声。大人们带来的小孩在人群中间不懂事地叫唤着，互相追着乱跑。

这几个负有不同责任、担当不同角色的人一进门洞，就看到村上一个名叫八角的人，蹲在门洞外往办公室走的引路旁。村委会院子狭窄，已经能听到屋内叽叽喳喳争吵说话的声音，马上又看到几个村干部神色慌张地走出来，一见乔银泰和两位组长，就停下脚步，小心翼翼地闪身站到路旁，随即又转身领着三个领导往屋里走。大家表情紧张，说话吞吞吐吐，一句完整意思的话都还没说，就看到那个蹲着的叫八角的人猛地站起身，他可能才弄清新进来的是带队领导，他差不多是跟跄着冲到郑云丽面前，拦住她说："你是大官吧，当官要为民做主，你说你们管不管吧？"

乔银泰上前一步，强按怒火，但脸上已经气得变了颜色，他伸出一根指头指着八角，低声而带着威严地说："八角，你这捣蛋，不在家睡觉，来这儿干啥？你疯了？疯了？"

八角根本没有惧色。

八角平时在村上是个不被重视的角色。他约莫三十五六岁，未婚，肩膀宽，个子矮，黑脸，眼睛瞪得很大，眼珠似乎不动。由于长期不理发，浓密的毛发在头顶上像山坡上被风刮乱了的一蓬茅草。他没职业，平时多在家睡觉，有时候也蹲在村头或村中的十字街口，瞪着眼瞧走来走去的人。碰到有说话的，偶尔也猛地插上一句半句。他插话时声音很大，像跟人吵架，但大家都了解他，对他说的话不以为意，有时朝他望一眼，有时连看也不看他，继续各自说话。八角一般会重新蹲下，两手交叉在弯曲的膝盖上，扭头望望别的方向，自己接着自己的话往下说。八角这时候往往看上去很激动，一声高一声低，像远处有一个对手正在和他辩论一样。今天在这样一个场合看到他，别说乔银泰了，差不多所有村上人都吃了一惊。惊讶他的执拗、他的认真，特别是惊讶他没有一点退缩畏惧之色。

现在，没等乔银泰把话说完，八角就把自己的两只手抔在腰间，用大眼瞪着乔支书。和乔银泰不同，他放大着声音说：

"藏小孩，破坏国家政策，这次上级大官来了，我就要管，管到底！"

这时已经到了屋内，村办公室宽大的桌面上，站着一个两岁左右的小女孩，旁边两条长椅的一条上坐着一位五十多不到六十岁的妇女。说是坐，实际她根本坐不下来，她得来回走着照看桌面上那个不谙世故任性乱跑的孩子。周围有十几个人，其中检查组的两名人员坐在桌子顶端两把独立的无扶手的木椅上，脸上露出一副束手无策的表情，面前放着刚才入户检查时所使用的两本带夹子的表格式登记簿。由于小女孩偶尔要跑来玩耍那两个夹子，这两个人干脆把夹子取到了手上。

郑云丽他们很快就弄清了事情的原委。

检查组的检查工作本来是很顺利的，中间，这个叫八角的突然从某一个胡同里跑出来，截住现在坐在屋内的这两个检查员，说，他要举报有人藏匿小孩。边说边拽住其中一个人的胳膊，一直领着他们往村后的山沟里走。村上负责陪同的两名村委委员，知道八角是个无赖，当时就笑着斥责他，说八角你不要乱开玩笑，并且想阻止他往前走。谁知他像被拉紧又松开的生锈弹簧，劲头儿更大，提高嗓门说有人在山沟里藏着小孩。检查员本来不想节外生枝，组长又不在现场，又没有提前特别交代，他们完全是公事公办，多一事不如少一事。但是话又说回来，这种事一旦有人较真，当面举证，那他们是不敢回避的，这也是公事公办。而且还需要表现得积极而严肃。当下一干人就只能跟着八角往前走。正是在这个时候，两名村委委员才差人去庙里向乔银泰报了信。

当时他们几个人顺着一条陡峭的沙石小径，来到高低不平满是鹅卵石的坡下沟谷。八角在前边领着，向右拐，下两道石岸再向左，然后又向上走，沿着一个崖边，踏着干枯的杂草，拨拉开荆棘及其他灌木枝条，眼前出现一个因山崖凸出而形成的浅洞。就在这个山洞里，大家看到了现在在村委会里的那个妇女和在桌面上玩耍的小女孩。当时他们看到山洞里，临时支起的几块有平面的石头上，放着一个用条纹布缝制的挎包，里边装着小孩用品，一个白体绿盖的塑料奶瓶放在另一块石头上。

当时妇女正坐在一块方形石头上打瞌睡，小女孩则蹲在她面前，把地面上的小石头啊，小木棒啊，树叶啊，拿来拿去，好像要把它们搭建组合起来，但她又总是弄不到一起，看上去很不满意，抓耳挠腮的。

检查人员的突然到来和尖锐提问，真是吓坏了这个妇人。

这个妇人有一个儿子名叫杠子，杠子的父亲就是疙针背村的人。这个父亲长得瘦弱，而且丑陋，丑陋的主要部分集中在嘴和耳朵上，两片嘴唇奇厚且分别向外翻卷；耳翼极小，仅有的一点又向内收缩，如卷曲的总也放不开的某种花朵。还有一条是家里特别贫穷。丑给他贴上标签，穷使他精神受损，这两点如一个坐标轴，把杠子的父亲固定成了疙针背村那时有名的卑贱人物。村庄里所发生的鸡鸣狗盗之事多往他身上集中，这有点像创作小说，将杠子父亲这个人物塑造得越来越栩栩如生。有一件事倒是十分确凿，那就是他曾经到外地流浪多时，归来时引回了杠子的母亲，就是在山崖下一边看小孩一边打瞌睡的这个女人。当时村上人看不出她的具体年龄，脸嫩，皮肤却黑，后背有点驼，手脚都很粗糙，腰杆短，整个人不是中原人的特征。最主要的还有口音，她的话村上人一句也听不懂。生活几年后人们才弄清，她当时只有十六七岁，不到二十岁就生下了杠子，可杠子十几岁时，父亲就去世了。杠子长相和性格完全不像父母，远缘杂交的科学规律让杠子脑子特别聪明。他一反本村人的性格，野性十足，胆大妄为，很小年纪就学会说谎，只要利益需要，他可以随时编一套瞎话。小学毕业他就交了好多朋友，开始时是附近村上的，逐步向外扩散，没有多长时间他的朋友就有了镇上的，县城的，甚至据说还有了鲁西市里的人。杠子曾经是疙针背第一个拥有自行车的人，这几年又成为第一个骑摩托车的人。杠子骑着摩托在乡村与县城之间到处乱跑，摩托车前把上挂一个时兴的黑色直口带盖皮兜。谁也不知道杠子在从事什么职业，也没有明媒正娶的媳妇，但他好像从来不会为这事发愁，经常在摩托后边带着漂亮的姑娘从路上飞驰而过。作为一个特殊人物，杠子在村上逐步塑造和建立起了自己的影响力，村民、村干部，包括支书乔银泰，都对杠子另眼相看。杠子呢，又很势利，对场面上的人、有用的人都报以微笑，遇到乔银泰每次都停下摩托，正儿八经站下来和他说话，乔银泰心里舒服，嘴上居高临下又不伤和气地调侃杠子几句，互相挥手告别。

杠子越来越瞧不起八角这号人，每次八角蹲在路边，杠子都视而不见，一溜尘土而过。有一次八角从镇上往回走，夏日的高温把他的皮肤烤得像一张发烫的锅底，汗水止不住地像房檐上的雨水顺着脊背、肚腹往下流。杠子路过，八角跺脚喊话，杠子稍慢，扭头瞥一眼，目光已经相遇，但杠子是故意猛踏了一脚油门，飞驰远去。就这一次，仅仅一次就够了，八角对杠子在心里钉下了仇恨的钉子。八角卑微，比当年的杠子父亲还卑微，但人性最里边的那一点自尊一旦被外力逼活，他就会站起来复仇。

能有什么机会呢？杠子自己创造了这个机会。不知什么时候，通过什么途径和方式，杠子让母亲替别人家代养了一个婴儿。杠子自己没结婚，杠子父亲已去世多年，杠子家养小孩这明显是违背政策的。放在别家，那是胆战心惊的事情，但杠子胆大，让母亲在村里大张旗鼓地养。这次检查，由于是鲁西市的检查而被特别重视，检查组到来前，有人通过秘密渠道让杠子母亲带着小孩转移。但是，这一切都被一向不被人们重视的八角看在眼里，他要报一箭之仇。

乔银泰和郑云丽回到村委会不一会儿，他们刚刚弄清来龙去脉，乔银泰正在轻声地呵斥八角，杠子骑着摩托不知从什么地方赶到了村委会。

3

杠子是有眼色的人，他一看这阵势，心里是有点害怕的，先靠到母亲跟前，站立在她坐着的长条椅背后。郑云丽严肃着脸，用威严的口气对杠子母亲发话，要她说出这小孩从何而来，父亲母亲是谁。话语进行间不时用指头指向小孩。杠子母亲不吭声，低着头，把目光通过桌椅之间的缝隙投在地面上。小孩则哭起来，流着鼻涕，用手擦，手放不准确，把泪水和鼻涕搅和到了一起，抹在额头、耳朵和两腮上。杠子进来后，母亲第一眼就看到了他，他往身后一站，她立即就把一只手伸给了儿子，杠子攥着母亲的一只手停了一会儿，然后松开，靠前一步，将桌面上哭闹着的小孩儿抱在自己怀里。郑云丽立即就把目光转向了这个年轻人，她看杠子流痞的样子，有些轻蔑，语气中加重了呵斥的分量，并且步步紧逼非要他交代清楚不可。戴鸭舌帽的组长也站到了前边，其他队员也都赶回了村委会，几乎是围成一圈在对付这个突发事件。

乔银泰着急地去里间往乡计生办打电话，找陈云鹏，没人接，又把电话打到党委和政府办公室，真是凑巧，三个电话都没人接听。乔银泰返回外间，他看杠子的眼睛正在瞪大，一种激动的恶劣的气色正从他脸上升起，像乌云一块一块产生着。

乔银泰走上前去，伸手拽郑云丽，想请她借一步说话。郑云丽扭头见是乔银泰，一时大发起雷霆来，她完全变了个人，以上级对下级，以检查组对被检查单位，严厉批评起来，讲事件严重，讲后果严重，讲不能容忍。乔银泰想不到刚才在庙里抽签时的那一张姣好面容会变得这般凶神恶煞。他表情谦恭，脸上堆着讨好的献殷勤的同时，又有些难堪的笑容。见领导变了脸，就又移步到杠子跟前，用低声的语气说道："杠子侄儿，咱村这次要出大事了，万不得已了，你就说清楚这孩子吧！"

杠子没吭声，抬起头用目光扫过屋内全场，那目光从每一个人的脸上掠过，有的还有短暂目光交接，他的骄横之气在这个过程中受到鼓励。他抱起小孩，用力高喊了一声娘，连乔银泰看都不看，当然也没看任何其他人一眼，连抱带拉三个人一起向门外走去。迈过门槛，才站住，对着空中，当然众人都可以听见，他说："让我告诉你们这小孩是谁家的，我当然知道，清清楚楚地知道，她就是我亲手抱过来的。但是，我不能说呀，为什么？说出来吓死你们这些人，什么干部，什么检查组，统统吓死你们！"说罢，即要继续向外走。

乔银泰上前拦他，被他摔了一袖。

郑云丽他们一时恼羞成怒，但又束手无策。

这时，从村委办公室里间朝外的窗户上传出急促的电话铃响。一个村干部跑进去接，极快就出来，张皇着叫唤郑云丽郑组长，电话是从鲁西市打来点名让郑云丽接听的。郑云丽从屋内接罢电话出来，神情大变。

这个情节发生时，杠子已发动摩托驮了母亲和小孩箭一般向村外驶去。

郑云丽急喊，让开动检查组使用的吉普车，嘴上什么也说不出，大家能明白的意思是必须追上这个杠子。

情急之中，郑云丽、乔银泰，还有一个民兵营长上到吉普车上。车迅速启动，乔银泰看郑云丽脸上是说不清楚的表情，这表情与在庙里时以及刚才发脾气时都不一样。有一点能下结论，那就是她对乔银泰这个支部书记又有了友好的表示，甚至是很友好了。从车窗望见杠子的摩托车时，郑云丽对乔银泰说了这样一句话：

"乔支书，无论如何得把他拦下来，这个小孩无论如何不能出问题！"

乔银泰严肃地，但又没有把握地点了点头。

吉普车从杠子身边擦过，绕到前边停在大路中央，迫使杠子停了下来。杠子不知原委，心里有些发忧又还撑着横劲儿，正不知如何表现，看到车上下来的是刚才见过的人，就说：

"你们拦我做什么，你们不是要查这个小孩吗？我这就把她送到鲁西去，交给她爹她娘！"

郑云丽软着面子，差不多是用乞求的声音对杠子说："谁说要查这小孩了，我们都还没表态嘛！"

杠子心里泛起很多疑问，他是个聪明的年轻人，虽然并不知道刚才鲁西有人打来电话的事，但凭着直觉，特别是郑云丽前后态度天地之别的变化，他感到这件事情在某个环节上已经发生了根本性变化；杠子同时是个狡猾的人，既然已经窥出风向，他就要乘势而为，进一步吓唬吓唬这些人。郑云丽吧，这次检查罢就走了，一锤子买卖。村支书乔银泰可不是吃素的，虽说平时与他相互敬而远之，井水不犯河水，但必须利用这次机会让他进一步服气，对自己的能量重新评估。他望望郑云丽，又望望乔银泰，他们现在的表情、面色那可真是很罕见。杠子有些得意，想笑，但他憋着，上下嘴唇咬得很紧，他说：

"嘿，你们可不必给我让步，查啊，查到底。开着车跟我走，咱们走，看看我把小孩送哪里，不就都清楚了吗？"

乔银泰赶紧说："杠子唉，你误会了，郑组长可不是来撵你的。"又补充说："撵是撵，但不是你说的要查小孩，是劝你回去！"

"我回去干什么，老实告诉你们，趁此机会我也想甩掉这个包袱。"他把脸转到母亲抱着的小女孩身上，继续说："你爹把你交给我，自己在城市得得劲劲当大官，让我在这儿替他活受罪，好了，这下好了，有人要查，正好，送给他爹，我也算解脱了！"

郑云丽表情谦卑，满脸堆起来的差不多已经全部是讨好的笑容了，乔银泰刚才已是一头雾水，现在就更加纳闷。他一点也不知道郑云丽接电话的内容，不仅他不知道，除了打电话和接电话的人，这个世界上所有人，包括笔者和读者，我们都不知道具体内容。作为支书，他当下的一切努力就是要把检查应付下来，保证疙针背村不存在违反计划生育政策的问题。他跟着郑云丽拦截杠子，没有其他可以解释的道理。单以他说，他恨不得借上级之力，借检查之威，把这个杠子弄服妥才好呢！见郑云丽这般态度，他察觉到此事重大，并且有些诡秘。但是，事情再复杂，有一点他很清醒，那就是杠子家的小孩如果有问题，那就是疙针背有问题，在这一点上他与杠子应该形成合力，不，现在看来，不光是他们两个，还有郑云丽，很明显也和他们合到一起了。乔银泰搞不清原因，但他断定其中必定有某种切实的利益联系。

想到这里，乔银泰不禁打了个寒战，看杠子那得意劲儿，那变本加厉的表演，他很无奈，上前一步，说："杠子啊，差不多就行了，听叔一句话，不要再升级再闹腾了。郑组长是谁你知道吗？人家也不光是一个组长呀！郑组长都这样了，杠子，就到此吧，就听话吧！"

杠子听到说郑云丽"也不光是一个组长"这句话时，心中咯噔一下。没等他想清楚，郑云丽就针对这句话对乔银泰说："乔支书莫抬举我了，我就是一个小科长，在鲁西认识的人不能说少，但人家都是我的领导！"

杠子已经平静了很多，整个气氛也出现缓和。郑云丽从杠子母亲手上把小女孩拉过来，端详她，逗她，小孩被弄得哭起来，挣脱郑云丽，继续扑向杠子母亲。这时杠子动手解开从山崖下背过来的提包，取出那个硬塑料奶瓶递给母亲，母亲半蹲着把米黄色的奶嘴喂进小孩嘴里，她边用劲吸吮，边转动眼珠看周围的人。

实际上这几个人已经达成默契，并代表不同力量在此时此地形成了一个共同联盟。

杠子的事情实际上已经缓和，但他仍然在做一些坚硬的表现，他揭开摩托车座位下一块枣红色金属盖，从下边长型凹槽里拿出一个黑紫色皮夹，拉开，从里边抽出几页折叠着的纸张，朝郑云丽、乔银泰面前抖了抖，有些神秘地说："你们不是要查小孩吗？我这纸上就全是一些领导家生小孩的材料，什么级别的人物都有。从哪儿弄的？这就别问了，问我也不会告诉你。但是，你们敢查吗？！"说着说着就瞪大眼睛，意气飞扬，并再一次把那几页纸在手中抖搂晃动。

实际上杠子是在吓唬人，那就是两张没用的废纸，上边什么人名也没有。郑云丽和乔银泰弄不清底细，又不敢大意，不敢惹眼前这个疯子，只能谨慎地与他对话。

杠子不语，抬眼望着远方的天空。

郑云丽自从接了电话后就一直很主动，现在她好像忘记了今天在工作上所扮演的角色，竟然提议让杠子和杠子的母亲，还有小女孩赶紧上到她的吉普车上，要帮助杠子把小孩转移到另外一个更妥当的地方，她说现在的情况不适合让小孩再回到疙针背村去。大家当然都同意。郑云丽让马上走，对于村上的善后工作她似乎顾不得再多加考虑。郑云丽迅速登上前排，坐在吉普车副驾驶位置，让母子两个和小女孩坐后排。杠子表现了些不情愿，但他实质上是很满意很高兴的。汽车发动前，郑云丽招手让乔银泰走上跟前，耳语于他，让他请紫云寺里的那个和尚今晚到她下榻的第三招待所来。

一直稍远站着的民兵营长这时骑了杠子的摩托，乔银泰一跷腿坐上后边，返村委会而去。

4

陈云鹏和邢林子往疙针背村走了一条近路，选择这条路，理由是近，节省时间，实际上陈云鹏清楚，此路崎岖，正可以为延缓时间找到心理上的借口，自欺欺人。另外，偏僻路径行人少，他与林子有更多机会下车欢愉。他们进入村委会听人一说情况，陈云鹏一时极度地惊慌起来。这种性格的人情绪胜过理智，情绪如火，看似强势，实际一遇事就发软，先是着急，想不出办法，接着就恼羞成怒，怨天尤人。这时，八角这个引起事端的人也早已被吓软了，他料不到会引起这个后果，他的视野和能力根本涵盖不了这件事，他觉得自己闯了大祸，现在他偎着地面蹲靠在村委会二门之内一棵刺槐树根儿，一直在自言自语，重复说："咋了？咋了？咋了？"另外一些话嘟嘟囔囔，听不清具体字句。陈云鹏来到他跟前，用手揪住他，像吊车吊物一般把八角抓离地面，怒不可遏，呵斥声声，村干部、个别村民站在周围瞧稀罕，发议论。

乔银泰回到村委会见到陈云鹏的样子，并没有与他多说什么。只停了一小会儿，高楼乡党委书记刘先河陪同县委组织部、纪检委、计生委的几个人就同车来到了疙针背村。组织部来的是一名副部长，瘦高个儿，浓眉，皓齿，红嘴唇，他面相温和，但语气很严厉，他宣布了县里对陈云鹏的处理决定。大意是说，在这次计划生育检查工作中，高楼乡专职试用副乡长陈云鹏，作风漂浮，行为混乱，在全县干部群众和上级检查组面前，造成了极其恶劣的影响，为教育本人，并且防止给工作带来更大损失，经研究决定即日起停止其职务行为，返回原工作单位，对其是否进行其他纪律处理，视后续调查结果而定。

上演在疙针背村的这一场乱戏就此结束了。但是它引起的后果连绵不断，鲁西市对高楼乡的检查被宣布无效，什么时候再重新检查，由上级相关部门研究决定。陈云鹏因受到突击处分而成为名人，他和邢林子的风流故事被传得风生水起。传播学自身的功能将邢林子塑造渲染成一位疯狂的妖艳的美女，以至使个别年轻人一方面叹息着陈云鹏的政治前途受挫，一方面又向往这种传说中的"艳福"。

拔起萝卜带出泥，因为这件事与郑云丽有亲密关系的鲁西市的那位领导先是暴露出违犯计划生育政策的问题，接着又带出生活作风问题，最终受到了党纪政纪处分，当然这个是半年以后才发生的事，是后话。在疙针背村，给她打电话的正是她的那位情人，在村委会办公室桌面上哭鼻涕的小女孩是他与他妻子的亲生女。算来这女孩孕育的时间差不多就是他们两个人秘密相好最浓烈的时期。说秘密只是他们自欺欺人之谈，实际上单位很多人都清楚她郑云丽是被贴了标签的。她美貌，性格好，又有中专毕业的专业知识，如果不是有人占下，追求她的人还不知道会有多少呢。如今她三十多岁了还是独身，她在推迟找结婚对象，一方面与这位秘密先生在一起使她在情感和生理上已经很满足。另一方面她正在等着下一轮机关干部调整，那时她可能就会升跃一级成为计生委副主任。这很吸引人，官位和权力可以更好地滋润一位美女。就在下乡前周末的幽会中，那位先生还与她共同展望过此事。可是，再怎么私语深谈，也从没听说过他还有这样一个小孩，而且这小孩正好又叫她带领的检查组检查出来。先生也真是急了，电话直接打到村上，说话语无伦次，能感觉到他心中的极度恐惧，郑云丽当然会竭尽全力保护先生，可同时心里有别样的滋味。

同样摸不着头脑的还有疙针背的那位生动人物杠子，他尤其对郑云丽的表现感到吃惊。他心里在想他让母亲代养的这个小女孩究竟是谁呢？杠子实际上并不知道她的真实身份，更不知她父亲是谁。他的上线是一个卖煤的老板。老板四十余岁年纪，矮短身材，紫红脸膛儿，鼻头上长着一颗黄豆般的肉刺，一字形唇线，单皮小眼睛，偶尔射出的眼神像翻动刀剑时剑刃上晃动出来的一闪而过的光芒。这个人在太行山口办了一个煤炭转运站，站场内六七座煤堆像平地隆起的山包，每天大小车辆进进出出，煤堆旁边，车辆周围数十名满身煤黑，只能看到两排白牙的工人在紧张忙碌。老板的办公室设在距此一里的集镇上，是一个全部为平房砖木结构并且有三座院落相连接的小型建筑群，老板的办公室在最后一座院落里。这里有一条吃喝玩乐流水线，可是一般人又看不出吃在何处，玩在何处，根本不搞对外服务，来这里的都是老板的座上宾。这部分人中有相当数量是晋原省这几年新兴起来的煤老板，有的原来只是一个村干部，摇身一变成为原先集体煤矿的控股人、董事长，一夜之间成为巨富，他们的口音与性格和崇山人差别很大，声音高，能喝酒，行事豪爽，重情义，往往一眼就能认出来。有时候他们来时，老板也会把本地及鲁西的一些朋友请过来共同喝酒行乐。这时候工作人员都会很安静，悄悄地服务好，然后站在墙角或灯光的暗影里听候吩咐。

杠子的岗位不固定，他属于随时听候老板派遣的人，在办公的地方，在煤场上，随叫随应，有时去县城某机关传个什么话，送个什么小礼品。也去晋原，多是乘坐山西老板的车，这是让杠子最高兴的差事，有时候晋原人像待老板一样待他，喝酒吃肉，轻松愉快。但是，以这种方式工作的人并不是杠子一个，还有其他人，所以也需要表现也需要竞争，不然就会在老板面前失宠。杠子长这么大，讨好尊重的人，除了爹娘就是这个老板。有一天夜里，老板紧急召见杠子，又用车把他母亲接来，在县城一间密室内，进来一对夫妇，女的抱着这个小女孩。看模样夫妇是本县人，应有一定身份，他们神色慌张，应该与老板已有约定，迅速将小孩交给杠子母亲。有一段时间杠子以为小女孩的父母就是那天晚上的那一对夫妇，后来老板不知出于何意，告诉他小女孩的父亲是泽西市的大官，具体是谁到现在也没有对他说。但是，今天，面对郑云丽的表现，杠子甚至想，是不是他的老板也不知道这女孩的真实父母呢？

夜色比较浓了的时候，乔银泰领着换了便服的紫云寺和尚来到招待所门外。他先到郑云丽房间询问她如何见和尚。郑云丽思忖一下，说："你先出去，我随后便来，咱们到街上找个公共场所稍坐即可。"随后，三个人踩着路边斑驳的灯光和冬季地上简洁的树影，来到一条南北方向的胡同里，路东有一家门面干净利索的饭店，他们拾级而上进入门厅，在服务员引领下到四楼。这房子三层以下是双面建筑，到四层时少去一半，致使三楼的部分房顶成为四层宽阔的阳台，边上围着半人高的不锈钢栏杆。乔银泰直接领着他们进入一个房间。

在明亮灯光下，改变了装束的和尚完全是一个新模样，年轻了很多，脸白净，颈项挺拔，眼神明亮而坚定，要不是为了遮掩光头临时戴了一顶不太合适的灰蓝色前檐帽，他的身段可能会显得更高挑。话题并没有直接进入郑云丽抽签的事，而是很自然地先聊起了和尚的身世。郑云丽验证了自己的判断，这个和尚确实不只是一个山区小庙里简单孤独的僧人，即便现在也仍然凡心未除。他大学毕业后进入省城某机关，写得一手好文章，他的上级直管领导要把女儿嫁给她，并且诱以一个竞争激烈的处长职务。和尚的恋人是大学同学，彼此山盟海誓，他痛苦挣扎一番后回绝了那位领导。就这样，他在单位逐步被排挤到边缘岗位，可是不久之后他发现，自己的恋人却为了"进步"，嫁给了她所在单位的一把手。和尚意气激烈之下，到一家天下闻名的大寺院出家。时间一长发现这方外之地也不是净土，遂到四方云游，其间慕名而入过很多山门。他感觉山门越大反而越不干净，特别是有一个反复出现的场景尖锐地刺激着他，那便是寺庙内每到晚上，香客散尽后，数百名和尚在不同的殿堂内数钞票的情景，为钱的多少而争得面红耳赤，甚至好几次彼此大打出手。他选择再次逃离，可是最后天机尘缘，云水翻腾，他来到了疙针背小小的紫云寺，一人做方丈，一人做僧徒，实际这里成了他读书学习修身养性的精堂雅舍。与此同时，他也在容俗，入俗，甚至偶尔在尘世社会上也表现出憋不住的人性光芒。

郑云丽这个人现在是更有意思了，经过疙针背这件事，她在乔银泰与和尚面前已经完全不像先前那样，她的那点事在两个人面前似乎已经无须隐藏，但是肯定又不能明白地说，永远都不能说，包括他们相互联手为那个小女孩所做的事情也不能说，不仅不能对别人说，即使他们几个人之间也永远不能再说，只能把它模糊在时间里。但是，按照签卦，忧患就在眼前，而且已在当下表现和验证，这是必须要让和尚再进一步指点策讲的。这样想着的时候，有一个声音反复在她脑海里回响："世间的事怎么会这样巧呢？这样巧呢？难道人生的一切真的都是定数吗？"她脸上露着亲切的、不拘束无做作的，同时也有些诡秘的笑容，望着乔银泰与和尚。

乔银泰简单点了几个菜，要了少量主食。他知道这些都是多余的，这样做相当于封闭年代恋人们进电影院买门票，只是取得一个合法座位和场所，所要实施的行为则可另外而论。停了一小会儿，乔银泰又像在庙里那样借故离开房间，让他们两人的谈话更加自由，三人即谓众，特别是难免要涉及隐私，剩下他们两个人尽可以省略对语言的许多包装和修饰，很好很好。

都是聪明人，况且要害话本不用几句，只停了十几分钟和尚和郑云丽就走出来，扶着栏杆站在阳台上的乔银泰立刻迎上去，三个人一块走到胡同里。乔银泰感觉和尚是安慰了这个女人的，她一直在咯咯咯地笑。

第七章　官司游戏

1

发生在疙针背村的这件事，留下一个最大的后遗症，就是又一次改变了我们美丽的主人公邢林子小姐的命运。

她本就是无根浮萍，风平浪静时尚可以彰显出生命的形状和色彩，一有风浪，哪怕一点，她就受不了了，何况是这么大这么猛的风浪。她的名字和陈云鹏的名字联系在一起，差不多成了一个民间笑料，被传说，被塑造，被夸张，被撕裂。仅仅在离开后的第五天她就在没有任何人给予一点安慰或同情的情况下，灰溜溜地回到了七岸村。与走的时候不同，她像去赶集没量到米反而丢了布袋的孩子一样，满心羞愧又无话可说，她奇怪自己怎么就做了这样一场鬼迷心窍的事。几天前内心妒忌表面上已经开始讨好她的一些村干部，躲在街角、树后假装不看她，实际上对她的一举一动比谁都看得清。一些在地里干活的村民在议论她时，又把过去她和彭随明的陈年旧事再次提起，并由此下结论说邢林子天生就是个风张片子，甚至用很难听的话从生理上评论她。

她进家门时，彭随明正好要到河滩沙石厂去。这个年轻人近日正是春风得意的时候，因为他主持开采出了那一窝奇异的彩色石板，七岸石材已经名声远扬，外地许多客户，包括沿海一带客户纷纷派采购人员来到七岸。河床上各个工点上经常会看到穿花格布衫操南方口音与本地人装束完全不同的人士，他们的口音儿化很重，尾音拖得长又拐来拐去，有点像经常在七岸村边树枝上鸣叫的一种鸟的声音。七岸沙石厂也改成了七岸石材公司，往常多在县城遥控的老板周奎现在已经常驻七岸。那栋形状奇异的楼房被装饰一新，大幅大幅的美女喷绘图画挂在楼房的山墙上。周奎所乘的两头尖黑色小轿车经常在楼前小广场停放着。彭随明得到新的任命，专门负责图画石开采。这种美丽石材的开采点已经发现并确定了六个，他每天除了在楼内与周奎研究工作，就是在这六个工作面上巡视，不断向人发出指令，支配别人所带来的快感滋润和激励着他。

邢林子的事传到沙石厂，他是最后一个听到的，而且还是周奎告诉他的。在办公楼说罢工作，彭随明正要站起来走，周奎大声唤了他一声，脸上露出嘻嘻哈哈而又有些嘲讽的表情，说："随明，咱林子行啊！"

彭随明觉得不对，坐下来询问周奎。周奎一脸神秘，说："兄弟，你当真不知道啊！"

然后就对他说了事情的经过。需要指出的是，周奎说的只是很多版本中的一个版本，而且又经过了他的再创作。在这个版本里，陈云鹏被妖魔化的程度更高一些，而邢林子只是猛兽口中的猎物。并且听周奎的口气，再加上彭随明先入为主的理解上的倾向，似乎猎物一直在躲避一直在奔逃，整个意象上完全是陈云鹏在张牙舞爪。这样，妻子在彭随明心目中差不多就只是一个被动的受害者的形象。彭随明的第一反应是要去找这个陈云鹏，周奎不知出于什么动机，劝他现在别去，去也无用，君子报仇十年不晚，好像他对此事胸有成竹，早有良谋。另外，还有两个因素成为彭随明的减震器。一是妻子去高楼总共四五天时间，事情再怎么也严重不到哪里去。二是图画石的开采像天空的彩虹，正鼓胀着彭随明理想的风帆，这风帆涂满了财富的玫瑰般的色彩，这色彩淹没和淡化着他心中除此之外的其他事物。

这样，当彭随明突然面对妻子的时候，并没有出现多么严重的例行的难堪。此时的邢林子完全是精神上的落汤鸡，老实说，在情爱的时空上她还摆脱不掉陈云鹏。现实像一把利剑从天而降，让她觉得血肉纷飞。她是把身心都给了陈云鹏的，开始是被动，后来在诱惑中在肉体接触中在从未有过的被人奉承的气氛里，她不仅主动，甚至是分化了自己，疯狂地向他贡献自己。这个过程像烈火烧烤着她，青春被歌颂，其他她是顾不得了。还有陈云鹏在她身边说的一些大话，豪言壮语，甜言蜜语，都是从来没有人跟她说过的。让她想象着远方有一个幸福的人生彼岸，尽管笼统，模糊，但那轮廓那彩色的弧线，像彭随明对财富的想象一样诱人啊！

现在面对丈夫，她有一种被打捞上岸的感觉，同时觉得与这个同床共枕的人距离变得疏远，看到他神情面貌憔悴，心中又生出一些怜悯。彭随明转回身来，张开双臂把她抱在怀里，用连续的不成句子的含义特殊的语气性声音安慰着她。

但是，彭随明心中有事，只这样过了一小会儿，他就把妻子扶坐到沙发上，说："林子你先休息，没什么大不了的，不就是不让到乡里去了吗？咱本来就是农村人！"

林子立起身，泪眼模糊着想要对丈夫说点什么，随明制止了她。用表情告诉她，不必解释，我心里清楚，我相信你。林子没再吭声，但真要让她说，此时她能说点什么呢，连她自己也没想清楚。

彭随明站起来，望着坐着的邢林子，说："你等着，我会给你带来好运，让你过上有钱人的生活的！"那表情，那宣誓般的语气，在夫妻二人之间，彭随明是很长时间没有如此表现过的。

他跨出屋门，邢林子听到他随手关上院门的声音，听到他在门口向东而去踩在石板路上的脚步声。

但是，在这里我们不得不说，此时伴随着彭随明向东而去的，除了一颗委屈而倔强的心之外，在他头顶的天空，有一片乌云也正在笼罩着他，这乌云能量极大，即将遮蔽他人生的太阳。同时，也使我们的故事走向发生许多改变，出现许多超出我们预料的情节。

2

彭随明一到工地，就听人说老板周奎已经去了 3 号图画石开采点。3 号点在河床靠西南方向的一处高地上，河床已经挖

268

得很低，从下向上铺设了一条宽阔的坡道，彭随明在下边就望见周奎被太阳光束正照着的泛亮的头发，有时也能望到他的前额，同时听到工人的说话声，机械触地和转动的声音，似乎工作正进行到某个重要环节。彭随明个子小，他又弯着腰向上奔跑，稍微远一点的地方如果有人朝这里望，在视线里很容易把他与一块石头或一片沙子相混淆。但是，他本身的样子是极其生动的。一到上边，果然看到在昨天挖好的坑穴内，吊着钻头和抓铲的龙门架下，有几个工人正在周奎的直接指挥下，撅着屁股，头差不多挨着实地，手里拿着铁锹啊，短钻啊，锤子啊，在吃力而又小心翼翼地寻找着可能出现的图画石矿体的第一层石面。本来是要先用机械的，周奎担心机械会破坏掉随时出现的珍贵石面。彭随明望了一眼双手剪在身后，表情异常兴奋的周奎，他什么话也没讲，就沿着通往坑底的沙石斜坡爬了下去。

他下去后，下边的人有的正要扬起头看他，甚至还没怎么与他的目光相接，头顶上的那个金属长臂栽了下来，那样子像喝醉酒的大汉突然栽倒，闪着金属白光的钻头压在彭随明腿上，看样子他是要跑的，没有来得及。其他人受惊不小，但并无大碍。彭随明从坑里被抬上来的时候，已经不是原来的他，腿实质上是断了，只是当时还由皮肉连着。后来的情况也进一步确认，当时第一时间他的腿就已经离开了他的身体，父母给予他那完整的"身体发肤"被人为地、过早地、不可挽回地破坏和剥夺了。

经过必不可少的多个医院的多个环节的治疗和抢救，彭随明最后成了一个只保留着上半身的人。依照当时的医疗条件，医生给他制作了两个在中间凹槽上设置有金属把手的小木墩，他从此处往彼处移动时，就用两只手前后交替着移动这两个小物件，而此时他的半个身子就能离开地面半拃的距离。

对于邢林子来说，先前的坏名声已经被家庭中没法克服的新困难所淹没，前边的风浪摧残着她的精神，从人生海洋的暗处涌出的后一个恶浪更猛烈更现实，让这个女子直接没办法生活。要知道，她家中还有别的亲人，只是他们夫妻两个各自为理想而忙于事业，使我们也好久没有提过她的侏儒父亲、哑巴母亲和即将该上小学的女儿了。他们住在邢林子的出生地——猫儿脸山峰下的斜谷里，院子西边南边的植被经过几年的生长比以前更茂盛了，刺槐、榆树、山榉树等多种落叶乔木，黄栌、酸枣还有一些叫不出名的灌木丛、小叶植物，气势繁盛一直绵延到太行山主峰下的陡崖处；院落北边是一道凹槽缓坡，长着麦叶草、蒺藜、马齿苋、山菊，还有沙参、柴胡、泛白草、桔梗、牛蒡、大黄等可作中药的植物。就在这些低矮植物中间横呈着一条完全由人踩出来的小道，这道路从林子家院门开始，蜿蜒向下，再偏一点东北，与那条南北大路相交时被大路吞食，一过路，很快就在布满大小石头的坡地上抬起头来，而后在坡的东部边缘连接上彭随明家的院门。如果有机会站在高处连贯起来看，这条小路可以有两个比喻，一是可比为一条柔软曲折的绳子，再一个可比作一条蛇，猫儿脸山峰下养成的蛇，它从林子家门里出来，寻寻觅觅地爬动，一直钻入彭随明家的院门。

灾难把亲人们再次聚集，卑微的亲情在林子的生活里显得比平时更为重要，同时也成倍地加重着她生活的压力。在新的灾难到来后，原来的灾难似乎自然地减轻了重量。

事故发生后，石材公司老板周奎与他当年面对县城地痞打群架时一样，开打之前尽显"侠士风度"，遇到真打时便露馅。他不认账，不负责，拒绝支付对彭随明的赔偿费。

石钟鸣领着邢林子到神仙楼找周奎，周奎鄙视地笑笑，说："你叫石钟鸣，对吧，我早知道你！不知你犯了哪根神经，整天缠着这样一个破货，缠，缠，再缠吧，再缠就把她弄成马蜂窝了！"

邢林子像被人猛击一拳，踉跄一下，但并没有后退。她的精神在这个时期已经整个地处于踉跄状态，踉跄着，在她已是一个平衡，一拳两拳的打击，她是不会失衡的，半麻木了的神经成为她顽强对抗的力量。她本能地与石钟鸣靠近些，扬着脸迷茫地与周奎对视，周奎不屑于这样看她，把目光移到石钟鸣身上。

石钟鸣显然是见过些世面的，周奎的话似乎并没有使他受到羞辱，他挺直着胸脯质问他："周老板，别说无用的，你就回答我，彭随明是不是在你工地伤残的？就回答这一个问题！"

周奎目光瞟向别处，又瞟回来，说："我工地？我工地大着哩，整个七岸河都是我的工地，我能管得了！"

石钟鸣又问他道："彭随明被钻头打住时，你在不在现场？"

周奎向上扬头，他的长头发随着他整颗头的上扬而朝脑后翻去，然后他又朝前弯了一下头，那些头发便又把他前额上的眉毛遮挡了，他一边用手向上撩头发，一边以狠毒的语气说："不说这还好，一说这简直要气死我。这个什么彭随明多管闲事，自作主张，你去问他，谁让他下那坑的，别人都好好的，不是他乱跳腾，哪会出这等破事，平白无故让人跟着倒霉！"

邢林子之前已经多次听周奎说过类似的话，这次是意思最明确的。按照他的说法，彭随明还得赔偿他。这个意思像锋利的刀刃刺激了邢林子，她突然如弹簧一样弹跳起来，纵身一跃扑向周奎，周奎没防备，被从椅子上撞跌在地，一副狼狈相。他站起来挥着手要打邢林子，邢林子斜起身体跳跃着一下一下向他身上扑，嘴里呼号着："愧心的人，愧心的人，你打，你打，你再把我打死，我们全家就省心了，打，打啊！"

周奎倒退几步，立住，指着石钟鸣说："你这个挣着国家工资，游手好闲的人，在这管闲事，带着个泼妇扰乱企业生产，我要告你，到鲁西告你，到燕城告你！"

这时候周奎的几名手下过来，要把石钟鸣他们轰出去，彼此撕拽起来。这里的声音吸引了很多人，正好从此路过的外乡人，河床上干活的人，来拉货谈生意的人，许多都围过来看热闹。人们边看边悄声议论，把自己听来的那一点内容讲给别的人，对方又拿自己听到的来纠正讲的人，看那表情是力争要还原事情的真相，却怎么也达不成共识，突然又有第三者第四者扭过头来插话，使争论更加激烈，把彭随明的伤残过程讲得漏洞百出而又言之凿凿。

周奎大声喊话，驱散人群。石钟鸣拉起邢林子的手走出神仙楼，来至大路上。邢林子脸色惨白，抽泣着，不断回头望，好像要在身后的空气中寻找到什么。周围的人看着这一男一女，又在发出各种议论。人的嘴巴除了吃饭，天生就是管发声管议论的，而议论别人的同时也被别人议论的人，在人生的多个时候都把这些议论当作荣辱标尺，换句话说是为这些议论而生而活而悲而喜的。彭随明因为自己的城市人身份以及刻意在家乡人面前塑造出来的形象，使他能够稍稍抗拒议论的枷锁。至于邢林子，她已经卑微到底，她的隐私之类全部展开在太阳下，她自己无盾可持，到最后反而使别人无话可议。而且，这样两个人在一起，绝对不是一加一等于二，他们愈是在一起，愈是公开在一起，人们愈是自我解释它的合理性，心中那种议论的欲望如冰块遇到太阳被消融化解。

回到家里，手握木墩立在地上的彭随明听了两个人说的情况，执意要亲自去找周奎。

他们家西棚屋内放着一辆独轮手推车，它曾经是彭随明父亲的主要劳动工具，弃用已经多年。现在邢林子让石钟鸣去把它从累积的杂物中搬出来，搬到院门外，然后石钟鸣又把彭随明提起来放到车子一边。石钟鸣想着车子会失衡，用眼神示意让邢林子坐上另一边。林子好像未会意，站在车后准备跟着走。石钟鸣蹲下身体，伸开两臂，攥住车把，向上起立，他感觉到车子并不像想的那样失衡，这让石钟鸣心里酸楚了一阵，再一次明确认识到这个人的身体确实是失去了很大的一部分，他推车行走时只需将承载彭随明这一边的胳膊稍稍抬高一下即可。车子一直推到神仙楼前，石钟鸣和邢林子把彭随明从车子上搬下来，没着地直接就进了周奎的办公室。

彭随明以前曾是这里的活跃分子，经常一溜小跑，进进出出。现在他眼中的世界都发生了变化，这里的物体，高低，远近都不是原来的样子了。他立在地上三尺不到，需要仰起下巴才能望见周奎脸前的桌面，桌面上大大小小的装饰物像一片望不到头的森林；周奎坐着的会转动的座椅，刚买来时周奎还让他坐了一下，让他转着它高兴，现在他已经望不到那个靠背的顶部，座椅底下的转轴、螺丝、多种弹簧等平时不易被人看到的部分反而成为主体出现在了彭随明的视野中；还有屋顶，屋顶上的吊灯，沿着墙角镶嵌的多颜色的线条，都变了。他转回头从门内向外望，只能看到院子很短的一截。一个完整的人蹲下身子可能也是望这么远的距离，但蹲下的感觉和彭随明现在的情况是不一样的。蹲下，还能站起来，蹲下的视野和站起来的视野是混合在一起的。失去半截身体，永恒地降低在地面上，视野便是固定的，没有别的高度前来参与，是一个整体的完全的降低下来的世界。彭随明又一扭头，正好照着身后竖柜上的长型玻璃镜，镜中的他简直不是一个人，那堆塌缩在一起的黑影是什么？已经很长时间被绝望浸泡的这个男人，此时突然发力向玻璃撞去。屋内的人都本能地跃起，但以彭随明现在身体的情况，他根本发动或产生不出多少有效的力量，他身体的全部支点只是两个比两只鞋稍微大一点的没血没肉没神经的木墩，哪里会发起什么力量呢？竖柜颤动了几下，玻璃镜内映照的物体包括彭随明的身体紊乱着摇晃成一片迷雾。迷雾面前，彭随明哭起来，仰着头，没遮没拦的，一点也不害羞，任由泪水在脸上漫流，像一个失去了所有依靠和帮助的孩子那样。邢林子、石钟鸣都没去安慰他。

周奎的情绪有些缓和，他的脸放松了一点，但等他一说话，便明白他的态度并没有改变，他只是声音放低了一些。他以俯视的角度望着彭随明，并且连续叫他的名字："彭随明！彭随明！彭随明！"

被叫的人并没有睁眼，仍然在哭。邢林子上前推推他，用手抹去些泪水，然后把愤怒的目光投向周奎。

待彭随明只是抽泣时，周奎对着他说："随明，我对你赖吗？医药费不是公司给你算的吗？那是好几万块钱哩！"

周奎实际上只是说了个表面，当时人命关天，情势危急，亲戚朋友，周围的人凑钱抢救彭随明。其中周奎也拿了钱，他拿的这一部分后来都从公司账上拖欠的彭随明的工资中扣除了去，石钟鸣和邢林子早就核实过很多遍。现在把彭随明治疗成这个样子，他们家还欠着三万多元的外债。而且，这个家除了邢林子，已经没有了一个具有完全劳动能力的人。

　　这次在现场，彭随明伤心成这样，周奎仍然昧着良心胡说八道。石钟鸣无法忍受，他急步上前，抢起拳头连续击打周奎脸前的桌面。周奎开始以为石钟鸣要打他，吓得站起来，见他只是拍打桌子，又恢复了骄横傲慢的姿态。他用一根手指指着石钟鸣说："石钟鸣，我来问你，这事与你有半毛钱关系没有？你是发的什么神经病！"

　　石钟鸣没有回答他的话，进一步说："我们已经调查了解了情况，你不就是个地痞流氓吗？你信不信，我们要告你，无论告到哪一级，总会找到说理的地方！"话本来说完了，由于激动，又问他一句："你信不信？"

　　这话不仅揭了周奎的短，同时也戳住了他的兴奋点，所以他是又恼羞成怒又情绪高亢，好像野外的一堆火，风吹着，棒挑着，两下来力，火势加倍地热旺。他狂笑不止，好不容易停下来后，龇着牙，眯起眼，对着石钟鸣说："亏你知道，老子就是流氓，明知道还来这儿干什么？对，告，告去吧！你不就是个病休工人吗？你是不知道还是装糊涂，现在到大城市，工人还算个啥，都下岗了，啥时代了，你这号人还在农村充大佬，告我？你试试去！"

　　这几句话像从枪筒里射出的子弹，老实说对石钟鸣还是有杀伤力的。但是石钟鸣这几年真的是长了本事，他镇定得很好。他一方面虚着，一方面得硬挺。在林子、随明这两个虚弱至极的人面前，他一定是也必须是强者。他和周奎这两个被彼此都戳了软肋的人僵持了两分钟，石钟鸣提高嗓门甩出一句话：

"周奎，我一定要告倒你！"

说罢扭头就要出屋，又转身回来，一弯腰，把彭随明脸朝外抱在怀里，彭随明的脸痛苦地扭曲着，邢林子表情枯萎，双目无神，跟出门外。

3

经过这样一些过程，石钟鸣感觉到当前这件事与自己的关系越来越紧密，好像他成了矛盾一方的主角。而邢林子有点泄气，她觉得束手无策。把彭随明送回家，石钟鸣走到院中，对林子说："你不要怕，咱们多想想办法，把能用的关系都用起来，非打败这个混蛋不可！"

石钟鸣走后，邢林子进屋扑到炕上，先是睡了一会儿，最基本的疲劳解除之后，又开始胡思乱想，想自己的经历，最后想到石钟鸣对自己的好。

告状打官司，是这个女子想都没想过的事，现在逼到三尖角上，得给这个有钱有势的周奎打官司，以她的本性是宁愿委屈也不想走这一步，哪怕吃了哑巴亏也行。可是，得生存啊，得还债啊，得养活老少残一家人！现在人家石钟鸣一个外人，这样领着咱跑，咱咋能缩头？

这时候她听到外间丈夫挪动木墩在往里间来，就坐起身，正好和立在门外已经掀开门帘朝这边望的彭随明的目光相遇。她赶紧下炕走过去，低下半个身子用手抚摸着彭随明的后背，接着蹲下想把他抱到炕上来，嘴里说："啥时候再把这炕毁一毁，弄低它。"之前为了彭随明进出方便，他们已经拆掉了里外屋之间的门槛。

彭随明扭动了一下，不愿意上炕，林子又直起身坐回炕沿上，两个人一高一低互相看着说话。

彭随明说："林子，我问你一句话，你别多心，我也是看你们没了法才想到的。你说，那个陈云鹏他能帮帮咱吗？他不是在政法委工作吗？孬好总该有些门路的！"

林子猛一下有些惊讶，丈夫遭逢大难，还这样细心，她和陈云鹏的事出来后，几乎没有间隙他就出了事，林子想不起来是在何时何地何种情况下什么人告诉彭随明陈云鹏的情况的。陈云鹏下乡之前在政法委上班这件事她也是在出事前的最后时刻才知道的。现在丈夫这样发问，让林子有点难堪，很快又超越难堪，有些羞愧，但残酷的现实又容不得她羞愧。羞愧本质上是一种高级的精神活动，现在林子他们凭什么在精神上作计较呢？

她愣了一下，就平和地与丈夫对视起来。

晚上起了风，风很细很小，但却无处不过无处不到，遇到障碍物就返回来，然后从物体的各种缝隙里穿过，发出轻微而又古怪的声音。林子一声一声听着，天微明时她才混混沌沌睡了一小会儿。

起床后打开屋门，院内落了一层黄树叶。风停了，天空落着小雨，也不完全是雨水，有的水滴在空中就凝结成了米粒般的冰粒，只一会儿，墙头上、房檐上、地上就落了一层。冰粒在土地上融化得快，落在石头上、水泥地上的渐渐累积起来，保持一会儿形状，但总体天还不是太冷，它们也都在融化。

有人敲门，林子知道是石钟鸣，没有先应声，直接就去打开了院门。石钟鸣加厚了衣服，上身穿一件军绿夹克，领口处露出里边的酱色绒衣，脸上有些疲惫，但精神头高，进来就问："随明晚上怎样？"林子没说话，用眼睛望着他，目光里充满了爱怜。

石钟鸣进屋，彭随明没等他坐下，就仰脸望着他再次说了昨晚上和妻子说过的想法。石钟鸣干脆不坐了，在室内的横梁下来回走了两圈，站住，以探询的目光望着邢林子，邢林子也望着他，脸上是不知所措又无可奈何的表情。又停了一会儿，石钟鸣对他们夫妻两人说：

"现在的社会，当了官的人一般都很复杂，不像我们普通人心里干净……"说到此处停顿一下，目光投向邢林子，邢林子眯缝着眼，连眼皮也没抬。石钟鸣就继续说："这个人刚丢了乌纱帽，你去找他，只怕他嫌烦，躲还躲不及呢！"

彭随明在下边接话说："因为是他把咱害的，找他咱又不是找后账，是说另外的事，与他当官无妨碍，能帮就该会帮的。"

石钟鸣好像突然有股什么火气，急忙说："问题是现在有的当官的……"他的话刹得很急，没有把意思说完，但已经表明对去找陈云鹏没有信心。

彭随明就说："那让林子定吧！"

邢林子望望两个人，轻声问："政法委是啥部门，有啥权？"

彭随明思索了一下，仰头望着林子说："在我好的时候，有

278

一次县城来一帮买彩石的，我听他们议论一个案子，说本来该判十几年的，就因为人家有亲戚在政法委当领导，最后犯事的人是被从轻处理了的！"

邢林子说："人家那是说领导，他只是普通干部，又才受处分回去的，能管了这事！"

石钟鸣说："又不是咱偷了抢了杀人了，是别人欺负咱，咱只是讨回公道。找人，也只是让他给咱垫句话，他不行，只要想帮不会托人吗？人托人托到天边！"

听石钟鸣这样分析，邢林子心中说不清是啥滋味。陈云鹏这个男人现在与她是既远又近，两个人在一起的种种情形叠加着变幻着出现在她的脑海中。现在因为这事去找他，他难道真会像石钟鸣说的那样绝情吗？

两个男人都在等邢林子说话。

邢林子望望门外，雨下得更大了些，那些小冰粒打在树梢上发出沙沙声响。她伸手指指，说："即便去，今天也别去了，找个好天气，咱去找找也行，不找，咋办呢！"

石钟鸣快言快语："去，就不要拖延，得往前赶，咱现在就走！"

4

石钟鸣领着邢林子，好像这样表述也不准确，不知道他们两个究竟是谁领着谁，他们来到崇山县委机关，被门岗拦下让登记，一看他们在表格上登记找陈云鹏，门房内一位正患腰椎

病的中年男士鄙视地望了他们一眼，说："找他？没这个人！没
这个人！"那表情很明显是认识陈云鹏而又像刚刚和他吵过架
一样。

石钟鸣又重复地问："陈云鹏嘛，陈云鹏？！"

看门人目光瞟到邢林子身上，认真端详了一会儿，突然说：
"你这女的，是不是高楼乡的？"

邢林子今天穿一件浅绿色带帽风衣，额头以上和下巴遮得
很严，听看门人这样说，邢林子潜意识地又拉紧了一下下巴上
的松紧带，但本来已经遮窄的脸上还是烫热起来，突然知道自
己的坏名声已经传了多远，有多么坏了。门房内聚集有五六个
机关内的人，都朝邢林子看，弄得石钟鸣也不好意思起来。他
轻轻推了一把邢林子，很快退出了传达室。

出门向西，走出一条南北方向的胡同，眼前又是一条东西
大街，邢林子认出右手一边正是她跟随陈云鹏来过的第三招待
所所在。门口的悬铃木现在落尽了叶子，枝条干秃，白灰色的
起着层的树皮在粗大的树干上支棱着。邢林子情绪低落，她想
靠到一棵树上歇息，才往树根一站，那些松动的干皮就落了她
一身。她索性蹲下，胳膊支着膝盖，双手捂在脸上。石钟鸣立
在一旁，一个劲儿地说话，想让她站起来。停了一会儿，邢林
子自己抬起头，半仰着脸对石钟鸣说："钟鸣，咱不找了吧，你
也别跟着我丢人了，咱回去！"

不等石钟鸣表态，林子突然站起来，趔趄着独自往前走，
石钟鸣只能被动地跟着。

跨过一个十字路口，又走了一段两边摆满小商贩摊位的斜
街，石钟鸣突然望见对面一座旧楼门口挂着一溜单位牌匾，其

中有一块白地红字写着："中共崇山县政法委员会"。他马上指给邢林子，并与她一起走了过去。

这很意外。原来，政法委内设机构分散多处，而每一处都要挂上全称牌匾。完全是巧合，两个人走进去，想找找试试。这是一幢很破旧的楼，四层，双面，楼梯不成比例得显得过于宽阔，而且每层对着楼梯都有一面大窗户，在整体昏暗的楼内，楼梯倒像是一条明亮的光带。每层走廊两边房间门口墙上横插一个小木牌，上面写着科室名称。楼内单位很多，他们不知道如何寻找。在二楼拐角上，碰到一个跳跃着下楼的年轻人，石钟鸣试探着问政法委科室，年轻人边跑边回答："向西，向西，二楼，二楼！"他们两个人就在二楼上找，眼看快走到西边顶端时，敲开靠北一个房间，一位看上去快六十岁的白头发老头儿坐在桌前抽烟，面前是一摞报纸刊物，室内烟雾升腾。老头很和善，说这是政法委，但陈云鹏不在这个科，用手朝上指指，意思是他在三楼正对着的这个房间。

两个人到三楼，在一个标有思政科的房门外停住。

邢林子不愿意先进去，往后退了几步，让石钟鸣到前边去敲门。石钟鸣不认识陈云鹏，有些犹豫，见林子已退在稍远处，不便再磨蹭推诿，猛一下就敲开了眼前的房门。他看到这个屋是两间的面积，两个向北的旧式窄条窗户下，分别摆着两组共四张办公桌，有两个人分别坐在两个窗户下，头上吊着大小形状完全相同并同时闪耀着橘黄色光晕的钨丝灯泡。

两个人同时问他找谁，石钟鸣观察了一下，把目光投向靠里边窗户下的那个人，说："我找陈云鹏。"答话的这个人用手指向另外那个人，而他自己随即就站起来离开了房间。

原来近处的这个才是他要找的，陈云鹏的形象出乎石钟鸣所想。他现在是一个脸色暗淡，身体虚胖着的男人。石钟鸣不知何故，突然聪明了一下，他先编了一套瞎话，对陈云鹏说他是县直某单位的工作人员，受亲戚之托求他向法院找找关系，打一桩比较麻烦的官司。只见陈云鹏有些振作，坐直身体，欲与他交谈。石钟鸣拉开夹克上衣带拉链的口袋，从里边取出瞒着邢林子预先准备好的一盒蓝天牌香烟，稍微撕开一点已经拆封，后来又被简单封上的长方形烟盒，让陈云鹏正好能看到里边塞着的是人民币，并及时递到他面前。这个人的表情明显兴奋起来，主动与他说话，询问官司情况。这时候，石钟鸣反而不好意思起来，但是，必须依计而行，没有退路，邢林子就在门外。

石钟鸣讨好地笑着，然后说自己实际上是高楼人。才说到高楼，陈云鹏的脸就起了变化，随后说到七岸，陈云鹏站起来，问，你到底是干什么的？石钟鸣干脆和盘托出，说邢林子丈夫因工致残，公司老板欺负人不包损失等。陈云鹏像变了个人，如充足了电的振动器，像合上闸的鼓风机，张牙舞爪，大发雷霆。说他早已离开高楼，高楼的事不归他管；说邢林子已经把他害到这个地步，还要怎么害他；说法院是独立办案；等等。发疯一通后用指头指着石钟鸣让他出去。本来要说滚出去，差不多说出来了又改说出去，用特别加重的语气代替了"滚"字的威力，并拿起那盒装着钱的香烟朝石钟鸣摔去。

正摔的时候，邢林子推门进来。她在门外已经听清楚了，本来她是觉得有愧于陈云鹏的，现在陈云鹏绝情到这个地步，见死不救，这让林子一下子把他从感情上推远了。陈云鹏摔的那盒烟正好打在她的额头上，她把烟接到手里的时候，陈云鹏也认出进来的是邢林子，吃惊不小，还没容得说话，邢林子就发起怒来，像一个农村骂街的泼妇那样。邢林子想起两个人在一起时他怎样用甜言蜜语向她献殷勤，山盟海誓说如何如何爱她，愿意为她献出一切，还说要让她在乡政府里得到提拔。这些镜头真是切实发生过的，现在却像虚幻的梦。林子想到这个人从开始到后来怎样一步步接触她的身体，现在都变得非常恶心，她觉得是和一个鬼在了一起，和一个残忍的野兽在了一起，所有接触都真正成了卑鄙的无耻之举。就是从这时开始，林子完全否定了自己，之前对自己似乎总有些开脱，有些自圆其说，有些幻想。

邢林子浑身充满力量，当年那个不管不顾的邢林子又回到她身上。她拿着那个烟盒，一步一步向前，靠近陈云鹏时，支起脚尖，抬起手臂，用那盒烟在陈云鹏凸起的额头上，鼻子上猛击，像拿着一柄无把儿的锤头，边砸边厉声说："你是一条狼吗？你说过的话都是放屁吗？"

陈云鹏惧怕起来，他一边往座椅上跌落一边说："林子，林子，你疯了吗？"

林子真像疯了一样，她用更大的力量说着："疯？是谁让我疯的，我现在天灾人祸，走投无路，你搂着我的时候是咋说的！"

林子号啕大哭起来。

此时楼道内、楼梯上和拐角处都站满了人，在楼内的不同单位的人都出来看热闹。其中有一个矮个子中年女人，甩着脑后的披肩发挤过众人，来到陈云鹏房间，她是在楼内另一单位上班的陈云鹏的妻子，她进来就揪住邢林子的衣领，破口大骂。

石钟鸣见形势不对，拉起邢林子就往外走，林子擦着泪，此时什么也顾不上了。

两人来到汽车站，买了回高楼的票，坐在候车室里的时候，邢林子像瘫软了一样，身上没有了一点力气。

从高楼下车步行回七岸，天已经很黑。两人在泥泞的道路上走了一会儿，望见路边不远有一座在夜色中显露着模糊轮廓的建筑物，记起来这是大集体时代附近村庄的麦场，麦场西边有座带有宽阔挑檐的房子，之前是用来放置打场工具的，但现在早已倾颓了。邢林子提出，想过去休息一会儿。

石钟鸣与她沿着很短的一截横路走过去。

站在挑檐下，有了近处的参照物，天好像没有刚才那么浓黑了，人的眼睛在黑暗中久了，会本能地从黑暗的纹理上看到微弱的光明。他们现在看到场房门上还落着不知啥年月锁上的用铁棒作串条的大板锁，窗棂破损，能想象出从这里钻进钻出一定是儿童们玩耍的好项目。挑檐很宽，能想象当年打麦场上急雨来时农民们站在此处焦虑和担心的眼神。两个人在房檐下的地上踩到一些麦秸，顺着向墙根踩，麦秸越来越厚，邢林子蹲身坐下，石钟鸣跟着也坐下来，一切都不必言语，两个人的身体靠在了一起。

这是一个苦难的夜晚。

5

邢林子回到家已是夜里十二点多，彭随明还没有睡，他知道是石钟鸣把妻子送到家门口的，仰脸说："咋不叫钟鸣进屋坐一会儿？"

林子没有回答他提出的问题，而是望着他这样说："你让去找人家，人家根本不帮忙，说法院是独立办案。"

她这样轻描淡写地向丈夫总结了这一天的行动，同时也结束了与他的谈话。然而彭随明却激动起来，虽然很无奈，还是生出很大的怒气，他说："这个人算啥人，还当乡长哩，开除了活该！把你的名声坏成这样，他倒好，连起码的同情心都没有，林子你在外边交的都是些啥人啊！"

林子听他这样说，好似他知道她与陈云鹏事情全部真相似的，只是策略和礼貌性地不说透罢了，还有最后一句是话外有话。这让非常疲惫的邢林子心中又泛起另一种难受的滋味，对丈夫的同情里掺进了一些怨气。

邢林子躺在床上，满眼都是陈云鹏和她老婆张牙舞爪的镜头，纷乱画面中，石钟鸣那一盒改装了人民币的香烟如一柄火炬在她心里燃放着明亮和温暖的光芒。

三天之后，邢林子和石钟鸣直接去了一趟县法院。法院办公楼是一座新楼，楼房前边是一个很宽阔的大院，大院前边靠近主街的地方，一座民宅小院还没有拆除，但已经长时间没人居住。沿着小院旁边水磨石铺设的引道向里走，踏上大楼前边的挑台，在一楼某科室见到一位身着法警服装的工作人员，这是个明眸皓齿的年轻人，他把前檐帽放在办公桌上，很亲切地听两人说明来意，并且请他们提供告状的文字材料。这出乎意料，他们此次只是想来试试，没想到法院这样热情，连忙说我们回去就写，并且向年轻人约定了来送状纸的时间。

回来后他们商量，再去时不仅要带上说明事故情况的文字材料，还要带彭随明致残后的照片、医院治疗手续、处方等。石钟鸣还建议把彭随明也带去法院，让法官现场看一下他的受伤程度，依他想的，甚至要把邢林子父母及女儿一并都带去，因为诉状里所涉赔偿要求考虑家庭成员实际生活状况。邢林子态度模糊，彭随明不同意家人都去，他自己则愿意去。

带彭随明去法院这一路，让他受了苦，除了身体不便之外，精神折磨也很大。沿路及公交车上人们看他的眼神让他受不了，彭随明好几次想到还不如一出生就长这样，再或者那个机械臂往下砸时位置再准些力气再大些，直接将他砸死，人死灯灭，什么都没有了，一切拉倒。现在弄成这，世界活生生变个样，人们活生生变了脸，好像他是个不伦不类的奇怪动物似的，包括讲究礼貌的人也是尽量避开，尽量不挨着他。石钟鸣和邢林子一人伸出一只手，将他提来提去，不时相互看一眼，议论着打官司可能出现的各种情况，他们对法院寄予希望，所以一路上比较乐观，当然也和他说话，往往是眼睛向下一瞟，沉重地微笑一下。

在法院院子里，遇到一个脚蹬高跟鞋，身着红色呢子大衣，头上斜扣一顶无檐八角帽的贵妇人，她牵着一条项上系着一圈彩色金属铃铛的长毛发白颜色短嘴狗从楼内走出来。三个人停住脚步让妇人与狗先通过，妇人走过去了，狗却停在彭随明身旁，也不叫唤，从上到下嗅他的身体，眼睛与他对视，温情脉脉，十分友好似的。妇人扭头尽力拽它，它脖子上的铃铛哗哗啦啦响着，体形被拽得扭曲，但它就是不走，要与彭随明戏耍，妇人望向别处，嘴里埋怨狗不懂事。这一小会儿时间，对彭随明的精神是一次根本性打击，倒不是他受不了贵妇人，而是受不了狗对他没有伪装的友好。

进到上次去的那个科室，上次见到的那个年轻人一见他们进来，就从办公桌后站起，只说了两个字——"等等"，就急匆匆向室外走去，只一会儿就同时走进来三四个人，年纪都比刚才那个年轻人大，看气色表情，职务肯定也比他高，他们把石钟鸣他们围在中间，石钟鸣看到刚才的年轻人退在人群边缘，根本没资格说话。其中一位鼻头高隆，眉毛浓黑的人一字一板地对他们说："材料递过来，人可以回去了，我们法院会派人去取证，告状是要有证据的。"

林子指着地上的彭随明说："这不就是证据吗？谁还会自己把自己弄成这样！"

另一位一直没说话，脸色白净戴着眼镜的人说："你就是在高楼乡工作过几天的邢林子吧？"不等有人反应马上又补充说："告状可不像有些事可以任意胡来，人致残可以有多种原因、多种途径，我们可是经常接触自我致残人士的！"

邢林子听出话中有话，但又不知该怎么应对，就这样说了一句："调查就调查，真事不怕调查，那你们啥时候去？"

先前说话的那一个瞥了一眼邢林子，说："回去吧，回去吧，我们比你们还急！"

退出法院，三个人蹲在路沿石上分析讨论刚才的事，主要是石钟鸣说话，另外两人附和，说刚才各自看到的细节，说话语气、眼神等透露出的信息，有时同一个眼神，三人解读各不相同。他们确实难以预料这件事接下来的走向。

石钟鸣最后说："重视，这是可以确定的，因为什么原因这么重视，咱目前还搞不清楚。看到了没有，那个年轻人做不了主，跑去叫人，一下子来好几个，真是重视。另外，人家说取证，这也没什么不对，不是有一句话嘛，以事实为依据，以法律为准绳。真要照这样往下走，咱们就能取胜，就怕……"

石钟鸣吞吞吐吐时，邢林子插话问他："钟鸣，你听到那个人说我了吗？啥意思！"

彭随明接上说："啥意思，你说啥意思？满县城都知道你了呗！"

石钟鸣看着他们两个说："现在谁都不要说气话，没用的话！"

6

三天之后，县法院有四个人直接来到了七岸河采石现场，他们先进入神仙楼，据说是询问了周奎，然后往3号工点上去。这时候石钟鸣预先打了招呼的人通过口信告知了他，法院的人到达时，他也来到了当时彭随明往上跑的那个斜坡下。

彭随明出事时在场的一些人有的已不在这个工作点上，现在要结合现场取证，除了在场的，又把另外一些人叫了过来，总共是五个人被取证。石钟鸣看到这些人从一开始表情就有点怪，法官一手托着写字板，一手握着拔去笔帽的钢笔，让他们一一指证出事时的情况。需要确定或否定的焦点实际上就两个细节：出事时周奎在不在现场，这个否定不了，也没有争论的意义，都说在；第二个是彭随明往坑下跳时，是周奎让他下去的还是他自己要下去的。法官还问，据说周奎曾制止彭随明往坑下去有没有这回事。问到每一个人时，法院的一名工作人员都举起照相机进行拍照。有两个人显然考虑很成熟，都作了肯定的回答。其余三个人表情复杂，说话吞吞吐吐，在肯定与否定之间含混不清，左右摇摆。说了一会儿，有一个人突然说肚疼，跑着离开了现场，还有一个说，是，老板当时是不让他下的，法官赶快拍照，一照，他又改嘴了，往地上一蹲，双手抱头，说："不能昧良心，老板真没制止随明，我这样说了就准备着不让我在这儿干活了！"最后那个人一直左顾右盼，心不在焉的样子，一会儿说那几天正感冒，彭随明出事那一会儿他正好扭头打喷嚏，没看到，一会儿又说好像听到周老板说话啦，好像他是不让彭随明往下跳的。但是，当他再看抱头蹲在地上说"不能昧良心"的那个人的表情时，最后就指着这个人说："我和他一样，没看到谁制止随明！"这样，因为中间说肚疼跑开的那个人再没返回现场，实际应认为是弃权的态度。如此，石钟鸣就知道了，最后法院从七岸带回去的证据是肯定与否定各占二分之一。

对工伤的认定国家是有明确规定的，周奎在不在现场，说了什么没说什么，对于是不是工伤并不起决定性影响。周奎串通个别法官，利用民间的一般化理解和在法律上的无知，以及农民在打官司时天然的畏惧心理，放弃大前提，企图在小前提这一层就斩断这件事的法律推理。

石钟鸣不知道的是，这之后周奎又在背后搞威逼利诱，让其中的两个人改变态度并修改了口供笔录。

7

某一日晚上，村委会绑在电线杆上的高音喇叭里突然传出一个陌生的声音，新近进入村委的一个年轻人字正腔圆地广播道："喂，喂，喂，邢林子请注意，邢林子请注意，接崇山县法院通知，请你与相关人员明日上午到法院，到法院，处理与你有关的诉讼事务，诉讼事务。"同样的声音在七岸四个自然村的上空连续响了五遍。

邢林子和邢林子家的事在七岸，已经成为茶余饭后街谈巷议的公共话题。听了广播的人有的明知故问地相互取乐："相关人员，是谁呀？"

"你说是谁？陈乡长呗！"

说话的双方大笑一阵，然后又说："不是不是，陈乡长不是已经被开除了吗？相关不到的，相关不到的！"

另一个接上说："该干吗干吗，再怎么相关也相关不到你呀！"

对方就说："你有本事，相关的就是你呀！"

说来说去，潜台词全部指向石钟鸣，却不点破，话和内容是分离的两张皮，这种耍嘴皮子的事实际上是一件技术活儿。

但是，总体上讲，对于石钟鸣的行为七岸村的人是持宽容态度的。大部分人觉得好像乡礼民俗已经没有能力约束这个人，他做什么好像就是他这类人应该做的，他的身份就应该这样开放，干吗非要合农村的规矩呢，人家有人家的道理，人家难道会不懂吗？对于他和邢林子越来越密切的接触，有一种观点认为，一个人的文明修养到了这个程度就会这样做，是高尚的道德情操在驱使他打破陈规陋习。

在此之前，我们几乎没有叙述石钟鸣的父母，实际生活中他的父母都是很平常的人，读者对那个手提黄色大帆布包，头戴毛绒帽回乡探亲的父亲稍微知道一些，他想尽办法让石钟鸣顶替自己成为城市人，是坚决反对他小病大养，无病休养的做法的，特别不能容忍他和邢林子的关系，但是，他的父亲又是一个极爱面子，有虚荣心，努力维护自己在家乡人面前文明人形象的人，他没有勇气在公开场合斥责自己的儿子，只在家里和他怄气。而石钟鸣有自己的经历，有自己的想法，好多事已是箭在弦上，根本回不了头的。他母亲本来就是个安分守己的农村妇女，对所有问题的看法无论先前怎样最后都会归结到老伴的态度上。老两口在没有办法的情况下，选择了逃离，他们与嫁到省城的女儿一块生活去了。这个家庭外表圆满的轮廓和弧线并没有扭曲折破，但内容上其实就只剩下石钟鸣在我行我素了。人的行为在离开常俗一定远的时候，从某个角度说会成为一种高度，石钟鸣在自己选定的方向上就这样往前走着。

当天晚上，在这则广播所引起的各种议论声中，石钟鸣走街串巷，去到邢林子家。当然，这只是一个文学意象上的描写，多数议论是发生在自家院内自家屋内，即便在街头也多是悄声议论的。虽然客观上石钟鸣并不能全部听闻，但他并不自欺欺人，他知道两边的声音正像风一样刮着。

邢林子知道石钟鸣肯定会来，听罢广播就将街门上的门闩拔下来了。

第二天石钟鸣骑自行车载着邢林子先到高楼。公共汽车怎么也等不到，石钟鸣又把寄存了的自行车重新推出来，继续载着林子往县城赶，半道上碰到开过来的公共汽车，又掉头往回走，再将自行车寄存，两个人跑着赶到汽车跟前，汽车荡着尘土又刚离去。石钟鸣跑着撵了几步，汽车有汽车的行止规则，怎么会随便停呢？他们很着急，也很狼狈，好在半个小时后又一班次的汽车就开过来了。

两个人上车到了县城，汽车站离法院还有二里多路，他们雇了一辆人力三轮车，蹬车的是一位秃顶的，脸被阳光晒得黝黑的六十岁左右的人，蹬得很吃力。石钟鸣说："大伯，您坐车上，我来蹬行不？"

蹬车的人扭回头看看布篷下车厢内一对男女，眯下眼笑笑，有点歉意地说："去法院一定是有大事，是嫌我速度慢吧，我这就加把力！"

他边说边把身体躬得更低，嘴里像喊夯歌那样呼出节奏，车子明显加快了，但弄得石钟鸣心里很不是滋味。邢林子望着他。

到法院楼内，门卫告诉他们，已经十一点四十了，要他们下午再来。看他们有些不舍，这个好心的看门人从窗口伸出头来，说下午上班时间是两点半，你们两点来，提前到最好。这几句补充的话让两个人心里很温暖，温暖的情绪可以传导和感染，他们联想这次法院主动通知，说不准事情正朝好的方向发展，一时间两个人都有些高兴起来。石钟鸣在他们离开法院向右拐进一条胡同里时，突然站住，同时把邢林子拉住，有些神秘地笑，说："林子，林子，你记得不记得我几年前跟你说过的话。"

邢林子稍微有些调皮地说："你说的话多了，指哪一次哪一句嘛？"

石钟鸣说："最初最重要的一次！"

邢林子歪起头，望望别处，胡同里下班的人，有的步行，有的骑自行车，正川流不息经过，她轻声说："哪一次重要啊？快别说了，你瞧人家都瞧咱呢！"

"怕什么，光明正大说一句话，有什么可怕的！"

"好，好，好，那你说哪一次是最重要的！"

"我可都是刻骨铭心的，瞧你，原来就都没往心里去啊！"

石钟鸣声音又放高了点："就是我刚回来那一次，彭随明母亲去世，人家侮辱你，让你披麻戴孝那一次。"

邢林子表情凝重起来，刚才有些和钟鸣开玩笑，现在她认真思考着。石钟鸣好像等不及她再想，说："在西山坡，墓地，那棵大柿树底下，当时下葬已完成，众人在忙着隆复墓冢，我对你说的话，说了什么？"

林子记起了那棵满树都变成了红叶的柿树，记起这个当时陌生而又帮她解围的人，曾经很主动地单独与她站了一会儿，但他说了什么，真的未在意，现在更是想不起来。

石钟鸣不在乎她想不起来，说："当时我说，你这么小一个小姑娘，能这样勇敢，让我永远都不会忘记你。还说，以后有困难我会帮助你。"

"当时不好意思说，真是觉得你出奇地漂亮，和任何别人的漂亮不一样，实际我心里的话是想说我喜欢你。"

邢林子皮肤细腻的脸上一段时间以来少有地泛起红晕，说"钟鸣哥"，下边的话还没有说出来，石钟鸣就有些激动了，转身看林子，还想拽她的手，但又没拽上，动情地说："呀，这可是第一次叫哥呀，我们林子……"同样没等他说完话，邢林子就有些孩子气地抢过了话头，说："就是，就是，俺现在就是特别想叫你哥！"

他们在一家简陋的饭店里每人买了一碗羊杂汤，又要了两个烧饼，邢林子从一个烧饼上掰了一半泡在自己碗里，将另一半掰碎放在石钟鸣碗里。石钟鸣望着她的动作，很幸福地微笑着。

不到两点他们就赶到法院门口，两点半看到上班的人们陆续进入，就走进去，那个门卫还朝他们打招呼，两个人都感觉着事情进展顺利。他们走进那个屋，看到只有第一次来时见到的那个年轻人，就过去给他说话，不料他却很冷淡，从表情上看，好像有什么担心的事在心里悬着。他们认为是上午没及时来而惹人家生气，就赶忙解释上午如何错过汽车，门卫如何让下午来等，没想到没等说完，年轻人就冲他们发起脾气，但能看出他是善良人又经事不多，即便发脾气也还有些孩子气，见不到凶恶之色。他的主要意思是领导们都还没来，当事人需要到门外等候，他似乎是不敢单独和他们两个人接触。

石钟鸣感到大事不妙，就示意林子一块出去，站在办公楼向外伸出的上面有挑檐的门庭下等候。刚站下，就看到从外边到办公楼的引路上，有几个明显喝醉酒的人在互相表现礼貌，这个要送那个，那个要送这个，甲要向乙作别，乙要向丙行礼，有的做作揖状，双手合十举在半空，有的正要弯腰鞠躬，相互之间身体交接，手脚夸张，不细看像是一群打架的人。邢林子先认出那个一直用力向大门外趔趄的人正是石材公司的老板周奎，她惊讶地指给石钟鸣，两人很快从这堆人中认出了有三个是与他们打过交道并且负责到现场取证的法官。石钟鸣说："坏了，周奎把关系搞到这儿了！"

说话不及，七八个人已经跟跄着上到门庭台阶上，全都涨红着脸，醉眼迷离的样子，又都在努力振作精神，想把权威和严肃调动到颜面上来，总也不奏效，表情不听意志的话，反而更显醉态。其中一个先望见了邢林子，人未到嘴里就叫唤起来："快回吧，快回吧，告谁呀，有啥意思呀！"

石钟鸣挺直身子，向前走了一步，对这个人说："你是真醉还是假醉，是你们通知让来的，现在不明不白就让回去？！"

另外一个人上来，摸索着从上衣胸前口袋里取出几张纸，石钟鸣看到这是那种质地硬朗的上等纸，那人指着上面的文字和一溜签名样子的手迹，说："好，好，好，那就给你开庭，在这儿，现在就开庭！"

说着像戏台上演员的动作那样，抖了抖肩膀，用手向后拢拢头发……

有的人还清醒着，觉得不妥，在一旁制止他的表演，但也不乐意自己完全清醒，多数人醉着或装醉着，你醒着怎么办呢？也得假装着醉。在这种氛围中，制止不仅无力无效，甚至还起推波助澜的作用。荒诞的表演不一会儿就迎来了很多看稀罕的人，多数是外边来办事的人，那时国家还没有作出禁止公职人员工作日饮酒的规定，大家一看都嬉笑着说："哎呀，喝多了，高了！高了！"

大家差不多是在剧场看一场喜剧，因为门庭本身是一块台地，正好作舞台，下边随着地面建筑弧形的走向也正可搭配成适宜的观众席。但是，这害苦了石钟鸣和邢林子，他们没办法再配合这帮演员。但事情已然心知肚明，周奎能力很大，他们怕是告不赢了。

8

两个人走出法院，心情都极度低落沮丧。邢林子想赶快回七岸去，她实际上已很绝望。石钟鸣不想就这样回去，又没有关于下一步的确切想法和方案。停了一会儿他说向西不远即是县城新建的人民广场，建议先去广场坐一会儿。林子没有力气和心思强烈反对，就跟着石钟鸣往那里走。

就在石钟鸣与邢林子这样走着的时候，一辆两头尖的黑色轿车突然停在两个人身边，汽车后排的窗户打开一半，从里边露出一个人的脸，这个人以略有疑惑和试探的目光望着邢林子。汽车完全停稳后，这个人推开车门，站立在大街上，仍然望着邢林子，脸上表情急速地变化着，同样地，邢林子也从惊讶迷惑中清醒过来，两个人几乎是同时急切地向对方靠近。从车上下来的人喊了一声"邢林子"，与这个声音差不多重叠了的是邢林子更加激动的呼唤："曲老师！"

是的，这个从汽车上下来的人正是八九年前在七岸村教书的曲流歌。这个当年多才多艺甚至可以说是风流倜傥的曲老师啊，你可把眼前这个女子害苦了，你是公家人可以远走高飞，留下一摊人生的烂泥，让小女子至今还在痛苦跋涉。

曲流歌身躯仍然挺拔，头上发型变化也不是太大，浓密，三七分开，飘飘欲动。他体态略有发福，面色红润，目光精亮，举手投足全是电影中绅士们和阔人们的风范。他盯着当年的女学生，竟然像青春男女那样满脸激动得通红，好大一会儿，才平静下来，他说："我在车上看你好大会儿了，起初不敢确认，等走到侧面又看，就敢下判断了，是你邢林子！"

像许多人在这种场合表现的那样，最初的激动表白之后，曲流歌才顾上问他当年的学生："你啥时候到的县城，来干啥？怎么也不去找我？"

这一串的发问对同样场合的别人来讲，或许只是例行性的寒暄用语，对方也例行性寒暄着回答即可。但对于此时的邢林子每个问题都有千斤重。她现在和从法院刚出来时相比应该算是高兴的样子，但最初的惊讶和欣喜只像一道孤立的偶然的闪电从她表情上掠过，无奈和悲切仍然占据着她。她望了望已经稍微站远了一点的石钟鸣，先向老师介绍他，而没有先回答老师提出的问题。石钟鸣很大方，他靠前一步，曲流歌握住他的一只手，说："你也是七岸的？"

石钟鸣说："您是流歌老师吧？您在我们那里很出名，都知道您！"

曲流歌因为这个年轻人刚才去掉前边姓氏而称呼自己，觉得他有点异于本地的同龄人，认真地望着他回答道："是，很出名，那都是'臭名'哪，可以叫'臭名远扬'吧。"

邢林子这时候有点害羞，害羞这种感情本来在林子当前的生活中是一件久违了的奢侈品，但这一刻她又回到了她身上，她不知以何种眼神和表情来面对曲老师。

曲老师这次是对着他们两个说："当时真是封建闭塞，少见多怪，我做什么了？林子做什么了，什么都没做嘛！就是共同朗诵了一篇课文，对，还去井边共同唱过歌，其他，做什么了！做什么了！"已经过了这么多年，已经是这样风范的人说起当年遭逢仍然相当激动。

显然，以他这样的性格和才能，根本没有把它当成什么挫折和需要忏悔或悔恨的事，自然也无从关心和了解到给邢林子带来的遭遇。对他或许只是一个人生的拐点，而一经这个拐点，他便踏上了人生的更广阔更辉煌之路。

石钟鸣主动问道："流歌老师您现在在什么单位做什么工作？"他心里仍然悬着与周奎的官司，时刻在寻找俗话所说的"那一根救命稻草"。

邢林子也望着曲老师，希望得到回答。

曲流歌好像突然想起来似的，说："站在这儿干啥，快，快，上车，到我那里去呀！"

石钟鸣仅仅是在燕城时远远望见过此类汽车，而邢林子连见都未见过，猛一下坐这种车，他们都有些如临大事的感觉。曲流歌提议让石钟鸣坐前排副驾驶位，林子与他坐在后座上。司机是个染了点杂黄色头发的小青年，很精明活泼的样子。一到车上，曲流歌又问："你们来县城啥事？需要我帮忙吗？"

邢林子以有些不好意思又很悲凉恳切的语气说："曲老师，我遇到大困难了。"

曲流歌定神地望着她："大困难，噢？你还有大困难！"

邢林子一言难尽，悲从中来，把头窝在膝盖上抽泣起来。石钟鸣从前排斜侧身子，瞧着林子因哭泣而起伏不停的后背和肩膀，又望望另一位目前仍然神秘着的人物，说："曲老师，不瞒您说，我们是来法院打官司的，林子的丈夫被石材公司的铲车砸成残废了，没了双腿，老板不认账。"

曲流歌急切地问："什么公司？"

"实际就是石材加工厂，做得可大了，现在又发现了图画石，生意好着呢。老板厉害，有大后台，明目张胆欺负人！"石钟鸣对曲流歌这样说。

想不到的是，曲流歌没有一点愤怒激动的表示，反而还微笑了一下，继续问："这个厂在哪儿？从没听说过的。厂长叫啥？"

邢林子抬起头，泪眼模糊地望着老师哽咽着说："就在俺七岸，学校向南二里多路，那个河滩上，老板叫周奎。"林子边说边在心里想，在七岸恁大的事，吃人咬人的周奎，怎么曲老师连听都没听说过，便更加想知道曲流歌究竟是干什么的。

曲流歌抬起手轻轻拍着林子的肩膀，从容而亲切地说："别难过，别难过，没事的，没事的，一切都会好的！"

"没事的"这句话在当地用语习惯中，是"什么事也没有"的简称，说没事，在这里就是指别担心，什么事都不在话下。这在邢林子听来真的不敢相信，曲老师，你不是在背戏文，随便说的吧！石钟鸣再一次认真端详曲流歌，又观察车内的配置和摆设，他隐隐觉得这件事说不准真的遇到了救世主，又联想他主动停车认林子，现在对她亲切又有些随便的表现，心里不由得产生出多种复杂的情感。

大约十几分钟时间，穿越县城两个街区后，车前一道宽阔的金属伸缩栅门及时地徐徐拉开，同时两边各出现一位身着黑尼礼服，腰系红色饰带，头顶无檐八角帽，身材挺拔的青春男士，他们谦逊而庄重地对轿车行致敬礼。汽车在楼前台阶旁停下，两位门童上前打开车门，曲流歌也不看他们，一下车就伸手拽住邢林子的胳膊，同时示意石钟鸣跟着走。

进入这幢楼内，在宽敞辉煌的大厅里，很快有五六个人迎上来，很殷勤地争着帮他拿水杯，提衣服，取文件袋，以谨慎而欢喜的表情望着他说话。曲流歌的心思这时是在邢林子身上，他对身边的人说："这是我的学生，好朋友，你们以后得认识认识她。"旁边的人用友好表情和话语恭维起邢林子来。

曲流歌接着又望向邢林子说："今天不要走了，就住在我这儿，让他们给你安排一个好房间，洗洗澡，放松一下心情。"

林子被眼前的景象、人物、事件所迷惑，因短时间里场景转化太快而惊讶不已。她把目光望向石钟鸣，石钟鸣也正望着她，曲流歌这时及时地补充道："你的朋友肯定也不能走哇，以后就都是朋友了，不必客气的呀！"

9

这是一家名称为"东方玫瑰"的豪华酒店，很明显曲流歌就是这里的老板，很多事、很多人都在等他，找他。站在前厅服务台旁向后望，远处明亮的大堂内摆着多个组合成图案的高背沙发，有很多打扮光鲜的男女坐在那里，有的在相互低声说话，有的在单独饮茶，有的挺身引颈朝这边望。曲流歌被人引着踏上旁边弧旋形台阶式楼梯，往楼上走。把刚才他领来的两个人交给他的下属们来服务，这些人一下子涌出好几个，争相讨好他们。邢林子看曲老师往上走，在楼梯椭圆形拐弯处向她挥手，像往天上走的一个身影。

石钟鸣对这些服务人员说："你们忙你们的，我俩随便转转。"那些人异口同声地说："你们是董事长的贵客，就是我们的上帝，上帝是一定要服务好的。"邢林子很认真地又把同样的意思重复了一遍，最后留下了三个人继续跟随服务，其中一个高挑个子戴宽边眼镜的女孩拿出一张酒店结构示意图让他们两个看，他们马上明白了这幢楼共有七层，呈六边形环绕成天井式建筑，每一层都有宽阔的环廊，环廊向外，每一层与每一层房屋厅间的构造模式又各不相同，加之以廊柱、厅角、栏杆、灯饰等局部构件的精心营造，特别是整个建筑在最后收拢为一层欧洲式的扁平穹顶，使用一种半透明的特殊材料，让人为和自然融为一体，使得整个建筑群落既深邃繁复，雄伟壮观，又富贵典雅，明丽大方。

当邢林子和石钟鸣立在六层的回廊上，在服务人员指点下，扶着栏杆目光晕眩地向下俯望时，戴着眼镜的那个姑娘，身后裤兜里突然响起像电铃一样的声音，她赶紧伸手掏出来一个像黑板擦大小的长方形的黑色板块，上边的凹槽里规则地排列着一些标有阿拉伯数字的圆形键点，凹槽右上角一个如一粒黄豆那样的斑点正在急速跳跃闪烁亮光，铃声就是从这个圆点上发出来的。这种被称为对讲机的通信工具当时还是珍稀物品，姑娘在某个数字上按了一下，对讲机里立即传出一个男士的声音，几个工作人员同时喊道："刘总！刘总！"被称为刘总的是今日的值班经理，他在对讲机里要求工作人员赶快把两位客人领到三楼 D 区来。

到达 D 区后，邢林子和石钟鸣才看出，这个位置的下方正好就是他们刚进来时的大厅，而他们所站立的地方恰巧是先前曲流歌离开一楼时所走的那个弧旋形楼梯在三层上的出口。就在这个出口的左侧，有一个相当宽敞幽雅的休闲场所，小型吧台后立着一位蓄着披肩长发，眼睛好像一直在微笑的漂亮姑娘。石钟鸣和邢林子被安排坐入吧台旁边的一对沙发上。不一会儿，就看到曲流歌从他们正对着的一个屋门内走出来，与他一起走出的还有一位男士，这人一看就是位"大人物"，看上去慈眉善目，但在他目光的边缘有一种掩饰不住的威严光芒，脸上露着凝重的笑容。曲流歌不时与他说着什么，而这个人并不多说话，当曲流歌说时，他只是把目光转向他。当那个眼睛一直在笑的姑娘从小吧台后走来做出请的手势时，曲流歌高兴地对她说："今天这台球，咱领导打得好，水平高，泡一杯好茶为领导祝贺！"

领导模样的人这时也对着这姑娘眯眯地笑，并说："林子，三天不见，你可是又漂亮了！"

已经站在他们近处的邢林子以为是在叫她，一时有些发愣，很快明白原来他是在和那个服务员说话。曲流歌看出邢林子表情的变化，他也惊讶领导今天怎么会这样叫，因为被叫的姑娘只是姓林，她名字叫志霞，直接称呼她为林子，真是有点古怪。这样，当大家落座，曲流歌正式向这位领导介绍邢林子时，他只能这样开头："她是我的学生，姓邢，名林子。"

领导模样的人抬眼望邢林子："啊？林子，两个林子嘛。"弄得两个女子有些迷惑，不知彼此之间该不该因为这件事打个招呼。

林志霞应该是见过世面的人，她很快露出有点调皮的表情，轻盈地走过去拉住邢林子的手，目光却投给那个领导模样的人，而邢林子的目光则望在稍远处的石钟鸣身上，石钟鸣的眼神在给她打气，鼓励她勇敢表现。

曲流歌对领导模样的人说："我的学生是来告御状的，有人横行乡里，欺负百姓！"同时伸手把林子拉得离这个人更近一点，说："林子，算你福气大，你是见着'包青天'了，快说说你的事！"

林子要说时，石钟鸣已经走过来，林子说了开头，接着两人互相补充着说了事情的全部经过。领导模样的人不时呷在嘴里一口茶，听他们说，整个过程他一言未发。最后站起来时他望了一眼曲流歌，然后看着邢林子说："我们是法制社会，不是谁想干啥就干啥的！"

他说罢就要回屋内去，而此时屋门也正好打开，一个五短身材，气色很好，手持一根栗皮色台球杆的人，边两手上下摩挲这根杆儿边慢条斯理地向这边走。他本来是出来催促玩友的，听了这件事却不着急回屋内了，立定，先讨好地望望那个正在往屋里回的人，然后佯装气恼地对着曲流歌说："你这曲总，怎么办事呀，这等小事也用麻烦领导！"

曲流歌拽了他一把，等那个领导模样的人进屋后，很私密地对这个人说："不要光说漂亮话呀，您打个电话让他们来，我来说，保证不误您在里边玩。"

说话间，这个五短身材的人就走到小吧台前，用一部紫红色电话机打出了一个电话。

曲流歌对邢林子说："现在没事了，但是不能走，晚上还要请你和你的朋友一块吃饭呢，这么多年了，咱们也得叙叙旧。

你们现在可以自由转，不要远离，晚饭有人找你们。一会儿有些人就来了，我现在得抓紧去里边赢他们几个球。"说罢快步进入屋内。

林志霞这时拉紧林子的手，表情很生动地说："你们是不知道，在崇山县没有咱曲总办不了的事，把心放肚里吧，何况恁小一件事。不信，你等着瞧，一会儿他们就都来了！"

这个服务员又说："本来你们坐在这儿等就行，反正都是自己人。但是，这儿一会儿就变成会议室了，领导要给他们讲话，你们在跟前终归是有些不便的，还是下去，到那儿去喝茶吧。"

说着，她站入吧台内，拿起内部电话向一层大堂服务人员作出交代。

邢林子和石钟鸣顺着那个弧旋形楼梯往下走，林子轻声问石钟鸣："你觉得这事玄不玄？"

石钟鸣望着她说："不是玄不玄的问题，而是林子你又要交好运了。你也不看看这是啥地方，你的曲老师可不是只会朗诵课文的那个人了！"

他停步，扭头，向上望望，又说："刚才那两个人，没看到吗？第一个那口音、模样，明显是外边的，我感觉至少是鲁西市的领导。后来打电话那个，是咱崇山的，肯定是咱这儿大领导，这地方，水深着哩。高兴吧，林子，我预料你苦尽甘来了！"

邢林子到一楼落座后，心仍然悬着，但眼前发生的事实，让人不得不往好处想。她现在在座位上细看周围摆设，明白了她当下坐着的就是她们刚进来时所望见的那些鲜亮人物坐过的地方。

大约只有二三十分钟时间，石钟鸣和邢林子就望见几个身着法官服装的人急匆匆从大门外进来，这些人也不和总台的人打招呼，进来就都仰着头向上望，直接踏上弧旋形楼梯腾腾腾向上走去。一会儿，邢林子认出高楼乡的党委书记和乡长也相跟着来了，这让她吃惊不小，赶紧把自己的发现告诉石钟鸣。

　　石钟鸣轻声与她说："看看，这回厉害了吧，林子，看来我不仅要祝贺你，而且我离开你的时间也不会太远了！"

第八章　神仙楼逸事

1

一个月之后。

春节到来前的某日上午，人们突然听到从七岸河上传来鞭炮齐鸣的声音，长时间的密集的鸣响中，夹杂一些短暂清脆在高空炸响的礼花弹之类的声音。这种不计成本地任性地想响多长时间就响多长时间的欢乐行为，在七岸村是划时代的大事件。要知道就在不久前，很多人家即便是在除夕之夜，老一辈人还在对站在身边频频索要鞭炮的晚辈小儿说着"有钱人家放炮仗，没钱人家来听响"，用这类流传了几代的民间格言来传续中国农民委婉而又浪漫的某种精神文化基因。

七岸村的人，周边邻村的人听从鞭炮的召唤，沿着山地上从多个方向而来的各种质地和形貌的路径拥向沙石场。整个工地的机器，人员已经停工，取而代之的是，河床两岸彩旗飘扬。树上是旗，电线杆上是旗，没有树和电线杆的空当处栽了专门的竖杆，好像要特别强调一样，这种杆上都绑着多面多颜色的旗子。那个标志性建筑物神仙楼，今天从上到下，从左至右，挂满了密匝的竖条标语。在最初的开采点，现在已形成河床广场的那片开阔地上，搭建起一个正规舞台，耀眼的会标横幅上写着：崇山县东方玫瑰七岸彩石艺术开发有限公司开业大典。

我们应该已经知道"东方玫瑰"四个字是曲流歌任总裁的大酒店的名称，事实上曲总所领导着的已是一个跨行业，涉及多种门类的庞大的实业公司。今天，周奎在七岸河上经营了几年的沙石厂将正式归并到东方玫瑰旗下。看现场气氛确实是一个盛典。鲁西来了一位副市长，崇山的书记县长及几个班子领导，乡镇、县直单位领导都来了。高楼乡的书记乡长坐在主席台方阵中，七岸支书李龙虎坐在台上最后一排一个最边的位置上。卧车、吉普车、旅行轿车、面包车、摩托车、自行车、农用三轮车，各种花样繁多的交通工具按指定位置停放在河下广场或河道两岸被重新整理出来的平地上。河岸上下，广大的空间内人潮涌动，还有一些边缘上的人正在往人群的中心集结。舞台四角如桅杆一样的高杆上的高音喇叭里已经播出音乐，音乐经过最初断断续续的调试之后，正在播放《冬天里的一把火》，反复咏叹，旋律高亢，某种急切的渴望在音乐中逐步被强调，懂音乐的不懂音乐的，听明白字句的没听明白字句的，所有人都被感染着。

音乐停止，传出会议主持人的声音。随即曲流歌起身走向舞台前方立杆麦克风前。与平常相比，他今天是另一番打扮，既不同于早年在七岸学校当老师时的随意，又不同于一个月之前邢林子在东方玫瑰见他时的神秘。他穿了一套上下一色的有点奇怪的米黄色西服，纯白色领带。三七分的发型分别向上稍作隆起，并且预先用发胶作了固定，在近处可以看到有几片彩色鞭炮纸屑落在他头发的分界线上。他讲话，声音像歌声一样。他说："我回来了，回来报答七岸人民当年对我的友好情谊，乘着改革的东风，东方玫瑰将充分挖掘这里的地下资源，将来还要建造楼房，发展旅游，把七岸河两岸打造为人间仙境，幸福乐园。"台上先有人鼓掌，台下响起掌声的同时传出欢呼声、喝彩声、口哨声。这种声浪所蕴含的巨大力量又反作用到曲流歌身上，使他讲话的后半部分几乎被音乐化了。声音这东西也真是奇妙，它让现场一些正在仰望天空的人，竟然看到这声音变成了巨大的彩笔，在七岸村广漠的天空上画出了多种多样有时固定有时稍纵即逝的美丽图案。随着曲流歌讲话的结束，这些图案分化变形为五颜六色的霞絮云朵，如彩虹化开，像无数春天里的蝴蝶那样在空中飞舞。

沙石厂被曲流歌兼并这个情节的出现并不算突然，因为周奎这个人确实是外强中干，他性格懦弱的本质并没有随着时间的推移而改变，财富的增加和阅历的丰富只是使他性格中的两极——强者更强，弱者更弱，分化得更快更远。那天在东方玫瑰酒店 D 区台球室外，曲流歌稍动弹簧，邢林子状告周奎这件事就像冰块遇到太阳，以来不及计算的速度迅速化解了，在每个环节都未产生任何震动，所有结构几乎都很脆弱。周奎依仗的是个半官半民的团伙，而他本身就是个傀儡，像化了妆的演员在前台唱戏，后台们平时相互吹捧，讲很多与各级官员关系密切的细节，让周奎认为这些人如何如何了不起。但是，他不知道，这些人在东方玫瑰面前那是不堪一击的，甚至完全可以说是望风而逃。当团伙内部把消息传递给周奎时，他不可能有任何抵抗的主张。包赔彭随明的问题已不在话下，无需重提。因为在协调过程中曲流歌真心看上了七岸河的图画石矿藏，当然也有与邢林子这一层情感和友谊的关系，不用他怎么表白，甚至他还作出过拒绝接受的姿态，但是，各种力量推动着，自然而然地，小菜一碟地就完成了这一桩小小的吞并或扩张。曲总又多了一个分公司，东方玫瑰的地盘又向太行山的近处深入了一步。

同样自然地，邢林子、彭随明、石钟鸣都成了艺术开发公司管理团队的新成员。曲流歌本来想留周奎作公司的副总，与他谈话时他低着头，像有的小孩在大人面前那样不知说什么好。他待了几天，没有任何人向他请示工作，也没有任何人与他讨论问题，所有人都对他视而不见，只有七岸村在此干活的几个他过去看不起的农民，与他说过几次玩笑话。后来他像煞有介事地想向曲流歌请假或辞职，但不知道到哪里去找曲董事长。平时到七岸来管事的经理，他的顶头上司不是别人，正是东方玫瑰三层 D 区小吧台后那个曾被某领导与邢林子同名相称的披肩发姑娘，她每次来都乘坐一辆专门的紫红色卧车。周奎向她请假，这位经理竟然作出不认识他的表情，所谓请假事宜，完全是多此一举。后来周奎就自己离开了，重新回归了县城民间的痞子队伍，据说仍处于二流三流地位，此人最后结局是在弟兄们面前逞能示强，在某一个室内游泳池之深水区窒息而亡。

2

彭随明成为分公司最牢靠的员工。他失去了双腿，失去了健全身体能够带给他的所有，但获得了应有尽有的金钱和物质的补偿。很显然，对于公司，他只能是静观其变或坐享其成的人，他在生活之外生活着。他已经丢掉了手中把握的两个小木墩，用当时能够买到的最先进的轮椅作为代步工具，需要行走时，转动一个装置配件，两个差不多与乘坐者齐肩的精致的圆轮就会适时应人地转动起来，细密的轮辐转成一张满圆的扇子，金属辐条一下一下向外发出明亮光芒，同时传出"吱、吱、吱"的音乐般的，如同秋季田野上蝈蝈们鸣叫时发出来的那一种有旋律的美妙的声音。彭随明坐着它在神仙楼进进出出，到七岸河桥上转过来转过去。现在从七岸到高楼的道路已进行了拓宽改造，土路变成了柏油路，两边栽植了杨柳和松柏，比人还高的树木株距很小，使这条路很快就成为一条绿色长廊。河上的石桥也同时进行了改造，两边桥头堡很洋气，像两座艺术雕塑，从不同视角可以看出不同的物体形象，有人说像狮子，有人说像兔子，有的说像两个撂起来的人，还有说分明是一堆大小不同的猴子在嬉闹，而且因为这件事人们常常发生激烈的争吵。彭随明一天不知道要在桥上转几次，他现在言语很少，经常自己按下刹车，立定在某一处，望河床内热闹的生产场面，望从桥上到神仙楼走过去走过来的人们。一线的劳动工人里已经有不少操外地口音的人，管理人员中也已经没有了像当年彭随明那样跑来跑去的人，大多是从县城，从东方玫瑰其他公司调过来的人，男女统一着装，走路昂首挺胸，特别是女管理人员，小腿部打弯幅度很小，手中或腋下常常有一个文件夹之类。他们对彭随明作出很尊重的表情，经常向他使用鞠躬礼仪和微笑礼仪。

邢林子在新环境中角色很多，她被安排在公司总部，但是并没某一项确切的职责，她的上司只有一位，那就是曲流歌。曲流歌对她很好，但也不是随时随处带着她，中间空当很多。没事的时候她便与比她年轻或与她年龄相当的女服务员们闲聊，向她们学习美容化妆，生活很快时髦起来，她本来就是个聪慧的人，世俗城府又沾染得不多，任由着性子凭着感觉追求人生的新幸福。生活在前些时期重重地打压了她，现在打压她的力量又以等同的力量反弹回来，把她送上人生的巅峰。她每天化妆，喝下午茶，吃夜宵，与县城头面人物们玩台球，与一些贵妇人阔太太打麻将玩扑克牌。新生活如蒸如雾，塑造着邢林子比原来更贵气更美丽的少妇形象。

还有一点很有必要交代，她上小学三年级的女儿，已经被曲总安排到了县城新近创办起来的一所私立学校上学，这学校实行高收费，吃住学系列配套，并且严格全封闭管理。林子的父母跟着彭随明住在他家的房子里，公司安排有专门人员侍候他们。可以说这一切都为林子解除了后顾之忧，林子有条件在她的生活和事业上迈开大步朝前走。

有一天晚上，曲流歌带着她从外面回来，平时都是乘电梯的，这次曲流歌示意走弧旋形踏步台阶。当到达三层邢林子该回自己房间时，曲董事长主动说天还不晚，让林子到六层他房间再说一会儿话。邢林子没有反对，老实说她觉得也应该再单独坐一会儿。经过这一段的工作和生活，林子与曲老师之间，除了年龄差别之外，她已经没有了生疏感，发生男女间的任何事情在她来说似乎已有了思想准备。

曲流歌连续按动数个电源开关，办公室内上面的吊灯，下面的地灯，宽阔的老板桌上的台灯，曲折蜿蜒在天花板边上的由无数球状的多色的小光珠形成的彩色线条，还有一些角度不同明暗不同本来藏在旮旯里的发光物，差不多一下子都明亮起来，大放光华。一种新鲜刺激，扑朔迷离的氛围将两个人晕染起来。邢林子不知道曲老师要干什么，曲老师他不仅没在桌后落座，反而伸手又打开了座位左侧墙壁上的一道门，同时按动开关，并作出请邢林子入内的手势，而且还让她先进，她一迈进，老师也紧跟了进去。这是卧室，面积和外边的办公室一样大，四面空阔，屋子中央摆着一张设备齐全的双人床。林子是第一次进这里，有些惊讶，同时心想该发生的事此时可能就要发生了。可是，曲流歌并没有向床边靠近，他在屋内似乎很轻松地踱着步，缓缓地转了一个圆圈。然后靠近后边墙壁，在墙上一处没有任何痕迹的地方拍了两下，墙上现出一道暗门，窄窄的一方长形，像一个竖着的黑洞。曲流歌闪身进去，然后伸出一只手来，邢林子将手给他，只觉轻轻一拽，林子便跃了进去。进去，她就被曲流歌完整地抱在了怀里，一片漆黑中，曲老师为她解开衣扣，然后将已经呼吸急促的她抱起来移动，随着一阵特殊的声响，邢林子感觉她和曲老师两个人裸着的身体被泡在一片水里。曲流歌摸黑着为她摩擦全身，温润的水的力量，宽大手掌和尖锐手指的力量同时作用于她。邢林子塌软下去，又硬挺起来，灵魂和身体仿佛在炉火内外穿越跳跃。

不知过了多长时间，曲流歌牵着她的手从水中走出，迈过一道浅岸，脚步向前，慢慢移动。曲流歌像先前在外屋那样，随手打开了此间的灯光。这里的灯光明亮至极，所有物体被照得纤毫毕见。小巧精致的浴池随着两人出水而涌起微澜。浴池旁边三面墙上各镶嵌一块高过人头的玻璃镜框，靠近另一面墙壁则放置着一套由多层曲木方格支撑起来的梳妆台，上边有男士用品，也有女士用品，以各种性感的美女俊男动作图画、照片为包装广告的软膏、液体及内衣制品琳琅满目。曲流歌丢开邢林子，让她跟着他走，此时的邢林子完全没有一点羞怯，她索性敞开自己，四肢如柳，面目如花，跟着曲流歌走过每一面镜子，无需要求，不必提示，她做着不同姿势，展示身体的每一个部分。她这样，反而使曲流歌安静了下来，他甚至有些恍惚，他退到一个似床又似椅的物体上，斜靠着坐下来，同时拿一件丝织品盖在身体中间，然后轻轻呼唤眼前这个女人的名字。

当林子走近他时，他突然坐直，惊叫一声，让林子吃惊不小。原来曲流歌看到林子脖颈前边下颌骨恰好能挨着的那个地方，向右偏两指的皮肤上，长着一小片儿像格桑花样的印记，因为才从水中出来，鲜艳得像刚刚染上的颜色。曲流歌用手指点着，让林子从镜中看。她是知道自己身上这个标记的，夏天穿领口大的衣服照镜子时常看见，只是觉得它是一块痣。在这个特殊环境下让曲流歌这样激动，也使林子第一次细致地看起它来，它确实像一朵分瓣的花开在那里，像活的像会动一样。曲流歌在她身边说了很多软绵绵的话，除了极少部分讲当年在课堂上对她的感觉外，主要是对她身体的赞美。从他嘴里，林子第一次知道了自己的身体与别的女人身体的一些区别，比如腰际到臀部的长度，比如眼睛里的黑白比例，比如后背等，很多女人都不像她这样的。曲流歌真是一个美学家，他用语言解剖了邢林子，让这个快到三十岁的女子重新认识了自己。

一切平静，两个人来到卧室那张大床上的时候，邢林子对曲流歌说：

"曲老师，我还是想这样叫你，事到如今了，当初七岸的人说俺风张，是坏女子，那是瞎说，真不是，给谁风张哩？后来你的学生是真坏了，自己当不了自己的家。曲老师你现在能对我好，千好万好的都不说了，只有感谢，报答，可是拿什么报答呢，真想我还是十六七岁，给了你还是个意思。但岁月不能倒流，我现在什么也没有了！

"曲老师，你是谁呀？你可不是当年的曲老师了，你是崇山县的头啊！多少人为你献殷勤，讨好你。现在时兴的那句话'跺一脚全城哆嗦'，你就是有这样威风的人。这样的人了，还对我好，看出来你是真好的，起码咱俩在一起时是这样，和别人好不好我才不管哩，也没权利管，不管！我身上一点好，在你眼里都是放大很多倍的宝贝，这一辈子我还有啥想呢！你把我从地狱从坑里捞上来，捞成人上人，这世上除了我，谁有这福气。

"你只要觉得好，就我这全身，里边的外边的都给你，完完全全，永永远远都给你，曲老师你想怎么使就怎么使。今天我看出来你是真高兴了，而且是因为我高兴，因为我的身体，其实我比你还高兴，身体一下子空了，一下子又满了，全身上下都是穴位，说不清是哪儿在舒服，全都在颤抖。可是，曲老师今天趁你高兴我想给你提个要求，就是你要一直管彭随明，为他负责，管他一生，任何情况都不要反悔，不要半途而废。他也是真心对我好的，他是没有恁大能力。现在废了，人不人鬼不鬼了，说实话，有时候夜里看他的身体，作为男人的一切他都没有了，世界上没有比这更残酷的事了。你对我好，把他也带上，行吗？行吗？实际你不必再回答，这之前你已经都做到了，做得让人无话可说！我今天就这样说一次，只说这一次！

"还有，就是我的父母、女儿，上天就这样对待我，让爹矮，让娘哑，让女儿差一点没人抚养。这一家子在别人眼里都是些什么人啊？肯定都笑话死了。但是这些都是我生命中不可分割的人，他们卑贱、低微，但对我是完完整整的好。我在任何时候他们都不嫌弃我，他们在任何时候我也得管他们，与我的生命连在一起，不分不离。曲老师你对我好也得对他们好，这是我的最大心病。我在天堂享福，他们在地上受罪，我能享下这福，消受了这好吗？唉，唉，唉，曲老师你别打断我，你已经用事实回答了，他们现在整天笑呢，在福窝里呢。我说的是以后，长时间地，不知道要有多长时间地，咱都得让他们好。

"另外，曲老师，我今天还得对你说一件事，你也看出来了，石钟鸣对我好，很早就看上我了。他为了我，竟然长期留在七岸村，心是在我身上的。以前我的心是榆木疙瘩，没有往那儿想，但是彭随明出事之后，我对他就好了，好得也很厉害，一方面破罐破摔，一方面想找个牢靠的依托，这个意思在遇见你那一次我俩返回七岸的时候，我对他直接讲了，可是，你知道他怎么说，他一开始也是拍胸脯表态说行，停了一会儿就变了卦，说不行。他是个诚实的人，不想在大事上说谎，况且这也不是一句话的事，一句话时间长了，风就刮跑了，这是要实际付出代价的，是要有实实在在生活的。所以他当时就明白告诉我，对我好，会千好万好，对女儿也能视同己出，对父母也应该没问题。但是把彭随明带上，一家人包起来管，特别是还可能要在一起生活，他说他做不到。当时我没怎么吭声，但心里就想以后得疏远这个人了。

"曲老师，在高楼乡和那个陈云鹏的事就不跟你说了，天下坏人多不过好人，但那是个坏人，让我碰上了，魔鬼附体，纯粹是一场恶梦。曲老师，你像个大海，这几天我经常在想咱俩当时朗诵的那篇课文中的场面，我就像被暴风雨打落下来的一只快要死掉的海燕，是你曲老师这个大海包容了我，托举起了我，让我重新活了过来！"

五天之后，受曲董事长直接指派，三支小型建筑队来到七岸，分别动工改造装修几座建筑，一处是猫儿脸山峰下邢林子家的旧居，一处是彭随明家的房子，同时将神仙楼的房间布局、生活设施也进行了有针对性的改制与配置。从此之后，彭随明和邢林子父母就正式住进了神仙楼内。

3

腊月二十之后，在农村风俗上即进入春节倒计时，按照中国长期以来农耕文化赋予每一天的专项职能，二十一开始上灯，称作"二十一捺黄蜡"；二十二上灯之同时礼数加重，要

316

配享以酒，称"二十二擤黄酒"；二十三是"人口全"，要全家团圆；"二十四扫房子"，搞卫生，清洁过年；"二十五磨豆腐"，"二十六去割肉"，"二十七蒸着吃"，一次性蒸很多馒头，备下丰裕的熟食，免得节日期间家庭主妇过多地动手干活，其余二十八、二十九、三十，一直到正月初一都有明确的职能界定。

话说二十三这天下午，曲流歌突然告诉邢林子，要与她一同到七岸村看望她父母。两人照例同乘了那辆黑色轿车，到达神仙楼前边的小广场时，邢林子发现这里与往日比有很多异样。有一些陌生人已经在楼前等候，公司内来到此处的工作人员也增加了很多，院子中央支起一顶有三四间房屋面积的正方形蓝色帆布帐篷，里面靠一边支着一溜锅灶，有的已经燃起灶火，两厢摆着新搭的案板，上边摆着锅碗瓢盆之类，几名身着厨师服装的人正在不停地忙碌着。邢林子立刻明白，曲流歌对今天的活动是早有安排并刻意隐瞒了她的。心里一时又惊又喜，她望向曲流歌，目光里传送出从心底升腾上来的复杂而欢欣的情感，此时两人都没有说出口外一句话。及至进入楼内，一张宽大的长条形餐桌已经摆在大厅中央，一幅装帧考究的福字竖轴挂于正面墙上。全新的摆设让神仙楼的气氛发生了完全改变，喜庆，祥和，欢乐，热闹。邢林子的母亲在她的屋子里站在窗口向外望，眼里噙着激动的泪花，她的矮个子父亲一个人坐在高靠背沙发上，他被换上一件崭新的对襟蓝色棉袄，棉袄有些大，相当一部分被他坐在屁股底下。彭随明的卧室在大厅向右与岳父母对应的房间，不过此时他被服侍他的一位男士陪着，转动着轮椅在桥上看风景。

曲流歌偕邢林子走进她父母的房间，曲流歌稍微倾斜一下高大的身躯对两位老人说，二十三，人口全，平时林子工作忙，今天他与她来与二位长辈团圆团圆，并且告诉他们，晚上还要摆酒宴，为一家人祝福。林子父亲好像害怕似的，蜷缩在高背沙发上的身体似乎更小了，她的母亲则在与女儿说话，她认真看着女儿的手语动作，每弄明白一句话的意思，就表情生动地笑一笑。林子走过去，抱了一下母亲。

随着夜幕降临，院子里的人更多了，每一个来人都像一条小溪，使热闹的河流迅速增大，院子内声浪渐起，向四面八方传播。与此同时，高低不同的色彩不同的各种灯光被打亮，树影婆娑，人影绰绰，神仙楼焕发着新的容颜。

大家进入厅堂，曲流歌主动上前，与工作人员一起把邢林子父母请到福字正下方的座位上，同时让邢林子和彭随明分别在两位老人旁边落座。当然，彭随明和他岳父的座椅早已被工作人员作了特殊整理。曲流歌的座位紧挨着邢林子，他环顾一下全场，刚要讲话，立即又停住，把目光投向坐在对面偏右一个座位上的石钟鸣，微笑了一下说："钟鸣，你的位置有点偏嘛！"

这个石钟鸣确实是一个有点意思的人。他现在属于公司的兼职员工，领着中层管理人员的工资，他明白这实际上是邢林子送给他的一份补偿。鉴于邢林子和曲流歌之间已经形成的不言而喻的情况，他已经说服自己，逐步撤出对于这个女子的感情阵地。但是，他并不想打破自己为自己设计的形象，不想表现出有些人在这种形势下常有的小肚鸡肠。他两天前就接到了今天的赴宴通知，我们可以想到，这个时候石钟鸣如果选择回避，显然是不合适的，因为从外表上看，他长期以来是在道义的旗帜下帮助邢林子的。回避，只能使他这个乡村高人的形象受到破坏，这是不行的。还有一点，我们只要连贯起来思考也应该能想到，神仙楼今天要出现的这个场面，依石钟鸣的阅历来看，对他还是有点吸引力的，关乎身份，关乎尊严，同时也掺杂着看稀罕看热闹的常人心理。总之，他是不可能回避的。

此时此刻，曲流歌望着他说座位的事，石钟鸣很清楚这只是一种居高临下式的礼貌，不过，观察全场人物形象面貌，石钟鸣多少也有点受到尊重的感觉了，他骨子里毕竟只是个农民。他把目光移到邢林子身上，邢林子也正在亲切地望着他。于是，他站起来，回答曲流歌说："此处甚好，甚好！"他那半土半洋唱戏一般的腔调惹起全场一片轻微的笑声。

接下来曲流歌介绍这些来宾的身份，大家一听，除了崇山县土地局、矿管处、农业委员会、财经委员会等几个单位的一把手之外，竟然还有鲁西市几个重要部门的领导，曲流歌的介绍，使座中各位的颜面得到张扬，并且还使这些人之间产生了相互辉映的作用。

宴会开始之后，曲流歌首先向邢林子的父母敬酒，然后举杯绕场一周，在每个人面前停顿的时间长短不等，表情和话语也各不相同。他敬罢之后，让邢林子敬，林子也不扭捏，扭捏什么呢？她现在又像是被风鼓胀起来的船帆，而且气质上已是脱胎换骨了，完全是美丽洋气的形象，有点像回到了小姑娘时代，但与那时比又增多了更丰富的气韵，丰满了点，窈窕了点，眉眼看人更深邃了。皮肤从里到外地嫩白，稍作修饰的眉毛衬托着那双美丽的眼睛，目光里犹如荡漾起轻微迷离的波澜，一看人就像传递出某种情意。她说，她祝福父母，她说她感谢曲董事长，这一点她说了好多遍，有时候称董事长，有时候称曲老师。与她的美貌比，她的语言表达能力显然略逊一筹，有些话，被曲流歌接过去，作着修正或补充。

起初，宴会是突出着为邢林子父母祝福这个主题的，酒过三巡之后，这个主题被淹没，被忽略，完全成为一个社交性的欢乐聚会。但是，到七岸村支书李龙虎和已经成为副支书的赵小娥敬酒时，他们又把这个主题找了回来，两个人恭恭敬敬地站在邢秋木、陈莲花这一对夫妇身后，说了一番很动感情的祝福的话。这个家庭不仅是贫贱的，而且是悲惨的，因为有了邢林子这个女儿，使一切都得到了改变。他们所说的这一层意思让旁边的邢林子很受感动，她一度与赵小娥拥抱在一起，泪眼对视。支书与赵小娥转过身向曲流歌敬酒时，他正被很多人包围着，虽然他一再推挡，但仍然不可避免地喝下很多酒，他满脸通红，目射精光，时而一手背在身后，一手挥来挥去，时而双手持住酒杯，与站在面前的人激动地说话。不时又把林子喊过来，少不了大家又重复地向林子敬酒。喝酒这件事对林子是弱项。以前在七岸村委会小饭店饭局不少，但那都是小打小闹，再说她当时身份卑微，也轮不上她怎么正规地上台面。后来在东方玫瑰，遇到大点的酒场，曲流歌都庇护她，说她不会喝酒，谁还敢再造次？而这次活动不同，它实际上就是专门针对邢林子的，曲流歌多少有点故意地想让林子喝点酒高兴。现在她的两腮已经很红了，他又担心起她来。林子呢，她喝了几杯后感到很兴奋，身体被激活，精神被高举出来，豪侠之气如旗帜在心中猎猎飘扬。酒席上的气氛，人们在她耳边说的各种恭维话，都像强劲的东风把这旗子吹得呼呼作响。曲流歌第一次见她这种状态，苗条柔美的样子里添加上不管不顾的豪放之气，真是太好了！就说她好，一说又激励了她，来敬酒的人发现在她这里施行敬酒的所有礼仪都进展得极其顺利，举座皆欢。

4

这时候，一位服务人员走到曲流歌身旁低声告诉他，门外又来了两位客人，并说来人穿着法院工作人员的服装。曲流歌似乎知道他们是谁，马上招呼大家挤出两个座位。可是怎么挤呢？我们已经知道宴会上的座次是有规则的，往哪里塞这两个人呢？邢林子要让，被曲流歌制止了，又有公司内几个高管站起来表示要腾出位置，曲总也没有允许，最后让大家各自都挤了挤，他让人在自己的旁边放上了两把空椅。

来人进屋，邢林子立即认出他们正是那一次被紧急电话召到东方玫瑰去的几位法官中的两位。两个人一落座就把平顶帽从头上摘下，服务人员立即上前接着，放到隔壁单间内。这两个人酒量大，上来就说要主动补酒，用喝水的玻璃杯每人干了一杯，话立即多起来。他们正要轮圈行酒，先前报信的那名工作人员又匆匆进来说，高楼乡的党委书记来了，话音未落，人已进屋，林子发现不是原来的那个人了。曲流歌站起来，向大家介绍说他是到高楼任职不到一个月的吴书记。吴书记三十七八岁的样子，留着寸头，戴一副宽边眼镜，不说是书记会让人误以为他是一个中学教师。七岸的支书和副支书同时走过来向吴书记问好。

就在他们说话时，邢林子的母亲悄悄站起，并拉动老伴让他也站了起来，负责服务他们的人搀扶着两人离开了宴席。由于一下子闪出来两个空位，全场响起移动椅子的声音，大家的座位稍微宽松了一些。由于吴书记紧邻彭随明，被人为垫高的轮椅以及彭随明这样一位高位截瘫人士不可避免地散发出来的异味，让这个文气的书记一开始就感到很不舒服。他装着开心的样子边敬酒边说曲总到七岸投资兴业是对高楼乡工作的巨大支持，并且把李龙虎再次叫到身边半是严肃半是玩笑地说，如果曲总在七岸有什么不高兴，可是要拿你这个村支书问罪的啊，并且当即要李龙虎也端起酒杯代表乡村两级向曲流歌敬表态酒。曲流歌应该是已在酒意之中，他竟然说："吴书记呀，别给我敬，如果敬也该先给林子秘书敬酒嘛，你们高楼伤害她可是不轻呀！"这句话一出，全场的人都听到了，一时喧哗顿止，吴书记举在空中的杯又放回到桌子上。他显然是知道邢林子并清楚她和曲流歌的关系的，况且他还进酒不多，脑子极其清晰，加上官场中人本来的敏捷，此时略一思忖便回应道："高楼伤害谁也不能伤害曲总的人啊，我今天就还肩负着一个重要使命，代表高楼各界向林子小姐和曲总致歉！"

吴书记这句话竟把曲流歌说得大笑起来，全场的人也解除了难堪，跟着笑起来。吴书记接着继续出击，他满举一杯一饮而尽，而后又倒满杯举在空中，叫一声邢秘书，又叫一声曲董事长，酒杯碰到一起，三个人同时饮了下去，人们报以长时间的热烈掌声。吴书记目光扫过全场，声音洪亮地说：

"我今天来，除了为邢秘书外，是还有一点私心的，今天对着鲁西市崇山县的各位领导，还有东方玫瑰各位有身份的人物，代表高楼领导班子和全乡人民，诚恳邀请曲总加大对我们乡的投资力度，不仅要往七岸投，全乡任何地方都可以投，不仅要开采图画石这样的资源，还可以投资林业、水利、房地产和别墅开发，现在大城市里的一些新市民阶层，据说已经开始到农村建房子了，这个可是刚刚发端，前景广阔啊！"

吴书记又一次点七岸支书李龙虎的名，让他再表态。李龙虎巴不得与新书记有这样亲密的协作关系，立即应声，并从自己座位上迅速走到书记面前，他向曲总、林子、书记各倒了一杯酒，并举起自己的杯与三人同时饮了下去，其慎重庄严程度完全像是在某个合作协议书上加盖了四个表示诚信的印章。曲流歌很高兴，他乘着从一开始淡定而后被逐步点燃起来的燎原烈火般的热情，大声宣布道："高楼七岸，东方玫瑰，合作愉快，前景辉煌！"

至此，宴会的气氛推向高潮。

5

就在屋内热火朝天的时候，楼前公路上又驶来一辆小轿车，接近神仙楼时车辆调成了近灯，司机熟练地在已经停有各种车辆的广场上找到车位停了下来。在场的工作人员看到，总公司公关部部长刘晓彤从副驾驶位置上走下来，熟悉地打开车后门，两位陌生男士依次下车。刘晓彤与上前迎接的工作人员作着神秘的表情，示意他们不必向曲总提前通报，与此同时就引着这两个人朝灯火辉煌的神仙楼内走去。

当他们突然出现在大厅里的时候，曲流歌很吃惊，酒意已浓的他一时回不过神来，宴席上喧闹的声浪渐渐平息，有几个不胜酒力的人本来是把头伏在桌面上的，突然的安静又使他们抬起头，瞪着惺忪的眼睛看看曲流歌又看看来人。

这两个男士一看就不是本地人，其中个子高的那位，着牛仔裤，穿锃亮酱色衬衫，脚上系带尖头皮鞋，外穿一件黑色风衣，风衣的下摆打在膝盖部位，米黄色领带系得很紧。这个人五官紧凑，眼珠转动快，鼻子略微小了一些，耳朵边上的头发削得齐整，整个人显得精干敏捷时髦。他与另一位相比，人们用眼就可以判断，他是他的随从。另外那一位穿着比较厚实，年龄也略大，平头，头发浓黑细密，鬓角上削出讲究的斜度，头顶的发楂在长至恰到好处时被削平，每根头发似乎都在不停地生长，仅这一点就让他整个人都显得生机勃勃。他穿着紧身的深蓝色短袄，好像普通，但是半围着颈项的两撇浓灰色毛领立即就将这种普通升华拔高。毛领并不肥大，窄条形状，应该是某种雪地动物的两条尾巴。当然最主要的还是他的神情气韵，天然地给人居高临下之感。

曲流歌经过短暂的懵懂之后，露出十分惊喜的表情，这种惊喜因为酒力而更加夸张，他离席疾步上前，与那个穿毛领衣的人拥抱在一起，并用拳头欢喜地击打着他的后背。这个人轻轻推一下曲流歌，使两人胸脯之间出现一点距离，并望着曲流歌的脸，用高兴和自嘲的口气说道："曲总啊，在下不请自到，突然袭击，扰乱董事长的好事了吧！"

曲流歌摇晃着他的身体："哪里，哪里，既是雪中送炭，又是锦上添花，您这么大的人物屈尊穷乡僻壤，这厢失礼了！失礼了！"

曲流歌转过身用不无责备的口气对刘晓彤说："小刘，怎么搞的，也不事先通知我一下，知道如此贵客驾到，我一定是要赶回去的，公关部长失职，失职！"

小刘委屈地说："老总不让，老总说他想给你个惊喜，也想正好来体验一下太行山里的年关风俗。"

曲流歌说："也是，也是，老总身在海南，改革开放之前沿，二十四小时都在灯红酒绿之中，来咱山区过过朴素生活，也是好的，也是好的！"

曲流歌又与那个陪同的人说了几句寒暄话，便抓紧时间重新整理席位，重新添加菜肴，宴席要开新局面。

但是，此时席面上的人们已经出现多种情况，先前的那些生动分子有的偃旗息鼓，萎靡不振，有的亢奋有余，严肃不足。仍然能够正襟危坐，认真听曲流歌讲话的人多是一些年龄偏小和缺乏资格的人，而曲流歌本人由于酒的作用也已经顾不得许多了，整个局面如战场上发起第三次第四次冲锋的队伍，有些力不从心。

这时候一直坐在偏侧明显情绪压抑的石钟鸣悄悄走过来，突然来到那位穿着毛领衣的贵宾身后，轻轻拍了一下他的肩膀，这个人转过头，不到两秒钟时间，便立起身，像刚才曲流歌见到他时那样，和石钟鸣四臂交叉，完全地拥抱上去，这出乎所有人的预料，在一片啧啧唏嘘声中，所有人的神经被重新振作了一次。

石钟鸣惊呼着："小丘，小丘！"

这个人用同样急切的声音回应着："我是小丘，丘思伟，你是石钟鸣吗？你怎么会在这里？你的老家就是这里的吗？"

石钟鸣也像刚才发生过的情节那样，用欢喜的拳头击打着这个贵宾的后背。

丘思伟松开石钟鸣，并将毛领短袄脱下，露出里面扎在腰间的银灰色带暗条纹的衬衫，一边拉住石钟鸣的手，一边转向做惊讶之状的曲流歌，说道："曲总你是不知道，这个石钟鸣我们可是老朋友了，多年不见，想不到现在他也到了您的团队呀！"

曲流歌一脸迷惑，望着石钟鸣，石钟鸣站成正面，朝着全场说道："我们在燕城认识的，当时他是丘秘书。"还想再说什么，又想不出具体怎么讲，支支吾吾了一阵。曲流歌立即调整石钟鸣座位，让他和丘思伟挨着坐。这样，在这个阶段，我们故事的主要人物曲流歌、丘思伟、石钟鸣、邢林子就紧紧地集中到了一起，下边宴席上的好戏也就主要在这几个人物之间展开。

曲流歌是在海南的一次商人集会上认识丘思伟的，他这次就是应曲流歌之邀到崇山来考察投资项目的，方向拟定为大型娱乐业。在曲流歌眼中他是有点神秘的来自远方的高级人物，而在石钟鸣脑海里浮现的仍然是当年那个小丘的形象。江海翻转，世事变迁，想不到在今天这种场合相遇，这不言而喻地给他带来了很具体很及时的尊严与光荣。丘思伟自然已经不是当年那个单纯而热情的青年，他很快就矜持起来，但对于石钟鸣仍然保持着特别的友谊的表情，这极大地鼓舞着石钟鸣，他乘势主动向丘思伟敬酒，向其他人敬酒，曲流歌也不好刻意拦他，只一会儿他就有了醉态，言辞也有了一些随意或放肆。

邢林子已经清醒，她担心地站在石钟鸣身后，用有些心疼的眼神望着他，适度地阻止他的一些动作。当她要替他喝酒时，曲流歌有点不悦，主动把话题转移到丘思伟身上，高声与他说话，并且频频举杯示好。可是，石钟鸣已经又来到了早已冷落在一旁又不便离席的邢林子的合法丈夫彭随明的轮椅旁，声言要与他喝几杯。彭随明无论如何是不多喝酒的，这样，只要一提议就全部是石钟鸣一个人在喝酒，邢林子只好又走到这边来。有几次，两个人的酒她都替他们喝了下去。后来，担心石钟鸣捅出什么乱子，邢林子悄悄安排，利用酒在他身上的作用，派人巧妙地让他提前离开了酒场。丘思伟不知其中委曲，好在有个"酒"字，一切都作了想当然的解释。

石钟鸣离席不久，丘思伟好像早有准备，此时才要言归正传似的，他把领带松开，表情也随之宽泛许多。他凑近那个跟他一块来的人耳语，那个人随即站起朝门外走去，三五分钟后回到丘思伟身旁，丘思伟随即转向曲流歌说："董事长，我来时带了一件小小的礼品，是一个吉祥物，它不知经过多少人的手才流转到我手里的。今天欣逢您和好朋友聚会，乘此良辰吉日，我把它贡献给您，希望给您和东方玫瑰带来好运！"

在他说话的同时，那位随从已把一方扁平精致的紫红色木匣举在手中，并利索地解开缚在上面的黄颜色丝带，然后小心翼翼地从中取出一个物件。这物件猛一看像椭圆形的白色瓷盘，差不多有脸盆大，再细瞧能看出来它是一个龟盖，严格说只是龟盖骨，头还在，四只足爪的地方磨损了，仅保留着四片疤痂样的印痕，在灯光照射下，它通体透明，闪闪发亮，又像一面古代的镜子。

丘思伟介绍说："这龟不是海龟，它是陆地河流的产物，国内顶级专家鉴定它曾经的存活年龄应该在三千年以上，而且它是白色的，专家说这就更稀奇珍贵。它身上应该有地球和宇宙的远古信息，曾经见证过人类由愚昧走向文明。"

曲流歌很激动，这种激动盖过了酒对他的影响，他把白龟盖捧到手上，凑近脸面，举过头顶，在空中翻过来倒过去地反复观赏，露出惊喜和爱不释手的表情，嘴里不停地说着感谢的话。其他人如吴书记、土地局和鲁西市的领导们也都走过来，凑近着看，有的伸出手想自己拿住，都被曲流歌把持着，不忍松手。

这时候，人们看到，彭随明在向邢林子招手，使眼色，林子开始没注意到，彭随明便有些着急，由于他的座位被特别整理过，自己转动不了轮椅，好在林子很快就看向了他，走过来，彭随明让她弯下腰，自己把嘴靠在妻子的耳朵根说，让林子去把那个龟盖取过来。林子走过去，把龟盖从曲流歌手中拿到彭随明手中，彭随明窝起胳膊，拿着这龟盖到处细瞧，他几分钟就判断出它就是十几年前从七岸河的河床里挖出来的那只白龟，脸上立即现出少有的激动神色。他让林子靠他更近些，向她发表着看法，并且用指头点在龟盖尾部的位置上，那里刻着一个玉米粒大小的六角星图案，尽管痕迹被磨浅磨光滑了，但仍然可辨，特别是对于这个图案的创作者彭随明来说似乎就是清晰无疑的。他只让邢林子一个人听见，说："这是我刻的，当时还给你说过！"

已经经历过很多场面很多事的被称作曲董事长秘书的邢林子，立刻意识到这是一件很重大的事情，她把嘴贴在丈夫的耳朵上要求他千万不能说，不能点破。彭随明的脸涨得越来越红，他在往下咽想说的话。

直至酒宴终场，这只白龟盖都被尊为外来圣物，在所有人的仰望中闪耀着中秋之月一样的光芒。后来它曾被挂在东方玫瑰总部一楼大厅最醒目的位置，再后来七岸彩石公司扩大，神仙楼再一次改造装修，这只龟壳又被请回神仙楼，人们专门为它建造了一座木塔，把它供奉在顶部，并安装灯光设备。它像一轮小太阳，每天二十四小时在家乡的土地上熠熠生辉。

6

好日子总是过得飞快，转眼已经到了第二年的七八月份，邢林子的父母每日在神仙楼里受着人们的侍奉和尊重。

父亲邢秋木，他身高的问题好像也得到了一定程度的弥补。根据季节变化总有人给他缝制出不同的可身的衣服。这些依据他的体量和身段做成的标准化服饰在开始时是遭到他强烈抗拒的，因为太标准，束缚了他本来就很小的身体自由活动的幅度与空间。这个矮小的老人曾经怒发冲冠。对了，需要交代一下，不知在什么时候，人们已经让他蓄起了长发，我们知道当年为了劳动的方便他可是长期的短头发呀，当时也不讲什么发型，长了就剪掉。现在他蓄起向后背的发型之后，脸一下子拉长很多，五官都被突出出来。有一次邢林子和曲流歌来看他，从轿车内下来，径直往楼里走，林子边走边呼喊父亲，不料父亲原来就站在他们的汽车旁，林子返回身一把抱住父亲，笑出满脸的泪水。周围的人都拍手欢笑，成为传了很久的一段笑话。被传播的还有，这个老人抗拒衣服窄小时有两个标准动作，一是抓头发，一是跺脚。但是，好多不习惯都会在时间这个魔幻器里发生变化，现在的这个父亲再让他理短头发也已经不适应了，穿宽松衣服反而觉得找不到身体了，各个部位都贴着，靠着，束着，还真是舒服呢。

邢林子的母亲陈莲花现在有一个很大的爱好，那就是给神仙做鞋。能看得见的最大体量的神仙莫过于她自己住着的活动着的这尊神仙楼了，但是她做鞋针对着的可不是眼前的造像，她的神仙在看不见的地方，在身体以外的头顶和四野的空间中，眼睛看不见他们，心里反而非常清晰，男神仙、女神仙、神仙的家庭和眷属，某神仙与某神仙是什么关系，手握何权，有何能耐，呼风唤雨或安步当车时的形状、模样等等，在这个失语的妇人的心里那可是一清二楚。他们和她们各自手脚的大小、形状被她量身定做得各有千秋。为了讨她高兴，侍奉她的工作人员弄来了各种质地和颜色的绸缎及布料，还有被细密扎实缠在塑料滑轮上的多种多样的彩色丝线，这些东西成捆成捆地成筐成筐地摆在她的工作间里。老妇人或手持剪刀或穿针引线，表情生动活泛地从事着手中的活计。她的周围摆放着连绵成片的大量手工制品，有大的，有小的，圆口的，尖口的，朴素大方的，花里胡哨的。另外，还有一部分是针对神仙们从事不同活动的需要而创意和制作的，比如平底的，用来到人间巡视，高筒靴则用于攀登云头到天庭开会或汇报工作，还有不少带翅膀的，据说是专门供给神仙家里的姑娘们的。林子母亲在做这种鞋的时候最兴奋，做的过程中往往就禁不住要拿在空中做出向上向下斜冲或盘旋转动的动作，嘴里发出柔细怪异而又很好听的声音，以此模仿成群结伙的仙姑们在天上飞来飞去，玩耍嬉戏的场景。每当此时，旁边的人就发出喝彩声，表示已经看到仙女们驾着彩云正在空中飞翔。

邢林子母亲的这个爱好源于一次偶然的出行，出行的路程并不远，就在七岸本村。之所以称为出行，是指在此之前这位妇人无论白天和黑夜大部分时间都只是窝在自己家里，即便是移居到神仙楼以后，开始也仅是在楼外周围不远的地方活动。有一天，村上从未相互走动过的一位远房亲戚突然到神仙楼来拜访这位哑巴妇人，此人也是一位妇人，年龄稍大，她的儿子陪着她来，两人一进屋就用手指比画着说话，亲热得厉害，像演一场哑剧。邢林子的母亲在热烈的气氛中跟着这两位去她家作了一次回访。这户人家居住在七岸行政村所辖四个自然村中最大的那个村庄上，而且在村中间，见哑巴一到，半个村的老妇人以及一些年龄更大或更小些的女村民都聚集到这户人家来，还有一路跟过来的，也有个别男士，很多的人。亲戚家也没啥稀罕物向哑巴展示，炕上正好放着三四双用彩色纸做的半成品神仙鞋，便拿在手上找话头说，哑巴却突然高兴起来，比东比西，指天指地，兴奋得不行。在一旁的邻居家的妇人们掉头回家，分别取来自己的作品炫耀，只一会儿，各种纸鞋就摆了半院子，每双鞋的制作者都争相演示，解说制作过程及其想象出来的妙用，一时间这个山区小院里像在召开某个国家课题研讨会。从这位亲戚家回到神仙楼后，林子母亲就忙碌了起来。再后来活动升级，她与其他妇人们一起到周围的庙里给神仙送鞋。无论是去的路上，还是在各路神仙面前所举行的仪式上，这位哑巴妇人都享受着极高的贵宾礼遇。在热闹和频繁的活动中，许多人习惯了与哑巴交流，想方设法，让自己比画出来的动作能让哑巴听明白。相当长的时间内这成为此处山乡经常上演的情景剧。

7

有一天，林子的母亲正在屋里做鞋，傍近中午的时候，服侍她的一个人从门外进来，拉着胳膊把她拽起来，透过窗户她看到楼前广场上聚集了一堆人，好像吵吵闹闹的样子，又一看全是平时和她一起去庙里活动的那些老妇人，她们有的跪在地上，有的正在点香燃纸，而身着职业装的保安和其他工作人员正在阻止她们的行动。哑巴抬脚就往外跑，到这些老姐妹跟前后，这些人都争着给她比画，意思说，神仙楼，神仙楼，恁大的神仙立在这儿，咱何必再翻山越岭到别处敬神呢？哑巴开始发愣，立定仰头，望了一会儿楼房伟岸庄严的神仙形貌，转过身面向大家连连点头，并且立即就对保安等人员怒目而视，这些人转换表情微笑着给她解释，说他们是履行职责，没法向董事长和邢秘书交代。哑巴也露出笑容，拍拍自己的胸脯，又指指他们，意思是说有问题我负责。

大部分人都放弃了管理，但有一个鼻头上长着颗黑痣的保安仍坚守职责，说不经领导批准，绝不允许在公司楼前烧香祷告，先前缓和下来的局面现在又紧张起来。那几个妇人又激动地朝哑巴比画，手脚胳膊，各个人的身体都成了说话的道具。

在这里，我们必须要清楚一个事实，邢林子的母亲已经不是几年前那个终日封闭在偏僻的单门独院里从不与外人接触的残疾妇女，她现在是大名鼎鼎的邢林子的母亲，神仙楼内外，七岸河上下很多人的生命表演，都被她看了一遍又一遍。她除了聋哑，还有因这一点而带来的不懂人间话语中一些词语、名称和概念之外，肉体和精神的其他方面都与常人无异，非但无异，某些身体官能窗口的关闭反而使剩余的官能更加敏锐。前几年因为贫穷而卑微，因为残疾而封闭，入住神仙楼后，限制她的一切精神围墙都被拆除，再加上与那些妇人们终日开展敬神活动，还有在活动中众人对她的吹捧与抬举，使她深埋在人性底部的个性被激发得像一架无法停止转动的风车。现在遇到这样一个与人竞争和表现尊严的机会，我们林子的母亲是坚决不妥协的。她先是长伸了一下胳膊，然后扑通一声跪在地上，把其他人取过来的蜡烛、烧纸、大小颜色不同材质不同的各种神仙鞋一并堆在地上团在一起，另一位妇女掏出打火机正要递给她，就在这个时候，那个倔强的保安上前一步，伸手一搂，即把这个妇女摔到了一边，妇女哭喊起来，林子母亲站起来向保安身上扑，被人拉着站住，她跺脚拍手，其他人跟着起哄，整个场面乱作一团，差不多要成为一个治安事件。就在局势似乎没人能控制的时候，好长时间未露面的石钟鸣从人群后边走了过来。

他今天的面貌很出众，穿着一条细窄的深蓝色牛仔裤，上身穿浅灰色短袖T恤，不知什么时候改成了小平头的发型，比以往小了几岁的样子，很精神，特别是他身后背着一个装了很多东西的鼓鼓囊囊的旅行包，让他在现场显得更加特别。神仙楼内的人们已经好几天没见到他了，看他这装束都有些纳闷，不过眼下大家的注意力都在当前的事件上。

石钟鸣把背包挂在广场玉石栏杆的一处矮柱上，迈着稳健的步伐走向那一堆正在纷争的人们。他神情安定，并无惊讶之色，稍稍立定了一下，就上前去挽住了邢林子母亲的一只胳膊。陈莲花仰起头斜侧着身子，看到是石钟鸣，立即竖直身体，像见了亲人一样的表情出现在她的脸上。她用手比画着让石钟鸣替她做主，石钟鸣微笑着，很温和但却在轻微地摇头，同时用手比画着说这地方是公司的公共场所，外地客商经常光临的地方，不适宜搞她们要搞的活动。哑巴的面容重新僵硬起来，那个长黑痣的保安感激地望着石钟鸣，并乘机动员其他保安一起参与，动手往外赶这些人。林子母亲不允许，重新蹲下来不走，不让人收拾她们摆在地上的东西。石钟鸣一点也不愠怒，他像儿子对待执拗的父母那样，坚持主张而又耐心热情地劝导着她。这时候，另外一个也是好几天没在大众面前出现过的人——彭随明，转动着更新过的很高级的轮椅车从楼内驶出，他两手频率很快地交替动作，轮椅车直接驶向她的岳母跟前。他并没及时与岳母交流，而是先抬头望石钟鸣，用疑惑而又有些神秘的口气问："真要走？"

石钟鸣一手挽着林子母亲，另一只胳膊垂直着，眼睛也没有望向向他提问题的人，他的目光仍停留在纷扰的人群上，这时候现场的人因为彭随明的出现而有所安静。石钟鸣这才张合嘴巴，像捎带着顺便说一样回答彭随明道："走吧，没什么犹豫了，又给丘思伟联系过几次，他在那儿等我，岗位都安排好了！"

彭随明没再接他的话茬，好像他压根儿就没向任何人提出过问题。他定定地望了岳母几眼，两只手生硬甚至愤怒地朝空中直直地插了几下，嘴里大声嚷道："这楼是坟吗？是墓吗？烧香烧纸，烧香烧纸，要把人烧死吗！"

起哄的大部分人害怕起来，耷拉着头不再吭声，挪动脚步走出广场。林子母亲也有了惧色，石钟鸣就势拉她，她也不是很执拗了，半推半就地来到了外边。然而，那些败了兴的老妇人虽然低着头，有的却弯着眼朝哑巴望，偷偷用指头在胸前比画一下两下，林子母亲的情绪又受到新的煽动。她比画着说，不让在广场，那就在广场栏杆外边烧吧。彭随明开始不同意，石钟鸣走到他跟前弯腰拍着他的肩膀，亲切地说："在这儿，没什么大妨碍的，也算遂了老人心愿。况且，又不是只给这楼烧纸，西边就是太行山嘛，世上如果有神仙，那太行山肯定就是大神仙，诸神在此，怎么敬都不会过分的！随明兄弟，就让她们弄吧，弄吧！"

见彭随明不反对，石钟鸣转身向一位工作人员交代，让他安排在此整理出一块地方，干脆弄一个烧香所在，专门供老人活动。几天之后，神仙楼前，广场之外，真的又出现了一个小小的神仙道场。

当人们离开之后，现场只剩下石钟鸣和彭随明。钟鸣立在随明身后为他推着轮椅车，两个人来到七岸桥上，缓慢地走了一会儿，低声说着话。远处朝这儿望的人中，有一个人事后对别人说，两人在桥上的时间有二十分钟，最多不超过二十五分钟。然后，随明自己转动轮椅调转车头回神仙楼，石钟鸣背着挎包，大步流星朝着那条通往县城的新修的柏油路走去，他没有回头。

8

　　邢林子的父亲邢秋木近段时期也出现一些异状。我们知道他身材矮，矮的人一般主要是腿短，他也是，如果不讲礼貌照直说他实际上就是个侏儒，因为这一点，再加上其他社会性因素，他长期自卑自闭，不是十分的迫切，基本上不作情感或个性的表现。他在我们心中留下的一点记忆，仅仅就是早年在女儿和彭随明风波所引起的事件中，这个父亲手提双面砍刀倚门而立的情景。除此之外他几乎一直都潜藏在流荡着的生活的深处或暗处。但是，进入最近这个夏季之后，邢秋木经常夜游和做梦，子时之后，他从楼内溜到广场，不走正门，从广场围栏上翻出去，进入旁边野地，顺着小块梯田的岸埂快步走动，然后跳过一道一道土坡或石岸，向西进入密匝的林坡，继续向西，脚步越来越快，上到太行山陡崖处，在一处孤峰之上稍作驻足，然后顺崖坡向下。他只觉得是在无数沟谷和峰峦间飞越，太行山腹地在夜色和星光下的种种面目暴露在他眼前。他看到每一块小石头都张着嘴巴，每一个嘴巴都在说话，不是对他说，是石头与石头之间互相说，有高声，有低声，说话时身体的形状和动作也不一样，有的亲热地拥在一起悄悄耳语，有的正搂抱着，突然猛一下互相推开，大笑着跳跃或奔跑。他来到山腰一个洞穴内，里边有一股水流，他踩着水往里走，走了一会儿，水淹住了他的肩膀，脚一用力又飞起来，紧挨水面像一只燕子向里飞，里边是大水，水光汪汪望不到边际。从洞穴内飞出来，他落在一棵榔榆树的树榾柮上，树榾柮从崖壁上伸出，上下悬空不见边界，只看见脚下数不尽的山岭，一条一条的都摆动起来，离开地面在空中相互纠缠，腾飞，同时发出巨大的古怪的轰鸣声。这声音惊动了天边的海水，海水一下子翻卷着涌过来，只一瞬间，所有山岭都被埋伏在水下。这个矮子在半空中的树上想打一会儿瞌睡，才一闭眼，就觉得崖壁上有一株狗尾草从他身边飞起来，像鸟儿一样来他耳朵根唱歌。几乎是同时，地面上很多种草都变成了不同的鸟儿，羽毛艳丽，飞上半空，在他面前飞翔打转，各种曲调从它们口中传出。邢秋木看花了眼，大笑一声，只一声，这些鸟儿便遁形隐迹，无处可觅了。

邢秋木夜游的情节被演绎出多种版本。最初是他妻子发现的，开始以为他嫌热到野外上厕所，见他久不回来就告诉了负责侍候他的工作人员，小伙子赶快去找，在七岸河上游一个土石聚成的台地上，看到他坐在一块竖立着的长石头上，人挨着他了，他一点反应也没有，只是夜色里一个很小的黑影，轻拍了一下他的肩膀，仍然不作声，吓坏了小伙子，以为他像传说里的和尚坐寂了，便张开双臂去抱他，他这才有了反应，大叫，那声音根本不是他平时的声音，像另一个人，不，什么人的都不是，一种从未听闻过的声音从他嘴里发出来。紧接着，他从小伙子手里挣脱，头也不回地跑起来，那腿脚步伐也不像是他在跑。小伙子往前追，看不清路，只一会儿就望不见这个矮子的踪影。小伙子估摸着朝前走，好大会儿，才又望见他坐在另一处高台上。到跟前，情形和上次一样。这样反复了整整五次之后，当小伙子再次抓住他的时候，无论怎样也不敢再松手。小伙子长得高大，先是在前边抱着，后来又背在身后，牢牢地抓着他。不料想，只一小会儿，这个刚才还疯了一样的人，竟然在后背上睡着了。发出正常人睡觉有时候发出来的那种痛快淋漓的呼吸声。

一个月后的一天清晨，太阳一大早就热得像一个大火盆，它从空中向地面射出无数条火线，每条线都像燃烧的火焰，七岸河边的榆树、榛树、杨树、槐树等多种树木的枝条上，叶片上向外反照着太阳的光芒，每一个树冠都像一团火球。地面上与往常比也特别地炙热，空气很干净，明透明透的，热浪附着在光波上，空气就显得很特殊，人眯眼看，能看到空气中有一缕一缕的波纹。

邢秋木突然从神仙楼内跑出来，一出来就大声喊叫，低矮的身体和短小的四肢扭曲着夸张着向空中挥舞。鉴于他夜里曾经出现过的行为和有关他的种种传说，人们开始并没怎么特别地惊讶，但是很快就惊讶起来，因为他之前并没有在白天出现过怪异，整个白天一直和正常人包括他自己正常状态下的模样没有不同，仍然是谦卑、木讷，躲在角落里。对比着一想，他现在白天的这个特异之状就让大家特别吃惊，他嘴里喊出的话更离谱。

他开始是反复呼喊："失火了！失火了！"而且是边跑边喊，当他来到广场边缘看到人们为林子母亲建造的那个供奉神仙的设施时，稍微停了一下，跟跄着脚步用手指着那里，眼睛瞪得很大，脸上是那种由于惧怕而引发出来的加倍扭曲的表情，大喊："火！火！火！"似乎那里正灼着火。然后他跑到七岸桥上，南北来回反复跑，不时向左右河床万分惊恐地张望，同时做出各种奇怪动作，一会儿蹲下来抱起头，眼睛从膝盖边向上斜射，目光充满恐怖，一会儿直起身子用劲跨大步奔跑，嘴里绝望地叫喊着火火火，边跑边向后望，好像火正在身后撵他追他。由于急于逃离，害怕被烧着，他跌倒了好几次，每一次跌倒都在地上打滚，每一次爬起来都做出脚踢手打的动作，力气很大很猛，好像身上的火焰怎么也打不掉。当他再一次跑到北边桥头时，仿佛是用尽最后力气向外跳，一下子跌坐在桥头与桥外连接的柏油路的斜坡上，脸上出现终于逃出火海似的表情。但是当他略微睁大眼向旁边观看时，又猛地跳起来，用早已嘶哑了的声音继续呼喊火火，又跑起来。这次是前后左右四面冲击，肯定在他的眼睛里这地方已经四处起火，到处是火，无处可逃。

最后他跑进村里，在一个荒芜多年的院落前停下来。他往门洞里一钻，几乎没停步就手脚并用顺着门框门垛往上攀，此时他像一只灵敏的猴子，迅速上到墙头上，沿着墙嗖嗖嗖快步如飞，只一会儿就爬到了这座全部用石头垒砌成的二层楼的房顶，房顶中间有一个凸出来的类似碉堡瞭望哨那样的建筑，他就又往上爬，直到最高处后他才认为逃出了大火的追赶，扑通一声坐到房顶上。等到追赶他的那位小伙子也爬上来时，看到他盘腿而坐，两眼放射出惊魂未定的光芒。突然看到来人，急忙伸出一只手，示意把他拉起来。小伙子拉他时，意外地感到这位矮子好像比以前增添了很多重量。当他站起时，在七岸村的这幢不知什么年月遗留下来的石楼上，出现一高一矮一老一少两个男人的剪影。天上赤日炎炎，地上七月流火，但是如果脱离出这句成语习惯性的语意约束，确实地讲，七岸村，七岸河，整个太行山，真是一点也没有起火，连火的影子也没有。应该是天地如常，乾坤朗朗。但是，不得不再说一次但是，在石楼顶上的这个侏儒眼里，在他的脚下，目光所及的范围内，那可是正在燃烧着的一片火海呀！

　　好像要让小伙子作为证人来确认他的发现，就像我们在生活中常见的那样，某人看到了一个自以为是的奇迹，着急着让另一个人也一定要看到那样。除此之外，我们眼前的这个人还要证明自己逃跑的必要性和已经取得的胜利。所以，他此时既是一个狂人又同时借助着常人的思维，在手舞足蹈，在指东指西，在哇啦哇啦，不断转变视线，不断转换方向，以便让小伙子顺着他的指引，来领略大地上到处都在奔腾的火焰。

第九章　大洪水

1

当邢林子的父亲只在夜里反常时，人们并没有及时告诉他的女儿。他白天看上去像常人一样，工作人员就像人们对待某些患特殊病症的人时所产生的心理那样，生怕把病人送到医生跟前时病人却失去了所有的病症，弄得医患双方都很难堪。不告诉邢林子还有一个重要原因，那就是林子现在确实很忙，她大部分时间都陪着董事长，奔走在这个县上流社会的多种场合。这个时期社会上有钱人在消费方式、生活方式、娱乐方式等方面已经发生很大变化，县城除歌厅舞厅外，还兴起了足疗、按摩、泰国式汗蒸房、爱情介绍所等。时兴多种聚会、沙龙，每天晚上成排成阵的各种风格的饭馆酒肆之内人声四起。子时过后，街道上经常有醉汉有倩女在灯影里晃荡，走动着。操外地口音、着超短裙的女郎，她们披着长肩发，抹着浓重的眼影和口红，在远离故乡的土地上用故意夸张的个性来掩饰心虚。但是时间稍久，她们的行

341

为对于这个山区小城的原住居民来说也已经越来越见怪不怪了。

当然邢林子是不太出入这些民间场合的，即便是参加聚会，也多是在东方玫瑰和少有的几个高端娱乐场所，参加的人员表面上看形形色色，但顺着他或她的有关脉络稍作追溯，就会发现这些人要么和权力与财富有联系，要么他们本身就是这两样东西的拥有者。另外有几个著名的女士，由于天生丽质又善弄风情而成为这个层面娱乐团队中的成员。邢林子具有特殊性，她和曲流歌的关系在口口相传中已经具备了许多传奇色彩，她是专属副产品，但有时候也扮演主人或半主人的角色。总之，林子现在是很忙的。

但是，当发生了林子父亲大白天胡作非为，乱喊乱叫乱跑的事件之后，在七岸彩石公司值守负责的人，认为邢秋木已经患上了疯病，成了严重的精神病人。对于这个情况如果再不向邢林子报告，那就是十分恶劣的失职行为，所以必须上报。林子一听来人说的情况，当即就找曲流歌。曲流歌这时候不知什么原因心情正很好着，二话没说就召唤司机把车开到了酒店正堂外的平台上，曲流歌和邢林子顺着那个弧旋形的宽阔的坡度不大的明亮的楼梯，拾级而下。在楼梯拐弯处他们看到厅堂内的工作人员都在快速反应，分列两队呈扇面形立于大门两侧。这个时期大家养成了习惯，只要那一辆加长的黑色轿车在门外一停，那就是董事长和邢秘书要出行，大家就会自觉地整装成列，这已成为一种习惯，成为一种格式。虽然已不必言喻，但侍候者和被侍候者双方心里默契并各自产生着由自身角色而引发的微妙和美好的情感。二人还未到车跟儿，司机已在车旁恭候，神态、表情、手势一一周全而符合流行标准。曲流歌几十年一贯制的偏分发型，突出的额头上方未因岁月而减少的浓密黑发仍然在略显曲卷地跳跃着，好像头发中有一层隐藏着的弹簧。他的目光并不是每一次都有着落，并不是每一束目光都对应着准确的心理变化。这位大名鼎鼎的人物有时候也和我们常人一样，目光是空洞的，是无所关注的。但是对于他的部下们来说，他们或她们总是感到董事长目光深邃，一颦一笑，都是对所见事物有针对性地褒贬与沉扬。临上车时，曲流歌破例对跟过来的一位在总台值事的女生说了一句话，他用手指着这位女生按照酒店要求戴在头上的浅绿色的橄榄帽说："这个应该再向后移一下，歪起来才是好的！"

　　他们两人上车后，所有在大厅内的工作人员围绕这句话议论了很长时间。当然最敏感的还是这位女生，她返回工作位置后，心里一直在想，董事长是在批评自己衣冠不整，这可是很严重的问题，她从柜台下抽屉里的挎包内拿出一柄带有折叠把儿的圆镜，前后左右照，尽管已经把帽子戴歪了，但总怀疑还不是董事长要求的位置。停了一会儿，有三个在大堂其他岗位执事的姑娘扬着羡慕的目光来到她跟前，唧唧唧地笑着，搂着她的脖子，在耳根轻声说，董事长注意你了，你要交好运了，有好事了！然后笑作一团，互相戏耍着击打彼此的身体。这个女生转忧为喜，脸上现出两片红晕，兴奋的目光跳荡着，闪亮着。

2

　　再说邢林子和曲流歌，他们的汽车出县城，刚开到通往高

343

楼乡亦即通往七岸村的大路上时，就遇到了交通阻塞。路是拓宽改造过的，本来可供四辆车同时通过，但今天情况特殊，并排两列几十辆高大笨重的铲车正在同时向城外某建筑工地开进，车轮带着金属履带哗啦哗啦在路上滚动。虽然没有完全挤满道路，但任何一辆普通汽车想要从这些像坦克一样的庞然大物中间通过都是不可能的。由于与道路摩擦系数大，它们速度很慢。曲流歌的司机停下车快步走到前边查看，回来说可能要再有一公里它们才能开出大路进入工地。曲流歌和邢林子也从汽车里出来，见身后已又堵了很长的车辆，多是卡车和拖拉机，此时社会上小型轿车还不多，而那些时兴的农用三轮车，摩托车在这种情况下倒显出优势来，它们的驾驶员有的只是皱一下眉头或骂一句脏话，猛踩油门，就钻进这个阵列之中，在这些钢铁巨轮不得不留出的缝隙间拐来拐去，迂回前进。

他们两个人站在路边一棵白杨树下，林子有些着急，曲总耐心安慰着她。突然，他们发现像他们一样站在路边等待的人们都在仰望东边天空，他们也仰起头往上望，一看就惊讶起来。天空呀，正出现着一个怪现象，东部天空，从地平线往上，不知道什么时候黑压压形成了一堵云墙，又像一道垂挂的黑幕，说幕布又太单薄，比喻不了眼前的情景，它是从天到地从南到北地宽大严实，在那些地方简直未留一丝一毫天的本来颜色，很奇异的是，这黑幕布在顶部还横呈着一条南北方向的切割线，而此时的太阳正好就像系在这横线上的一个火球，它的光芒光柱向西向南向北喷射，而它后边的光都被黑云吞没着，光在黑云里又向外映射，又射不出来，使某些地方黑云的颜色变得稀奇古怪。这条切割线在天上很明显地正在向西部推移，太阳有时在云里，有时像跳跃一样钻出来。大地上的情景在急速地变化着，曲流歌他们刚刚出来的县城的相当多的部分已被不断推进的黑云所淹没。林子很害怕，曲流歌心里也有些慌乱，不知道天上要发生什么事，他一只手按在胸脯上，一只手握紧邢林子的一只手，任凭着车一点一点地向前移动。

好不容易铲车过完，路上松动起来，可是天空却落下很大的雨滴，开始密度小，这一颗那一颗，打在落满尘土的汽车上，溅起的喷射状印迹像小孩手掌大，一会儿就密集起来。曲流歌透过玻璃向外望，看到这个雨是从西边来的，本来以为应该是东边黑云带过来的雨。这真是反常，更稀罕的是西边的太行山还能望得见，云层并不太浓，铅灰色的云在山顶上空铺展着，可是只一小会儿雨却大起来，雨帘如麻从天上直垂直下；又过了一会儿，就望见闪电在远方山头狂舞如蛇，平地上也有了闪电，隐隐传来雷声，不怎么响，闷、重，面积大，在某些不能确定地点的远方摇天动地，正迷惑着，突然一个响雷在山前近处炸响，咔嚓，咔嚓，某种力量劈天的声音，劈地的声音，太可怕太可怕的那样一种声音响了一声，只就这一下，雨便如瀑布全面地倾泻下米，好像满天上蓄了一池水，这雷声让它决开了堤坝。

又一种声音传来，不是响雷的那种，慌乱中他们静听了三五秒，邢林子胆战心惊地对曲流歌说，这是七岸河涨洪水的声音啊！

汽车再往前走已经十分困难，路上的水流越来越猛，水在一些斜坡路面上撕开口子，再把口子扩大，很快整个柏油路面就像一张被卷起的破地毯，从上到下从南到北被揭开，被撕裂，堆积、移动，车辆必须停下来。说来奇怪，整个过程像演戏一样巧合，就在汽车停下的时候，天空的降雨竟然就停了。三个人把汽车直接丢在不能走的那个地方，下车向四处一看，整个世界好像完全变了个样，远处近处都是被雨被水冲刷和改变了的物体，三轮车、手推车、自行车、摩托车、大卡车，都停在不该停的地方。和他们一样从各种躲雨设备下闪出来的行人，脸上都是激动、怪异甚至有点亢奋的表情，为多年不遇的自然界发生的大事件而惶恐不安，又无话可说又如鲠在喉。嘴里发出来的多是音节极短的感叹词。也真是无话可说，事件并未过去，天上地上还会发生什么谁心里也没底，曲流歌他们蹚着水尽量快步走，想尽量早地知道公司办公楼和采石场上的具体情况。

3

七岸河已经完全被洪水占领。

由于多年的挖沙采石，洪水在村边这一段现在是深水静流的模样，汪洋恣肆，宽阔安定，甚至给人浩淼的感觉。根据事件过后村上目击者的描述，太行山西侧，包括山中千沟万壑广大的腹地之中，应该是降下了百年未遇的大暴雨，洪水在山里边具体是怎么形成的，怎么形成这么大体量、这么大力量的，没人能够见证到。村民在黎明时分先听到了一种从未听闻过的声响，开始并没有联想到水，没有想到是洪水，因为很多很多年都没有来过可以称之为洪水的水了，况且山前此时并没有降雨。但是，洪水很快就从山中奔腾出来了，同时也下起了雨。第一个洪峰裹挟着巨大的石头，连根拔起的树木，房屋的门窗梁檩，半成熟的庄稼，还有牛羊猪鸡等物，从上游滚滚而来。在村西口，洪水并没有顺着本来弯曲着的河道向南拐去，而是本能地向东进行直线冲击，只一两下就把几代人用巨石垒砌成的二三百米长的河岸冲垮，毁掉了七岸村几代人童年戏水玩耍的河湾。河岸上本来早已成为一个村民活动的小广场，眨眼工夫即被洪水裹去而成为缓缓流动的水面。洪水遭遇彩石公司的各个工作场地、生活场地和机械设备、运输车辆等繁多的物体时，洪水似乎并未用力，这些平时的庞然大物此刻差不多都是提前就跪地求饶，当然这只是人的一种合理想象，其实当此之时哪里还有什么求饶的时间或机会，那些人工挖掘的深坑，筛选出来堆积如山的石头，还有一处处正在开采的多姿多色的彩石矿体，也都是同样的命运，洪水都将它们一掩而过了。在神仙楼为主体的建筑群前，洪水开始好像没看到它们，本来就要顺流东去的，应该是上游突然加大了一股力量，河水涨高一层，这样水和南岸神仙楼的基座就不可避免地要接触一下了。只一碰，整个建筑群便从根部开始坍塌，下边·空，上边卧落，似乎在静悄悄中发生。还有七岸桥，三个桥孔显然盛不下此时的水流，不过，还行，桥并没有在第一时间被冲毁，水在桥面上流了一会儿，桥的结构和面貌在水下保持了多长时间很难说准确，也不必要较真这些，多长时间并无太大意义。从水面的波痕流棱观察，后来就垮了，桥墩、桥上栏杆、那个可以辨认多种物体的桥头堡都被截成碎块，冲到下游的南河岸边。河的北岸，村庄南边，洪水冲刷出一道新的悬崖，崖壁上暴露着崭新的沙石崖面，村庄似乎离河更近了，村庄与河床之间原来有一溜宽阔的堆放杂物或建有猪圈牛舍的空地被水像刀切蛋糕那样一刀切去，使村南口的整个面貌给人焕然一新之感。

神仙楼冲垮之前，里边的人已经全部逃了出来。他们向外跑，水跟在屁股后面，水往高处涨，人往高处站，直至人跑到二百多米外一块特别突出的高地时，看到水已经上不来了，才停下脚步。四五十个人大呼小叫，经历了最初的惊慌和恐惧之后，人们在疲惫中无奈地松塌下来，或坐或躺，或相互依偎搀扶，望着脚下宽阔的浊浪翻腾的水面，心情反而安静得一片空白。邢林子的哑巴母亲陈莲花，眼睛闪着明亮的光芒，无声无息地长跪在布满积水的沙石地上，而她父亲邢秋木则坐在一块石头上，眼睛眯着，好像在睡觉。公司的财务、技术、公关等方面的人员，多数人眼睛迷茫地望着水面，似乎什么也不想说，什么也不想想，什么也想不起来。天地间的大事件震断了人们思考的神经，思维的时钟暂时被固定住了。不光是公司的人，其实整个村庄上的人都被惊呆了。北河岸上站满了从家里跑出来的男女老少，或成堆成片簇拥依偎，或三三两两站着蹲着，此时也都一律安静着，突然发生这么大的水，在太行山区，在七岸村是不可思议的事情。天怎么了，地怎么了，人们的思维在这些大问题的墙壁上碰撞追问，之后，便安静如无，非常驯服地，面无表情地面对着正在发生着的洪水。

曲流歌、邢林子他们赶过来的时候，水线已经稳定，神仙楼早已卧落水下，能看到的只有一条好像正在梦里奔流的河流，浩渺的河面，崭新的村庄，还有虽然折损颇多但同时也被冲刷梳理一新的排列有序的树木。当他们走近公司人员所占据的那块高地时，所有人都没有和他们说话，连打招呼的表情也没有一个人显露出来。林子抱住母亲，母亲眼睛并不看她，也未站立；她去拉动父亲，父亲眼皮重得如两扇铁门抬不起来，任怎样摇晃他都像栩栩如生的雕塑作品。

就在这个时候，七岸村东北方向的天空突然炸响三声雷鸣，连续地一声比一声响，这声音不像惯常的雷响那样沉闷，是亮堂的清脆的或者说有些尖厉的响声，似乎是依照某个曲谱在这个时候必须要这样响一下一样。受这声音的召唤，地上的人们似乎才逐渐清醒过来，每个人脸上都像云霓飘过般地变化着。曲流歌学着林子母亲的样子，扑通一声双膝跪地，举起一双有着细长手指的手臂，张大嘴巴，嘴巴像一口遥不见底的黑洞，他想呼喊，但第一次没有出声，然后他弯曲一只胳膊想向上捋他那本来富有弹性的头发，可它们黏糊着贴在额头和脸颊上，他动了一下手指，只撩上去几绺，又向左向右撩，都未能达到理想，干脆曲卷手指差不多完全把湿透了的长发一把攥在手里，猛抓猛拉。当他再次举起手臂时，一束马鬃一样的黑头发被特写在空中。这回他的口腔里才发出声响来，这声响如叹息，如呼喊，如泣如诉："嘿——嘿——嘿嘿，呵啊，呵啊，呵呵啊——黄河之水天上来呀——来呀——天上来呀——来呀，来呀，来呀！"

他的声音引起对岸人们的呼应，那边先是一人，然后几人，紧接着很多人共同呼唱："来呀，来呀！"

而曲流歌身旁的人们原来好像还在梦中，现在也终于醒来了，纷纷起立、移动，向他靠近。

一位青年女士，身上的白短袖衬衫被雨水紧贴在身上，使她的胸脯、腰际和小腹的轮廓看上去极其清晰。她最先靠近董事长，一上来就用手指着不远处的水面，水面上先是打着漩涡，接着又从水下向上冒出气泡，一颗一颗乒乓球大小的透明水泡，向前漂移，一步两步即破灭，下边一个又冒上来，水泡周围似乎正漂动着一些统一样式的纸张。女士指着说："董事长，董事长，那是咱公司的钞票哇，本来锁在保险柜里的，锁着的呀，锁着的呀！"

曲流歌只瞟了一眼，脸上未见任何表情，就把目光移向远处。向东望，河水很宽，如一卷展开的土色棉布。此时已是午后时分，太阳被正在急剧变化的云层遮挡着，时而露出一束光亮，往往只一闪就又被另一片云彩隐没；当光束打在河面上时，河面上仿佛就被涂上多姿多彩的图画。曲流歌此时不可能由此引发出什么诗情画意，但这浩天阔地的大变局，从规模到细节，应该是震撼和淹没了这个有点才能、有点感性、有点风流的中年男人。是的，他登过大码头，见过大人物，挣过大钱，但是眼前的情景是超越社会、超越人际、超越经验的。这位曲总暂时地被引入到另一个世界中，他的这种清醒兼迷糊的状态直至下一个情节到来时才发生了改变。

4

在我们故事中久未露面的人物彭随明，此时此地走到了前台。他是坐在轮椅上被人们抬着跑到高地上的，和大家一样他也一直沉默不语。就在最近这一次雷声响过，曲流歌长声大气地呼唱之后，当那位被湿透了的短袖衬衫裹紧着身体的女士向曲董事长指着水中边漂流边旋转的钞票时，彭随明暗淡的目光泛起些许神采。他曾经把目光投向邢林子，邢林子似乎也回了他一个眼色，但这眼神没有停留。于是，彭随明放宽了视野，脸上现出欣喜之色，他望向宽阔的水面，然后松开轮椅上的闸刹，转动车轮向前移出一步，又转动，又前移，负责服务他的人就在他身后，有点潜意识地想伸手为他扳住闸刹，彭随明仰起头，脸上是放松的笑，嘴张几下发出不成句子但意思明确的语气性声音，让想帮助他的人理解为，这位残疾了的主人想自己用力靠前一步观察流水，便缩回了手。下边的情景只在一刹那间发生，彭随明双手并用，加速转动车轮，轮椅跌至岸下斜坡后，并没有摔倒，很正常地滑动前行，只是由于坡度的原因产生着加速度，彭随明端坐其上，最后像箭一般射入洪流之中。先是淹没水里，后来又翻上来，彭随明还和轮椅在一起，水波上隐现出车的轮廓，彭随明的头仍然举得很端正，好像想向岸上望，但一股从上游而来的斜流把他淹下去并冲向河道中央。岸上的人完全弄明白发生了什么之后，大呼小叫，哭喊呼唤之声响彻水岸，而彭随明已经不见踪影。

邢林子发疯似的摇动曲流歌的身体，嘴里发出的声音也是不成语句，但像刚才彭随明仰头向服侍他的人发出声音时那样，意思也是很明确的，她要曲流歌帮助她去把丈夫找回来。曲流歌先是立足站稳，而后跃起一个箭步，向东，顺着河岸边跑边呼唤彭随明的名字。邢林子跟在他身后，原来站在那个小高地上的人除了邢林子的父母之外，全部都加入了奔跑呼喊寻找彭随明的队伍。河北岸的人开始不知道南岸又发生了什么，望见邢林子的模样又望不到轮椅上的彭随明时，还有隐约传来的呼喊，他们也和南岸上的人一样奔跑呼唤起来。

有一个人，正奔跑着，突然感觉双脚陷进软泥中，不但拔不出来，还越拔越往下陷，只一小会儿，整个人都陷下去了半截身体。其他人围过来架住他的胳膊，向下一瞧，是一个空洞，又一瞧，洞下有一口缸，缸内是半缸铜钱，用手抓，抓不起来，不知什么年月的什么人把钱埋藏在这里，当初是用绳子之类串着的，现在串在钱眼里的东西已经腐烂，钱币混成了一堆，满是泛绿的铜锈，锈渍与土融合在一起，分不清何处是钱何处是土。大家把这个人架出来后，刚刚往边上一站，缸周围几米一大片又往下塌陷，人们本能地躲跑，有的跑远了，有的没跑掉，随着地面陷下去。因为有上一个人的经验，陷下去的人也不是太惊慌，立住脚一看，原来这里是古人藏钱的大地窖，像刚才那样的缸排列着七八口。这个发现很意外，但是现场的人们并没有像平时遇到这类事情往往会产生极大兴趣那样，大家仅仅把它当作一个小小的事故来对待，简单了结，就都迈开大步朝前奔去，追赶着曲流歌和邢林子，继续去寻找那个已经淹没在洪流里的彭随明。

邢林子哭得没了泪水，她在嘶哑地干号着。她把身体靠在一棵粗大的榆树上，两只手搭在额头前，眯起眼搜寻河面，望见了一个不同寻常的黑点，正顺着从北边冲过来的一股水流斜着朝南岸的方向漂移，黑点越来越大。曲流歌受邢林子指引也已经望定了这个漂移物，他们终于看清了那是彭随明的轮椅车，它一会儿扣倒，一会儿翻转，一会儿全部浮在水面，浮着时就像有人在水下用手托着它，一会儿又被水波淹掉。曲流歌两手拢在嘴上，又一次，一声接一声地呼叫彭随明的名字，好像彭随明仍在轮椅上坐着一样，可是，哪里会有这种可能呢？这苦命的孩子在水的世界里早已魂飞魄散不知所终了。七岸河只是太行山众多河流中的一条，它们相互汇聚之后，往东将要注入洹水，接下来是卫河，卫河向北拐，进入海河，而海河还要朝北走，在大平原上纵横几折之后，最终才能在天津进入永恒之海。彭随明的夫人，他的夫人的先生现在哪里还能找得到他呢？不仅找不到他，就连那把轮椅很快也没有踪影了。本来眼看着它就要漂到岸边来了，它各部分的轮廓、结构已经清晰可见，可是，如同变戏法一样，一个水漩涡就把它旋去了，旋没了，从此再也没有出现过。

从后边跟上来的人，有几个已经跑到曲流歌和邢林子的前边，这一部分人中有一个不到三十岁的小伙子，是外地人，洪水发生前几天才到彩石公司上的班，与大家还没有完全熟悉。人们看到，就是这个人在前方正撅着屁股往河边一棵柿树上爬，是一棵上百年的老树，树桩粗矮，从它凌乱折损的面貌上看，这次洪水在某个时刻曾经漫过或冲击过它的头顶。人们担心爬树的人再出危险，一边往树跟前跑一边喊叫着阻止他。可是这个人似乎没听到，弓着脊背继续往上攀，一会儿就站立在因树股分杈而在树桩中间形成的小平面上，看到树下的人，树上的人边喊边朝树冠顶上指："往上看，往上看，你们快往上看哪！"

顺着他的手指，人们随即看到，在他头顶的树梢上，悬挂着一只巨大的白龟，它部分身体挨着树枝，部分身体悬在空中，从下边望过去像一个白瓷面盆倒扣在那儿。太阳的一束斜光从万米高空射来，像强光手电筒那样专门地照耀着它。邢林子走到树下，仰起头，望着树上的男青年很沉静地说："你不要动它，它是随明那年养过的白龟，是咱七岸河里的神仙！"

曲流歌也有些恍惚起来，他拉住邢林子的一只手，说："随明养的那个，当时不是就死了吗？它的龟盖去天下云游一圈后，不是供在公司楼前的灯台上了吗？"

邢林子把惨白的脸转向他，说："是，我知道，你说的是，可是，你望望这个，活生生的，不就是那一只复活了吗？"

林子话音刚落，众人看见，那只龟突然伸出一尺多长的脖子，纵身飞跃而起，在空中留下一条闪亮的弧线，而后落入浩渺奔流的洪水之中。

5

七岸河边的另一个重要人物石钟鸣，他再出场时已是三年半之后。

七岸河经过那次大洪水，河床已经淤满，像几间房子那样大的石头到处都是，如牛马大小的石头被冲在一起，以各种各样的组织形式在相互妥协后站立不动；小的石头像仍然在奔流滚动一样地布满河床，它们在洪水带来的运动中受到的锻炼可能更多，形状已经千奇百怪；细小的鹅卵石们亲密无间地挤在一起，好像还在叙说三年多前的大事变；那些细腻干净的新鲜河沙最可爱，它们保留着洪水裹挟着它们运动时的模样，好像猛一下离开了自己的长辈，它们一时还不知道该怎样生活一样，都含蓄地静谧着。除了主河道，河床两岸拓展出广阔的空地，原来被人占去种地或搞了建筑的地方，现在仍保留着水冲击它们时的痕迹。时间这个东西对人类来说有时候显得漫长有时候显得短促，但在自然里，时间永远是被忽略的，因为时间就是自然的一部分。七岸河如同是自然和时间的一个载体，它的一些经历也不一定非要有多少日多少年这样的概念。现在河道上洪水的气息还很浓厚，开辟性的、崭新的、干净鲜亮的场景随处可见，包括洪水留在石头上的草缕，树枝，冲塞在石缝中的旧棉鞋、破衣衫、手提包残片等等，还有石头与石头在水流中相互撞击给各自留下的伤口也仍然崭新得像刚撞击过的一样。

　　石钟鸣乘坐一辆具有家庭和个人色彩的白色轿车，行至距七岸还有五里多路的地方，就悄悄下车，叮嘱司机回县城宾馆，并告知接他的时间和地点。他一下车就以最快的速度插入大路旁的一条土路，向北，以最短距离进入七岸河的河床之中，新鲜的河床迎接着他。石钟鸣上到一块石头上，自然这也是一块洪水冲过来的新石头，有两层楼的高度，差不多是正方形，可是它却是以一个角着地，除去这个角，石头的其他方面全都空着悬着，似乎随时都会倾倒，但是这可能就是洪水对它最妥当也是最符合它力量的安排。石钟鸣有点聊发少年狂的意味，从石头的一个倾斜面上攀爬到顶端，在它的最高峰上坐下来向四周瞭望。此时正值暮春，太行山的主山如一道巨幅屏障，它的山脊线以下数不清的纵向山岭在斜阳下，如条条浓肥的绿龙郁郁葱葱，一派跳跃腾飞之气，天地澄清，四野飘香。河北岸不远，穿过一片榆树林，再越过一片杨树林，能望见七岸村村委会所在地。只见破屋旧院已无，代之而起的是一幢崭新的三层小楼，楼前金属旗杆上鲜艳的五星红旗在风中猎猎飘扬。石钟鸣一年前就听说，原来的支书、主任，包括那个赵小娥已经全部卸职，一个本村的大学园艺专业毕业的，名叫李志宽的年轻人现在是七岸村党支部书记。据说这个年轻人正在实施一个有点稀奇，但是得到了崇山县官方支持的农业项目，按照规划将要从七岸村二千三百亩土地中拿出一千亩实行统一管理，搞天然环保型农业种植，从种子到土壤到灌溉到施肥到病虫害防治到收割到成为食品，实行天然环保一条龙。农田四周通过树木、花草以及中药材等成片成林的栽培养植，使农作物和其他自然植物实现生态互补，天然优质。与七岸村和石钟鸣同时都有联系的一些熟人或朋友曾经告诉石钟鸣，李志宽的这个项目前期进展顺利，但在农户如何入股分红等环节上遇到一些麻烦，个别农户家庭成员之间意见难以统一，收益还没有获得就出现了尖锐的利益纷争，这个李志宽现在正处在很犯难的时候。石钟鸣望着远方的那一面红旗，联想着他自己在村上的经历，很有些触动感情，他甚至想现在就跳下石头，立即就去拜访一下这个年轻人。不过他随即就又打消了这个念头，他觉得时间已经不早，他必须要执行原来的计划，在夜幕正好降临时，以突然出现的方式，出现在老朋友邢林子面前。

这样，石钟鸣脑海里便又浮现出千里之外的另一个场景。海南省三亚市鹿回头某个海湾处，总公司办公大楼上，他和丘思伟董事长并肩凭栏而立，远处是浩渺无边的海面，楼下不远，隔着一片沙滩，有规律的潮水以弧线的形状涌过来，又退回去，发出它们习以为常的悦耳的拍击声。丘思伟兴致很好，闲聊了很多话题，其中有燕城市的各种新闻，甚至还提到了马鞭河，说这条河有些段落的两岸上已经开辟成公园，有些段落仍然缺水，但通过人为调配建成了相互连接而又各自独立的观赏性水面。也说到海南商战里多个残酷的案例。石钟鸣后来才感觉到丘思伟讲这些都是铺垫，今天聊天的主要内容，董事长是想给他说曲流歌的事。他知道石钟鸣和邢林子的关系，自然也知道他对曲流歌的关注，说这个话题时既放开又谨慎，说几句就望石钟鸣一眼，口气也温婉委曲。但是一席话说下来，曲流歌被捕入狱的事实，包括事情的原委过程等，石钟鸣还是听得很清楚。

像曲流歌这样的人物，如果单独以崇山县范围论，是很难出事的。所谓大鱼吃小鱼，小鱼吃虾米，在崇山他有气候，处在人脉关系和商业链条的上游，转来转去突不破他的网络。但是如果码头升级，放到更大的海水里，或者还是这片水面，但是出现了特殊情况，某条小鱼突然打破常规，肚量增大，或者多条小鱼结合，那他就有可能翻船。崇山西南部有一架约半公里长的矮山，突然被勘探出是一处含铁量很高的宝藏，而且交通便利，矿层很浅，工作面极易展开。曲流歌稍一运作便获得了开采权。正是顺风顺水的时候，当地一个已经五十多岁几十年一点生动表现都没有的农民，突然横插进来，一上来就气壮如牛，要求重新招标竞争开发权。曲流歌哪里会把他放在眼里，照样组织人马机械挺进工地，仅仅三个月丰厚的利润便开始向他涌来。这中间风言风语说那个农民在上层有大关系，肯定不会罢手。可是当时的社会，胡乱说关系的人太多，这片海水里究竟有没有更大的鱼，很玄，根本不好确认，在足够刺激的巨大利益面前，当事者一般都会作出否定的选项。

这位农民因为家穷，早年从一个偏远省份娶了个媳妇，媳妇娘家有一个侄女后来在燕城一位退休的老干部家里做保姆。曲流歌出事后，当地有人传说这位农民是通过这个关系告倒曲流歌的。实际情况不是这样，这个农民不知哪里来的胆量，不知怎么就横下了一条心，非要争这口气不行，一直告，一直找，多次克服困难到最高纪律检查部门面对面告御状。但是，农民也很狡猾，他在崇山县不这样说，而是故弄玄虚地说自己有大关系。事情本来是按程序正常进行的，他非要说是有关系帮他的忙。但无论怎么说，曲流歌确实是受到法律惩罚，或者按照民间说法，是被江湖吞没了。

邱思伟还很感叹地告诉石钟鸣，崇山县因为曲流歌的问题牵连出来的人员也不少，行政部门，特别是司法部门好几个领导干部受到纪律与法律处理。

一个月之后，邢林子就返回了七岸村。她没有回彭随明的那个家，直接回到猫儿脸山峰下她自己的出生地。那时太行山脚下正兴起开办农家乐，从她家向东，林坡边缘的那条横路两边，原来农户家的旧房子和一些新建起来的房子，一家接一家、一院连一院都在开办饭店和酒肆，各种新奇招人的广告牌到处都是。到了晚上就成了灯光的河流，房檐下、树枝上、门楣或院墙上，各种线条各种形状各种色彩的灯光闪烁明灭，原来偏僻的乡野现在成了火树银花的世界。利用这几年跟着曲流歌攒下的积蓄，邢林子购置设备，把自家院子开成了酒店。并且，这个女人对自己又一次放纵了一把，她让理发师把自己的头发从头顶正中分开，烫成曲卷，又不让它下垂成披肩波浪，半掩着耳朵就打住，她本来就皮肤白皙，额头突出宽阔，眼睛深而细长，嘴形小而唇红，如今上边扣上这个发型，使她五官的结构仿佛发生新的改变；虽然已是三十出头的女人，但是她的身材一直没有发胖，前胸后臀依然丰隆，腰际的弧线仍然和谐匀称。上边的奇葩发型好像又把她的身段向上抽高了一截，整个人与过去比更加另类，开放，迷人而招摇。同时她还学会了一手唱歌的新本领，时髦的情歌从她喉咙中吐出，可以悠扬婉转，可以低迷如诉，可以反复挑逗，本来是做作出来的情感之音，她却可以借助身段和眼神把某一些男欢女爱的情境演绎得动人心弦。据说，只要客人需要，她还可以边唱边为客人敬酒。她的这些新行为被食客们添枝加叶到处传播，她这里远离大路，但是生意比大路上的许多饭店还红火。

6

石钟鸣一边想着这些从多种渠道听来的情节，一边弓下脊背从大石头上往地面下。就在这个时候他听到有个女人的声音在叫他的名字，他停下动作抬起头朝声音的方向望。视线中一个人的身影从河北一条长岸下的土路上走出，正在踏入低洼的河床。起初他不能确认是不是这个人在喊他，可是周边又看不见其他人影，他眯起眼睛又望了望，终于认出这个人是赵小娥。

石钟鸣没等赵小娥走近，他自己就快步去迎接赵小娥。这位女士的穿衣打扮已经和当村干部时大不一样，年龄又大了几岁，看得出她反而更注重衣服的款式和色彩了。她上身是一件深蓝色底面隐约点缀着某种树叶图案的短袖衬衫，脚蹬一双系带软底运动鞋，比以前还给人轻松敏捷的感觉。两个人在河床中间互相握住双手，激动得不行。最初的寒暄和有点急不择语的感叹过后，出现短暂沉默，好像有很多重要话题要说，又不知道先说哪一件。后来还是石钟鸣以这种情况下通常会有的语句问她道："你这是要去干什么呀？"

赵小娥望着他，有些所答非所问地说："正好的，正好的，你这个大企业家，跟我一块去参加吧，一块去，一块去！"

见石钟鸣一脸迷惑，赵小娥这才说了一下原委。七岸村支部书记李龙虎卸职之后，不到一周就走上了新岗位，他到距七岸河南岸二公里多的莲花山起云寺，当起了寺庙扩建的主持人。经他主持，本来的单院小庙扩建成了有三进院落的大庙，并且重修了山门牌楼，牌楼前建了停车场，竖起了固定的金属旗杆，顶端飘荡着杏黄色的旗子。就在上一个月，他们从外地运回来三尊高大的缅甸玉佛像，现在用棉毯和草绳包裹着暂放在广场一侧。按照计划，明日十点要为佛像举行开光供奉仪式，预计参加人员会有千人之众。今天晚上，李龙虎要在庙内召开关于这次活动的预备会议。赵小娥仍然是李龙虎的得力助手，她现在见了石钟鸣很热切地想让他一块儿去，她觉得这会给李龙虎一个惊喜，并能让整个活动添彩。

但是，石钟鸣听了以后，先是做犹豫状，很快就表示完全无意参加。不仅如此，他反而还劝赵小娥和他一同往西走，晚上共同会见邢林子。一说邢林子，赵小娥脸上浮现出让人捉摸不定的表情，她望着石钟鸣停了片刻，说："又成名人了！"

石钟鸣没接她的话题，仍然做着让她一起往西走的手势和表情。要知道，邢林子当年参加彭随明母亲葬礼，正是赵小娥与石钟鸣一块去给小女子解的围，也是他和赵小娥的第一次共同行动。现在两个人各有心事，合作不起来。这实际上很正常，两人分开这么多年，人间世事已经发生了多么大的变迁啊，世事如河，人心如河上之船啊！

两个人的声调降下来，找不到再说的话题，剩下的只是唏嘘。这时候有两只拖着细长尾巴的喜鹊恰巧从头上飞过，在空中发出一声接一声的鸣叫，也不知它们所为何事，要赴何处，但是，它们的声音却为地上的人解除了难堪。赵小娥说："钟鸣，你知道不？前几天咱这七岸河上，落下两只白天鹅！"边说边伸手朝东北方向指，那里有一片水潭，是洪水过后留在河床上的，这些潭有的互相连接，有的单独着，形状和大小也不相同，它们在夕阳的余晖中闪烁着微光。

石钟鸣很奇怪自己刚才怎么就没有望见呢。他又问了赵小娥一些虚话，最后两人都说各办各的事吧，并且还说近日在大路上的饭店见个面吃个饭。但是彼此都清楚后边这句完全是客套话，差不多相当于说再见。之后，一人向南，一人向西，各自迈开大步朝前走去。

石钟鸣走了一会儿，就觉得自己心里很乱，根本不是先前那样心思集中，情绪稳定。也不能确定这是因为见了赵小娥，还是因为要去见邢林子。明天莲花山上人潮涌动的场面，邢林子唱着歌向人敬酒的场面，还有刚才望见的七岸村委会里飘动的红旗，特别是那个叫李志宽的新任支部书记所正在艰难实施的新农业实验田，等等，许许多多思绪一并在他脑海里飞越翻转，碰撞对接。

他已经听到那条横路上开始喧闹的声音了，透过或密集或稀疏的树林，他望见横路两边各家酒店的灯光渐次打开，与此同时，四周的暮色也已经向他围拢过来。

从河道上走出，穿越一段矮树林，他马上就切入了那条横路，向南向北一望，哎呀，这里比从别人嘴里听到的更热闹。每家饭店门前的灯光灯影里都站立着身材窈窕、装束时髦的妙龄女郎，她们眉开眼笑，以多种表情和姿态招揽路上的行人。那些从山下上来玩的人们，特别是男士，多以各种语言半真半假地应答着她们，年轻一些的还会走上前与她们挑逗，调侃，正做着要进这一家的架势，突然又退回来和下一家的姑娘搭讪，打情骂俏，眉眼来去，亦正亦邪。某一位更泼辣的女郎冷不防跑过来，抓住某一位男士的胳膊，又猛地拽他的耳朵，浪笑、佯怒、呼唤、轻轻地尖叫，各种声音在大路上空回荡。从南来的、从北来的，专门找某一家饭店的回头客，专门找某一位女郎的痴情男，怀着各种心事的人，在大路上渐渐多起来。一些早来的客人已经在酒店内开始猜拳行令。

石钟鸣隔着一些栅栏短墙，望见不同酒家里坐着一些面孔熟悉的人，他加快脚步，避免被熟人认出。不想真就有人从后边猛拍他的肩膀，回头一看，是他的一个远房表弟，应该有二十三四岁，尖尖的下巴，脸上戴着一副大镜片墨镜，已是晚上了他戴个这，一上来就让石钟鸣很不舒服。但是这个人显然已经喝了酒，表情仍然很夸张，他向身边跟着的四五个青年男女吹嘘着介绍石钟鸣和他的关系。石钟鸣稍微有些冷淡地说一句半句应酬话，就摆摆手快步离开，刚几步远这孩子又跑过来把嘴凑近石钟鸣的耳朵，好像说悄悄话那样地说要问一件事是不是属实。他以为从大地方回来的石钟鸣应该是知道世界上所有事情的人。但石钟鸣一听他问的事根本不靠一点谱，并且他确实也没听说过，就打着哈哈离开了这个墨镜表弟。

　　石钟鸣又往前走时，想着这个人所说的事心里直想笑。是个什么事呢？这件事与七岸村西十里太行山上的二郎道有关系。山壁山崖像高墙像屏障绵延横列百千里，摩天接地，整齐耸立，突然在此处凹下一个形同 U 字的壑口，传说是显圣真君杨二郎当年挑山赶太阳时，扁担豁溜留下来的。刚才墨镜表弟说他得到消息，有人要在这个壑口上搞旅游娱乐项目，名字叫"亚洲第一大秋千"。石钟鸣一边发笑一边想象着，某个人儿，最应该是位女郎在千米高空里荡秋千的情景。不知怎么回事，这个情景竟然毫无关联地让他想起在海南一位先生讲过的一段话，这段话从听到的那一刻起就被牢牢记住了，但是又一直不理解。现在在家乡的这条路上他又一次想起这段话。那是他到海南的第二年，有一次丘思伟带着他说是去听讲座，环境很清雅，曲木方格屏风后有人在轻轻地弹着古筝，坐在古铜色书案后的那位先生据说正好是八十八岁，身着土色对襟上衣，白须白发，红唇，看人时眼睛好像在放着光。他讲的其他话石钟鸣后来多模糊了，但现在又想起的这段话却是让他经常能完整想起来的。先生说的是："这是个不好概括的时代，它一方面乱着，一方面静着，一方面大着，一方面小着，一方面正着，一方面歪着，一方面和气着，一方面暴怒着，一方面极深极深，一方面很浅很浅，一方面很鲜艳，一方面很暗淡。但是这是一个有生机的时代，一个准备着分娩大时代的时代！"

　　为了避免再遇到熟人，石钟鸣干脆直接离开大路，斜插进一片刺槐林里。刺槐这种树咬生，整个树林里几乎没有别的树种，而且树的密度很大。好在他熟悉这里的环境，沿着一条乱石堆积成的石岸，朝猫儿脸山峰下走去。

走出槐树林，下一道浅坡，再住西，然后踏上一条碎石板铺成的向南的横路，走不远过一道小型石券桥，桥洞已经淤塞，不流水很多年了，但桥砌得工整，穹顶正中嵌一长方形青石，上刻"安澜"二字。石钟鸣立在这个玲珑的小桥上，回首远望刚才离开的那条大路，现在已是灯光的河流，歌声、呼唤声、叫卖声以及各种各样欢乐喧嚣的声音正从那里散发出来，向四面八方传播着。

朝西南望，已经隐约可见距林子家不远的小道两侧明明灭灭的线型灯光。他朝那里走，越走灯光越明亮。不一会儿石钟鸣就踏进了那条小路，彩色的灯线有的垂直有的缠绕着挂在修整一新的树梢或树桩上，隔几步，头顶就有一道拱形的彩灯线条，在远望中人就像是进入了一道灯光明灭的隧道。石钟鸣顺着这一条明亮又迷离的山道朝前走了几步，迎面下来三四个人，一看那样子就是喝醉酒的人，其中一个矮胖大肚的，应该是很醉了的，其他人搀着这个人，差不多架着他离开地面走。看不清他的面孔，但能看到他一会儿头耷拉下来，一会儿又猛地朝上扬，扬起来时灯光就照着他宽阔明亮的大额头，好像鼻子是扁平的，灯影在他脸上显得一片散漫。还有一点能证明他醉得不轻，那就是他嘴里不停地发出哇啦哇啦的声音，仔细听能明白他想说的话无非是两项内容，一是他没喝多，二是叫唤"邢林子"三个字，说邢林子的身体什么什么地方软，什么什么部位硬。说后边这个意思时总是往上直挺身子，也猛地朝地上跺脚。搀扶他的也都是喝过酒的人，有时候拿捏不住，这个胖子就跌倒在石板路上，这时他便两腿一伸，朝天举起双手，指路上的灯，指天上的星，好像清醒着似的哈哈大笑。石钟鸣闪在路边，望着他们走远了之后，才继续朝前走。

灯光小路在一座小山包前出现急转弯，本来是向西南，这时突然折向正北，道路坡度明显增大，同时灯光比先前细碎暗淡，但是同时已经可以望见暗淡的前方，一处高台上有一盏朝下吊着的被很大的圆形灯罩罩着的明亮的白炽灯泡，那里好像正散发着一团白雾。

这时候，石钟鸣听到一个女人的歌声传来，这歌是当时流行的，曲名《爱情鸟》：

> 树上停着一只什么鸟，
> 让我觉得心在跳。
> 我看不见她但却听得到。
> 树上停着一只什么鸟？
> 如今变得静悄悄，
> 因为我爱的人已经不见了。
> 这只爱情鸟何时才会来到。
> 我爱的人已经飞走了，
> 爱我的人她还没有来到。
> 这只爱情鸟已经飞走了，
> 我的爱情鸟她还没来到。

石钟鸣不用分辨，一听这就是邢林子的声音。让他疑惑的是，邢林子过去是不唱歌的，当然他应该想到，其实最开始邢林子跟曲流歌在野外水井旁是嚎过嗓子的。现在她的声音像戏台上演员唱的那样，凄切、柔软、荡气回肠，特别是"我爱的人已经飞走了，爱我的人她还没有来到"这两句，她反复唱，声音像一把钩子，好像非要从声音后边找一个爱人出来。

石钟鸣自己也不知道，他什么时候已经坐在路边一块石头上，任由这歌声从心里穿过，从身体穿过。他的心情很长时间没有这样沉重过，他还向不向前走呢？他的心里翻腾起波澜，这波澜来自燕城郊外，来自南海边陲，它们和家乡的七岸河相拥相汇，撞击着这个阅历已深的年轻人的心扉。他犹豫着，自己作不出自己的决定。

亲爱的读者，我们似乎也没有必要再追究这复杂的情节了，就此打住，说不准就是好的。

2016 年 4 月—2018 年 12 月初稿于河南林州、北京东郊
2019 年 6 月—2019 年 11 月修改于甘肃兰州、浙江杭州
2022 年 7 月—8 月第二次修改
2023 年 11 月第三次修改于南太行红旗渠畔

图书在版编目（CIP）数据

奔腾的七岸河 / 唐兴顺著 . -- 北京 : 作家出版社，
2025. 8. -- ISBN 978-7-5212-3544-9

Ⅰ. I247.5

中国国家版本馆 CIP 数据核字第 20257J6E56 号

奔腾的七岸河

作　　者 : 唐兴顺
责任编辑 : 李亚梓
封面设计 : 琥珀视觉
出版发行 : 作家出版社有限公司
社　　址 : 北京农展馆南里 10 号　　　邮　　编 : 100125
电话传真 : 86-10-65067186（发行中心）
　　　　　86-10-65004079（总编室）
E-mail:zuojia @ zuojia.net.cn
http://www.zuojiachubanshe.com
印　　刷 : 唐山玺诚印务有限公司
成品尺寸 : 142×210
字　　数 : 251 千
印　　张 : 11.625
版　　次 : 2025 年 8 月第 1 版
印　　次 : 2025 年 8 月第 1 次印刷
ISBN 978-7-5212-3544-9
定　　价 : 56.00 元